人生谁能无补丁

梁衡 著

中国人民大学出版社

·北京·

序

在报上发表了一篇回忆 20 世纪 70 年代苦难岁月的文章，文末有两句诗："岁月蹉跎命多舛，人生谁能无补丁。"一下子被出版社抓住，一定要约出一本书，就以这后一句作书名。我说不行，这恐怕要伤着读者脆弱的神经，你看现在社会花红柳绿，银幕上满是"小鲜肉"，生活中也早已不见有补丁，谁还愿听这种往昔的歌声。但他们锲而不舍，轮番劝说，耐心等待。我想出版家自有他们的理由和市场目光，便宣布投降。

这是一本略带悲情色彩的纪实性、思考性散文集，是半个世纪来我亲历的故事与随想。人生不如意事常八九，所经的人和事也良莠不齐。文学并不只是书写高光时刻，还有许多低谷、角落、叹息、哭泣与遗憾等值得去发现记录。"一个苹果切去一半就不是苹果"，如果生活中没有这些"补丁"也就不是生活。温庭筠有词："照花前后镜，花面相交映。"只有借助"后镜"才能看到自己的后脑勺。

在过去的写作中，我写过许多政治领袖、历史人物、名山大川、奇花名木等等。这回全都不要，只要生活皱褶中和心灵角落里的那一点蛛丝马迹，缈缈引人思，隐隐惹旧愁。

补丁是社会的伤口、人生的遗憾。比如我们这批被称为"文化大革命"中"老五届"的大学生，全国五年才培养了70多万人，可谓精英（现在一年高考就录取近千万人）。但这些人毕业时却不分专业，一律被分配到农村去劳动，不知毁了多少人才，误了多少人的青春。比如我采访过的一位乡村女教师，17岁嫁到一个山沟里，就开始在自家窑洞的土炕上义务教书，一直教到白了头。她是一位令人敬仰的无名英雄，但她其实是社会的一块补丁，补丁下面是中国乡村的贫困和教育资源的不平衡。也有一些没有来得及打上补丁的伤口，上面笼着一层淡淡的悲哀。书中还包括在国外看到的一些补丁。感谢自己选择了记者这个职业，让我得以在社会和人心的门缝里窥见那"半个苹果"和"后镜"里的人生。

但话又说回来，事物总是相反相成，没有黑夜，哪有光明，看到补丁就更感念一件衣服的完整。让我们更珍惜当下的生活，尽量少一些补丁，我想这大约就是编辑们在市场的喧闹声中坚持要编这本书的意义。

2023 年 5 月 5 日

目　录

人生　　　谁能　无补丁

曾经亲历

风沙行

1968 年 12 月将近年底时，中央决定分配因"文化大革命"而滞留在大学里的前三届学生。那方法不是如现在这样个人填志愿，单位招聘，签约上岗；而是进行政治动员，号召大家到最艰苦的、祖国最需要的地方去。这样一来，天真、热血一点的人就纷纷写决心书表态。我学的是档案，为稀缺专业，最早是苏联专家要帮中国建一所档案学院，后中苏关系破裂，国家就在中国人民大学开设了一个档案系，每年只收 20 人左右，我的上一年级只有 19 人，以往的学生全部分配在中央机关。这次号召大家到基层去、到边疆去，我们班 12 个党员纷纷带头表态，结果鞭打快牛，12 个人就全被分到北部边疆，东起黑龙江西到新疆，一路撒开了去。大家毫无怨言，限三天报到，打起背包就出发。

一

我被宣布分往内蒙古巴彦淖尔盟，查了一下地图，在乌兰布和沙漠的边缘，心想，此生要和风沙打交道了。临行时行李中只带了一套《毛泽东选集》和一本焦裕禄治沙的小册子。

几经辗转，多日后我来到一个叫巴彦高勒的地方。安顿好住处，我就与几个先到的待分配的同学到街上去转转。谁知一出院门不远便是沙漠。正是午后，风停日暖，天净如洗。沙地气候，早穿皮袄午穿纱，虽是深冬，并不十分寒冷。我们见惯了大都市里的高楼大厦、车水马龙，忽看到电影里的沙漠，十分新奇。沙丘相拥而去，一个连着一个；连绵的弧线，一环套着一环，如凝固的波涛。这才知"沙海"这个词确不是随意地杜撰的。我忽然想起《吊古战场文》里说的"浩浩乎，平沙无垠"，还有唐诗里的名句"大漠孤烟直，长河落日圆"。不远处就是黄河。大漠长河，天高地阔，黄沙滚滚。我们几个萍水相逢的天涯学子，来作这沙海中的伴侣，一扇新生活的大门即将打开。大家兴奋不已，打滚扬沙，尽兴而归。

谁知还没有两天，沙漠就露出了真容。因为我们还要继续被下派到县里去，就借了人力排子车拉上行李到火车站去办托运。走到半路狂风大作，飞沙走石，瞬间黄尘蔽日。前日里美丽温柔的沙海早不知躲到何处。街上的行人，男士一律帽檐朝后，女士以纱巾裹脸，艰难地躬身前行，好像正跟前面的一个人角力较劲。我们几个前拉后推护着车子，不让风吹翻行李，大口地喘气。可一张口，好像旁边正等着一个人，立即就给你嘴里塞进一把沙子。常言道，逆水行舟，不进则退。我没有行过船，却体验到了逆风拉车，不进则退。这是我到西北后经历的第一场风沙洗礼。回到招待所后，脱光了衣服怎么也扫不净身上的沙子，那时候的招待所里还没有浴室。

我被下派到了临河县，这是守着黄河边的一个小县，只有4万人口。过了20多天，才在县招待所里逐渐聚集了七八个大学生和十来个中专生。当时正是"文化大革命"高潮，县机关几近瘫痪，只有几个人在维持局面。组织干事名李志忠，30多岁，清瘦老练，说一口当地话。他是我出校门后碰到的第一个工作联系人。他找到我说："县里决定把你们编成一个劳动锻炼队。俺给你们找了一个条件最好的生产大队——小召公社光明大队，这个大队靠近公路，离县城40里。大队长还是全国党代表哩。你们就在那里劳动落户。你看现在县里这个样子，也抽不出什么人去带队了。这20多个学生中，就你一个党员，特任命你为队长，也算是帮我们一个忙。为了便于工作，再给你一个公社党委委员，可参加公社的有关会议。"就这样给我戴了一顶高帽子，却也是个紧箍咒，套住了一个给他们白干活的人。

第二天他即叫上县里唯一的一辆嘎斯吉普，带上我去看将要安家的地方。那时的乡间公路全部是土路。冬季里的塞外，几乎无日不风，空中悬浮着似落不落的沙尘，天地一片昏黄。出城北行一个多小时后，车子停下，他说到了。我说："在哪里？"他用手指了指公路西侧，我仍是一头雾水。在我的印象里，所谓村子者，总得有房、有树、有人家。就算没有江南的粉墙黛瓦、中原的青砖大院，也总得有几间房子，或一点鸡犬之声吧？而这里唯闻北风呼啸，只见黄尘滚滚，向四处望去，收割过的田野是黄的，一条土路是黄的，依稀有几间平顶土房，也是黄的，整整一个黄土、黄沙、黄风搅动的混沌世界。我们要住的就是那几间瞪大眼才能辨认出来的土房。这就是塞外，我将要安家的地方。京城亲友若相问，一袭黄尘在风中。

安顿下来后，我们4个男生睡在一条土炕上，开始了沙里滚土里爬的锻炼生活。河套平原冬天的一大农活就是担土平地。背风铲土，顺风扬沙，口、耳、鼻，乃至你的贴身内衣及任何隐私处，无不灌进沙子。

到收工吃饭，碗里也休想没有沙粒。这就是我们正常的劳作和生活。有一次我和一位女同学进城为锻炼队采买生活用品，骑自行车，来回80里。下午返回时又风沙骤起，两人蹬车艰难地逆风而行。那同学本就瘦小，又是城里长大的，哪受过这等折磨。渐渐体力不支，我们只好骑行一段又推行一段，勉力而行。眼看天色昏暗下来，风愈紧沙愈急，前面还要路过一片坟地。我急了，从车上解下一根绳子，拴在她的车把上，翻身上车，在前面使劲蹬车，她也拿出吃奶的力气在后面跟骑，天黑前无论如何要赶回去，我们的棉衣也被汗水浸透。家里的同学不放心——临近村口时，我们早已看见几支手电筒的灯光，他们正出来找人。我们进屋后一屁股坐在炕沿上几近瘫软。同学们赶快拧热毛巾，又在锅里舀米汤来压压惊。要不是我还顶着个"队长"头衔，当时真想哭几声。喘过来气后，自嘲地说了一句："没想到今天当了一回拖拉机。"大家哄然一笑，就算了事。

多少年后我在国家新闻出版署工作，各省的出版局局长大都是我们这批"老五届"的学生。每年开完会在饭桌上说着说着，就谈起往事。有次，我不知怎么谈到这次风沙夜归人。在座的四川出版局的局长陈焕仁与我同是"68届"，他即讲了一个更惨的故事。当时他们几个大学生被下放到四川阿坝劳动，阿坝就是当年红军过草地的地方。草地有风无沙，但多雨雾。一天他们几个人出去捡柴火，突然一阵雾起，伸手不见五指，几个人走散，天黑回来时少了一人。他们也是打着手电筒四处呼喊。第二天，却在不远处发现一堆狼吃剩的人骨头。顿时，满座无声，沉默良久，半天有谁以拳击桌，说了一声："喝酒！喝酒！"才又拉回到现实。那时的口号是知识分子到基层去锻炼。"锻炼"这个词借自铁工，就是把一块铁扔进炉子里烧炼，再拿出来反复锻打。我们这批人就像是一个刚出炉的毛坯铸件，除了被锻打，还被放到一个风洞实验室里来反复地吹沙洗磨。

　　一年后我先在县委工作，后当省报的驻地方记者，仍少不了经常下乡，吃风浴沙。一次额外受优待，搭盟委书记的车下乡。出城时还天清气朗，车行到北山脚下，山后渐渐升起一片腾腾的烟雾，先是深红暗黄，后渐成灰黑一团，滚滚而来。一会儿就感受到了飓风的力量，像有一个无形的巨人，横挡于路的中央，用双手推住我们的车子不准前行。车子大喘着粗气，颤抖着左右摇晃。霎时风助沙威，沙借风力，一团沙、土和风搅成的旋涡将车子团团裹定。只见挡风玻璃上唰唰地卷过流沙的怒涛。车子如掉到了黄河深处，上下左右浊流滚滚，一片昏黄，人如在水下不辨东西。那时的北京吉普还是帆布棚，何谈密封。沙子寻着袖口领口、衣襟裤脚等一切可乘之隙，急急往身子里钻。赶紧停车，静待其变，大家都不敢说话，因为一张口就有一把土直塞咽喉。这样等了半个小时，渐渐挡风玻璃上才出现路的影子，司机启动雨刷，边刷土边小心前行。这是我印象最深的一次风沙与车子的较量，如果当时人在车外又当如何。同行的盟委书记名蒋毅，是一位慈爱可亲的老者，后来他也调回北京，曾任全国总工会副主席。一次开会我们碰到一起，说起那段往事犹惊魂未定，如在昨天。

二

　　虽风沙肆虐，但人们居于斯，长于斯，也有了对付的办法。最有效的法子就是造林栽树。天不绝人，有沙就有抗沙的植物。在牧区有沙打旺、花棒、柠条等能固沙且可兼做牧草的灌木。农区则有一种名叫沙枣的树，我对它印象极深。现摘取一段当年的日记如下：

一九七三年六月十日

我们住的房子旁长着两排很密的灌木丛，也不知道叫什么名字。第二年春天，柳树开始透出了绿色，接着杨树也发出了新叶，但这灌木却没有一点表示。我想它们大概早已干死了，也不去管它。

后来不知不觉中灌木发绿了，叶很小，灰绿色，较厚，有刺，并不显眼，我也并不十分注意，只是每天上井台担水时，小心别让它的刺划破身体。

六月初，我们劳动回来，天气很热，大家就在门前空场上吃饭，隐隐约约飘来一种花香，我一下就想起香山脚下夹道的丁香，一种清香醉人的感觉，但我知道这里是没有丁香树的。

第二天傍晚我又去担水，照旧注意别让枣刺挂了胳膊，啊，原来香味是从这里发出的。真想不到这么不起眼的树丛却有这种醉人的香味。我开始注意沙枣。

去年四月下旬我到杭锦后旗参加了一期学习班，院里有很大的一片沙枣林。学习到六月九日结束。这段时间正是沙枣发芽抽叶、开花吐香的时期。当时曾写了一首小词记录了自己的感受：

干枝有刺，

叶小花开迟。

沙埋根，风打枝，

却将暗香袭人急。

秋天，我到杭锦后旗太阳庙公社的太荣大队去采访，又一次看到了沙枣的壮观。

这个大队紧靠乌兰布和大沙漠，十几年来，他们沿着沙漠的边缘造起了一条二十多里长的沙枣林带，沙枣后面又是柳、杨、榆等其他树，再后才是果木和农田。这长长的林带锁住了咆哮的黄沙。那浩浩的沙海波浪翻滚，但到沙枣林带前却停滞不前了。沙浪先是凶猛地打在树干上，但立即被撞个粉碎，又被气流带回几尺远，这样，在树带下就形成了一条无沙通道，像有一个无形的磁场阻隔，黄沙总是不能越过，并且还逐年树进沙退。高大的沙枣树带着一种威慑力量巍然屹立在沙海边上，迎着风发出豪壮的呼叫。

沙枣有顽强的生命力。一是能抗旱，无论怎样干旱，只要插下苗子，就会茁壮成长，虽不水嫩可爱，但顽强不死，直到长大。二是能自卫，枝条上长着尖尖的刺，动物不能伤它，人也不能随便攀折它。沙枣林常被用来在房前屋后当墙围，栽在院子外护院，在地边护田。三是能抗碱，它的根扎在白色的碱土上，但枝却那样红，叶却那样绿，在严酷的环境里照样茁壮成长。

在这里我见到了林业队长。他是一个近六十岁的老人，二十多年来一直在栽树。花白的头发，脸上深而密的皱纹，古铜色的脸膛，粗大的双手，我一下就想到，他多么像一株成年的沙枣，年年月月在这里和风沙搏斗。他那质朴、顽强、吃苦耐劳的品质在育苗时通过满是老茧的手注入进沙枣苗里，在护林时通过期盼的眼神注入进古铜色的树干上。不是人像沙枣，是沙枣像人。

今年，又是初夏，而我在去冬已移居到临河县中学来住。这个校园其实就是一个沙枣园。一进大门，大道两旁便是密密的沙枣林。每天上下班时，特别是晚饭后，黄昏或皓月初升的时候，那沁人的香味便四处蒸腾，八方袭来，飘飘漫漫，流溢不绝。初夏的一切景色便都溶化在这股清香中，充盈于人的心怀。

宋人咏梅有一名句："暗香浮动月黄昏。"其实，这句移来写沙枣何尝不可？

沙地的可咏可叹之物还有许多。有一种红柳，生长很慢，极耐旱，枝通红，细枝可用来编筐子。我刚住下时房东送来一只新的红柳箩筐，横纹竖线，细编密织，就像是一只大红灯笼，红艳照人。放于墙角顿时陋室生辉，寒窑生暖。较粗一些的红柳枝可编成篱笆，不是做篱笆墙，而是糊上黄泥盖房顶，以枝代瓦。我们住的就是这种房子。它的嫩枝还有一个妙用，当小孩子出疹子，正发热难受，将出未出之时，煎汤喝之，立马疹出病愈。还有一种芨芨草，叶嫩时可供牛羊啃食，最有趣的是，它多年生的草杆子有一人多高，洁白似雪，柔韧如藤，大约如织毛衣针那样的粗细。仲秋时节，老远就能看见谁家土屋前后黛绿一蓬，这时的风景真不亚于江南平原上翠竹深处有人家。它收割后可穿成帘子，雪白细密，透风遮阴。而最多的用途是绑成扫院子的大扫帚，一人多高，坚韧而有弹性。无论是农家小院还是学校、机关都会靠墙杵上几把，不威自重，亮丽照人，一进门就感到这院子不扫也净。当然还有其他沙地特产，名声最响的就是河套蜜瓜了，我曾专有一篇《吃瓜》说其中的味道。祸福相倚，这都是得了沙子的好处。

就是沙子本身也有许多特别的用途。沙与土，性相近，习相远。沙为圆粒，性流动；土为粉状，性黏滞。沙间有空隙，吸水透气；土质紧密，无水板结，见水成泥。这一比就见出沙子的可爱，沙子也因此有了许多专门的用处。小者，沙子可用来洗油瓶，弥砖缝。老油瓶子是最难清洗的，在没有发明洗涤灵的时代，乡间有一个最简单的办法，抓一把沙子，加半瓶水，来回晃荡几次，便洗得光亮剔透。新铺的砖地，缝隙纵横，这时倒上一簸箕沙子，再扫上两遍，天衣无缝。而沙子还用来铺在瓜地里，造成小气候，午热晚凉，便于瓜积累糖分。沙性吸水存水，当地就总结出一种植树经验，简直是一门绝技、一个专利。拿一空酒瓶装满水，放入扦插树苗，连瓶埋入沙土中，小苗靠这一瓶水就可熬到长出须根，翻出瓶外，接上地气。在泥土中则不行。大者，沙子可用来筑城修路。我在乡下的时候，公路边每隔百米就备有一堆沙子，防雨天泥泞。沙子的这种圆、松、软、滑的特性还被用来减震，学校体育课上跳高、跳远的沙坑就是一例。沙子的流动性更被用来做自动密封剂。我的家乡山西洪洞县有一座明代的监狱，就是京剧《苏三起解》里唱的"苏三离了洪洞县"的那个监狱。狱墙是砖砌的内外夹层，夹层内灌满沙子。当越狱者正高兴自己已砸开了一个墙洞，沙子却喷涌而出，壅塞洞口。犯人费尽心机，到头来却被一粒沙子戏弄，沮丧不已，又被锁回牢房。我们不得不惊叹古人的聪明，也不能不承认沙子的全能。

三

人久生情，地久生恋。长年生活于沙地，对这里也有了一种特别的情感。别看风沙脾气大，平歇下来也温柔可人。仲夏的夜晚，你一觉醒来正凉风过野，细沙打在窗纸上，簌簌唰唰，如春雨入梦，窗外月明在天，地白如霜，沙枣花暗香浮动。这时忆亲人，怀远方，心也温暖，情也安宁。

想来命运把我们扔到这沙地里来也有一定的道理。古人不是说要给一个人一点重任，先得苦其心志、劳其筋骨、饿其体肤吗？学生刚出校门正该这样。在大自然所设的各种苦境中，风沙够得上上等之苦了。但它像一杯苦茶，喝过之后又有一点回甜。一年后这支锻炼队解散，散伙那天，我们再登沙丘，再看那浩浩乎平沙无垠，大漠孤烟、长河落日，别有一番滋味在心头。人生旅途漫长，但只要你曾经穿越过风涛沙浪，就懦者勇、弱者强，男女即可为壮士。大风起兮尘飞扬，壮士归去兮守四方！大家挥沙分手，各赴前程。但不管走出多远，我们身上都有一个印记：从风沙中走出来的人！

这种风沙刻在心里的烙印将一直伴我终身。后来我在全国各地采访，朱熹下轿问志，我却下车伊始先问人家的降雨量、无霜期、树木覆盖率等等，好来与西北做对比。不知道的人还以为我是学农林水专业的。1983 年我到新疆采访中国科学院新疆沙漠研究所，与他们谈沙说沙，如话乡音，格外亲切。后来去河南，在兰考捧起一把焦裕禄治过的沙子，倍感亲切。到山东看黄河入海口，滚滚而来的沙子竟在海边形成一片新的陆地。我在心中轻轻地喊道，这其中一定有几粒是从我当年的衣缝中抖落或者口鼻中吐出来的啊。退休后，单位每年夏天都组织我们到北戴河休假。我意外地发现海边沙地里竟然还有一棵沙枣树，在海风的长年揉搓下扭出了好几道弯，如虬龙欲飞，屹然挺立。它叶小、皮红、有刺，被淹没在郁郁葱葱的松林里，实在不显眼。游客们穿着艳丽的泳衣、打着遮阳伞、嘴里叼着小吃，熙熙攘攘地从它身边擦过，没有人多看它一眼，也没有人问一句这是什么树。老沙枣树沉默不语，有几分独在异乡为异客的凄凉。而我每年去时总要找到它，看了又看，摸了又摸，再合影一张。

生理学研究说小孩子断奶后吃的第一口菜是什么味道，就决定了他一生对美味的记忆。一个人的一生有两个童年：一个是生理人的童年，大约是 6 岁之前吧；一个是社会人的童年，大约是他从学校毕业之后走向社会的第一个 6 年。除了极少数人含着金钥匙落地，谁也不知道社会将给他准备什么样的头道菜。塞外风沙就是我进入社会后吃到的第一道菜，尝到的第一种社会味，它已永久地刻写在我生命的基因里。从此，西北的风沙成了我观察环境、透视社会、研究人生的一面镜子。那一年在云南，主人陪我逛街，说为了扩宽街道砍去许多树木，城市只剩下裸露的水泥板。主人还在得意地说："我们这里四季如春，山好水好。"我脱口而出："就是人不好！你知道吗？在西北几代人才能栽活一片林，你们这里插根扁担都能活，怎么就是不栽树！"一时弄得人家很尴尬。回来后仍意犹未尽，在报上发了一篇短评《好山好水更要好官》。一次正赶上北方有沙尘暴，我们恰好到海南去开会，一落地，蕉叶如诗，椰林如画，上下天光，一碧万顷。别人都庆幸这几天逃离了北方的沙尘，我却心里有一丝在关键时刻逃离战场，不能与父老攻坚克难的耻辱感。到晚年回头一看，我才发现自己的作品无论是文学还是新闻，凡影响较大的都与风沙有关。我曾有一篇写栽树老人的新闻稿入选小学课本，已有30年，现还未"下课"，我还与孩子们一同栽树。就是写西部的历史人物竟也不脱风沙的背景，如左宗棠和他的左公柳，林则徐发配新疆兴修水利，王洛宾在青海追求遥远的美丽，等等。上天赐我以风沙，我报风沙以文学，报风沙以人生。我在接受西北文学奖的答词中说：

> 从一参加工作我就与西北结下了不解之缘。中国地形西高东低，是西部的冰雪化水，输送东南，滋润国土，繁衍子民。而它却把高寒、荒漠、风沙留给自己。生长在西北国土上的生命，无论是树木、灌草还是人，都有一种顽强、坚忍的牺牲精神。它们都是中华大地上生命的极点。我由衷地感恩西北，敬畏那些顽强的至高无上的生命。

从去年开始，国家对环境保护的内容已经调整为"山水林田湖草沙"的七字方针。这个"沙"字已经堂堂正正地升为国策的一部分了。我伴沙而行50年也倍感光荣。

《人民文学》2022年第8期

补　丁

　　"补丁"这个词恐怕要退出词典了。它本是指衣服破了，用一块碎布头补上。但是，现在 30 岁以下的人有谁见过补丁？又有谁还穿带补丁的衣服？

　　说起这个话题是因为一场乌龙。网上传出一张照片：当年的一个知青，脚上的鞋补丁摞着补丁。有朋友把照片发给我，我不觉哑然失笑。这个"补丁客"就是我，但不是知青，而是大学毕业生。20 世纪 60 年代末有一个政策，凡大学毕业生都得先到农村去劳动一年。1968 年底，我们几个从北京、上海来的大学生到内蒙古巴彦淖尔盟临河县报到，被安置在一个生产队劳动。吃住、干活一如知青，只是有国家发的工资，不拿队里的工分，农民乐得接受。第二年春天，我们在门前搭了一间草棚，垒了一个灶台，挑水、拾柴、做饭，过起了农家烟火的日子，还不忘在土墙上刷了一条"放眼世界"的时髦语录。那天，当地报社的一个摄影记者路过村子，意外地发现这里有几个种地的大学生，就为我们拍了几张照片。旷野衰草风沙，土房柴草泥巴，书报镰锄野花，断肠人在天涯。我们哪里是什么"知青"，是"困青"——"文化大革命"潮起被困在学校不能按时毕业，毕业之后又被困在农村不能实现专业对口。五年寒窗各有所学，上知天文，下知地理（我们这几个人里还真有学天

作者1968年大学毕业后在内蒙古农村劳动锻炼

文、土木、生物等专业的），现在却被困在塞外的一个沙窝子里。理想虽还未破灭，却不知将落何处，一脸天真，书生天涯。照片上最显眼的是我坐在一个小柴凳上伸出的一双脚，脚上是从北京穿来的那双帆布解放鞋，上面摞着13个补丁。这个数字我一辈子也忘不掉。

那个年代是短缺经济，吃饭要粮票，穿衣要布票，全民勒紧腰带过日子，穿带补丁的衣服很平常。周恩来为防两袖磨破，办公时戴上一双袖套，就像在包装台上干活的女工一样。毛泽东接见外宾时屁股后面有

人生 ＿＿＿＿＿ 谁能 ＿＿ 无补丁

两个补丁，工作人员说换条裤子。他说不用，外宾又不看后面。我们的大学校长吴玉章，曾是毛泽东的老师。与学生合影时，他坐前排的椅子上，后排站着的同学一低头，发现吴老肩膀上有两块补丁。这都是20世纪60年代的事。这种困境一直持续到80年代初。演员达式常拍《人到中年》，背心后面有几个破洞，那不是道具设计，是他自己平时穿的衣服。这就是那个年代的正常生活。我们这些乡下学生鞋上有几个补丁算什么。我当时还有一件白衬衣，那是用日本进口的尿素化肥的袋子缝制的。生产队将空袋子五角钱一个卖给社员。但"尿素"两个字怎么也洗不掉，于是裁剪时把它们巧妙地处理在双腋下不易看见的地方。随着时代的变迁、经济的发展，不管是领袖、明星，还是平民，他们的补丁都没入了历史的烟尘。衣不为暖而为美，走马灯似的换着花样穿，不再因破而补，而是因时而弃，许多完好的衣鞋都成了垃圾。

衣可弃，习难改。我常碰到的一个难题是，一双袜子，别的地方还好好的，只是脚后跟上张开一个大洞，用之不能，弃之可惜。早几年尼龙袜时代，有一种补袜的胶水，可解此难题，这几年也不见了。一天在购物网站上忽发现"补丁"二字，如他乡遇故知，乐从心底生。网上有各种补丁，颜色、布料、款式任选，还自带胶水，一贴即可。我大喜，即下单购得几款。几日后到货，才知道此补丁不是彼补丁，而是专往新牛仔衣裤上贴的小装饰。我这个"祥林嫂"，只知道补丁是补衣服的，不知道补丁还会耀武扬威地骑在衣服上，而且能变脸。就如过去的口罩是一色的白，现在有红的，有黑的，还有卡通的，甚至还有印国旗图案的。我收到的变脸补丁自然不能解我的补袜难题。

袜子没有补成，"补丁"二字倒由实际问题升华成一个哲学问题，终日萦绕在我的脑子里，抹之不去。这世上的事是缺而后补，还是不缺也补？补是为了填洞找平，还是为平地上起楼？本来，"补"者，补缺、补漏之谓也，有弥补、挽救之意。物因残而补，衣因洞而补，牙因缺而补，实在万不得已才去补。凡补过的东西总归不如原装原配的好。但再一想，也不一定，"补"又有补给、补充、添加、增强之意。补过的东西其强度和外观也有反超原物的，如胶粘的木板、焊接的金属，若去做破坏实验，先断裂的并不是补焊之处。掺了新元素的合金，也强过原来的单一金属。现在连人的脸也可以修补了，补后的面容更漂亮，以至于整形美容成了一种风尚、一门产业。莎士比亚说，生还是死，这是一个问题；补还是不补，也成了一个我想不透的新课题。

再说我们这一批大学生，后来自然都离开了农村，但那是每人都打过补丁之后的事了。或者考研，或者入乡随俗，重学一门本事，反正必须重打补丁。别的不说，只外语这个补丁就有天来大，补得你喘不过气。那个时代，我们从中学到大学学的都是俄语，而要考研就得从头学英语。人近30岁了重新投一次胎，要用多少吃奶的力？不像是补一双鞋、一件衣，人打补丁是很痛苦的。我没有做过整容，想来一定很痛。但我见过钉马掌，要用钉子生生地在马蹄上钉一块生铁，那马也得忍着。不要小看这块铁补丁，肉蹄变铁蹄，踏遍千里烟尘绝，大大地提高了军力（当然还有生产力），历史学家说蒙古人就是靠此横扫欧亚而造就了一个超大帝国。

"困青"们当时也找到了一块铁补丁——考研。何以解忧，唯有杜康；何以解困，唯有考研！当然，考前你得先上一个"学前班"，吃风裹沙，挑水劈柴，烟熏火燎，脱胎换骨，从城里人变成一个乡下人。然后再从低谷开始一一补起。果然，经过连续地补丁摞补丁，置之死地而后生，还真有人成名成才了。与我们一起在风沙中点瓜种豆、躬耕于陇亩的一名弱女生，三补两补，居然成了一位知名的天文学家，去摘星追月、躬耕宇宙了。只可惜当初忘了说一句"苟富贵，勿相忘"。我们这几个"困青"，也都一个一个逃出了困境。

有一次，在北京的一个饭局上，不知怎么说到吃羊肉，正在兴头上，在座有一位身着西服领带、担任国家外汇管理部门领导的当年的"困青"——你就看看这身装扮听听这职务，足够洋气的吧，他说，你们信不信，现在给我一只羊、一把刀，我可以20分钟之内让你们吃到新鲜的羊肉。这真是"庖丁宰羊"，大家为之一愣，摇头不信。但是我信，我知道他再"洋"也有一条深扎于黄土中的根，也是在那个年代打过补丁的"困青"。只是当时我在农区种地，他在牧区放羊。现在我们都已成古稀之人了，白头"困青"在，谈笑说补丁。

再回看那张照片，如烟如尘，恍如隔世。那位给我们照相的记者名叫李青文，想来也已80多岁了，不知天涯何处。感谢他为我们留下了过去岁月的一痕，也愿他能看到这篇短文。

看来，生活乃至生命总是在不停地打着补丁。当然，最好能保持一个正常的状态，尽量不要破坏它而又再去打补丁。但是，又有几人能一生顺遂呢？岁月蹉跎命多舛，人生谁能无补丁。

《光明日报》2022 年 5 月 19 日

搭　车

　　大约在自己无车，而又不得不出行时，才求人搭车，这实在是一种无奈之举、尴尬之事。而搭车又分两种，一是搭熟人的车有友情垫底；二是在路边拦车，一厢情愿，两不相识，一个敢坐，一个敢拉，最能见出世风的淳朴与人情的厚道。

一

　　我第一次搭车是搭的马车，当时我们七八个大学生在内蒙古河套农村劳动锻炼，房前正守着一条沙土公路。路上汽车很少，多是马车。一到秋天满是送公粮的车队（现在免了农业税，农民已经不交公粮了），还有用红柳笆子围得老高的甜菜，送往糖厂去榨糖。可谓，车辚辚，马萧萧，粮糖不绝驰于道。我们的驻地离公社、医院、供销社等行政中心大约有五里地，常有些小事要办。最方便的出行方式就是在路边搭车，只要一招手就能跳上一辆，好像这就是我们的专车。

　　时间长了我们也摸出一点规律。车倌有年轻一点的，有老一点的，一般来讲老一点的好说话。在他们眼里，大学生是"稀罕动物"。他们会奇怪这些洋学生怎么一下子掉到这个沙窝子里来，至少我们当时所在的公社还从来没有出过一个大学生。车又分空车、实车，空车好搭。实车装满货很难再坐人，但在车辕头再捎一个人也是可以的。俗话说，人一出门小一辈儿，对车倌我们一律喊大叔或大爷，先喊得对方心软。还有一个窍门是女生好搭车，鲜有被拒绝的，男生就可能让人家找个借口给怼回来。同性相斥，异性相吸，这个中学物理课上就学过的定律也同样适用于人类。如遇有急事就让女同学出面去拦车（如那一年党的九大召开，我们急着要进城去打听精神，这事关我们的分配和前程），男生就躲在屋里趴在窗户上看，等到车把式"吁——"的一声勒住马、刹住车，我们就立马冲出来喊道："还有一个，捎上我。"而且一上车就掏出进城带的干粮说，大爷尝尝我们烙的发面饼。车把式就不好意思说什么。但这种"美女招手法"很少用，有失女生的尊严。

因为这是一条固定的路线，时间长了与车倌也混熟了，话也多了。他们总爱向我们打听城里的稀罕事儿。我也常能从他们嘴里听到在城里听不到的故事。一般车倌都年纪偏大，有的说儿子娶了媳妇忘了爹和娘，他不愿意在家里看儿媳妇的白眼，就出来赶车，多挣工分还落得个逍遥。他们绘声绘色地讲起儿媳妇摔盆骂狗，我们听了都伤心。也有家庭和睦的，会给你展示刚从城里出车回来给小孙子买的玩具。有的光棍车倌还会悄悄地告诉你，这条线上的车马店里有他相好的老板娘。

当时一到秋天，公路两边的房主就会腾出些房子来烧个大炕，接待过夜的车马，一般是赶车人自带米和马料，房主收一点柴火钱。也有人吃马喂，吃住全包的，类似现在的民宿。一时，车马店里人声喧哗，骡嘶马叫，人们套车卸车，大声地互相招呼。土炕上弥漫着旱烟味，有时还有一点酒香。还有一件最让孩子们高兴的事，那就是可以到甜菜车上去抽一个糖萝卜，生吃或切片蒸熟，堪比现在的口香糖。总之，一到秋天，这条路上就鞭声不绝兮尘飞扬，马铃儿响来人四方。搭车成了一种文化，我们很怀念那些不期而遇的人，和那一条永远流动着故事的路。

二

劳动锻炼结束后我到县里工作。当时县与县之间有老旧的柏油路相通，每天只有一趟班车。无论公私，出门办事也少不了到路边去拦车搭车，这好像已经成了一种共享的社会福利。

杭锦后旗（简称杭后）离临河县40公里，是当年傅作义晋绥军的根据地，这里留下不少旧的房屋街道和文化遗存。内蒙古巴盟机关先是设在磴口县（我从北京毕业千里迢迢去报到的地方），后又搬到临河县，因房产不够，许多活动就到杭后去举办。一次我在那里住党校，学员都是当地的公社干部，每人一辆自行车。一到周末即"飞鸽"（当时的名牌自行车）而去。我因有事，前一天没有走成，原打算这一周不回家了。不想早晨一觉醒来，面对一个空荡荡的院落，不觉又动了归心，便去城边的路口等班车。这条大路直通40公里外临河县委的大门。当时我新婚不久，家安在县委大院里的一间办公平房里。老婆刚从外地调来，还没有安排工作，人生地不熟，举目无亲。我在路之头，她在路之尾，也许这时她正在大门外的路口遥望班车，"误几回，天际识归舟"。我这边左等右等班车不来，却过来一辆油罐车，我一挥手司机居然慢慢地停了下来。车上是一个光溜溜的椭圆形大油罐，罐的两侧各有一条一尺高的铁护栏，这是唯一的抓手。我喊了一声"师傅好，我是临河

　　　人生　　　　谁能　无补丁

县委的，搭个车行吗？"他从车窗里探出头来，用嘴巴指向车上的油罐说："咋滴？敢上去不？"没有想到幸福来得这么容易，我连说："敢！"话音未落，便翻身上车，坐在罐侧，以双脚顶住护栏，双手左右托住油罐，找好平衡。司机一踩油门就像大象背上吸了一只蜗牛狂奔而去。以现在的交通规则论，这绝对是要重罚重处的。但那时年少轻狂，无知无畏。这竟成就了我搭车史上最具传奇的一笔，现在想来还后怕中夹杂着自豪。

还有一种搭车是半搭半挂。1972 年 8 月，我调到内蒙古日报驻巴盟记者站，从此开始了一生的新闻职业。记者站唯一的交通工具是一辆自行车。好在人还年轻，有的是力气。河套是个大平原，除北部靠近国境线的几个县外，套内数百里之内都可以蹬车前往。只要任务不急，或走或停，有点类似现在的驴友骑行。那时国内还没有流行头盔、护膝之类，否则一定很潇洒。我，一个旧黄布书包拴在车把上，迎风赶路，天黑宿店，蓬头垢面。这就是当时中国西部一个最基层记者的形象。因为再低一级就是县委报道组的通讯员了，通讯员只能算是新闻外围人员，我也曾干过两年。

这种搭车没有预先的计划，也不必与司机打招呼征得同意。一般是在夏秋季节，风和日丽，骑行在路上，如果觉得累了，就物色一辆挂有拖斗的卡车，这种车子车速比较慢，或者选一辆拖拉机也行，就是噪声大一点，也颠簸一些。把骑行位置调整在拖车的右前方，等它从左边追上自行车，两车平行时，就让过车头，右手扶定车把，腾出左手一把拉住拖车后马槽上的插销把，那粗细长短与弧度简直就像是为搭车人量身定做的。这时就可以挺起身子，扬眉吐气，一展酸困的腰背，单手扶把，保持平衡，任由拖车带着我长驱急奔。这样子极像海上的冲浪运动，快艇后面用绳子拖着一个脚踏浪板手系牵绳的人。这时我会解开衣扣，任风鼓荡着衣裳，想象自己是一只正在被牵引的风筝，就要升上天空，大有李清照词"九万里风鹏正举，风休住，蓬舟吹取三山去"的味道。这样的搭行十里二十里不在话下，累时可以脱开手慢行片刻，反正路上有的是车，一会儿就可顺手牵羊，再抓一辆继续滑行。

这种搭车是旁门左道，但是"盗也有道"，你可以慢慢领悟规律，熟能生巧，渐至完美。一是要找对位置，必须跟在拖车的右外侧，若在左内侧，则有与对面来车相撞的危险。二是虽然省力却不可省脑，要随时紧盯前方数百米的路况，一旦发现有路面不平或对面有车来时要立即松手，以免司机猛刹车造成你连人带车的追尾。由于胆大心细，我这样搭行两年，行程数百公里，还从来没有出现过意外。驾驶室（他们叫车楼子）里的司机师傅也从没有苛责过人不许蹭挂，倒是遇有错车或路况不好时，还会主动减速鸣笛提醒后面，人性之憨厚善良可见一斑。

三

我最不能忘记的是一次长途搭车。那次到包头附近的营盘湾煤矿采访，矿上还有一个磁窑。当时我的小家庭刚刚组建，正缺东少西。我先打听好有一辆回临河的顺车，便买了一吨煤和一个小水缸，还有些锅碗瓢盆之类的小杂物。司机是一个姓胡的40多岁的汉子，正和他的姓氏一样，一脸大络腮胡子。助手倒是一个白净的小伙子姓张。上午吃过早饭后，我们收拾停当，打马上路。胡子和小张坐在前面的车楼子里。我

人生　　　　谁能　无补丁

躺在后车厢的煤堆上，护着我的那些家当。

车子发动起来以后，胡子突然推开车门，从车楼子里甩给我一件老羊皮袄。我平躺在煤堆上，身下垫着皮袄，如在沙发上。老羊皮袄是用隔年的老羊宰后剥下的皮制作而成的，毛长皮厚，一把握不透，堪比一块厚毛毯或一床棉被。当地习惯将这种老羊皮熟制后直接缝制成袄，并不需要再罩一层布面。这是车倌、货车司机、守夜人、野外作业者族无论冬夏必备的行头。正穿时皮板在外，可挡风寒；反穿时长毛在外不怕雨淋；如在野外，穿则为衣，卧则为褥，盖则为被，不怕揉搓，不避沙石。待到穿过两三年后，皮子经千揉万搓已经软得如一块海绵，这时再拿去清洗，配上布面（行话叫挂个面子）。几年的塞外生活，我太熟悉这种万能皮袄了，甚至已闻惯了它散发出来的膻腥味儿。当时我把这光板老羊皮袄垫在身下如在热炕，从心里感受到这位胡子大哥的热心肠。

车子顺着沿山公路缓缓而行，右山左滩，好个空阔的田野。我仰面朝天看着深远的蓝天。小学地理课上就学过内蒙古高原这个词，其实没有在这里生活过的人，恐怕一生也不知道这几个字的含义。现在形容一个有身份的人叫作"高、大、尚"。如果让我在中国大地的各种地貌中选一个"高、大、尚"者，那就是内蒙古高原。单说"高"，珠峰够高了吧，但是脚下群峰犬牙交错，无平坦之感。单说"大"，华北平原、长江平原、成都平原都够大了吧？但阡陌纵横，市镇毗连，让人不能心静，没有居高临下之感。关键是这个"尚"字，在人为高贵，在地为高原，有包容万物之心、宁静安详之态，不张不扬，十分低调。唯有这内蒙古高原高、大、尚俱全，仰望有日月之可触，俯瞰无群峰之碍眼。亦高亦阔，如川之平，如秋之爽。

我躺在车上，伸手就能摸到蓝天；放眼前方，是一条永远到达不了的天际线。这时候你才真切地感到地球是圆的，假如对面的远处出现了一辆车，就像在大海上看见船的桅杆一样。这种感觉，你要是能到内蒙古中部的锡林郭勒或东部呼伦贝尔草原跑车会更加明显。我们的车在地球的表面飞奔、撒欢，又好像要离地而去。可以伸手撕下一片白云，缠绕在脖子上或者贴在胸前，然后再一松手，又放它飘去。

　　车子从营盘湾山里出来后，渐渐进入平坦的套区，除了前面的路，远处的天际线，四周没有任何参照物。两个多小时之后越过沙地草滩进入农耕区，时当八月，序属仲夏，正是八百里河套小麦的收割期。放眼望去，遍地黄金。麦浪拍打着车帮，卡车就像是漂在海上的一条船。我的家乡也是产麦区，但那里是丘陵、梯田。麦熟季节的风景是沿着山梁一层一层、一圈一圈的金黄。我还从未见过这一马平川、八百里的麦浪，金波滚滚，浩浩荡荡。坐在行进中的敞篷车上，有一种检阅夏季的庄严感，一边看一边在心里酝酿着诗篇，后来还真的写成了一首600行的长诗。但"文化大革命"期间所有的文艺期刊都已经停办，万马齐暗，无处发表，枉自少年轻狂。不过十多年后，这首胎死腹中的长诗被浓缩成一篇600多字的短文《夏感》，收入小学语文课本一直使用到今，这还要感谢那次搭车捡来的灵感。

　　我抓着车帮，看累了就四肢放平躺在老羊皮袄上继续做着天上的遐想。天蓝得让你看不透它的深远，我又觉得它是一汪大海，车子就是穿行在波浪中的船。我奇怪，空气是透明的，水是透明的，为什么无数个透明的叠加就成了蓝色，如天空，如海洋，愈深愈蓝。这恐怕是物理学家该去思考的问题，就像当年牛顿终于从太阳的白光里分出了七色光。

我们总有一天会从这个"蓝色"中抓到点什么。这么想着，我就伸手去抓到一朵云，然后一松手，又放它归去。这时才突然理解了神话题材的名著：阿拉伯会飞的神毯、中国的《西游记》、屈原的《天问》、李白的《梦游天姥吟留别》等等。我这哪里是搭车，是搭了飞机或者是射向宇宙的火箭。在还没有乘过飞机之前，这是我距离白云最近的一次旅行。

正当我这样"目既往还，心亦吐纳"，做着天上的遐想时，突然车子摇晃了一下，软塌塌的，像是撞在棉花堆上，又挣扎了两下哼了一声就不动了。我翻身跳下，这时胡子和助手小张也早从车楼子里出来，正蹲下身子四只眼睛瞄着车底。胡子爬到车盘底下摸了半天，出来时满脸沙土，摊开油污的双手说："这可拉下疙蛋了（遇到麻烦了），传动轴断了。"我的脑子嗡地一下炸了。虽不懂车，但也知道车轴的重要性，有如人之脊柱、房之大梁。在这四处不着边的旷野上，断轴之祸，无异于灭顶之灾。小张那张白脸一下就更白了。胡子只说了两个字"皮袄！"小张爬上车帮，嗖地一下抽出刚才还垫在我身下的那张万能老羊皮袄，麻利地铺到车底下去。他们两个搬出工具箱，捡了些家伙就仰躺在皮袄上叮叮当当地干了起来。我无事可做便绕着车查看地形，这时才发现我们前进方向的右手正对着一个山口，一条干河正蜿蜒而下。枯水季节，河床上积满一层绵软的细沙。河床并不宽也不深，而且又平，一般不会有司机特别注意到它。谁知我们这个钢铁怪物吃硬不吃软，刚一下河滩就一头杵在沙被窝里。就像旧小说上说的，有那骄傲的武士打出一拳，却被对方的软肚皮吸住，拳头再也拔不出来。我们的车遇到的正是这种尴尬，咔嚓一声，轴断车停，进退不得，幸亏还没有翻车。

他们在车底鼓捣了半天，最后抽出一根车轴。胡子毕竟是个跑车的老江湖，拄着车轴就如关云长依着一把大刀，贼亮的眼睛把周围四方扫视了一遍，说："这个地方没有人家也很少过车，再说就算有车来也拖不动咱们，只有自己想办法了。"他用手指着右手北方那个隐隐约约的山口说："估计公社在那个方向，一般公社里都会有个农机修理点，我们去碰一碰运气。"然后突然转向我温和地说："小记者，你敢一个人在这里看车吗？"本来是我搭他的车，好像倒成了他求我。同在危船，有难共担，我这个搭车的闲人，好不容易有了一个立功表现的机会，连忙大声说："敢！"心想这里不用说有坏人，就连个活人影儿也没有，这片麦子地又吃不了我。说着胡子把我安顿在车楼子里，给我留了一个军用水壶，还有一把大铁扳子壮胆，嘱咐不管遇到什么事儿，不要开车门儿。然后他们两个背了一个水壶，扛起车轴，顺着河沟一步一弯腰地向那个远处的山口走去。我拉紧车门，顿时一股莫名的孤寂袭上心头，刚才那美丽壮阔的麦浪，霎时成了淹没我这个孤儿的大海，而蓝色的天穹也成了吸我而去的黑洞。

一个人在车里无聊，就打开随身的小黄书包。掏出一本书翻两页，看不进去；又掏出采访本，想将一下这两天的采访记录，也看不在心上。顿觉心随事走，人生起落在瞬间。刚才还飞车高原，蓝天白云，心花怒放，这时孤身一人缩在车内，北风打门，几多凄凉。胡子他们扛着沉重的车轴远去的身影，一步一踩留在沙地上的脚印，总浮现在我的眼前。此去有希望吗？那个地方有个农机站吗？全靠运气了。我这样一个人胡思乱想着，不觉天色慢慢暗了下来，我低头看一下手表已经下午七点，心如落日，暮云沉沉。当我再一抬起头时，车窗玻璃上却贴着一张人脸，鼻子都压成了扁平。我霎时惊出一身冷汗，这里四面旷野，从哪里跑来一个人？我都能听到自己心脏的狂跳，努力让它静下来，才看清是一个当地的老乡，满脸皱纹，有60多岁。我还是想不明白他是怎么出现的，就像唐僧在去西天的路上，突然路边出现一个人或妖。当我确信他就是一个当地老乡后就把车窗摇下一条细缝。老汉一口当地话："后生，车子焊（陷）住了吧？我下午三点就瞭见（看见）这辆车过去了，怎么现在还在这瘩？"我已完全松弛下来，打开车门说："大爷，沙子焊住车了，轴断了，师傅到北山根去寻个农机修理站。"老汉一听马上露出一脸的同情："天都擦黑了，肚子饿了吧，到我的道班上去吃点儿东西。"原来老人是个当地的养路工。

河套平原处，各县与县之间的正规公路是沥青路面，而乡村之间全是沙土路，每隔10里左右就设一个养路站，俗称"道班"。一般配三四个人，一辆毛驴车，遇有雨水冲塌，或者大车压毁路面，随时拉土修垫。民工都从生产队里抽，在队里记工分，这是一种民间养路制度。白天干活晚上各回各家，留一个人看守道班。我随老人来到他的道班，这是路边一个高坡上圈出的一个简易小院，只有一间房子、一盘土炕和灶台。刚才我们飞车过道班，正"两岸猿声啼不住"，放眼高原喜欲狂，哪能顾及这个小院？而老人却一眼记住了这挂倏忽而过的车辆。他一进院子就顺手在门口抽了一捆柴火，进门后就要挽起袖子点火做饭。河套农村做饭，无论蒸、煮、炒、烙，都是固定在灶头上的一口三尺大锅，就是喝一口水也得用它来烧。我怪不好意思，说："不饿不饿，喝口水就走。"他说："你们的人一时半会儿回不来，我就是那个村里的，离这里七八里地呢。那里还没有通电，每天要等到晚上天黑了才用柴油发电供照明几个小时，他们要焊车轴也得等到来电才行。"我这才明白，为什么胡子走了这么长时间没消息。况且肚子也真的饿了，一天也没有正经吃口东西，就赶紧帮着老人刷锅、烧火，这些我在农村劳动一年，早学得麻溜麻溜的了，一边又与他聊天。老人有儿有女都已成家，他在村里没多少事儿就出来看道班，一天记一个工，去年队里分红每个工五角钱。说着他已经把面和好，擀成一张大饼，摊到锅底上。河套是产麦区，当地常做这种发面饼，做时里面放一点苏打，用麦秆之类的软柴火烧灶，饼子蓬松酥脆，类似西北的锅盔或新疆的馕，属于面食中的饼类一族。

这时天已经完全黑了下来，我心里老是挂记着胡子他们找到农机站没有，趁着大饼还在锅底等熟，就跑到外面踩着梯子上到房顶向正北方向瞭望。果然天边有电焊光一闪一闪，稍微放了点心。我回到屋里把饼子收拾进书包里，加满一壶热水，给老人留下半斤粮票、五角钱，就向停车处返去。路上掰了一小块饼子，胡乱塞到嘴里压一压饿火。回到车前我先围着汽车转了一圈儿，看有什么动静，又检查了车楼子里有没有变化。再翻到车顶上继续瞭望正北方向，电焊火花已经熄灭，说明他们已经完工。我就呆呆地透过黑暗一直盯着山口方向。后半夜开始起风了，麦田一浪滚过一浪，我好像置身在一个孤岛之上。为了打发时间，我开始找天上我认识的星座，数星星。这样也不知道过了多久，前面出现了两个晃动的手电光。我兴奋地大喊一声："胡师傅——"声音划破黑暗在寂静的原野上飘荡，倒把我自己吓了一跳，心里一阵震颤，眼圈都发热了。他们听见了我的声音，就高举起手电在空中划了几个圆圈。我跳下车向他们迎了上去。还没有等走到跟前，就听见在黑暗中胡

人生　　　谁能　　无补丁

子喊道："小记者，饿坏了吧？"我连忙喊："不饿不饿，我们有好吃的了。"他们来到车前放下沉重的车轴，先不说修车的事儿。胡子从怀里摸出一个油纸包，原来是一包酱牛肉。他说："没事了，总算把车轴焊好了。那个穷公社，想吃口饭，晚上连个鬼也找不见。好歹临走时在伙房里摸见两块酱牛肉。"我也赶快从书包里掏出大饼，又说了上道班的事儿。三个人先坐在车下的沙地上，掏出一把电工刀，把肉剁一剁，顶着满天星光，掰一块饼就着吃一口肉，再举起水壶喝一口水。今天不但搭车，还搭了一顿伙。这是我记忆中最香的一顿野餐。我的家乡出产一种老字号的平遥牛肉，香彻百年，闻名全国。我自己下乡一年也不知道吃过多少次柴锅大饼，但唯有今晚这顿野地里、星光下、卡车旁的牛肉加大饼，肉香、面香，还有田野里晚风送来的麦香，让我终生难忘。

我们吃饱喝足后开始干活。他们两个钻到车底下去换轴，我在外面打手电，等到轴换好了又用铁锹去清理车轮前面的沙子，为的是让车启动时轮胎能够抓住河床的硬石面。车轴换好了，胡子用沙子搓搓两手的油，跳进车楼子里发动车子，我们两个在外面心都提到嗓子眼上，胜败在此一举，生怕再听到那一声不吉利的"咔嚓"，如果车轴再断一次，今天晚上真要在这里喂狼了。马达嗡嗡地轰鸣着，车身抖动一下，我和小张在后面用力推车，明知道这点力气对一辆卡车来说就像蚊子推大象，但还是使出吃奶的力气自求安慰，终于"咔嗵"一声，车轮咬住了河床，往上轻轻弹了一下，缓缓转动了，我们三个人的心都落了地。胡子喊了一声："上车！"小张从车底抽起那张老羊皮袄，一把甩到车后的煤堆上，推了我一把："快上！"我不知道哪来的灵活劲，像猴子一样跳起，手抓马槽脚踩车轮胎一跃就翻上车顶。

这么一折腾已经是后半夜了，将近黎明时分。我躺在老羊皮袄上看着天边的月牙，晚风送凉，满天星斗，万籁俱静，感慨万端。我只是偶然搭了一次车，就摊上这么大一件事儿。苏东坡说"人生如逆旅，我亦是行人"，李白说"夫天地者，万物之逆旅也，光阴者，百代之过客也"。逆者，不顺也，有迎上、插入之意。社会就是一辆行走的快车，每个人告别父母、离开学校，都要来逆搭这辆车，但却不知道会搭上哪一节车厢，而且还要换多少次。这么想着，东方渐渐泛出鱼肚白，不一会儿就跳出一轮红日，霞光照耀八百里河套，连麦浪也被染成了粉红色。

塞上六年，马车、拖拉机、汽车，甚至领导的专车，也数不清搭了多少次。现在想来，那六年的搭车生活真是一种享受。当我坐在慢悠悠的马车上，听车倌聊天，看着两边的青纱帐、麦田、羊群时，就像是在听一首古老的歌谣或者喝一壶老酒。而当仰面躺在载货的卡车上，则是一种追逐在云端的旅行。自从离开河套之后，我再也没有搭过车。一是因为进了城，交通方便；二是人情变化，世风日下，搭车之事鲜有所闻，而碰瓷行骗的事例倒是不少。所以，就常常想起当年那些搭车的故事，怀念那种萍水相逢、两不相识、一见交心的淳厚民风。我生也有幸，一入社会就在《诗经》式的古风中熏陶了六年整，度过了一个社会人的童年。

开　河

　　20世纪六七十年代，大学毕业生必须先到农村劳动锻炼。我从北京毕业后到内蒙古临河县劳动一年，就地分配到县里工作。想不到，还没有打开行李，就直接受命带民工到黄河岸边去防凌汛。

　　"凌汛"是北方河流解冻时的专用名词，我也是第一次听到。特别是气势磅礴的黄河，冰封一冬之后在春的回暖中慢慢苏醒，冰块开裂，漂流为凌，谓之开河。开河又分"文开""武开"两种。慢慢融化，顺畅而下者谓之"文开"；河冰骤然开裂，翻江倒海者谓之"武开"。这时流动的冰块如同一场地震或山洪引发的泥石流，你推我搡，挤挤擦擦，滚滚而下。如果前面的冰块走得慢一点，或者冰面还未化开，后面的冰急急赶来叠压上去，瞬间就会陡立起一座冰坝，横立河面，类似电视上说的堰塞湖。冰河泛滥，人或为鱼鳖，那时就要调飞机炸冰排险了。无论是"文开"还是"武开"，都可能有冰凌冲击河堤，危及两岸，所以每年春天都要组织防凌。我就是踏着黄河开裂的轰鸣声走向社会的。

　　虽然我在临河县已生活一年，但还未亲见过黄河。在中国地图上，黄河西出青海，东下甘肃，又北上宁夏、内蒙古，拐了一个大弯，如一个绳套，被称为"河套"。在这里，黄河造就了一块八百里冲积平原。我这一年在河套生活劳作，虽未与黄河谋面，却一直饱吸着黄河母亲的乳汁。每当我早晨到井台上担水时，我知道这清凉的井水是黄河从地下悄悄送过来的；当夏夜的晚上我们借着月光浇地时，田野里一片"劈劈啪啪"庄稼的生长拔节声，我知道这是玉米正畅快地喝着黄河水。河套平原盛产小麦、玉米，还有一种别处都没有的"糜子米"，粒金黄，比小米大，味香甜，是当地人的主食，也是供牧区制作炒米的原料。在河套，无论是人还是庄稼都是喝着黄河水长大的，片刻不曾脱离。只有生活于斯，你才能真切地体会到为什么黄河叫母亲河，是她哺育了我们这个古老的农耕民族。前几年联合国粮农组织在全球普查农业遗产，在陕北佳县黄河河谷发现了 1 400 年的古枣园，在山东黄泛区发现了 6 000 亩的成片古桑园，可知我们的先民早就享受着黄河的养育之恩。沿黄河一带的农民说："枣树一听不到黄河的流水声就不结枣了。"

我受命之后，匆匆奔向黄河。一辆毛驴车，拉着我和我的行李，在长长的大堤上，如一个小蚂蚁般缓缓地爬行。堤外是一条凝固了的亮晶晶的冰河，直至天际；堤内是一条灌木林带，灰蒙蒙的，连着远处的炊烟。最后，我被丢落在堤内一个守林人的小屋里，将要在这里等待开河，等待春天的到来。一般人对黄河的印象是飞流直下，奔腾万里，如三门峡那样的湍急，如壶口瀑布那样震耳欲聋。其实她在河套这一段面阔如海，是极其安详平和、雍容大度的。

我的任务是带着 20 多个民工和几辆小毛驴车，每天在 10 公里长的河段上来回巡视、备料，检查和修补隐患，特别要警惕河冰的变化，与指挥部保持不间断的联系。民工都是从各村抽来的，大家也是刚刚认识，都很亲热。河套是我国传统的四大自流灌溉区之一，黄河水从上游的宁夏流过来，顺着干、支、斗、农、毛渠等大大小小的河道，让庄稼

人生　　　　谁能　无补丁

灌饱喝足后，再经排水网络流向下游。因水过沙淤，每年冬春修整河道就成了当地必不可少的工作。在还没有机械施工的年代，全靠人工把泥沙一锹一锹地挑出去，俗称"挑渠"。从另一个角度讲，这也是年轻人欢乐的聚会，类似南方少数民族的"三月三"，不过那是纯粹地唱歌游戏，这却是借走河工而欢聚。民工出发前，会往毛驴车上扔上几口袋糜子米，在铁锹把上挂几串咸菜疙瘩，富一点的生产队还会带上半扇猪肉。人们难得享受一次大干、海吃、打牌、摔跤、说笑话的集体生活。我现在参与的也属这类劳动，不过不是"挑渠"而是"护渠"，规模也小，人也少，民工的年纪也略大，气氛就安详了许多。

住下以后，我到堤上的工棚里看了炉灶、粮食等生活用品的安排，就出来和他们一起装土、拉车。这时一个他们叫王叔的中年汉子突然走上前来拦住我说："头儿，这可不行！你是县里的干部，张张嘴、指指手就行，哪能真干活？"这一句话把我说懵了，我怎么一夜之间就从一个学生、一个在公社劳动的临时农民变成了"头儿"？成了干部？从此就可以不用动手干活了？真是受宠若惊，我还很不习惯这个新身份。就像京剧《法门寺》里的贾桂，站惯了不敢坐，我这双手动惯了，一时还停不下来。马克思说劳动创造人，莫非这一年的劳动就把我改造成另一个人？我一高兴也吹起牛来，我说："这点活算什么，我在村里整担了一年的土，担杖（扁担）都记不清压断了几根。"他们看着我笑道："除了衣服上有补丁，怎么看，也还是个学生娃哩。"大家嘻嘻哈哈，一会儿就混熟了。

因为是上堤第一天，为了庆祝，中午我们就在工棚里包饺子。当地盛产胡麻油，生胡麻油拌饺子馅特别香。一脸盆肉馅拌好后，王叔提出一把装满胡麻油的大铝壶，就像提水浇花一样，对着脸盆大大地转了三圈，看得我目瞪口呆。你要知道那是在物资极端匮乏的年代啊，城里每人一个月才供应三两油。但是生产队自家地里长胡麻，自家油坊里榨胡麻油，吃多吃少，谁管得着？况且，出工挑河就和当兵出征一样是要格外优待的。那年我在村里，春天派河工时，挑河人无肉不行。队长无奈，就发话杀了一头毛驴为之壮行。今日我们在黄河大堤上吃开工宴，真有点梁山好汉初上山来喝聚义酒、大块吃肉的味道。这时大堤内外寒风过野，嘶嘶有声，而工棚内热气腾腾，笑声不断。我内心里怎么觉得，这就是冥冥中给我办的一场劳动毕业典礼，也是身份改变，从此由学生转为干部的加冕宴。

我白天在河堤上和民工们厮混在一起，晚上就回到自己住的林间小屋里，静悄悄地好像退回到另一个世界。这林子是一大片与河堤平行的灌木，专为防风、固沙、防止水土流失而栽。树种是北方沙地一种永远长不大的"老头杨"。护林员姓李，一个50多岁的朴实农民，他的任务是每年春天把这些灌木贴着地皮砍一次，叫"平茬"，促使它根系发达，平时则看护好林子，防止牲畜啃食。这是黄河的一条绿腰带。这个林间小屋里热炕、炉灶等生活用具应有尽有，老李白天在这里煮饭、干活、看林子，晚上回村里和老婆孩子一起挤热炕头。他临走时问我："你晚上一个人住在这片林子里怕不怕？"我说："不怕。"心想，说怕又有什么用？他说："我把这条大黄狗给你留下。你现在就喂它一块骨头，先建立一下感情。"在这个半农半牧区，吃肉是平常事，我一进到这个小院就发现半人高的矮墙头上摆满了一圈完整的羊头骨，如果是哪个画家来了一定会选一个拿回去当艺术品。我摸摸黄狗的头，算是我们俩击掌为友。

后半夜一钩弯月挂在天边，四周静极了，风起沙扬，打在窗户纸上沙沙作响，大黄狗不时地汪汪几声。微风抚过林梢掀起隐隐的波涛，我这个小屋就像大海里的一只小船。我怎么也睡不着了，突然想到这是我平生第一次一个人过夜，而且还是在万里黄河边的旷野上，大约这就是在预示一个人将要独立走向社会。上大学之前我从没有离开过家，在大学里条件有限，一间宿舍上下铺八个人，再下来就是来到农村劳动，四个人睡一盘土炕。而今天，脱离了家庭，离开了集体，像被母亲推出了怀抱，说你已长大，快快出门去吧。我感到几分孤单，又有一点兴奋。人生本是一场偶然，命运之舟从来不由自己掌舵，你唯一的办法就是如鹰雁在空，借气流滑行。我从北京来到塞外，从学校到生产队，再从生产队来到黄河边，被一双无形的手推过一程又一程。

我辗转难眠，就去想那些类似今夜光景的诗篇。苏东坡有一首《卜算子》："缺月挂疏桐，漏断人初静。谁见幽人独往来，缥缈孤鸿影。"不好，太凄苦了。我虽分配塞外，但还不似苏轼发配黄州。又想起辛弃疾的《破阵子》："醉里挑灯看剑，梦回吹角连营。八百里分麾下炙……"，现时大漠孤烟，河堤上吃肉，倒有几分身在沙场的味道。你看：堤外漠漠层林，堤上车马工棚。千万里大河东去，枕戈静待凌汛……那么，凌汛过后的我又将飘向何处呢？

天气渐渐转暖，脚下的土地也在一天天地变软，有了一点潮气。按照老河工的经验，今年的开河将是"文开"，不会有太大的麻烦。我作为"头"，紧张的情绪也有了缓和。不过从心里倒生出一丝遗憾，既为凌汛而来，却没有看到冰坝陡立，飞机投弹炸冰，好像少了点什么。人生就是这样，想要又怕，又爱又恨。民工们已经在悄悄地收拾行装，我无事可干就裹上一件老羊皮袄在堤上漫不经心地巡走，有时遥望对岸，对岸是鄂尔多斯高原——成吉思汗的发家之地。几千年来，这片土地上曾演绎了多少惊心动魄的故事，而我一出校门就投向黄河的怀抱里。中国民间风俗，孩子满周岁时，在他面前摆上各种小件物品，看他去抓什么，以此来卜测孩子将来的作为，名为"抓周"。《红楼梦》里贾宝玉抓到的却是女孩儿用的钗环脂粉，贾政因此心中不悦，说这孩子将来必无所成。现代有类似的新说，小儿断奶后吃的第一口菜是什么味道，就决定了他一生的饮食习惯。我出校门后正式受命干的第一件事就是到黄河上带工，这也是一种"抓周"，而且十分灵验，从此我的后半生就再也没有离开过黄河。几十年的记者生涯，我上起青海黄河源头，下到山东黄河的出海口，不知走了多少遍，采写了多少文字，至今还有一篇《壶口瀑布》在中学课本里。这是黄河发给我的最高奖品。

一天，我又照例巡河时，发现靠岸边的河冰已经悄悄消融，退出一条灰色的曲线，宽阔的河滩上也渗出一片一片的湿地。枯黄的草滩隐约间有了一层茸茸的绿意。用手扒开去看，枯叶下边已露出羞涩的草芽。风吹在脸上也不那么硬了，太阳愈发的温暖，晒得人身上痒痒的。再看远处的河面，亮晶晶的冰床上，撑开了纵横的裂缝，而中心的主河道上已有小的冰块在浮动。又过了几天，当我迎着早晨的太阳爬上河堤时，突然发现满河都是大大小小的浮冰，浩浩荡荡，从天际涌来，犹如一支出海的舰队。阳光从云缝里射下来，银光闪闪，冰块互相撞击着，发出隆隆的响声，碎冰和着白色的浪花炸开在黄色的水面上，开河了！一架值勤的飞机正压低高度，轻轻地掠过河面。

不知何时，河滩上跑来了一群马儿，有红有白，四蹄翻腾，仰天长鸣，如徐悲鸿笔下的奔马。在农机还不普及的时代，同为耕畜，南方用水牛，中原多用黄牛，而河套地区则基本用马。那马儿只要不干活时一律退去笼头，放开缰绳，天高地阔，任它去吃草追风，尤其冬春之际，地里还没有什么农活儿，更是无拘无束。眼前这群撒欢的骏马，有的仰起脖子甩动着鬃毛，有的低头去饮黄河水，有的悠闲地亲吻着湿软的土地，啃食着刚刚出土的草芽。而忽然它们又会莫名地激动起来，在河滩上掀起一阵旋风，仿佛在放飞郁闷了一冬的心情，蹄声叩响大地如节日的鼓点。我一时被眼前的情景所感染，心底暗暗涌出一首小诗《河边马》：

　　　　俯饮千里水，仰嘶万里云。
　　　　鬃红风吹火，蹄轻翻细尘。

　　时间过去半个世纪，我还清楚地记着这首小诗，那是我第一次感知春的味道，也是我会写字以来写的第一首古体诗。

　　我激动地甩掉老羊皮袄，双手掬起一把黄河水泼在自己的脸上，一丝丝的凉意，一阵阵的温馨。开河了，新一年的春天来到了，我也迈出了人生的第一步，明天将要正式到县里去上班。

《当代》2023 年第 1 期

挑　水

　　挑水也是一个淡出生活的词了，不但城市里早已有自来水，现在乡村也都普及了饮水工程。一拧龙头，水就流到锅里。扁担和水桶也成了农耕文化博物馆中的收藏。

　　我之所以念念不忘挑水，是因为它刻骨铭心地记载了一段我初入社会的生活。1966年"文化大革命"发生，从"66届"到"70届"，五个年级的学生都积压在校园里，史称"老五届大学生"。我是其中的"68届"，年底才从北京毕业，被分配到内蒙古的临河县，先在村里劳动一年，因而与担子结下了难解之缘。

　　先说一下这个劳动工具"担子"，当地称为"担杖"。在我的印象里其他地方都叫"扁担"，扁而长。我的家乡是丘陵山区，多梯田，盛产麦子。麦子割倒后扎成捆，用一根铁皮尖头的扁担左右一插，担在肩上，挑回村里的场上碾轧脱粒。如果是挑水的扁担，则不用包铁皮尖头，而是平头带钩。那扁担的制作简直是一门艺术。先选一根笔直的一臂之粗的槐木，更有讲究一点的人则不肯取大树上的旁枝，而要取从地上蹿出的独苗，名"独蹿子"，纹路清晰，弹性更好。其意类似蒜里的独头蒜。料选好后去皮，在烟火中煨烤使之出汗，再阴干。这又类似古代的竹简制作，先将青竹烤出汗来，使之不变形、防虫蛀，这样才好刻

　　　　　人生＿＿＿＿＿谁能＿＿无补丁

字、书写。就是文天祥说的"留取丹心照汗青"之"汗青"。木料定型后，再刨成长条扁平状。这样处理过后更有柔韧性，挑担上路，两头重物上下弹动，再配合挑担人的步法，不用彩排，直接上台，就是最美的舞蹈。山里的路爬高、下坡、拐弯，全靠这纯熟的舞步与所挑之物的律动配合。如果走路累了，不用歇脚，只需将扁担在后脖根上轻轻一捻，就实现了左右换肩，简直是在演杂技。它给我留下了美好的记忆，是家乡的温暖，更是生命中不可抹去的乡愁。而当我经历了大城市里的中学、大学生活，再到塞外农村时，见到所谓的扁担则是一根极不规整的柳木棍子，甚至皮都懒得去掉，更不用说煨软、取直、出汗、修扁了，压在肩上硌得肉生疼。可见当地文化的落后和塞外生活的粗糙。肩上的这一根"担杖"让我水土不服，有一种身处异乡的孤独。

在农村劳动一年后，我先被分配到县里工作，又调任省报驻当地记者，还是住在县城。虽不再下地劳动了，但过日子还是离不了"担杖"。当时县城还没有自来水，日常生活还得挑水。新盖的土坯宿舍旁配有一口手压水井，三口之家，一天一担水足够吃用。

但天有不测风云，人有未料之事。作为驻站记者少不了下乡，一年冬季正寒风凛冽，我接到任务要去边境县采访，前一天买好了长途公交车票，上午八点半发车。早晨七点钟起来，收拾行装，正要烧水下面，水桶里却没有了水。妻子就赶快把两个暖壶里的水全倒到锅里，我则急忙担杖上肩，到压水井上去挑水。走近井边，不想昨夜天气骤冷，手压铁柄与抽水井筒冻在了一起，比焊接的还牢，根本压不动。我的头"嗡"地一声炸了。一小时后我就要出远门，妻子带着一个两岁的孩子，母子俩没有水怎么过？我让自己冷静下来，抬起头飞快地扫一眼这周边荒冷的郊野。不远处有一个村庄，村口有一眼水井。河套地区水位高，井水浅，伸下担子就能提上水，真是天无绝人之路。我心里闪过一线希望，飞快地向井边跑去。当我脱下担钩准备下桶，顿时傻了！原来天气太冷，众人打水，滴水成冰，井口愈冻愈小，已经伸不进一只水桶。这回可是陷入了"灭顶之灾"。扶着这根没有出过"汗"的柳木担杖，我头上却冒出涔涔的冷汗，天都要塌了。我摇摇晃晃地挑着一担空桶跑回家里，见一碗热腾腾的挂面正摆在灶台上，上面还卧着一颗鸡蛋，就更羞愧难当。我将一对空桶摘下，把那根丧气的柳木棍子狠狠地摔在门外的台阶上。妻子连问："怎么了？"怀里抱着的孩子也"哇"地一声哭了起来。我说："今天老天爷也与人过不去，偏偏这个节骨眼上，两口水井都冻实了，一个压不出水，一个下不去桶！"妻子也倒抽了一口凉气。她在一所中学教书，现在上课铃声都快响了，仅有的两暖壶水都已用光，今天不要说吃早饭，连喝口水都不可能了。她把孩子送到邻居家，回来看见那碗面还在灶台上，就端起送到我的手里说："班车也快到了，快吃两口出门吧。"一边又急着去找她的课本、教案，一股脑儿塞进书包里。我接过饭碗，只挑了一筷子，两颗泪就滚过了腮帮。都说男儿有泪不轻弹，是没有被生活逼到墙角里。

我哪里还能咽得下这口饭？看了一眼手表，抓过书包就往车站跑。老远就看见黄风中一辆老爷车正在靠站，我连喊带跑，跌跌撞撞地上了车，找个位子坐下。车开了，刺骨的寒风从窗缝里钻了进来，我能感觉到脸上的泪水冰凉，赶快转过身去怕人看见。一面想着家里已经没有一滴水，妻子中午回来怎么做饭？估计那一碗剩面就是她们母子今天的午饭。她还得一手抱着孩子到井上去压一桶水，但是如果阳光不给力，到中午压井还不能解冻呢？我不敢接着往下想。都说男人是家里的顶梁柱，柱子一松，家就要塌了。

我看着车窗外，黄的天、黄的田野、黄的泥房子，北风呼呼地刮。汽车像一头老牛，喘着粗气，顶着黄风往前跑。我心里乱糟糟的，天地一片混沌。

一周后我出差回来，第一件事就是买了一口大水缸，换了一对大水桶，又把那个该死的柳木棒子摔断，填到了火炉里。高贵的槐木，我的乡愁之木，这里是找不到的。我在附近工地上找到一根榆木棍，请木工刨平，又用砂纸精心打磨，两头装上绳索铁钩。我在努力追寻小时候那一种家的温暖，现在已经独立成家，为夫为父，只好尽力苦中作乐，装点一下这苦涩的生活。

一个月后我回太原探亲，顺便联系工作调动。临走前最重要的事就是挑满水缸。这个新水缸足足装下了七担水，直到一周后我探亲回来，缸里的水还没有吃完，母子俩未受一日之渴。

年底我调回了太原。在省会城市当然不用再挑水吃了。但曾经共患难的这两只大水桶我舍不得丢，搬家时带了回来。其中一只用来提煤，当时城里还没有通煤气，每天烧火用的煤要从楼下提到楼上，运水之桶变成了火神的摇篮。另一只桶反扣于地，上面铺上一块三合板，就成了全家的小饭桌，这两只桶与我厮守了十多年，直到我转了一个圈又调回北京城。

狂风知劲草，霜后枫叶红。在北京工作的那几年里，周围许多重要岗位上都是当年的"老五届"大学生。大家虽不是同校，但是同根，同是在基层摸爬滚打过来的人，见面自带三分亲。我在的国家新闻出版署，每年开一次各省出版局局长会。白天议工作，晚上忆旧情。一次我说到当年的挑水之事，河北的张局长立即正襟而坐，也讲了他的一段吃水难。他亦是响应号召在北京毕业后去支边的，但比我走得还远，一直到了新疆。他刚结婚，小两口被安排在一个回民村劳动，环境之苦且不说，没想到在最普通的吃水小事上碰到了一个大难题。夏天吃水，要用毛驴车到五里外的水库上去拉；冬天就更麻烦了，要到水库里凿冰，拉回来化水。那时妻子已有身孕，他一个人赶车来到水库，先将毛驴车停在库外的大坝下，再翻过大坝下到库面上去凿冰。坝坡很陡，返回时抱着一块大冰往上爬，经常滑倒，连人带冰又滚回冰面。呼天不应，四野无人，空旷的天地间一个男子汉也不知几回偷偷抹眼泪。赶车回到家里还得强装轻松，说什么今天凿到了最好的冰。天苍苍，野茫茫，相濡以沫唯有两个天涯沦落人。都说一滴水可以见太阳，其实一滴水里也浓缩着一个时代和一个人的影子。后来，老张退休后回到上海，"老支边"终于赶上了末班车，享受到一点大都市里的夕阳红。

水是生命的第一需要，它普通得常常被人忘记。"到祖国最需要的地方去"是那个时代的口号，曾让我们热血沸腾。而当理想变为现实，口号已经成为过去，细思量，最难忘记的却是那些再平常不过的挑水、吃水的故事。

《当代》2023 年第 2 期

打　猎

　　我此生只打过一次猎，打黄羊。按现在的说法，黄羊为二级保护野生动物，是不能打的。但那是什么年代？ 1972 年。那时正处于"文化大革命"中社会混乱、经济上物资匮乏的特殊时期，不用说保护野生动物，连人的最低生活需要都很难维持。每人每月 28 斤口粮，3 两油，没有任何肉食供应。这 3 两油放到现在，还不够炸一根油条。我国直到 1986 年才有了第一部野生动物保护法。"打猎"这个概念，现在主要是一种高档的游乐，要申请特别的指标，经过一系列的批准手续。而在那时，其实就是去找一口能填肚子的东西。

　　1972 年我的第一个孩子降生。母亲缺奶，大人除了一份口粮，没有任何额外的营养。"奶粉"这个词，我是过了多年以后才听说的。当时，我在内蒙古日报驻巴彦淖尔盟记者站，共 3 个人，3 个民族，典型的民族团结小集体。站长包音乌力吉，蒙古族；还有一个叫恩和，达斡尔族；我，汉族，最小，才 20 多岁，又是从城里来的外地人，干什么都一副怯生生的拘谨之态。他们俩 40 多岁，又都是本地人，各方面都游刃有余。老包看见我窘迫的样子就说："小梁，我们去打一只黄羊，好给你媳妇下奶。"

　　当时靠近国境线新成立了一个潮格旗（后更名为乌拉特后旗）。野生动物无国界，那里常有大群的黄羊来回游走。我们决定去碰一下运气。一个冬日的晚上，我们宿在离边境不远的一个蒙古包里。地上放着一个用汽油桶改装的火炉，里面烧着牛粪。我原以为干牛粪松松软软的，如草一样一烧即过，没想到它竟如碳块儿一样，直烧得炉火纯青，连炉筒都烧红了。虽然是出于生活窘迫前来打猎，而我这时却起了玩心。我看看蒙古包的穹顶，摸摸身下的毛毡，又仔细打量那菱形的支撑蒙古包四壁的红色栅框，这是蒙古包的脊梁，如折扇之骨，可随时折叠迁移，所以又叫"围扇"，蒙古语叫哈那。平常在农区采访都是睡土炕，今天睡在蒙古包里十分新鲜。我一个在北京学档案专业的大学生，本该毕业后去故宫或中央档案馆工作，今天却睡在蒙古草原上。人生如一片树叶，命运就是潮水，自己不知将往何处。我想当年苏武牧羊，文天祥被俘，在塞外住的也一定是这种毡包。秦时明月汉时关，两千年不变的"穹庐"。这时外面正下着小雪，雪片从庐顶的透气孔落进来，瞬间消融，而炉火只管嗡嗡地烧着，倒有一种晚来天欲雪、红泥小火炉的诗意。老包用蒙古语和当地的朋友聊得正欢，我却急着想赶快出猎。他说不急，等雪再落得厚一点。

等到后半夜，我们带上了一个当地蒙古族小伙子巴特尔（蒙古语英雄之意），连同司机四个人开了一辆北京吉普，带了一条半自动步枪，出发了。无边的草原，夜色中像一个看不透的深渊。车灯前，只有纷纷扬扬的雪花，而光带两侧就是铁壁般的黑幕。车轮滚滚，我们像掉进了一个黑洞。也不知过了多长时间，我突然担心地问："不会跑出国境线吧？"司机半开玩笑地说："索性，咱们就偷偷地出国溜他一趟。"因为国境线的两边都是平坦的草原，并无明显的地标，双方的人常有误出误人的情况。好在两国的关系还好，如对方的骆驼、牛、马等大牲口走失时也会互相归还。

我们在黑暗中飞奔着，司机突然轻轻地喊道："有了！"只见车灯的光束网住了一只飞跑的家伙。灯光中片片的雪花舞动着，又给它打上了一层网纹，忽隐忽现，确是一只黄羊。司机猛踩一脚油门追了上去，这东西很傻，只知拼命地往前跑，其实它只要左右一闪坠入黑暗，我们的车灯就很难搜到它了，但它就是顺着光线一根筋地往前跑。倒像是我们给它照明，它给我们引路。原来它怕黑暗，只敢在车光里面走。奇怪，一个夜行动物，旷野独行，不怕黑，而遇到一片光明后就再也回不到"解放前"。

草原并不像公路那样平坦，时有土包草根，所以车子颠簸开不快。那个黄羊倒是蹦跳自如，像箭一样穿射。这时就看出车轮与四条腿各有优劣了。但是黄羊终归是要输给人的。它有两个致命的弱点：一是不敢跃入黑暗，因此就被车灯锁定。二是它跑得再快，总有力气用尽的时候。而我们的车子是烧油的，只要油箱不干就不愁追不上它。于是，就这样在黑暗中不紧不慢地跟着，距离逐渐接近。直到只剩下几十米时，坐在第一排的老包从卸掉帆布风挡的右车窗伸出枪去"叭、叭"两声，那只黄羊应声扑地。我们欢呼着跳下车，这个大家伙估计有60多斤，三个人七手八脚抬着扔到后箱。我一下来了劲儿，要求也坐到前排去。老包在车灯的光线里，隔着雪花，一个漂亮的动作顺手把枪扔向我，说："试试你的运气。"话音未落，枪已飞过来，我顺势接住。这车灯就像舞台上的一束聚光灯，正照着我们上山打虎的一幕。我也觉得自己成了杨子荣，顿生豪情，坐到前排"啪"的一声拉上车门，把枪伸到窗外，说一声："开车！"

车子在急急地跑，雪在慢慢地落，这个世界好安静，我们是来打猎的吗？人很有意思，常会因为某一种逻辑而推出另一种结果。最开始本是因为孩子无奶，想法子要给孩子母亲补补身子；城里无肉可买，就想到来草原打黄羊；又因为赶上了下雪，所以就看到了这美丽的夜色、灯光、飞雪、黄羊。就是专门的舞台灯光设计，精心导演的电影也没有这种效果呀。现在我们都成了剧中人，仿佛到了另一个世界，有一种异样的神秘。什么苏东坡的"左牵黄，右擎苍"，"千骑卷平冈"，哪如今天我们这，沉沉夜，雪茫茫，铁骑追黄羊。我正美滋滋地狂想着，随着路面的不平，车灯左右一晃，又网住了一只。这只比刚才的那只略微小一点，跑得更快。只是这只亦不敢跃入黑暗，这就注定了它难逃枪口的命运。

约跟行了20多分钟，距离已经缩得很近。我一扣扳机，黄羊立马翻身倒地，一丝不动。停车，我慢慢靠近，这家伙却突然跃起身，挺着两只角向我冲过来。它的腿已受伤，虽然气势很猛，但还没走两步便又倒地。我一时没有了主意，明知它是食草动物，不会咬人，还是不敢靠近它。又明知我现在的身份是猎人，它是猎物，应置它于死地，但刚才是在远处开枪，就如同面对一个靶子，手指移动之间还没有多少心理压力，这时是在汽车的聚光灯下看着它棕黄色的漂亮的皮毛和那流线型的腰身，特别是在车灯中反射着光芒的那双大眼睛，我一时手足无措。倒像是一个做错了事的孩子，面对一个无言的大人。我冷静了一下，努力战胜自己的自责心理。我给自己解释，家里养的羊不是也照样要杀着吃吗？就鼓起勇气扑上去，想按住它的身子。但它一甩头又换了一个位置，拿眼睛瞪着我。这时坐在车后排的巴特尔走了下来。他可能是看见我实在窝囊，便两步抢到黄羊的正面，双手抓住两只长长的羊角，然后发力一拧，整个羊头被转了180度。稍停片刻，黄羊蹬蹬脚，便不再动了。这类似我们在电视节目里常看到的狮虎捕鹿羊时的锁喉功。还不等黄羊完全停止抽动，巴特尔就从腰间拔出一把半尺多长的蒙古刀，对准腹部正中划了一个小口子，左手伸入腹内，只一把就把内脏掏了出来扔在地上。顺手将刀上的血在黄羊身上擦了两下，双手提起四脚，一把将它摔到后箱里，直看得我目瞪口呆。这时我才意识到我的软弱，真是百无一用是书生。本来不管打猎还是饲养牲畜都是人类获取食物求生存的一种方式。我这个刚出校门的学生真不具备这种生存本领，活该挨饿。只有老包、巴特尔他们才是草原的主人，是有自主生存能力的人。孟子说："君子远庖厨。"可是1 000多年了，也从没有误了哪个君子吃肉，可见人性之矛盾、虚伪的一面。

两天后的一个晚上，我怀抱着那只冻僵了的黄羊回到县城的家里。刚推开门，就"咚"的一声把它扔落在地。妻子吓了一跳，说这是什么？我说："救命的东西来了，孩子有奶吃了。"我们把它靠在灶台旁，一直过了两天才慢慢地化软。这回再也没有英雄巴特尔帮忙了，只好自己动手用一把尖刀，慢慢地剥了皮，剔骨取肉。然后用一个袋子挂起来冻在外面的房檐下。这是孩子母亲的专供，每天给她煮一碗肉汤。我尝了一口，并不好吃，肉很粗，味亦膻。但为了下一代也得硬着头皮喝下去。这只黄羊帮我们渡过了最困难的那几个月。多少年后，我读到女作家毕淑敏的一篇文章，文章里说母亲怀她时正随军在新疆，本来条件就很艰苦，孕期反应又特别大，什么都吃不下。一次偶然发现唯有鸽肉可食，正好当时军用粮库里常飞来大批的野鸽子，很容易捕捉。长大后母亲对她说，怀你的时候大约吃掉了上千只鸽子，而吃进去的米加起来也不过十几斤。等到儿子长大后我也常对他说，你能有今天还得感谢那只黄羊。

其实黄羊之功，不止于此。1960年是困难时期。内蒙古草原上的黄羊动辄数百上千头的一群在天边游荡，成了当地甚至北京地区的"救命粮"。前几年看到央视播的一个电视片，当时全国上下都处于饥饿的恐慌无奈之中，而紧张建设的核试验工程不能下马，将士们勒紧裤腰带在饥饿中苦斗。一次主持军工的聂荣臻元帅招某位将军来汇报工作，敬礼毕，还未及落座，聂荣臻却盯着他容光焕发的脸严厉地问道："人人都面有菜色，你怎么这样红光满面？是不是盗用了军粮！"对方连忙解释说，我们组织机关干部和战士到草原上打了一批黄羊，为大家补充了一点营养。聂帅才半信半疑地让他坐下来说事儿。黄羊功大，大可救民度荒，小可救小儿无奶之急，真天之尤物也。

《当代》2023年第2期

土　炕

　　不懂得土炕就不懂得中国的农村和农民，至少不懂得中国北方的农村和农民。而没有亲身睡过几年土炕的人，很难感受到这块黄土地和农民心头细微的震动。

　　我在土炕上出生并度过了童年，8岁进城就再不睡土炕了。没想到22岁大学毕业后被分配到塞外河套，又睡了6年土炕。这好像是要特意唤醒我对土炕的记忆，激活我身上的土炕基因。我一直认为人生有两个童年：一个是自然人的童年，主要是身体的成长，大约6年；一个是社会人的童年，主要是从学校毕业后走向社会，学习独立生活，也是6年。就是说我的两个童年都是在土炕上度过的。

一、炕上冷暖

　　大学毕业的时候我是被政治动员，热血沸腾地写了决心书，自愿到边疆去的。有一种"男儿带吴钩"，"青山埋忠骨"，舍身报国勇上前线的味道。1968年12月4日宣布分配方案，随即被要求立即离校，三日报到。我在京上学离家已经5年，只要求回家看一眼老人，结果只准了10天假。我老老实实在家只待了9天，便来到内蒙古巴彦淖尔盟的临

曾经亲历　　　　　　　土　炕　　　　　　　051

河县。谁知当地正一片混乱，前来报到的应届生就我一人。一腔热血顿时冰凉。

临河是靠近黄河的一个小县，城中只有一条碎砖铺成的东西街，10分钟就可以走完。招待所在街的最西头，一院清冷。迎接我的是屋里的一盘冷炕。12月底数九寒天，几簸箕煤的微火怎暖得身下的三尺冻土？况且孤身一人，这次第，怎一个"冷"字了得。就这样我苦挨了一个月才等齐了七八个大学生和十几个中专生，然后被送到一个村子里插队劳动。又是一盘冷炕，上面睡着我们四个男生。虽来自不同的学校，现在却都是同炕师兄弟了，上海来的年龄最大算是大师兄，呼和浩特来的两个是老二、老三，我排第四。而四个女生则被安排在后面一个农户家里。这间寒屋已久没有住人，风吹雪埋，尘网如织，又正是塞上的隆冬季节，突然住进几个人来，不是这房子给我们避寒，反倒是靠我们的体温和哈出来的热气来给这个寒窑暖身。一盘冷炕，占据了半间房，我们吃饭睡觉看书，全都在炕上。当地房子的结构是黄土地上起梁，上面搭椽，椽上铺红柳编成的篱笆（俗称笆子）代替瓦，并无顶棚，红柳笆子裸露着，蜘蛛虫蛇之类都可借宿其上与人共处，不过那时是冬天还暂无此虞。为了御寒，我从供销社用军用水壶打回一壶酒，直接挂在椽子上。房子不高，每天早晨起身，头就碰着水壶，就顺便仰头喝一口酒，暖暖身子，再哆嗦着下炕生火。

本就是隆冬季节，滴水成冰，地里根本没有一点农活，何苦把我们这些人急匆匆地招来呢？而"贫下中农们"这时都正猫在自己家里的热炕头上抽旱烟，说闲话，抱孙子。人家还奇怪，大冬天里都快过年了，怎么来了这么一群洋学生要帮他们种地，就是种地也得赶个季节呀。幸亏我们是自带工资，白干活不要工分，与农民没有什么矛盾。这个离家、离校的第一个冬季，就这样莫名其妙地躺在冷炕上无事可干，只剩了一个"想"字：想家，想学校，想未来的前途。正是岑参边塞诗里说的"万里乡为梦，三边月作愁"。

想前途，最想是婚姻，难道真要在这里终身打光棍？

那时我们四人都还没有对象。在校时集体生活很快活，还不觉得有什么，来这里一下就感到，最缺的是要有一个老婆好去实实在在地过日子，什么"爱情"二字，一页翻过。我因上学比正常人早两年，年龄最小，他们三人都大我三四岁，就更加急迫。而后院的那四个女生倒是比我们早解风情，各人身后都已有一根风筝线，现在正忙着给城里的情人写信呢（但情书里也尽是诉苦）。窗外满天飞雪，风狂沙舞，我们四个人仰躺在炕上，双手反插在头后，望着顶棚上那些裸露着的红柳笆子，身在凉炕，心却如热锅上的蚂蚁。这时才知道，什么小说、电影、歌曲里的爱情，都是虚幻美化了的肥皂泡，尘世间又有几双鸳鸯、几对梁祝？在学校时异性如云，同桌听课，并肩而行，都未想到找个对象，现在来到这荒野边村，西风凄紧，大漠黄沙，何处觅知音？

不用说知音，现在只要有一个能烧火暖炕的女人就行。四人中大师兄的年龄最大，而偏偏他又出身不好，父亲曾是国民党高级军官，湖南人，"文化大革命"中甚至误传他与杨开慧的被害有关。偏偏他又是多才多艺之人，两个哥哥也都在专业文工团，他的嗓音高亢甜润，唱歌极好听。在县招待所等待分配期间，闲来无事，就引吭高歌内蒙古名曲《高高的兴安岭》《骑马挎枪走天下》《赞歌》等，瞬间窗户外就爬满了人，问："何人唱歌？"答："一个姓胡的。"众人就说："胡松华啥时候到咱县里来了？"他真与胡松华不分高下，只输在没有一个好出身。他从上海来还不忘随身带了一把二胡，那琴声响起也能绕梁三日。我也从北京带来一支竹笛。那天我们四人躺在冷炕上说了些无聊的话，一直说到再无话可说，他就起身从墙上摘下二胡，"转轴拨弦三两声，未成曲调先有情"。我说："《赛马》（草原题材的二胡名曲）？"他说："不，今天《草原之夜》。"于是曲随心生，如泣如诉，凄婉的乐曲回荡在塞外寒冷的夜空。众人叩炕沿而和之。"平林漠漠烟如织，寒山一带伤心碧。"最伤心处，是那句："想给远方的姑娘写封信，可惜没有邮递员来传情……"后来我们四人中最先忍不住的是二师兄，借用春节几天，到千里外的贵州舅舅家去探亲，"闪恋"了一个女工，把自己"嫁"到了贵州。50年后我去贵州，他已是儿女成行，本人也已从一个中学校长岗位上退休。

想前途，最想是工作，不知分配是何时。

我们四个人，一个学历史档案，本来该是去故宫或中央档案馆里干活儿；一个学生物，该到哪个实验室里去；一个学化工，该去化工厂；一个学建筑之暖通，该去城里盖大楼。但现在都一起被摆平在塞外的这个冷炕上。个人档案都已经转了下来，就算劳动结束也逃不出这个小县了。举目四望，哪有对口的单位？"长亭连短亭，何处是归程？"更让我们看不懂的是这种分配规则或者是社会法则。我是因为出身好，是党员，又自动报名，这是嘉许式的分配；大师兄是因为出身不好，明显是惩罚式的分配；还有的是因为得罪了老师，报复式的分配；等等。这使我联想到"文化大革命"中的"牛棚"，里面同时关的有资本家、旧军官，也有共产党的"当权派"。现在我们则不管你是鲤鱼还是草鱼都一起被捞来平躺着冷冻在这条土炕上。更有怪者，我们已到县的学生中有的以"下厂锻炼"为名，而逃离了农村劳动。而我们这些北京、上海远道而来的支边学生举目无亲没有什么关系，就顺理成章落在最基层了。哪怕你曾是天蓬元帅，既然下凡也只能当个猪八戒了。而后院里的那几个女生，也许当初是嫦娥，现在也都成了烧火丫头。想起在学校里"东风吹，战鼓擂"，何等的天真豪迈，这才几天就北风吼，黄沙飞，冷炕侍候。我不觉改编了辛弃疾的词《丑奴儿·少年不识愁滋味》，就在心中吟哦着：

少年不识愁滋味，心比天高。心比天高，投身边塞建功劳。

而今识尽愁滋味，心如水浇。心如水浇，一盘冷炕与冷灶。

当时全国正处极左高潮，知青下乡，大学生充边，《人民日报》上还发表了甘肃的典型，城里居民喊出"我们也有两只手，不在城里吃闲饭"。真是乾坤颠倒，前程不明。我们下来时县里谈话说："你们的工资先发着，以后还发不发等'九大'之后看政策再说。"言下之意，公职身份也难保。身着冷炕，心悬半空。莫非真的要没了媳妇又折了前程？进入社会的第一个冬季，我们就这样在冷炕上辗转反侧，冷得身寒心颤，忐忑不定。

这个冷炕真正有了一点热气是临近春节时，房东需要做年食，他家一个灶火不够用，借我们的灶煮肉、蒸馍、炸油糕。当地俗语"牛头不烂，多费柴炭"，把这个冷炕狠狠地烧了几天，才透出了热气。还有一件小事，房东李大爷突然在身子的隐私处得了一个怪病——睾丸炎。他家里又没男丁，只有一个闺女，侍候不便。我们几个男生就用小毛驴车把他送到公社卫生院，陪着住了几天。而卫生院里唯一的一个正规医生齐大夫是比我们早一年分配来的大学生，逃过了下乡劳动一劫。不管哪里来的大学生，现在同是塞上沦落人，平时我们关系就很好。这次他爱屋及乌，及到了我们的房东，对病人格外关照。李大爷康复出院后就给我们提来了一条羊腿，表示感谢。还借着吃年饭在炕桌上摆了一席。当地最好的年饭是油糕羊肉汤，一碗下去浑身冒汗。这大爷虽没有多少文化，但是知书达理，通于世故。那些历史故事、评书演义，肚子里也装了不少。一杯酒下肚，便掏出了心窝子话。他说："娃们，我看你们总是提不起气，俺们这个地方是苦一点，但你们是公家人，迟早待不住的。再说了，公家人由公家做主，个人说了也不算。有一句话叫嫁鸡随鸡，嫁狗随狗，嫁个扁担挑上就走。那昭君是个皇帝的公主吧，把她嫁到塞外她也得走，不是还跟人家匈奴单于生了几个孩子嘛。"说得我们哈哈大笑。这下我们彻底认命了，知道我们已经是出了塞的王昭君，还妄想再过什么宫里的生活？既来之则安之，就知足吧。

开春后天气慢慢变暖，我们也渐渐习惯了边地的生活。于是白天劳动，晚上又重新收拾起书包，再当读书郎，只是不上学堂而是上土炕。来时各人都带了些书，又不断向家里要了些书。还有邻村的知青，因不同的家庭背景带来的各色杂书。大家交换着读，又沉浸在书海中。读书可以治病，一点不假。文学永远是穷困潦倒时最好的兴奋剂，而诗歌更是强心针。一本《朗诵诗选》被我们翻烂了，背熟了，我几乎手抄了一遍。大家在炕头上大声朗读着，好像是要和窗外的北风较劲儿。说老实话，于心情苍凉之时这有点儿夜过坟场吹口哨，是给自己壮胆，尽找那些豪迈的句子大声地念，印象最深的有郭小川的《祝酒歌》：

三伏天下雨哟，

雷对雷；

朱仙镇交战哟，

锤对锤；

今儿晚上哟，

咱们杯对杯。

有张万舒的《黄山松》：

好，黄山松，我大声为你叫好，

谁有你挺的硬，扎的稳，站的高；

九千里雷霆，八千里风暴，

劈不歪，砍不动，轰不倒！

要站就站上云头，

七十二峰你峰峰皆到，

要飞就飞上九霄，

把美妙的天堂看个饱！

不怕山谷里阴风的夹袭，

你双臂一抖，抗的准，击的巧！

更不畏高山雪冷寒彻骨，

你折断了霜剑，扭弯了冰刀！

后来我到光明日报社工作，竟与郭小川的夫人同在一个办公室。我到国家新闻出版署工作时，张万舒任新华社国内部主任，我们就更熟了，常请他来做各种新闻奖的评委。我就给他讲在冷炕上曾背他诗的故事，他大为感动。

从来知识分子的流放都伴随着知识和书籍的传播。在这塞外的冷炕头上，我遇到了按原来的人生轨迹根本不可能读到的两本书。一本是《太平洋战争》，像是哪个知青偷偷带来他老爸军事院校的教科书，写第二次世界大战时美日对太平洋岛屿的争夺。战争宏大的场面和残酷的现实，激发了我一个男子汉的热血情怀，也顺便养成了我对军事题材作品的阅读爱好。第二本是陈望道先生的《修辞学发凡》。当时已经残破，缺了封面和封底。陈望道是和陈独秀一起创立中国共产党的人物，是中国翻译《共产党宣言》的第一人。他因与陈独秀性格不合，愤而离去做学问，又成了中国修辞学的开山第一人。修辞学是研究文章辞章怎样美丽动人的学问。这本书很专，就是大学中文专业也未必选修。而我反复研读，其味无穷，还详细做了笔记，它影响了我后半生的学术事业。仅举两例。

一是20世纪90年代社会上兴起一股新闻散文化之风，而且有权威倡导。新闻能不能散文化，一时两派争论不休，难分高下，报纸上就展开了大讨论。我当时在国家新闻出版署工作，讨论半年后，报社请我写一篇结论文章。我祭出陈望道关于修辞两大分类的说法，论证新闻不能散文化，一锤定音。可见经典的力量。还有一例，是书中引用了一篇

20 世纪 30 年代名家夏丏尊先生翻译的日本作家的一篇散文。这是极少见的一篇理性散文，我反复研读并抄写在笔记本上，这对我后来的写作影响极大。可惜，"文化大革命"后《修辞学发凡》再版时却抽去了这篇例文。我的手抄本成了孤本，后来就把它重发于《名作欣赏》刊物。到 2018 年 6 月，我又以此风格写了一篇《线条之美》发表在《人民日报》上，很快入选全国高考试卷。而这时与我初读此书已经过去了 50 年。谁能想到"文化大革命"5 年在学校吵吵闹闹学无所得，而在塞外荒村的这一方冷炕上却狠狠地补了一课，埋下了若多学术的种子。

是这盘热炕焐热了我们的身子，也回暖了我们的心。

二、炕上烟火

开春了，农事活动增多，我们也渐渐融入了农民的生活中。村里白天下地劳动，晚上关于生产调度、政治学习、生活安排、邻里纠纷等的事情，都在饲养院的一盘大炕上讨论解决。当时还没有电视机，就算没有什么事儿，男人们也都会凑到这里来，谈天说地。这一方大炕就是全村的"多功能厅"。而开会时总伴随着抽烟，烟具很有特点，并不是常见的铜烟锅、竹烟管、玉烟嘴之类的，而是一根羊的小腿骨，名叫"羊棒"。任何动物的小腿都是中空细长，下端平开成三角形，这是为了支撑身体的重量，符合力学原理。著名的法国埃菲尔铁塔就是以此原理仿生而建。利用羊腿制作烟具，正是利用了它的中空和那个三角平头。先将骨头刮洗干净，在腿骨前的三角平面处打一个小洞，镶进一个半公分深的小子弹壳，以装旱烟丝，在另一头配一个烟嘴儿。因为烟斗处很小，按进烟丝，抽一口即成灰，吹掉；再按，再吹。吹的力气倒比吸的力气还要大，那尼古丁在肺里并没有留下多少。所以当地抽烟不叫"抽"或"吸"，而叫"吹羊棒"。这样一按一吹，一明一灭，很是享受。这使我想起朱自清谈20世纪30年代在北京吸烟生活的一段话：

> 抽烟其实是个玩意儿。……唧上，擦洋火，点上。其间每一个动作都带股劲儿，好像做戏一般。……看烟头上的火一闪一灭的，像亲密的低语，只有自己听得出。

现在生产队饲养院里这种"吹羊棒"的方式，还真是个"玩意儿"，后来我在全国各地再未见过。这大约是由煤油灯时代沿袭而来的习惯，盘腿在炕，就着灯头不停地吸、吹、按，否则用火柴或打火机都很麻烦，也是带着一股特别的劲儿。所以，那时尽管饲养院早已有了电灯，但土炕上还是备有一盏油灯，抽烟的人就你一口、我一口，频频做传灯状。屋里笑声、骂声和孩子们的打闹声组成了一首"土炕交响曲"，而那根羊棒在浓浓的烟雾中闪烁明灭，倒像是大剧院乐池里一根带着荧光的指挥棒。

集体经济时期的公分即农民的工资，工分数量涉及工资的含金量。因此，工分和记工是饲养院大炕议事的经常话题。特别是男女同工同酬，不只是分值多少，还涉及男女平等。在解放初的互助组时期，全国劳模申纪兰就因为首倡男女同工同酬而受到毛泽东的表扬，她从第一届全国人大代表一直当到第十三届去世，后来我们曾同在第十一届人大的同一个代表团里，这是后话。有一次在饲养院的土炕上又讨论到派活与记工。生产队长宝子说："明天都到东大滩那块地上去担土，担一天，男劳力十分，女劳力八分。"话还未说完，坐在他身后正纳鞋底的妇女队长，劈头就打了他一鞋底，说道："你和你老婆同睡在一个炕上，怎么就同工又同酬？"屋子里轰地一声，笑炸了锅，有躲在黑影子里的姑娘们就羞红了脸。人们前仰后合，会也开不成了。第二天，社员一见宝子就问："昨天你家是不是同工同酬了？"弄得他都不好意思派活儿。

不光是生产队的土炕，就是堂堂党校的土炕上也是一股浓浓的烟火气。我曾经住过一期盟委的党校。宿舍是一个能装下20多个人的对面大炕。学员都是公社书记。白天课堂上学马列，晚上躺下就趴在炕沿上，退出半个光身子，敲着旱烟锅，面对面地说笑话。内容也离不了政事、农事和村里的人物。那屋里烟雾腾腾，笑声嗡嗡，与饲养院的大炕也相差无几。本来从农民到公社书记并没有走多远。后来我多次上过中央党校，那宿舍改造得一年比一年高级，20世纪80年代时还是筒子楼，一层只有一个卫生间、一部电话、一台电视机，后来就逐渐发展成单间还带沙发、卫生间，烟火气已遥不可觅。这盟委党校倒接地气，在大炕上说鬼故事，吓得人半夜憋破尿泡也不敢到外面去撒尿，比《聊斋》和纪晓岚《阅微草堂笔记》里的鬼故事好听多了。但是最生动的还是那些活生生的经过多人的口头加工传递、有荤有素的故事，十分精巧幽默，常常让人笑得眼泪迸流，一时难以入睡。难怪胡适说真正的文学要到民间去找，一上书就不是文学了。

土炕文化包括土炕文学是一种特殊的文化现象，是一个特定地域、特定阶段的文化与文学。新中国成立初期著名经济学家、北大校长马寅初在中南海讨论国是，说中国农村人口增长太多是因为没有电，晚上无事可做，上炕太早。他是用物理学、经济学来解释社会学问题。确实，生存条件决定了一种文化的形态和内容。农村的大炕紧连着窗台，而河套的农村又多无院子，窗台敞对野外，村里无电视（再早还无电）、无文艺活动，村民无以为乐，就发展出一种"听窗台"文化叫"听房"，听人家的炕上私话。这成了一种公开的农村娱乐，甚至还上传到乡镇和县城。我到县里工作后，文化馆里的一个大学生结婚，文化人闹新房的炕文化青出于蓝而又胜于蓝。有人偷偷在炕下藏了一个麦克风，几个年轻人冒着寒风在窗外等动静，半天无声，突然房门大开，那个麦克风被一把扔出门外。原来对方早有防备，听窗人哄然大笑而去。这是土炕文化的上限，因为再往大城市里就是车水马龙，酒吧歌厅，一个灯红酒绿的不夜城了，而土炕也早换成了席梦思。

后来我离开了生产队去县里工作，再后来又当记者，还是少不了下乡，仍然与土炕脱不了干系。那时候的干部讲究"三同"：同吃、同住、同劳动，在农家吃派饭、睡土炕是经常的事儿。关于炕的记忆成了我脑子里永存的一卷河套风俗画。县委有个干事小赵，比我迟分配来两年。一次，我带他到城南靠黄河边的一个村子里宣讲文件，队长是一个年近60岁的老汉，晚上12点已经过了，他还不说安排我们的住处。散会后随手拉了我一把说："走，到我家去住。"他家没有院子，临到房前，他带头解开裤子，在地里撒了一泡尿，我们也效法照办，三个人就推门进屋了。一进屋我头皮就炸了。一条大炕从炕头排起，已经男男女女睡了老少六七口人，看样子是一家三代。炕末给我们俩留了一小块位置。队长说上炕吧，我和小赵只好扭扭捏捏脱衣上炕。我心里嘀咕，早知道这样，我们俩宁肯蹬自行车回县里去过夜。这一晚，我怎么也睡不着，浑身直起鸡皮疙瘩。炕上还有他家里一个年轻小媳妇呢。这时我才明白队长为什么磨磨蹭蹭地把会议拖到这么晚，是为了让全家人先钻到被窝里去，我们才好进门。塞外冬天极冷，当地既不产煤炭也没有森林木材，为省烧火钱，一般到冬季，全家人都挤在一条炕上，来了客人也就再挤一下。第二天早晨我一睁眼，婆媳女人们早早起身出门去了，以免我们尴尬。这是贫穷使然，是农村现实的生存环境。这在当时的中国农村还不是最贫穷和最尴尬的事情。当时安徽省委书记万里（后任副总理、全国人大常委会委员长）到小岗村调研。推门走进一户农家，一个老太婆正在烧火，两个大姑娘拥坐在稻草堆里。他问长问短，话头难收。村主任拉他起身，出门后才说："那俩姑娘没有穿裤子。"万里万没有想到农村竟然穷到这种程度。当时真的是北方过冬卧炕上，南方过冬钻稻草。这才有后来万里在黄山与邓小平的对话，于是农村承包的改革最先从安徽发起。

我下乡采访如到大队一级，多睡在饲养院、大队部、油房、皮房等公屋的土炕上。最难住的是榨油房。到处是油污不说，那被子油黑冰凉。但在这些地方常会碰到各种事和各阶层的人，看到社会的众生相。兹摘一段日记如下：

一九七二年十一月十五日

小记两个人物。

今天来到杭锦后旗沙海公社新红大队采访。这里已是很长时间不来干部了。傍晚，我到了大队部，只见一个十七八岁的小青年在门口织羊毛口袋。这是一种笨重的手工劳动。用一把七斤重的铁刀，一刀一刀地把纬线压紧，一天只能织几尺。我问他，你一个人织吗？他说还有他的师傅，在屋里缝口袋。

我进了屋里，一个中年人，个子不高，正低头缝着毛口袋。我想这就是他了。还不等我开口，他便抬起头来，热情地招呼我坐，又递过来一支烟。我说："辛苦吧？"他说："说不上，有一碗饭吃就行。"天色已发黑，我说："看不见做活了。"他说："今天又交代起了，现在睡觉就是咱们的任务。"他已42岁，但还未娶妻。我说，为什么不找一个？他说："20来岁的时候有过这念头，但以后也就不想它了。我一个人当口袋匠，一个月可以挣100多元，交队里一些还有四五十元，走到哪，吃到哪，给哪个队干活，哪个队还不热情招待？干不动时，有集体五保哩。找那家口干什么？现在要找都是带孩子的，你养活人家，等将来你鼻涕邋遢了，老不死的样子，人家还不嫌弃你，何苦呢？"

晚上我就和他睡在一个炕上，他话很多，看过不少古书。他的哲学就是干活、吃饭，自己还买了个收音机带在身上。晚上一个人打开听听歌曲，还挺爱好音乐。他就是这样一个自由职业者。临睡时，他说要吃药。我问"什么病"，他说也没什么，人这一辈子就像地里的糜子，到八月十五不割也不行了，自己已是七月十五的糜子了。其实他才40刚出头。

第二天晚上我正在土炕上写稿，进来一个老汉，姓张，就在大队房后住，很健谈，也很乐意显示自己。他说，他有很多秘方，治了不少疑难病。他在20多岁时碰见了一个妇女口鼻流血，多年治不好，他用了二两当归，一两川芎，童便泡七次，蒸七次，焙干研末，黄酒为引冲服，治好了。还有一次，用自己配的药丸，加三分麝香，治好了一个食道癌患者。又说用一碗小茴香泡童便，炒干研末，炒盐作引可治牙痛。

有时候到村里采访，我也会住在社员家里。一次住在一个50岁的老光棍家，我们聊得投机，他突然说今天我给你做一碗疙瘩汤喝。这是北方产麦区最普通的饭食，我小时候母亲就常做，将面粉放在碗里洒少量的水，拌成半干的碎片，均匀地散入滚开的锅中，所以又名"拌汤"。但是无论什么样的高手，手拌的面入锅后仍会面疙瘩大小不匀，这真是一道未解的"哥德巴赫猜想"难题，想不到今日它被破解在一个土炕上的光棍手里。只见他将拌好的半干半湿的面粉先不急于下锅，而是倒在案板上，用刀轻剁慢翻，再撒干面，再剁再翻。如此，面疙瘩就可以细到任何你需要的级别。然后天女散花，下入滚开的锅内，起锅前倒入少许油泼葱花，满锅散打一颗鸡蛋，有异香。我得此奇方十分骄傲，从此凡家里要做疙瘩汤时，我立即抢入厨房，亲自操刀，乐此不疲。6年的河套生活，不知在土炕上捡得多少奇闻异事和验方。

后来我成了家，夫人在县里中学教书，学校就拿出一间废教室，中间隔墙一分为二，为两个小家庭各盘了一个大大的土炕。这样我无论在家或出门都成了一个彻头彻尾的塞外炕上人了。

三、炕上家国

虽然我后来离开了塞上，但一生也没有走出土炕的影子。

我在《光明日报》当驻站记者时跑的还是乡村。北方的村庄孰能无炕？新闻就在炕头上。虽然《光明日报》以文化教育为主要内容，以高端知识分子为主要读者对象，但我的这些炕头新闻仍然敢与都市新闻一拼头条。

1983 年 7 月我到山西岢岚县的深山里去采访，回来时遇大雨，那时出门没有什么换洗衣服，进招待所后衣服拧一把水就放在炉子上去烤，再往灶膛里加一把火，人就直接钻到炕上的被窝里了。两个县委通讯员也光着身子陪我说话，不知怎么就说到农村教育上去了。说现在的教材是为考大学设计，而农民子弟考大学很难，就干脆连初高中也不念了。县委认为应改革现行农村教材和教学体制。我一听，一个鲤鱼打挺坐了起来，在炕头上披着被子就着炕桌，让他们继续说，随即整理成一份"群众来信"内参稿，立即发往报社。一个月后召开全国教育工作会议，我回报社值班。一天中午，报社教育部的朱主任突然推门进来，高喊："今天咱们报纸可露脸了！上午全国教育会议闭幕，请万里副总理到会讲话，他说，我就不讲了，这里有一份《光明日报》的群众来信，我念一下，这就是我的意见。"万里念的正是我写的那个内参。第二天，内参公开登上头条。有谁能想到，那稿子来自一盘山中雨后的热炕头上，小炕头直接连着大会堂。

中国的改革开放新时期是从农村开始的，风起青萍之末，春风回暖"炕"先知。改革大潮，"炕上窥变"可见一斑。

人生　　　　谁能　无补丁

1980 年我到山西忻州五台山下的一个小村子里去采访，这里出了一个奇人叫岳安林，他在"文化大革命"前就考上清华大学，因为出身不好又被退回到村里。我本以为我们从京城到塞外已经够委屈的了，没有想到还有更不公平的事。但岳安林很淡定，回乡之后于"文化大革命"的硝烟之中，居然能静心研究农村科技，有点像左宗棠落地还乡后再不读经书，而修农、水、地理、军事等实用之学。他还自修了两门外语。等到乡村经济的旧体制稍有松动，他就承包了公社养猪场，一年扭亏，并创造了一套科学饲养法，用华罗庚优选法设计饲养流程。我是在猪场的大炕上采访他的。猪场共三间房三个大炕，一间他住，炕上堆满了饲料麻袋和书本；一间炕头上烧一口大锅，兼做粉房；一间火炕的温度严加控制来做菌苗实验（当时市面上还没有温箱、冰箱之类的东西）。我惊喜于这个"深山藏古寺"的发现，在这个猪场的土炕上住了几天，写了一篇《一个养猪专家的故事》，见报后收到 5 000 多封来信，有不少人直接背着行李来取经。岳安林随即办了一个炕头养猪培训班，一下子轰动全国。他本人也被破格从农民转为国家干部，直接任职科委副主任。有趣的是许多来信说，他们是在生产队饲养院的炕头上读到这张报纸的。还有人是去走亲戚，见到这张报纸时已经被倒着糊在炕墙（俗称炕围子）上，他是趴下身子头贴炕面，侧身读完并抄下全文的。这篇稿也获得当年全国好新闻奖。

还有一篇头条新闻是写农民怎样自觉投入商品经济的大潮。当时农民苦于极左体制久矣，穷不堪言，苦无出路。晋南一个叫朱勤学的农民，躺在炕头上从半导体收音机里听到北京市面上芝麻酱缺货，而当地盛产芝麻，他便做了一小罐样品，进京叩门问路。没想到一次成交，订了几个火车皮的货，带动全村一夜致富。真是，谁言三尺炕头小，春雷滚滚炕洞中！

还有两个炕头人物，不能不表。山西神池县，为高寒风沙之地，山大沟深，去的记者很少，我曾进山在炕头上采得两个大写的人。一个是乡村女教师贾淑珍，17岁嫁到这个只有20户人家的小山村里。这里交通极不方便，到我们去的时候还没有通车，吉普车开到山脚下，我们手脚并用爬山而上。这个地方派不来教师，而孩子们也没法走出去上学，贾淑珍就在自己新婚后的炕上办了一个炕头小学，找了一块杀猪案板，从炕洞里掏了一把烟灰刷一刷就是黑板。这一办就是25年。直到我去的前三年，村里才为学校盖了三孔新窑洞，但仍然是在炕头上教学，有42个学生。我说给大家照张相，孩子们就一窝蜂地跳下炕，争着在地上找自己的鞋。我盘着腿在炕上采访，窗户上有一盆红色的石榴花儿，窗外一只大红公鸡隔着玻璃咚咚地要啄吃那红花绿叶。公鸡、红花，一群叽叽喳喳的娃娃，到哪里去找这样的炕头授课图？这就是中国的乡村教育。我在写这篇文章时，又逢一年一度的高考，全国的应届考生已是1 000多万。传媒总是热心报道那些大城市里赶考的壮观场面，关注出了几个高考状元，有谁知道这深山里还有一所炕头小学，还有一个将青丝熬成白头的乡村女教师呢？正是她们，用柔弱的肩膀扛起了中国农村教育的大梁。

还有一位更神奇。这个县有个八角村，一个叫高富的农民在16年前组织了7个平均年龄已经71岁的老汉进山栽树，我采访时先后已有5个老人离世，高富已经81岁。16年，这7个老人共打起了36座土坝，绿化了8条沟，仅去年间伐树木的收入就为全村每家买了一台电视

人生 ＿＿＿＿ 谁能 ＿＿ 无补丁

机。最感人的还不是数字，而是听他炕头上的一席谈。

他的小院共有 3 间房，老伴去年已经去世，现就剩下他孤身一人。那天我们盘腿坐在正房的土炕上聊天，老人赤脚布衣，满脸沧桑，却笑声朗朗，手中拿着一杆晋北农民常用的铜头长身烟杆儿（比前面说的河套羊棒长约两倍）。他说："我就是栽树的命，老伴走了，女儿接我进城，我不去。"一边又用烟杆敲着墙说："我的棺材已经备好，就摆在隔壁的炕上，哪一天树栽不动了，躺进去就是。"然后点上一锅旱烟，慢悠悠地喷出一口白雾。我大惊，这等以命相许的故事，只有在战场上才会有。《三国演义》中庞德大战关羽，身后抬着一个棺材，历史上左宗棠收复新疆，也曾带棺西行。可现在，我却在一个普通农家的炕头上，听着这位 81 岁老农以烟杆敲墙说棺材，笑谈生与死。谁说农村炕头上尽是些老婆娃娃、芝麻绿豆的事儿，且听一个劳动者怎样谈生命的价值。我建议县里为他和这个群体立一块碑，并当即为报纸写了一稿《青山不老》。25 年后这篇文章收入人教版的语文课本，现在已经是使用了 30 多年还印在书上。其余在炕头上采访过的农村英才、奇才更不知多少，多为农村医生、农技师、乡间知识分子等等。一次在晋南曲沃县的一个乡村私人小医院里，竟碰到一个曾为一个木匠成功做了断指再植的农民医生。时我正有小病，就以身试刀，躺在他的土炕上住了 7 天院，然后"完璧返城"。

等到我退休之后，再不为记者的使命所累，而因文学采风做乡间自由行时，仍见炕生情。在陕北旅行，几乎每一个炕头上都有动人的故事。彭德怀率军与大于我 10 倍的敌军周旋，他躺在窑洞的土炕上，听着头上胡宗南士兵的脚步声，却临阵不慌。沙家店战斗，击败 3 000 劲敌。而在佳县窑洞里的一个土炕上，毛泽东深夜工作，饿急了，只好拿红枣充饥。第二天，警卫员收拾房间，只见地上满是枣核和烟头，而炕桌上却有一篇新写就的《中国人民解放军宣言》。西柏坡村的小土炕更是神奇，毛泽东从这个炕头上发出了100多封电报，指挥了三大战役。这里被誉为中国革命的最后一个农村指挥所，再具体一点说是最后一个土炕指挥部。当时的五大领袖毛、周、朱、刘、任，全是南方人。他们小时也都未睡过土炕。然自南方兵败之后长征北上，转危为安，节节胜利，盖因睡土炕而接地气乎？神奇的土炕，真是"既下得厨房，又上得庙堂"，小戏、大戏都能唱。

西柏坡，中共领袖们进城前居住兼工作的土炕

人生 ____ 谁能 无补丁

有一年我到青海湖边采访王洛宾的旧事。高原气候寒冷，虽是盛夏仍然要烧炕，我是盘腿坐在土炕上完成采访的。当年王洛宾就是因为在一个车马店的土炕上看着灶口的火光，听着老板娘美妙的歌声，一念心动留下来采风，才有了那首名曲《在那遥远的地方》。我盘腿在炕，口问笔录耳听，面前的尕妹子唱着一首又一首的"花儿"，好像泉水淙淙，永远也淌不完。外面微风过野，雨声潇潇，你不能不承认这大炕就是一张生发艺术的温床。我又想起民歌里许多与炕有关的唱词："烟锅锅点灯半炕炕明，酒盅盅量米不嫌哥哥穷"。而李季、贺敬之这些大诗人更是直接从土炕上走出来的。李诗："崔二爷怕得炕洞里钻"，贺诗："米酒油馍木炭火，团团围定炕上坐"，这些诗句从娘胎里就带着土炕味。我去看过中国最东北端的大炕，不但大而且还结合了俄罗斯壁炉的功能。而我看到的最大之炕要数新疆南疆的民居土炕了。一间屋子里，炕就占了一大半，足有5米宽。待客、宴请、喝酒、唱歌等，都是在炕上进行。幸亏我炕上生炕上长，会盘腿坐炕，由此也与维吾尔族老乡拉近了感情，听着《十二木卡姆》欢快的弹拨乐声，心都快要飞了起来。炕上铺着大红毯子，三面墙上都是五彩壁毯、斑斓夺目，你如置身在卢浮宫中。

中国的大炕从黑龙江一直铺到西藏，一炕跨东北、华北、西北，过中原，下西南，温暖了大半个中国。我们常说一方水土养一方人，这一方土炕养育了多少中华儿女，书写了多少惊天动地的篇章。

作者探访新疆南疆的大土炕

四、炕之消失

等我退休后有机会在郊外有一个农家小院时，第一件事就是亲手盘一个土炕。炕的结构我早已烂熟于心，其诀窍全在抽风、过火与储热。炕不可太高，高则坐时吊腿；不可太低，低则屈膝，且压灶不利抽风。灶炕相连，灶高九砖，炕高十一砖；地面到炉条四砖，炉条到烟道又五砖。自然抽风，力大无穷，加一小铲煤，火苗上蹿，砰砰有声。炕内的结构有九转连环型，即用砖砌成烟道来回折返；有满天星斗型，即以砖块无规则地散布炕内，烟火游走其中，如云漫山头。炕离灶最近处为炕头，而末梢的烟道处名"狗窝"，如狗盘卧之状。烟囱藏在墙内通向房顶，至少要高出屋脊三尺才便于抽风。总之抽风要好，散热要匀，才是

人生 　　　谁能 　无补丁

好炕。土炕还有一个高贵的品质，就是七八年之后，经火烤烟熏，吸柴草之精华，就自然变成一车上好的肥料，又全部回归农田。这真像一个高尚的人贡献了一生却又把骨灰撒向大地。

我扬扬得意地盘了一炕，于秋凉夜静之时，身下其暖融融，窗外明月在天，赛过神仙。白天则置一小炕桌，读书、喝茶皆宜。曾得诗一首："满院梧桐一亩田，三分耕读七分闲。卧听竹影打西窗，闲看白云过屋檐。"抄于友人，故问何人之诗？答曰：好像是王维的吧？我拊掌大笑。吾炕竟有王维辋川山庄之意矣。

但是好景不长，京城人口剧增，环境压力增大，连郊区也禁烧木材、煤炭了。无柴无煤，哪有烟火？无烟无火，还成什么炕？就是一堆冰凉的土。越数年，我只好悻悻地亲手拆了这盘土炕。

曾经伴随着我度过两个童年和断续半生的土炕，只能永远地存在于梦里了。

《十月》2023 年第 1 期

吃 瓜

　　不知为什么，现在网络上把看热闹命名为"吃瓜"，那些看热闹的人就叫"吃瓜群众"。此瓜远非彼瓜，今瓜已非昔瓜，这个瓜已完完全全地变异了，这倒让我想起当年吃真瓜的味道。

　　我8岁以前是在农村度过的，记忆中只有吃西瓜。那时农民以粮为命，土地以粮为本，在商品经济不发达的年代，西瓜不但是调剂生活的奢侈品，亦是一个乡村孩子记忆中的特殊风景。

　　我们那里种瓜不说"种"，叫"押瓜"或"压瓜"。小时候只记住这个发音，不知何字。汉字真有魅力，想来这二字都可。押者，未知也，押宝。因为一个瓜在剖开之前是不知好坏的，有点赌的味道。就如现在玉石市场上的赌石。压，也有道理。一是要压瓜秧，二是瓜地里要压砂。这是为了改变局部小气候，利用砂地午晚温差大的特点，瓜日长夜歇，易积累糖分。现在著名品牌宁夏硒砂瓜正是这个道理。

　　西瓜是不可能家家都种的，一般是一个村或附近几个村有一个种瓜能手，每年种几亩地供周边食用。而孩子们很会利用大人的爱心，在瓜地里放开肚皮吃瓜，直吃到肚子和瓜一样圆。还有更好的奖励是跟着大人去看瓜。到瓜熟季节，地里就搭一个瓜棚，白天卖瓜，晚上看瓜。要是哪一天晚饭后，有大人突然摸着你的脑袋说："要不要晚上跟我去看

　　　　　　　　人生＿＿＿＿＿＿谁能＿＿无补丁

瓜？"那就乐得如现在说要带你去南极旅游，急忙抱起一个小枕头，抢先跑出门外，生怕被母亲抓了回来。瓜棚也是书面语，我们叫"瓜庵子"或者"瓜鞍子"。这也是口口相传，大约两个字都说得通。"庵"，是离人群较远的简陋小屋，如尼姑庵；又名"鞍"，因为瓜棚只作临时之用，四根木头，两个人字架，形如马鞍。不管"庵"还是"鞍"，都很传神。

如你去看瓜，乐趣在瓜外。后半夜躺在瓜棚里，凉风习习，天边银月如钩，田野里虫鸣唧唧。如再有幸看到远处夜行的动物，多半是狐狸，那两盏灯一样的眼睛直瞪着瓜棚，只这一点就足够你回去对小伙伴们吹上半年。有一次，我还赶上看十几个大人晚上挑灯夜战在地里掏獾子。不是闰土讲给鲁迅说的那种用叉子去叉，而是找见它的窝用水灌。被水灌出来的獾子肥肥胖胖的像一头小猪。大人们高兴地把它捆在一根棍子上抬着，说回去炼獾子油，这是冬天治手脚皲裂的秘制润肤膏。不过乡下还有比这更简单、更高级的润肤品，那便是遍地都有的麻雀屎，涂在手上滑润细腻，绝好的养颜之物。雀屎涂手，这好像不可接受，但是当今上流社会喝的猫屎咖啡不是比这个还过分吗？自然与人真是一团解不开的谜。

我的第二次吃瓜高潮是刚参加工作后不久。大学毕业后，在当时"到边疆去"的口号的鼓舞下，我热血沸腾，就来到内蒙古巴盟乌兰布和沙漠的边缘。此地别无所长，唯产一种叫"华莱士"的蜜瓜，据说是当年由一个传教士带进来的。金黄色，滚圆，比足球略小一圈，熟透后瓜瓤白中带绿色，如翡翠。它不像西瓜那样多汁多水，肉质成果冻状，细腻浓香，闭上眼睛咬一口，还以为是在吃蜂蜜。吃过之后上下唇粘在一起，甜得化不开，要取清水漱口。多年以后，我在埃及遇到一种浓咖啡，喝时也要先准备一杯清水，以漱洗唇齿。瓜的糖分能多到这种境地，实在是匪夷所思。当地气候恶劣，浩浩乎平沙无垠，风起时尘暴蔽日，当面不见人影，白天烈日烤人，晚上又夜凉如水。我一个人背井离乡来到这个沙窝子里，举目无亲，聊以可慰者或给亲友去信时报喜不报忧者，唯有这华莱士瓜。现在早不用这个名字了，而叫河套蜜瓜。

当地还产一种三白瓜，大如篮球，白皮白瓤白籽。刚一切开，还以为是生瓜蛋子，但吃时水多汁甜胜过红瓤瓜，却又多了一股如雪梨似的清香，别有一种弦外之音。还有一种冬瓜，不是东西的"东"，是冬天的"冬"，如农村土炕上的长条枕头那么大，并不是当菜吃的冬瓜。到晚秋时才收获，但并不着急吃，暂放到房内墙根处或水缸后面不去理它。到了寒冬腊月时，它早已悄悄化作一包蜜水，用手轻轻拍一下，能看到瓜皮下汁水的流动。这时不能用刀了，要用一个空心草秆吸食。外面飞雪团团，屋内炉火熊熊，盘腿坐在滚烫的热炕上，吃完白水煮羊肉，浑身冒汗，甩掉老羊皮袄，小心捧过一个冬瓜，吸一口凉透肺腑，甜到心底，霎时身轻如燕，耳聪目明。

又两年，这里有了生产建设兵团，引进了一种泰国瓜。从形状上看，它彻底颠覆了瓜的概念，不是圆球形，而是一个长棒子，大约有两握之粗，二三尺之长，表皮油光黑亮，里面是暗红色的瓤。到地里摘瓜，不是抱瓜，而是在肩膀上扛一条瓜。吃时要切成一段一段平放桌上，如一块块圆形蛋糕。

其实，忆吃瓜最忆的是吃法。现在城里人吃瓜或宴客餐后上的瓜都是切成碎块，以牙签取食，而真正的好瓜瓤沙汁多，是经不起牙签一挑的。我们那时在地里吃瓜都是一刀两半，半个瓜端在手里，用勺子挖着吃。我在瓜季下乡时经常在包里揣一把勺子，不为吃饭，而为地头吃瓜。就像是端一个大海碗蹲在老槐树下吃午饭，有一种吃的气势。当地无论吃什么都是大碗。肉是连骨剁块，煮熟后堆在碗里。有一次我到乌梁素海（当地称湖为海）采访，招待所里吃鱼，竟也是满满地每人一大碗，如冒了尖的粮垛。我以后走遍全国，甚至出国去，这样大碗吃鱼是唯一的一次。北地民风淳厚，可见一斑。

后来还有一次痛快地吃瓜，那已经不是西瓜，而是哈密瓜了。1983年到新疆，在石河子采访时正赶上国庆节，团场招待所的大院里就剩下我们两个北京来的小记者。主人不好意思地说，放假了招待不周，吃好瓜不想家，就往我们的房间里倒了一大麻袋瓜。近半个世纪过去了，天山秋色全不记，唯有瓜香唇齿间。

离开巴盟40年后我回过一次，又吃了一回华莱士，但已全无味道。问起冬瓜、三白瓜、泰国瓜，当地人直摇头，似从未听说过，我倒像是桃花源里出来的人，尽说些远古的话。后来也去过一次新疆，在国宾馆里吃切成小牙的哈密瓜，味同黄瓜。至于在北京更是吃不到当年的那个味道了，常百思不得其解。人说世界之变如沧桑，一块瓜里也沧桑啊！

后来找到了两个原因。一是今瓜已非昔瓜，食用瓜早成了商品瓜，要产量，追化肥，上农药。二是地头瓜变成了城里瓜。对瓜来说离地一天，味减一半，暗失美感。原来人与瓜的初恋只能在瓜地里。物理学家玻尔与爱因斯坦争论测不准原理。他说，比如你去测海水的温度，实际上得到的已是海水加温度计的温度，海水的初始温度你是永远测不到的。所以海南人吃椰子，过午不食，只吃上午在树上新摘的。但椰一离树，原味便无，也只能是一个原味的近似值。世间之物瞬息万变，人生许多美好只能有一次，过后便只好保存在记忆里了。于是就想到城里人的可怜，千里之外你还想吃到好瓜？也只配做一个吃瓜群众了。南宋词人蒋捷有一首《虞美人·听雨》，回味人生不同年龄段时听雨的感觉，吃瓜何尝不是这样，遂仿其调填《吃瓜》一阕：

少年吃瓜瓜棚中，枕瓜听虫声；青年吃瓜边塞外，大漠孤烟，味浓伴豪情；而今吃瓜高楼上，淡而无味也；风鸣瓜香都无影，侧耳遥闻闹市车马声。

《光明日报》2021 年 6 月 11 日

人生＿＿＿谁能＿无补丁

母亲石

我到青海塔尔寺去，被一块普通的石头深深打动。

这石其身不高，约半米；其形不奇，略瘦长，平整光滑，但它却是一块真正的文化石。当年宗喀巴就是从这块石头旁出发，进藏学佛，他的母亲每天到山下背回水时就在这块石旁休息，西望拉萨，盼儿想儿。泪水滴于石，汗水抹于石，背靠石头小憩时，体温亦传于石。后来，宗喀巴创立新教派成功，塔尔寺成了佛教圣地，这块望儿石就被请到庙门口。

这实在是一块圣母石，现在每当虔诚的信徒们来朝拜时，都要以他们特有的习惯来表达对这块石头的崇拜。有的在其上抹一层酥油，有的撒一把糌粑，有的放几丝红线，有的放一枚银针。时间一长，这石的原形早已难认，完全被人重新塑出了一个新貌，真正成了一块母亲石。就是毕加索、米开朗琪罗再世，也创作不出这样的杰作啊！

我在石旁驻足良久，细读着那一层层的，在半透明的酥油间游走着的红线和闪亮的银针。红线蜿蜒曲折如山间细流，飘忽来去又如晚照中的彩云。而散落着的细针，发出淡淡的青光，刺着游子们的心微微发痛。我突然想起自己的母亲。

那年我奉调进京，走前正在家里收拾文件书籍，忽然听到楼下有

"笃笃"的竹杖声。我急忙推开门，老母亲出现在楼梯口，背后窗户的逆光勾映出她满头的白发和微胖的身影。母亲的家离我住的地方有几里地，街上车水马龙，我真不知道她是怎样拄着杖走过来的。我赶紧去扶她，她看着我，大约有几秒钟，然后说："你能不能不走？"声音有点颤抖。我的鼻子一下酸了。

父亲文化程度不低，母亲却基本上是文盲，她这一辈子是典型的贤妻良母。小时候每天放学，一进门母亲问的第一句话就是："肚子饿了吧？"菜已炒好，炉子上的水已开过两遍。我大学毕业后先在外地工作，后调回来没有房子，就住在父母家里，一下班，还是那一句话："饿了吧，我马上去下面。"

我又想起第一次离开母亲的时候。那年我已是17岁的小伙子，高中毕业，考上北京的学校。晚上父亲和哥哥送我去火车站。我们出门后，母亲一人对着空落落的房间，不知道该做什么，就打来一盆水准备洗脚。但是直到几个小时后父亲送我回来，她还是两眼看着窗户，两只脚搁在盆边上没有沾一点水，这是寒假回家时父亲给我讲的。现在，她年近80岁，却要离别自己最小的儿子。我上前扶着母亲，一瞬间觉得自己是这世上最不孝顺的儿子。我还想起一个朋友讲起他的故事。他回老家出差，在城里办完事就回村里看了一下老母亲，说好第二天走前就不见了。然而，当他第二天到机场时，远远地就看见母亲扶着拐杖坐在候机厅大门口。可怜天下父母心，儿女对他们的报答，哪及他们对儿女关怀的万分之一。

我知道在东南沿海有很多望夫石，而在荒凉的西北却有这样一块温情的望儿石，一块伟大的圣母石。它是一面镜子，照见了所有慈母的爱，也照出了所有儿女们的惭愧。

《光明日报》2009 年 12 月 6 日

何处是乡愁

　　乡愁，这个词有几分凄美。原先我不懂，故乡或儿时的事很多，可喜可乐的也不少，为什么不说乡喜乡乐，而说乡愁呢？最近回了一趟阔别60年的故乡，才解开这个人生之谜。

　　故乡在霍山脚下。一个古老美丽的小山村，水多，树多。村中两庙、一阁、一塔，有很深的文化积淀。

　　我家院子里长着两棵大树，一棵是核桃，一棵是香椿，直翻到窑顶上遮住了半个院子。核桃，不用说了，收获时，挂满一树翠绿滚圆的小球。大人站到窑顶上用木杆子打，孩子们就在树下冒着"枪林弹雨"去拾，虽然头上砸出几个包也喜滋滋的，此中乐趣无法为外人道。香椿炒鸡蛋是一道最普通的家常菜，但我吃的那道不普通。老香椿树的根不知何时从地下钻到我家的窑洞里，又从炕边的砖缝里伸出几枝嫩芽。我们就这样无心去栽花，终日伴香眠。每当我有小病，或有什么不快要发一下小脾气时，母亲安慰的办法是，到外面鸡窝里收一颗还发热的鸡蛋，回来在炕沿边掐几根香椿芽，咫尺之近，就在锅台上翻手做一个香椿炒鸡蛋。那种清香，那种童话式、魔术般的乐趣，永生难忘。

　　当然炕头上的记忆还有很多，如在油灯下，枕着母亲的膝盖，看纺车的转动，听远处深巷里的狗吠和小河流水的叮咚。这次回村，我站在

人生　　　　谁能　无补丁

老炕前叙说往事，直惊得随行的人张大嘴合不拢。而村里的侄孙辈也如听古。因为那两棵大树早已被砍掉，小河已干涸，只有旧窑在，寂寞忆香椿。

出了院子，大门外还有两棵树，一棵是槐树，另一棵也是槐树。大的那棵特别大，五六个人也搂不住，在孩子们眼中它就是一座绿山，一座树塔。常记得树下总是拴着一头牛或一匹马。主干以上枝叶重重叠叠，浓得化不开。上面有鸟窝、蛇洞，还寄生有其他的小树、青藤，像一座古旧的王宫。而爬小槐树，则是我们每天必修的功课。常常隐身于树顶的浓荫中，做着空中迷藏。

槐树枝极有韧性，遇热可以变形。秋天大人们会在树下生一堆火，砍下适用的枝条，在火堆里煨烤，制作扁担、镰把、担钩、木杈等农具，而孩子们则兴奋地挤在火堆旁，求做一副精巧的弹弓架或一个小镰

六十年后，作者回到他出生的窑洞和土炕

把。有树必有动物，现在野生动物事业就归国家林业部门来管。村里的野生动物当然也不离古树，各种鸟就不用说了，松鼠、黄鼠狼、獾子、狐狸的造访是家常便饭。

夏天的一个中午，正日长人欲眠，突然老槐树上掉下一条蛇，足有五尺多长，直挺挺地躺在树荫中。一群鸡，虽以食虫为天职，但还从未见过这么大的虫子，一时惊得没有了主意，就分列于蛇的两旁，圆瞪鸡眼，死死地盯着它。双方相持了足有半个时辰。这时有人吃完饭在河边洗碗，就随手将半碗水泼向蛇身。那蛇一惊，嗖地一下窜入草丛，蛇鸡对阵才算收场。现在，就是到动物园里，也看不到这样的好戏。

还有一天的晚上，我一个叔叔串门回来，见树下卧着一个黑影，便上去踢了一脚，说："这狗，怎么卧在当道上！"不想那"狗"嗖地翻身逃去。星光下分明是一只狼。大约是来河边喝水，顺便在树下小憩片刻。第二天听了这故事，很令人神往，我们决心去找这只狼。长期在农村，早得了关于狼知识的秘传：铜头、铁身、麻杆腿。腿是它的最弱项。傍晚时分，四五个孩子结伴向村外走去，随身带上镰刀、斧头、绳子，这都是平时帮大人打柴的家什。大家七嘴八舌，说见了狼，我先用镰刀搂腿，你用斧砍，他用绳捆。正说得热闹，碰见一个大人，问去干什么？答：去找狼。大人厉声地训斥道："天快黑了，你们还不都喂了狼？给我回去！"我们永远怀念那次未遂的捕狼壮举。

出大门外几十步即一条小河。流水潺潺，不舍昼夜。河边最热闹的场景是洗衣。在没有自来水和洗衣机之前，这是北方农村一道最美丽的风景，是家务劳动，也是社交活动，还是一种行为艺术。女人和孩子们是主角，欢声笑语，热闹非凡。许多著名的文艺作品都喜欢借用洗衣这个题材，如藏族舞蹈《洗衣歌》、歌剧《小二黑结婚》等。我们山西还有一首原汁原味的民歌就叫《亲圪蛋下河洗衣裳》。

印象最深的是河边的洗衣石，有黑、红、青各色，大如案板，溜光圆润。这是多少女子柔嫩白净的双手，蘸着清清的河水，经多少代的打磨而成的呀。河边总是笑声、歌声、捶衣声，声声入耳。偶尔有一两个来担水的男子，便成了女人们围攻的目标。现在想来，那洗衣阵中肯定有小二黑、小青、亲圪蛋等。洗好的衣服就晒在岸边的草地上，五颜六色，天然画图。

我们常在河边的青草窝里放羊，高兴时就推开羊羔，钻到羊肚子下吸几口鲜奶，很是享受。那时也不懂什么过滤、消毒。清明前后，暖风吹软了柳枝，可褪下一截完整树皮管，做成柳笛，"呜哇呜哇"地乱吹。大人不洗衣时我们就在这洗衣石上玩泥，或坐上去感受它的光润。

那时洗衣用皂角，村里一棵硕大的皂角树，一季收获，够全村人用上一年。皂角在洗衣石上捶碎后，它的种子会随河水漂落到岸边的泥土里，春天就长出新的皂角苗。小村庄，大自然，草木之命生生不息，孩子们的心里阳光满地。大家比赛，看谁发现了一株最大的皂角苗，然后连泥捧起种到自家的院子里。可惜，这情景永不会再有了，前几年开煤矿破坏了地下水，村里的三条河全部干涸，连河床都已荡平，树也没了踪影。洗衣歌、柳笛声都已成了历史的回声。

忆童年，最忆是黄土。我的老乡，前辈诗人牛汉，就曾以敬畏的心情写过一篇散文《绵绵土》。村里人土炕上生，土窑里长，土堆里爬。家家院里有一个神龛供着土地爷。我能认字就记住了这副对联："土能生万物，地可载山川。"黄土是我的襁褓，我的摇篮。农村孩子穿开裆裤时，就会撒尿和泥。这几年城里因为环保，不许放鞭炮，遇有喜事就踩气球，都市式的浪费。且看当年我们怎样制造声响。

一群孩子，将胶泥揉匀，捏成窝头状，窝要深，皮要薄。口朝下，猛地往石上一摔，泥点飞溅，声震四野，名"摔响窝"。以声响大小定输赢，以炸洞的大小要补偿。输者就补对方一块泥，就像战败国割让土地，直到把手中的泥土输光，俯首称臣。这大概源于古老的战争，是对土地的争夺。孩子们虽个个溅成了泥花脸，仍乐此不疲。这场景现在也没有了，村子成了空壳村，新盖的小学都没有了学生。空空新教室，来回燕穿梭。村庄没有了孩子，就没有了笑声，也没有人再会去让泥巴炸出声了。

农家的孩子没有城里人吃的点心，但他们有自己的土饼干。不是"洋"与"土"的土，是黄土地的"土"。在半山处取净土一筐，砸碎，细筛，炒热。将发好的面拌入茴香、芝麻，切成条节状，与土混在一起，上火慢炒至熟，名"炒节子"。然后再筛去细土，挂于篮中，随时食用。这在城里人看来，未免有点脏，怎么能吃土呢？但我们就是吃这种零食长大的。一种淡淡的土味裹着清纯的麦香，香脆可口。天人合一，五行对五脏，土配脾，可健脾养胃，这是村里世代相传的育儿秘方。

从春到夏，蝉儿叫了，山坡上的杏子熟了，嫩绿的麦苗已长成金色的麦穗，该打场了。场，就是一块被碾得瓷实平整、圆形的土地。打场是粮食从地里收到家里的最后一道工序，再往下就该磨成面，吃到嘴里了。割倒的麦子被车拉人挑，铺到场上，像一层厚厚的棉被，用牲口拉着碌碡，一圈一圈地碾压。孩子们终于盼到一年最高兴的游戏季，跟在碌碡后面，一圈一圈地翻跟斗。我们贪婪地亲吻着土地，享受着燥热空气中新麦的甜香。一次，我不小心一个跟斗翻在场边的铁耙子上，耙齿刺破小腿，鲜血直流。大人说"不碍，不碍"，顺手抓起一把黄土按在伤口上，就算是止血了。至今我腿上还有一块疤痕，就把它留作永久的纪念。也许就是这次与土地最亲密的接触，土分子进入了我的血液，一生不管走到哪里，总忘不了北方的黄土。现在机器收割，场是彻底没有了，牲口也几乎不见了，碌碡被可怜地遗弃在路旁或沟渠里。有点"九里山前古战场，牧童拾得旧刀枪"的凄凉。

没有了，没有了。凡值得凭吊的美好记忆都没有了，只能到梦中去吃一次香椿炒鸡蛋，去摔一回泥巴、翻一回跟斗了。我问自己，既知消失何必来寻呢？这就是矛盾，矛盾于心成乡愁。去了旧事，添了新愁。历史总在前进，失去的不一定是坏事，但上天偏教这物的逝去与情的割舍同时作用在一个人身上，搅动你心底深处自以为已经忘掉了的秘密。

于是，岁月的双手就当着你的面将最美丽的东西撕裂，这就有了几分悲剧的凄美。但它还不是大悲、大恸，还不至于呼天抢地，只是一种温馨的淡淡的哀伤，是在古老悠长的雨巷里"逢着一个丁香一样的结着愁怨的姑娘"。乡愁是留不住的回声，是捕捉不到的美丽。

那天回到县里，主人问此行的感想。我随手写了四句小诗：

何处是乡愁，

云在霍山头。

儿时常入梦，

杏黄麦子熟。

《人民日报》2017 年 3 月 29 日

南潭泉记

霍州之下马洼村，因唐李世民过此下马而得名。儿时记忆中这是一个极美丽的山村。两山一沟，东西走向。窑洞顺北坡而下，高低错落，掩映于黄土绿树之间。鸡犬相闻，炊烟袅袅，有如仙境。南山为翠柏所覆，村民推窗见绿，天生画屏。沟里有三条小河穿村而过。我家院子临近沟底，前后各有一河，朝洗青菜门前溪，夜闻窑后水淙淙。南山之顶不知何年修了文昌阁、文笔塔各一座，倒映于山下池中，取"巨笔砚影"之意。而沟底的杨、柳、椿、槐，为追探阳光，与两山比高，千树如帆，一沟绿风，为远近闻名之奇景。

村中多泉，大小十余处，最美数南潭泉。泉贴南山之根，有一老杏树护于泉上，青枝绿叶，如华盖之张。环泉一片杏林，杏林之上是连绵的古柏，堆绿叠翠，直上蓝天。泉不大，仅一席之地，甘冽沁脾，无论雨旱，涌流如常。水极清，沙粒颗颗、鱼虾往来，清晰可见。杏叶筛落一池阳光，水波陆离万变，宛若龙宫之穴。水极静，从沙中轻轻泛出，如鱼吐泡，细流漫淌，汇于数十步外的一个池塘中，蓄以灌田。池上一大沙果树，偶有鸟啄果落，叮咚有声。杏熟时，孩童攀缘于树，如顽猿之影。

南潭泉在村里人心中是神泉、药泉，可去灾、可保命。天有大旱，于此求雨，屡屡有应。人有病，来提水一罐，涤肠洗心。家父31岁时得大病，一年不起，高烧不退，渐至垂危。有老者说，人临走也须还一个清凉。遂到南潭取水一罐，缓缓灌下，未想竟起死回生。遇有山洪暴发，数日内河水不清，而密林中的南潭泉则神清气定，清澈如镜，为全村最后之备用水源。每到夏日，割麦打场，酷日当头，人嗓子里冒烟，牲畜顺毛流汗，大人抢夏，孩子们的任务就是到南潭泉提水。人喝畜饮，暑气顿消。取水多用孩子，合童贞之纯；必用瓷罐，表质朴之心。不怕头上三尺火，一片冰心在罐中。南潭泉永是村人心中一道清凉的风景。

我是20世纪50年代离开故乡的，南潭美景时在梦中。21世纪初某日，有村干部来京，说因开煤矿，全村已河断泉枯，水声不再，杏林不存。我心中怅然有失，断了相思，碎了旧梦。2017年春节回乡，忽闻喜讯，县里发展旅游，将重修南潭泉，追回旧时景。

凡村不可无水，或河或井，但最好有泉。水才从地心来，又在人心上流。顾盼其影，欣闻其声，一村之魂。我8岁离乡70回，真正够得上少小离家老大回了，故乡已几经沧桑。60年一甲子，风水今又转了回来。

南潭归来，山水之幸，吾乡之幸。

《人民日报》2017年3月29日

人生＿＿＿＿谁能＿＿无补丁

忽又重听走西口

　　正月里回家乡过年，初三那天作家赵越、亚瑜夫妇请吃饭，点的全是山西菜，不为别的，就是要个乡土味。席间，我问赵兄，最近又写了什么好歌词。我知道这几年他在词界名声大振。从中央电视台的春节晚会，到山西歌舞剧院出国演出，无不有他的新词。他说别的没有，倒有一首《走西口》，是旧瓶装新酒，还可自慰。我知道《走西口》是在山西、内蒙古、陕西一带流行极广的一首民歌。过去晋北、陕北一带生活苦寒，一些生活无着的人便西出内蒙古谋生，有的是去做点小买卖，有的是春种秋回，收一季庄稼就走。这一生活题材在民间便产生了各种版本的《走西口》，大都是叙青年男女的离别之情，且多是女角来唱，其词凄切缠绵、感人肺腑。赵君这一说，再加上这满桌莜面山药蛋、酸菜羊肉汤，乡情浓于水，歌情动于心，我忙停箸抬头请他将新词试说一遍。他以手辗转酒杯，且吟且唱：

　　　　叫一声妹妹哟你泪莫流，
　　　　泪蛋蛋就是哥哥心上的油。
　　　　实心心哥哥不想走，
　　　　真魂魂绕在妹妹身左右。

叫一声妹妹哟你不要哭，

哭成个泪人人你叫哥哥咋上路？

人常说树挪死来人挪活，

又不是哥哥一人走西口。

啊，亲亲！

挣挣上那十斗八斗我就往回走。

就这么几句，我心里一惊，不觉为之动容。确实是旧瓶新酒，变女声为男声，男儿有泪不轻弹，其悲中带壮，情中有理，虽无易水之寒，却如长城上北风之号。只有在黄土地上，在那裸露的沙梁土坎上，那些坡高沟深、无草无树、风吹塬上旷、泥屋炊烟渺的黄土高原上才可能有这种质朴的赤裸裸的爱。这是小溪流水、竹林清风、阿诗玛、刘三姐等那种南国水乡式的爱情故事所无法比拟的。赵君过去写过许多洋味十足的诗，其外貌风度也多次被人错认为德国友人、墨西哥影片里的角色等。不想今日能吐出如此浑厚的黄土之声。我说你以前所有的诗集、歌词都可以烧掉了，只这一首便可使大名传世。这时一旁的亚瑜君插话："别急，你听下面还有对妹子的呵护之情呢。"赵君接着吟唱：

叫一声妹妹你莫犯愁，

愁煞了亲亲哥哥不好受。

为你码好柴来为你换回油，

枣树圪针为你插了一墙头。

啊，亲亲！

到夜晚你关好大门放开狗。

……

叫一声妹妹哟你泪莫流，

挣上那十斗八斗我就往回走！

　　我是在西口外生活过整整六年的。大学一毕业即被分配到那里当农民，也算是走西口，不过是坐着火车走。那时当然比现在苦，但还不至于苦到生活无着，并不是为了糊口，是为了"支边"，或者是充边，是"文化大革命"中对"臭老九"的发配。当时我也未能享受到歌中主人翁的那份甜丝丝的苦、那份缠绵绵的愁。因为那时还没有一个能为我流泪滴油的妹妹。正是天苍苍，野茫茫，孤旅一个走四方。但那天高房矮、风起沙扬、枣刺柴门、黄泥短墙、寒夜犬吠、冷月白窗的塞外景况我实在是太熟悉了。你想孤灯长夜，小妹一人，将要走西口的哥哥心里怎么能放心得下，于是就在墙头上插满枣刺，又嘱咐夜晚小心听着狗叫。人走了，心还在啊。"妹的泪是哥心上的油，真魂魂绕在妹左右"，这是何等痛彻心骨的爱啊。这种质朴之声，直压中国古典的《西厢记》、西方古典的《罗密欧与朱丽叶》。赵君谈得兴起，干脆打开了音响，请我欣赏著名民歌演唱家牛宝林演唱的这首《走西口》。霎时，那嘹亮的带有塞外山药蛋味的男高音越过了边墙内外和黄土高坡上的沟沟坎坎、峁峁垴垴。我的心先是被震撼，接着深深地陶醉了。

　　祖逖闻鸡起舞，我今闻赵君一歌思绪起伏。爱情这东西实在属于土地，属于劳动，属于那些无产、无累、无任、无负的人。古往今来有多少专吃爱情饭的作家，从曹雪芹到张恨水到琼瑶，连篇累牍，其实都赶不上塞外这些头缠白毛巾的小伙子掏出心来对着青天一声吼。就像人类在科学上费尽心机做了许多发明，回头一看远不如自然界早已存在的物和理，又赶快去研究仿生学。赵君也是写了大半辈子诗的人了，绕了一圈回过头来，笔墨还是落在了这一首上。人以五谷为本，艺术以生活为根。黄土地实在是我们永远虔诚着的神。这使我想起20世纪40年代在陕北那块贫瘠的土地上一批肚子里装满了翰墨的知识分子，他们打着裹腿，穿着补丁裤子，抿着干裂的嘴唇，顶着黄风，在土沟里崖畔上白天晚上地寻寻觅觅，为的是寻找生活的原汁原味，寻找艺术的源头。这其中最具代表性的是李季的《王贵与李香香》：

　　　　沟湾里胶泥黄又多，

　　　　挖块胶泥捏咱两个。

　　　　捏一个你来捏一个我，

　　　　捏的就像活人托。

　　　　摔碎了泥人再重和，

　　　　再捏一个你来再捏一个我。

　　　　哥哥身上有妹妹，

　　　　妹妹身上有哥哥。

　　我请赵君给我随便讲一件在晋西北采风的事。他说："一次在黄河边上的河曲县采风，晚上油灯下在一家人的土炕上吃饭，我们请主人随意唱一首歌。小伙子一只大手卡着粗瓷碗，用筷子轻敲碗沿，张口就唱'蜜蜂蜂飞在窗棂棂上，想亲亲想在心坎坎上'，不羞涩，不矫情。像吃饭喝水一样自然。"这也使我想起那一年在紧靠河曲的保德县（就是歌唱家马玉涛的家乡）采访，几位青年男女也是用这种比兴体张口就为我唱了一首怀念周总理的歌，立时催人泪下。这些伟大的歌手啊，他们才是大师，才是音乐家，就像树要长叶、草要发芽，他们有生就有爱，有爱就有歌，怎么生活就怎么唱。在他们面前我们真正自愧不如。到后来，等到我也开始谈恋爱，虽然也是在西口古地，也是大漠孤烟，长河落日，锄禾田垄上，牧马黄河边，但是无论如何也吼不出那句"泪是哥哥心上的油"。现在闻歌静思才明白，真正的爱、质朴的爱最属于那些土里生土里长的山民。他们终日面朝黄土背朝天，日晒脊梁汗洗脸，在以食为天的原始劳作中油然而生的爱，还没有受过外面世界的惑扰，还保有那份纯那份真。就像要找真人参还得到深山老林中的悬崖绝壁上去寻。像我们这些城市中的文化人每天挤公交、找工作、评工资，还有什么迪斯科、武打片、环境污染、公共关系，早已疲惫不堪，许多事是"欲说还休（羞）"，哪里还有什么"泪蛋蛋、真魂魂、枣圪针、实心心"，更没有什么晚上能卧在你脚下的狗。

听着歌，我不禁想起两件事。一是著名学者梁实秋，晚年丧妻后爱上了比他小20多岁的孤身一人的歌星韩菁清。这是个人的私事本来很自然，但却舆论哗然，首先梁的学生起来反对，甚至组织了"护师团"来干预他的爱。老教授每天早晨起来手拿一页昨晚写好的情书，仰望着情人的阳台。这位感情丰富、古文洋文底蕴极厚又曾因独立翻译完成《莎士比亚全集》而得大奖，装了一肚子爱情悲喜剧的老先生绝不敢在静静的晨曦中向楼上喊一嗓子："叫一声妹妹你莫愁。"文化的负重，倒造成了爱的弯曲，至少是爱的朦胧。

还有一件，是那一年我在西藏碰到的一件极普通但又印象极深的事。那天我正在布达拉宫内沿着曲曲折折的石阶、木梯上下穿行，这座千年旧宫正在大修，到处是泥灰、木料，我仔细地看着脚下的路，忽隐隐传来一阵歌声。我初不经意，以为是哪间殿堂里在诵经。但这声音实在太美了，乐声如浅潮轻浪，一下下地冲撞着我的心。我心灵的窗户被一扇一扇地推开了，和风荡漾，花香袭人。我便翻架钻洞，上得一层楼上，原来是一群青年男女正在这里打地板。西藏楼房的地板是用当地产的一种"阿嘎"土，以水泡软平铺地上一下一下地砸，砸出的地板就像水磨石一样，能洗能擦，又光又亮。从一开始修布达拉宫到以后历朝历代翻修，地面都是这样制作，他们称为土水泥。我钻出楼梯口探头一看，只见约30个青年分成男女两组，一前一后，每人手中持一根齐眉高的细木杆，杆的上端以红绸系一个小铜铃铛，下端是一块上圆下平如碗之大的夯石。在平坦的地板上，后排方阵的小伙子都紫红脸膛，虎背熊腰，前排方阵的姑娘们则长辫盘头，腰系彩裙，面若桃花。只听男女歌声一递一进，一问一答，铃声璨璨，夯声墩墩，随着步伐的进退，腰转臂举，袍起袖落。这哪里是劳动，简直就是舞台演出，这时旁边的游人被吸引得越聚越多。青年们也越打越有劲，越唱越红火，特别是当姑娘们铃响夯落，面笑如花，转过脸去向小伙子们甩去一声歌，那群毛头小伙子就像被鞭子轻轻抽了一下，喜得一蹦一跳，手起铃响，轰然夯落，又从宽厚的胸中发出一声山呼之响，嗡嗡然，声震屋瓦绕梁不绝。和我同去的一位年轻人竟按捺不住自己，跳进人群，抢过一根夯杆也手之舞之、足之蹈之起来。我看之良久，从心里轻轻地喊出一声："这样的劳动怎么能不产生爱情！"

爱是男女相见相知，不由地生发出的相悦相恋之情。对这种感情的表达，不同生活环境中的人会有不同的方式。李清照与其夫金石家赵明诚算是中国历史上文化层次很高的一对了。两人分居两地十分思念，李清照便写了一首后来在中国文学史上极有名的《醉花阴》："薄雾浓云愁永昼，瑞脑消金兽。佳节又重阳，玉枕纱厨，半夜凉初透。东篱把酒黄昏后，有暗香盈袖。莫道不销魂，帘卷西风，人比黄花瘦。"李清照将这首词寄给丈夫，赵明诚喜其情切词美，发誓要回写一首并超过她，便谢客三天，废寝忘食，得五十首，杂李词于其中以示友人。友人玩之再三，说只有这三句最佳"莫道不销魂，帘卷西风，人比黄花瘦"。赵自叹不如。像这种爱，早已经是非要爱出个花样不可，有点斗法的味道了。梁实秋与他所爱的大歌星当着面什么不能说，非得先写好一份情书，然后再捧书上门。这真是"人生识字扭捏始"，偏要拐那十八道弯。学问越高，拐的弯就越多。

文者，纹也，装饰，花样之谓也。文人办什么事都爱包装一下，连表达爱也是这样。但物极必反，弯子拐得过多，作品就没有人看了，文人自己也会觉得没趣，于是又寻找回归。胡适说："中国文学史上何尝没有代表时代的文学？但我们不应向那古文传统史里去找。应该向旁行斜出的不肖文学里去找寻，因为不肖古人，所以能代表当世。"所以，从古到今，诗歌都有向民歌，特别是向民间的情歌学习的好传统。明代出了个作家冯梦龙，清代乾隆朝有个王迁绍，专向白话俚语学习，大量搜集民间创作。有一首情诗《牛女》这样写道：

闷来时，

独自个在星月下过。

猛抬头，

看见了一条天河，

牛郎星、织女星俱在两边坐。

南无阿弥陀佛，

那星宿也犯着孤。

星宿儿不得成双也，

何况他与我。

　　用这首诗来比李清照的《醉花阴》如何？更能感觉到直接来自生活源头的清纯。而且在表现手法上，先是平平道来，最后用了逆挽之法，说是技法的成熟，不如说是真情所在，情到技到，大道无形，真情无文。其实一切好的民歌的美，正在于此。无论铺排、比兴，全在一个真实自然，见情而不露文。唐代是我国诗歌发展史上的一个高峰。像白居易那样的大家写罢诗后也要去向老太婆读，好求得民间的认同。刘禹锡在向民歌学习方面也很见成效，他的《竹枝词》就很有质朴之美："杨柳青青江水平，闻郎江上唱歌声，东边日出西边雨，道是无晴却有晴。"在诗歌创作方面，这种学习从古至今一直不衰。连那个只会写词不会治国的亡国之君李后主也有一首写得很直率的《菩萨蛮》："花明月暗笼轻雾，今宵好向郎边去。刬袜步香阶，手提金缕鞋。画堂南畔见，一向偎人颤。奴为出来难，教君恣意怜。"看来不管是皇帝老子还是风流名士，要写好诗就得向百姓学习，努力去掉文人身上的珠光色和脂粉气。

当然学习也要有个度，也不是越土越好，土到《红楼梦》里的薛蟠体也就糟了。

其实，赵君的诗大多是为歌、为舞而写的。这几年在舞台上有一股不太好的风，哪怕是唱一首很纯朴的民歌，也要灯光陆离，烟雾漫漫，然后找一些不明不白的伴舞，在歌手的前后左右伸胳膊蹬腿，非得把那清凌凌的旋律、蓝格莹莹的舞台搅得一团混沌才甘心。而赵君的词却自带着一份不可亵渎的清纯，所以他的词也给舞台的台风带来了可喜的回归。他这几年的一大功劳是与著名编舞王秀芳等人合作创作了两台乡土味极浓的歌舞《黄河儿女情》和《黄河一方土》。这两台戏大震京华，并多次远征国际舞台。可见人心思土，艺风贵朴。剧中有一段《背河》舞，就是编舞在他那首极富动感的歌词的启发下编出的，效果极佳。北方的河水清浅，又多无桥，男人一般能蹚水过河，姑娘、媳妇胆小怕凉不敢蹚水。于是就专门有人在河边做起背人过河的生意，挣个小钱。前面说过，凡有劳动的地方就有爱，就在河边这种特殊劳动的小皱褶里也藏着爱。赵君的《背河》词是这样写的：

> 背起小妹妹河中走，
> 背了个欢喜扔了个愁。
> 妹妹的细腰扭呀扭，
> 扭得哥哥甜格滋滋，
> 像喝了蜜酒。
> 得儿哟，得儿哟，
> 莫怕那风浪三丈三，

妹妹哟，妹妹哟

哥的劲头九十九丈九！

背起小妹妹河中走，

叫声妹妹不要害羞，

小心那掉在河里头，

快把哥哥亲格热热

紧紧地搂。

得儿哟，得儿哟，

明年再背你下花轿，

妹妹哟，妹妹哟

亲手给你揭开红盖头！

　　他的这首歌，又使我想起当年在口外当农民劳动锻炼时的一幕戏。春天里大地刚刚苏醒，春风吹过河套平原，有一丝丝的温馨、一丝丝的甜润。柳条开始发软，枯草刚顶出新芽。劳动休息时，四野旷旷无以为乐，经常的节目是摔跤。让我们这些洋学生大吃一惊的是，那些还没有脱去老羊皮袄或者厚棉袄的姑娘，手大腰壮，竟敢向小伙子叫阵，一会儿就龙腾虎跃，翻滚在松软的犁沟里，羞得我们看都不敢看。在劳动中油然而生爱心，爱心萌动就以歌抒之，歌之不足，舞之蹈之。现在想来田野上这种超出舞蹈的游戏中又一定还藏有那歌之舞之所没有表达尽的爱。

　　在赵君家吃了一顿饭，听了几首歌，倒惹我想了这许多。临走时赵君送我两盒《走西口》的磁带，这回赴宴真是货真价实。

《青年文艺家》1996 年第 4 期

夜 市

晚饭后，待夕阳西沉，柏油马路上的灼热稍稍散去一些，我便短衫折扇，向王府井慢慢走去。来得早了一点，摆好的摊子还不多。这时拐弯处飞出一辆平板三轮，蹬车的是个长发短裤的小伙儿，口里哼着流行曲，身子一左一右地晃，两条腿一上一下地踩，那车就颠颠簸簸地冲过来，车上筐子里装满了碗和勺，叮叮当当地响。筐旁斜坐着一位姑娘，向他背上狠狠地捣了一拳，骂道："疯啦！"小伙子越发美得扬起头，敞开胸，使劲地蹬。突然他一捏闸，车头一横，正好停在路旁一个画好白线的方格里。两人跳下车，又拖下十几根铁管，横竖一架，就是一个小棚子。雪白的棚布，车板正好是柜台，噼噼啪啪地摆上一圈碗。姑娘扯起尖嗓子，高喊一声："绿豆凉粉！"刹那间，一溜小摊就从街的这头伸到另一头，夜市开张了。

人行道上的路灯"刷"地一下亮了，夕阳还没有收尽余晖，但人们已忘了它的存在。灯光逼走了日光，温和地来到人们身旁。她一出来，这个世界顿时便加了几分温柔、许多随便。人们悠闲地、无目的地从各个巷口向这里走来。白日里恼人的汽车一辆也没有了，宽阔的街面上满是推着自行车的人、互相牵着手的男女、嬉笑奔跑着的儿童。国营商店噼噼啪啪地上了门板，个体小贩们似唱似叫地，就在它们的门前摆起了

人生 谁能 无补丁

地摊。

　　一个煎饼摊吸引了我。三轮车上放了一个火炉，炉上放了一块油黑的方形铁板。一位中年汉子左手持一把小勺，伸向旁边的小盆里舀一勺稀面糊，向铁板上一浇。右手持一柄小木耙，以耙的一角为圆心，有规律地绕几圈，那面糊立即被拉成似一张白纸，冒着热气。我正奇怪这张纸饼的薄，他左手又抓过一只鸡蛋，右手一耙砍下去，一团蛋黄正落在煎饼心上，那小耙又再画几个圈，"白纸"上便依稀挂了一层薄薄的黄，热气腾腾中更增加了一种朦胧的诱惑。只见他右手扔下小耙，取过一把小铲，却又不去铲饼，先在铁板上有节奏地敲三下，然后将铲的薄刃沿饼的边刷地割了一个圆圈，那张薄饼已提在他的手中，喊道："五毛一张！"那架势不像是卖饼，倒像在卖一张刚刚制作完的水印画。确实，这一套熟练的动作，大概不过三分钟。那小勺、小耙的精致也如工艺品，至于那把小铲，干脆就是油画家用的画铲。我立即觉得自己迈进了一个艺术的大观园，心中微微得到一种愉快的满足。

　　前面人群的头顶上闪出一幅挑帘，大书"道家风味"四字，十分引人。平地放着四个铁桶改装的火炉，炉口上正好压了一个鼓肚铁鏊子，鏊子上有一个很厚的圆盖，和刚才做煎饼不同的是，稀面糊从鼓肚处流下，自然散成一个圆饼，这在我们家乡叫"摊黄"，是乡间极平常的吃食。但在这里就别有出处了。守摊的是一男二女，那男子不干活，只管大声招揽顾客："真正道家秘传，请看中国 2 000 年前就有的高压锅，道人就用这种炉子炼丹做饼，长命百岁。我家这祖传的道家炊饼已有42 年不做，今年挖掘整理，供献给首都夜市……"这时一个青年上前插问："是不是回民食品？"他大概分不清道教和伊斯兰教，那炉边的女子耳尖，迅即答道："回民、汉民都能吃，小米、玉米、黄豆，真正小磨香油。不腥不腻，养人利口。"就有人纷纷去讨。这家人可真聪明。要是白天，这宽阔的马路，这两边洁净的店堂，街上疾行的车辆，西服革履的人群，哪能容他们在这里论饼说道呢。但这是夜晚，暮色一合，城换了装，人也变了性，大家都来享受这另一种的心境。

离开这"道家食摊"没有几步，又有一个偌大的广告牌立在当地，红底白字大书"芙蓉镇米豆腐"，旁边还有几行小注："芙蓉镇米豆腐以当地特有白米及传统秘法精制，特不远千里专程献给首都夜市。"我忍不住哈哈大笑。这芙蓉镇本是一个小说和电影里的地方，作品中有一个卖米豆腐的漂亮女郎，惹出一段曲折离奇的故事，想不到竟也拿来做了广告的由头。

香味本来是听不见看不见的，但是我此刻却明明是用耳朵和眼睛来领略这些食品的味道了。先说那大小不同高低起伏的叫卖声，只靠听觉就可以知道这食阵的庞大丰杂。有的起声突峻，未报货名，先大喊一声："哎！快来尝尝。"有的故念错音，将"北京扒糕"念成"北京扒狗"。有的落音短截，前字拉长，后字急收："炒——肝儿！"有的学外地土话，要是卖烤羊肉，总是忘不了戴顶小花帽，舌头故意不去伸直。闭目听去，七长八短，沸沸扬扬，宛如一曲交响乐回荡在大厅，但再细细辨认，笛、琴、管、鼓又都一一分明。那每一种频率，每一个波段，实在都代表着每一种香味和每一块六尺见方的地盘。

这些商贩艺术家们不但叫卖得有声有韵，堆货站摊也极讲造型。卖馅饼的就故将案上的肉馅堆成一个圆球，表面撒上木耳、葱、姜、香菜之末，杂成黑、白、黄、绿之色，远远看去五彩缤纷。卖凉粉的更构思奇巧，在一块晶莹透明的方形大冰上凿出几排圆坑，凉粉碗就一一稳在其中，白冰、白碗、白粉，冰清玉洁，素雅娴静，目光触之就凉气透人。再看那案边锅旁的师傅们，头上的白帽多不正而稍歪，腰间的围裙虽系又轻撩，本是一口京腔却又故意差字走音，要是有外国人走过，还会高喊一声"OK！"整条街面上漾着一种幽默、活泼的气氛。顾客不知不觉中有了一种替摊主辩护的宽恕心理，摆在这里的货自然就是最有特点、最该叫好的。艺术本是在劳动中创造，这时他们手舞口唱，那火烤油灼的燥热、腰酸腿困的劳顿，全在这一声声的叫卖中，在这擀面杖有节奏的敲打声中化作了顾主的笑语和他们手中的钞票。无声的夜以她迷人的色调将这一切轻轻地糅合在一起，连游人也一起糅了进去，糅得人心旷神怡。

这条街，前半条是吃的世界，后半条便是穿的领地，跨过半条街，油香渐稀，却色彩纷呈。服装摊的摆法自与小吃摊不同，干净、漂亮、耀目。几十条彩色锁链从铁架顶端垂下，每隔几个链孔就挂进一个衣架，架上是一件短衫或一条长裙，层层叠叠、拥锦压翠。这些时装不但面料华贵，形式也实在出奇，有一件上衣活像蒙古族的摔跤服，没有纽扣只一根腰带，并不讲究合体，随便前后两片而已。有一件裙子，灰土色，上面的图案竟全是甲骨文字，就像出土文物。一个摊位的最高处挂着一件连衣裙，上身的丝褶如将军胸前的绶带，一身显贵之气，罩在透明塑料袋中，标明牌价487元。我怕看错又问一遍，看摊的一个小女子说："这还贵啊，两天已卖出三件！"再看其他摊上一二百元一件的衣服已极平常。我不觉环顾一下周围的人，也都是一鼻两眼，真想不出他们何以能这样在夏夜的凉风中一掷千金。

如果说食品摊讲究的是风味，这里要的便是时髦。那边力求土一点，强调传统；这里却极力求洋一点，专反传统。有一个摊位专营男式短裤，却围着不少女客。按说穿短裤是为凉快，这些料子却厚如帆布，颜色青灰相杂，像一块深色大理石，陈旧滞重。但买的人很多，偏要这种"流行"。一位姑娘在货摊里提起一件，便在人群的挤搡间，套进双腿，拉至腰际，再将外面的裙子一褪。两条粉白的大腿和两只穿着拖鞋的赤脚在白炽灯下分毫毕见，我立时神色大窘，而那两个小胡子摊主却连声叫好："您穿上真正盖帽儿！赛过好莱坞的影星！"这姑娘掏出钱包，直视两个小伙儿："便宜一点行不行？人家还是学生呢！""好，20，零头不要了。"一个大姑娘，当街脱裙试裤，无论如何总觉不雅，又听说还是学生，我更觉惊奇，便插了一句："是中学生还是大学生？""当然大学生！"那女孩嫌我这样提问轻看了她，硬硬地回了一句，随手抽出两张10元的票子往摊上一扔，抓起她的裙子，穿着那件大理石短裤扬长而去。

　　这时逛夜市的人比刚才更多，摩肩接踵，如沸如撼。夜与昼的区别是，夜晚较白天的紧张、明朗、有节奏而更显得松弛、朦胧、散漫。所以这时候街上的人其心并不在购物。腹不饿，也要一碗小吃，不在吃而在品；不缺衣又买一件新衣，不为衣身而为赏心。你看他们信马由缰，随逛随买，其形其神已完全摆脱了白天的重负。年轻女子们穿着大露肩的薄衫，脖间只要一根细项链点缀，再赤脚拖一双凉鞋。小伙子则牛仔短裤T恤衫，上些年纪的男女衣着轻软宽松，或有的就穿着睡衣前来走动。借着一层暮色，大家都将自己放松到白天没有的极限。人行道栏杆上坐着一男一女，两个大人却只买了一小盘扒糕，女的端着盘，张大

人生　　　谁能　无补丁

口便要男的来喂。那男子用竹签插一小块糕放在她口中，她就笑眯眯地挤一下眼，不用说就知道是一对情人。一对年轻夫妇牵着一个五六岁的男孩从我身边擦过，孩子边跺脚边嚷："就要吃，就要吃！"父亲说："再吃肚子就要破了。""破了也要吃。"母亲笑了："宝贝，咱们每天来一次，把这条街都吃个遍。"三个人一起高兴地大笑起来，那份轻松随便，好像这条街是他家的一样。

夜深了，游人渐稀渐疏，天上的月却更明更圆。树影婆娑，笼着归人尽兴的醉影，凉风徐起，弄着他们飘飘的衣裙。我踏着月色往回走，想明天还要来，后天也要来。这样热天的晚上，谁耐烦去挤电影院，又怎能看进书去，而短衫折扇到这本社会学、艺术学的大辞典里来悠游一回，随听随看，随品随想，夏夜里还有比这更好的节目吗？

1987 年 8 月

万鞋墙

陕北多山，千山万壑。有村名赤牛洼，世代农耕，名不见经传。近年有退休回村的干部老高，下决心搜集本地藏品，建起一农耕博物馆。我前去参观，不外锄、犁、耧、耙、车、斗、磨、碾之类，也未有见奇。当转入一巨大窑洞时，迎面一堵高墙，齐齐地码着穿旧、遗弃了的布鞋。足有两人之高，数丈之长。我问："有多少双？"答道："13 000双。"我脱口而出："好一堵万鞋墙！"

这鞋平常是踩在脚底下的，与汗臭为伴，与尘土、泥水厮磨，是最脏最贱之物。穿之不觉，弃之不惜，几乎感觉不到它的存在。今天忽然集合在一起，被请到墙上，就像一队浩浩荡荡的翻身的奴隶大军，顿然感到它的伟大。

鞋有各种大小、各种颜色，这是乡下人的身份证，代表着男人、女人、大人、孩子。但不管什么鞋，都已经磨得穿帮破底、绽开线头，鞋底也成了一个薄片。仔细看，还能依稀辨出原来的形式、针脚、颜色。这每一双鞋的后面都有一个故事，从女人做鞋到男人穿它去种田、赶脚、打工等，一个长长的故事。

我们这一代人都是穿着母亲的手做布鞋长大的，又穿着布鞋从乡下走进城市。每一双鞋都能勾起一段心底甜蜜的或辛酸的回忆。这鞋墙就像是一堵磁墙，又像一个黑洞，我伫立良久，一时无语，半天，眼眶里竟有点潮湿。同行的几个人也突然不说话了，像同时被击中了某个穴位。大家只是仰着头细细地看，像是在寻找自己曾穿过的那一双鞋。半天，陪同来的辛书记才冒出一句："老高，你怎么想出这么个主意，怎么想出这么个主意！"

鞋墙下面还有鞋展柜，展示着山里鞋的前世今生。有一双"三寸金莲"，那是旧社会妇女裹脚时的遗物，现在的女孩子绝对想不到，妙龄少女还曾以美的名义受过那样的酷刑。有一双特大号的布鞋，是本村一个大汉穿过的，足有一尺长。据说当年他的母亲很为做鞋犯愁。有一双新鞋底上纳着两个"念"字，这种鞋是男女的信物，一般舍不得沾地。有名为"踢倒山"的牛鼻子鞋，有轻软华丽的绣花鞋，有雪地里穿的毡窝子鞋，也有黄河边纤夫拉纤穿的草鞋，等等，不一而足。这是山里人的才艺展示，也是他们的人生速写。

在回县里的车上，大家还在说鞋。想不到这个最普通的穿戴之物，经今天这样一上墙，竟牵动了每一个人的神经。一种鞋就是一个时代的标志。中国革命是穿着草鞋和布鞋走过来的。

新中国成立初期，我们建第一个驻外使馆，大使临行前才发现脚上还穿着延安的布鞋，就匆忙到委托店里买了一双旧皮鞋上路。大约在20世纪60年代以前，北方农村的人一律穿家做的布鞋。小时穿妈妈做的鞋，成人穿老婆（陕北人叫婆姨）做的鞋。马克思说："人和人之间的直接的、自然的、必然的关系是男女之间的关系。"布鞋是维系农耕社会中男女关系和农民与土地关系的一根纽带。做鞋也成了农村妇女生命的一部分，从少女时学纳鞋底开始，一直到为妇为母，满头白发，满

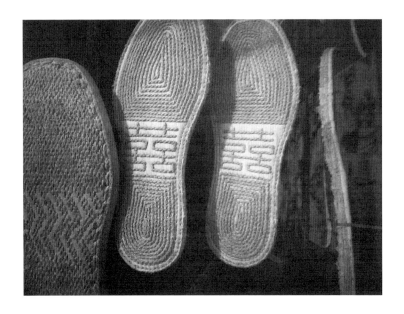

人生　　　　谁能　无补丁

脸皱纹，一针一线地纳着青春，纳着生命。遇有孩子多的人家，做鞋成了女人的沉重负担。男人们很珍惜这一双鞋，夏天干活则尽量打赤脚。出门时穿上鞋，到地头就脱下来，两鞋相扣小心地放在田垄上，收工时再穿回来。每年农历正月穿新鞋是孩子们永远的企盼，也是母亲笑容最灿烂的时刻。要说乡愁、亲情、忆旧，布鞋是最好的载体。

在大家的议论声中，我提了一个问题，请说出自己关于鞋的最深刻的记忆。同车的老安，一个退休多年的老干部，他说："我记忆最深的是小时候的一年正月初一，刚换上新鞋，几步就奔到大门外，不想一脚踏到冰窟窿里，新鞋成了两团泥。回家后，我妈气得手提笤帚疙瘩，一直把我追打到窑畔上。"一车人发出轰然的笑声，每个人的心底都美美地藏着这样一个又甜又酸的故事。

鞋不但是人情关系的标识，还是社会进步的符号。有人说，看一个人富不富，就看他家里地上摆的鞋。我是1963年进大学的，同班有一位从湘西大山里考来的同学，赤着脚上课。老师问，为什么不穿鞋，他说长这么大，就没有穿过鞋。

1968年大学毕业，按那时的规矩，我到内蒙古农村当农民劳动一年。生产队饲养院的热炕，是冬季的晚上村民们聚会、抽烟、说事的热闹地方。腾腾的烟雾和昏暗的灯光中，炕沿下总是一大堆七扭八歪、又脏又瘪的鞋。其中有一双就是我从北京穿来的，上面已补了13个补丁。就是后来当了记者，走遍了黄土高原的沟沟壑壑，也还是一双布鞋。遇到下雨，照样蹚泥水，一步一响声。采访后回到住地的第一件事，就是到伙房里烤鞋。90年代我已在中央国家机关工作，那时的会议通知常会附一句话：请着正装。"正装"什么意思？就是要穿皮鞋。

那几天在县里采访，虽还有许多其他内容，但是脑子里总是转着那些鞋。立一堵墙以为纪念，是人们常用的方法。最著名的如巴黎公社墙、犹太人的哭墙，还有国内外经常看到的烈士人名墙。但集鞋为墙，还是第一次见到。鞋虽踩在脚下，不像帽子风光，却要承一身之重，走一生之路，最是苦重，也最易被人忘记。

我们常说"慈母手中线，游子身上衣"，却很少人说到"游子脚下鞋"。做鞋，首要是结实。先要用布浆成"衬"，裁成帮，裹成底。将麻搓成绳，锥一下，纳一针。记得幼时，深夜油灯下，躺在母亲身旁，是听着纳鞋底的刺刺声入睡的。现在市面上已找不到人工布鞋了，那天我在县里托人找了一双，不为穿，是想数一下一双鞋底要纳多少针。你猜多少？2 500 针。那堵鞋墙共有 13 000 双鞋，你算一下总共要多少针呀。每一个人都说自己的事业轰轰烈烈，走过的道路艰苦曲折，又有谁想到脚下千针万线的慈母鞋呢？

鞋墙不朽。

《光明日报》2016 年 11 月 4 日

都市野趣

我住北京已有多年。眼见楼愈高，路愈阔，人愈多，车愈闹，烦不胜烦，便常思小时乡间泥土之乐。

我所在的大院有楼数十座，柏油路纵横其间。早晨的锻炼方式就是绕楼跑步，然跑完之后又觉缺点什么。虽路旁有标配的健身器材，冰冷之物，不想去摸。两侧有银杏树，叶如小扇，楚楚可人；初秋杏果累累，堪比吐鲁番的葡萄。日过其下，相看不厌，顿生爬树之念，这本是小时常做的功课。于是，晨练之后返家之前，先环视四周无人，便纵身一跃，双手抓住低处的树杈，再以脚蹬树，弓腰虫行而上。跑步练腿，爬树练臂。如是者多年。有一日当我前后扫视，确信无人之时，忽一熟人从墙角转过，惊呼："梁总还会爬树！"此事遂传回单位，成为顽童之谈。

又大院中遍植花木，有一种名碧桃者，专为看花，春三月，还未吐叶时先绽出鲜红的花朵，艳艳照人。到立秋过后就挂满核桃大小的果子。只是人们都以为它生来就是中看不中吃的，花自开过果自落，谁也不去理会。一日我在树下端详，所有熟透的果子上都有虫吃的痕迹。天下名山佛占尽，世上好果虫吃完。这果子一定好吃！我小心掰开，用舌尖一舔，一股以甜为本兼有些酸，又有一点微苦的味道，直透心田。关键还不是舌尖上的享受，它如一道闪电穿越岁月数十年，撕开了我尘封许久的童年记忆。那时在山上打柴，最大的享受就是采食野果。野果之味，不要那么甜，正好留着这一丝的酸和苦才提神解渴，当疲倦之时，精神为之一振。我自以为牧童发现了断臂的维纳斯，每于晨练之后汗未落时，优游于桃林之中，捡漏寻宝。虽是三五棵树，然隐身于枝叶间，若茫茫桃林，仿佛声闻幼时伙伴的呼唤。《浮生六记》的作者写其小时于园中蹲看草间小虫的爬行如林中巨兽往来，大约就是这个意境。我渐渐摸出规律，桃果初成，绿而硬，不能食，虫不来。到色微黄，特别是边棱处现出一条若有若无的红晕带时，便可吃了，虫子也不期而至。能于此时找到一粒微软、酸甜、无虫之果，便是意外的惊喜。人虫相争抢得先机也就是半日之间。我将这个秘密告诉院里的朋友，他们的第一反应是："咦！你还吃野果？"仿佛原来交往的是一个野人。

其实人类从森林中走来，从猿人到现在几十万年，也就近五六千年才不全赖野果为生。作为个体，现在不少的人还有过与野果厮磨的童年，哪能就这样健忘呢？忽然想起鲁迅先生的《从百草园到三味书屋》，人人都有一个童年，但未必人人都有一颗童心。

《光明日报》2020 年 9 月 10 日

　　人生＿＿＿＿＿谁能＿＿无补丁

太原往事

与太原这个城市结缘，不觉已 30 年了。回首往昔，几件小事，如岁月大树上的几片落叶，又在我心灵深处的湖面上轻轻漂荡。

大约是中学快毕业的那年。一次我骑车夜归，飞驰在府东街上。夏夜，凉风习习，月明如水。路旁是一色的垂柳，柳已很高，枝却又柔又长，一直低垂下来，能拂着行人的脸。路灯都给埋在柳丝里，于是这一把把的绿梳，便将那一盏盏的银灯，梳出一缕缕的柔光。树冠是一律向上鼓着，先鼓成一个大圆团，然后再散落下来，千丝万缕，参差披拂，在水银灯光中幻出奇怪的颜色，像阳光下的喷泉，像节日里的礼花。我被这美的夜色征服了，一面飞快地蹬车，让凉爽的夜风鼓满自己的衣襟，一面不时伸手去探那空中垂下来的柔条。不知怎么，我突然想起苏轼"老夫聊发少年狂"的词句来。而我当时，正是少年自狂——我被自己骤然发现了这个城市的美而激狂了。我正这样自我陶醉着，突然发现前面有块砖头，刹车已经来不及，车子猛地碰上，跃起，一下横摔在马路上。路边乘凉的人"轰"地一声笑了。我拍拍摔麻的手，赶快扶车离去。我想，他们刚才一定看见了我自作发狂的动作。但我不后悔，这个美丽的夜晚，我发现了你，太原。

在外地读书时，"文化大革命"风云突变。一个暑假里，我回家来，为了寻那旧日里的好梦，又驱车街头。这时，头上没有了柳丝，路边没有了绿荫，只有一排胡乱砍过后留下的树桩子。我从一所很有名的中学前走过，只见玻璃被打得粉碎，墙上还留着弹孔，窗户里传出"下定决心，不怕牺牲"的歌声。最奇的是墙上的标语："弹洞校园壁，今朝更好看。"这好看吗？我的心颤抖了。

后来，我回到太原工作，而且也已渐入中年。这时的我当然再不会因一镜明月、几丝绿柳去飞车发狂。但近年来街头的变化倒真让我那曾颤抖的心里又慢生出了许多的喜悦。街上的大厦已日渐增多，马路也日渐加宽。路中间栽起了松柏，种上了花卉。太原，一天天出落得更美丽了。一日，我行至柳巷北口时，突然止步了。这里原是一处极拥挤的路口，现在一下宽得像个篮球场。更奇怪的是，路中间用铁栏杆，小心地围着两棵古槐。那树也真古得有了水平，腰粗约有三抱，树心长得撑破了树皮，有半个身子裸露在外。我知道树木是靠树皮来输送养分的，所以那没有树皮的部分已经枯死。但是，当那已剩下不多的少半扇树皮将养分送到树木之巅后，树顶上便又生出了许多新枝，而且这新枝也都已长得如股如臂了。枝头吐出的新叶，油绿油绿的，在微风中闪耀着，织成一把巨伞。生与死，新与旧，竟在这里相反相成，得到了最和谐的统一。

我突然记起，这两棵树过去是挤缩在路旁小院里的，像一个被虐待的老人，在嚣声尘埃中于残垣断壁间伸出枯黑的手臂。而现在由于扩路，他一下子挺身站立在这明净宽阔的大街上，发出了爽朗的笑声。我面对古槐，有好一会儿，这样痴站着，这里离我十年前在柳丝下跌跤的地方并不太远，也许附近的人当中有能认出我这个呆子的吧。

人生 ——— 谁能 ——— 无补丁

太原的旧府原在晋阳。现在这个城是宋太宗赵光义于公元 979 年灭北汉后在此重建的。前几年，曾有人提议举行一次太原建城千年纪念。我想，若真要开纪念会，最好就在这两棵树下。如果锯开树干，去细细数一下它的年轮，历史学家就会发现，千年来，这座古城是怎样不断地弃旧图新，不断在废墟上成长。我若到会，也一定能在那些年轮里找见那个美好夜晚的记忆，找见在校园弹洞下的沉思和在这棵古槐树下的幻想。

我想，假如我在这个城市再工作 30 年，记忆的长河里不知将有多少新的浪花飞溅，我衷心地祝愿那两棵古槐长寿，愿它们以后每一圈的年轮更宽、更圆。愿美好的事物战胜邪恶长存人间。

1984 年 5 月

青山不老

　　《三国演义》上有一个故事，写庞德与关羽决战，身后抬着一具棺材，以示此行你死我活，就是我死了也没什么了不起，埋了就是。真一副堂堂男子汉大丈夫的气概，这种气概大约只有战争中才能表现出来，只有在书本上才能见到。但是当我在一个小山沟里遇到一位无名老者时，我却比读这段《三国演义》还要激动。

　　窗外是参天的杨柳。院子在沟里，山上全是树，所以我们盘腿坐在土炕上谈话就如坐在船上，四围全是绿色的波浪，风一吹，树梢卷过涛声，叶间闪着粼粼的波。

　　但是我知道这条山沟以外的大环境，这是中国的晋西北，是西伯利亚大风常来肆虐的地方，是干旱、霜冻、沙暴等一切与生命作对的怪物盘踞之地。过去，这里风吹沙起能一直埋到城头，县志载："风大作时，能逆吹牛马使倒行，或擎之高二三丈而坠。"可是就在如此险恶的地方，我对面的这个手端一杆旱烟的瘦小老头，他竟创造了这块绿洲。

　　我还知道这个院子里的小环境。一排三间房，就剩下老者一人，还有他的棺材。那棺材就停在与他一墙之隔的东屋里。老人每天早晨起来抓把柴煮饭，带上干粮扛上锹进沟上山；晚上回来，吃过饭，抽袋烟睡觉。他是在 65 岁时组织了 7 位老汉开始治理这条沟的，现在已有 5 人离世，却已绿满沟坡。他现在已81岁，他知道终有一天早晨自己会爬不起来，所以那边准备了棺材。他可敬的老伴，与他风雨同舟一生，也是在一天他栽树回来时，静静地躺在炕上过世了。他没有儿子，只有一个女儿在城里工作，三番五次地回来接他出去享清福，他不走。他觉得自己生命的价值就是种树，那边的棺材就是这价值结束时的归宿。他敲着旱烟锅不紧不慢地说着，村干部在旁边恭敬地补充着……15年啊，绿化了8条沟，造了7条防风林带，3 700亩林网。去年冬天一次就从林业收入中资助村民每户买了一台电视机，这是一个多么了不起的奇迹。但他还不满意，还有宏伟设想，还要栽树，直到他爬不动为止。

我们就在这样的环境中谈话，像是站在生死边界上的谈天，但又是这样随便。主人像数家里的锅碗那样数着东沟西坡的树，又拍拍那堵墙开个玩笑，吸口烟……我还从没有经历过这样的采访。

在屋里说完话，老人陪我们到沟里去看树。杨树、柳树，如臂如股，劲挺在山洼山腰。看不见它们的根，山洪涌下的泥埋住了树的下半截，树却勇敢地顶住了它的凶猛。这山已失去了原来的坡形，而依着一层层的树形成一层层的梯，老人说："这树根下的淤泥也有两米厚，都是好土啊。"是的，保住了这些黄土，我们才有这绿树。有了这绿树，我们才守住了这片土。

看完树，我们在村口道别，老人拄着拐，慢慢迈进他那个绿风荡荡的小院。我不知怎么一下又想到那具棺材，不觉鼻子一酸，也许老人进去就再不出来。作为政治家的周恩来在病床上还批阅文件；作为科学家的华罗庚在讲台上与世人告别；作为一个山野老农，他就这样来实现自己的价值。一个人如果将自己的生命注入一种事业，那么生与死便不再有什么界线。他活着已经将自己的生命转化为另一样东西；他死了，这东西还永恒地存在。他是真正与山川共存、日月同辉了。达尔文和爱因斯坦都说过，生死于他们已无所谓了，因为他们所要发现的都已发现。老人是这样的坦然，因为他的生命已转化为一座青山。

老人姓高，名富。

这个无名的人让我领悟了一个伟大的哲理：青山是不会老的。

写于1987年12月

选自《没有新闻的角落》，

书海出版社，1990年7月

人生　　　　　谁能　无补丁

三十年的草原　四十年的歌

　　内蒙古歌手在民族宫大剧院演出了一场"蒙古族长调歌曲演唱会"，主题是保护草原，遏制沙化。大幕未启，节目单发下来，上面赫然印着一位老歌手的名字：哈扎布。我心中猛然一惊，真的他还在世！

　　我没有见过哈扎布，也没有听过他的歌。记住这个名字是因为叶圣陶先生的一首诗《听蒙古族歌手哈扎布歌唱》。1968 年我大学毕业分配到内蒙古工作，一到当地先搜集资料，在一本名人游内蒙古的诗文集中有叶老的这首诗。开头两句就印象极深，至今仍能背出："他的歌韵味醇厚，像新茶，像陈酒。他的歌节奏自然，像松风，像溪流。"我读这诗已是 30 多年前，这 30 多年间再未听说过哈扎布的名字，更没有想到今天还能听到他的歌。

　　因为是呼吁保护环境，恢复生态，晚会的气氛略有点压抑。老歌手是最后出台的，主持人说他今年整 80 岁。他着一件红底暗花蒙古袍，腰束宽带，满脸沧桑，一身凝重。年轻歌手们一字排开拱立两旁。他唱的歌名叫《苍老的大雁》，嗓音略带喑哑，是典型的蒙古族长调。闭上眼睛，一种天荒地老、苍苍茫茫的情绪袭上我心。过去内蒙古闻名海内外，是因它美丽的草原、美丽的歌声。我 30 年前在那里当记者，曾在草原上驰过马，躺在草窝里仰望蓝天白云，静听那远处飘来的，不是为了演唱而唱的歌。当时一些传唱全国的著名歌词现在还能记得。"羊儿低吻着草香，鞭儿击碎了薄雾。"那时无论如何也不会想到，这种美丽几十年后就要消失。近几年沙尘暴频起草原，直捣北京。去年，北京一家大报曾发表了一整版今昔对比的照片，并配通栏大标题"昔日风吹草低见牛羊，今天老鼠跑过见脊梁"。今晚，我闭目听歌，不觉泪涌眼眶。新茶陈酒味不再，松涛无声水不流。当年叶老因歌而起的意境已不复存在，剧场一片清寂。我仿佛看见一只苍老的大雁，在蓝天下黄沙上一圈圈地盘旋，在追忆着什么，寻找着什么。坐在我身后的是一位至今仍在草原上当记者的同志，他悄悄地说了一句："心里堵得慌。"

晚会后回到家里深夜难眠，我起身找到30多年前的笔记本，叶老的诗还赫然抄写其上：

他的歌韵味醇厚，
像新茶，像陈酒。
他的歌节奏自然，
像松风，像溪流。
每个字都落在人心坎上，
叫人默默颔首，
高一点低一点就不成，
快一点慢一点也不就，
唯有他那样恰好刚够，
才叫人心醉神怡，尽情享受。

语言不通又有什么关系，

但听歌声就能知情会意。

无边的草原在歌声中涌现，

草嫩花鲜，仿佛嗅到芳春气息，

静静的牧群这儿是，那儿也是，

共进美餐，昂头舔舌心欢喜。

跨马的健儿在歌声中飞跑，

独坐的姑娘在歌声中支颐，

健儿姑娘虽然远别离，

你心我心情如一，

海枯石烂毋相忘，

誓愿在天鸟比翼，在地枝连理。

这些个永远新鲜的歌啊，

真够你回肠荡气。

他的歌韵味醇厚，

像新茶，像陈酒。

他的歌节奏自然，

像松风，像溪流。

莫说绕梁，简直绕心头。

更何有我，我让歌占有。

弦停歌歇绒幕垂，

竟没想到为他拍手。

当年叶老虽听不懂蒙古语，但他真切地听到了其中的草嫩花鲜，静静的牧群，还有回肠荡气的爱情。我查了一下叶老写诗的日期：1961年9月，距今正好40年。我抄这诗也过了30年。三四十年来，当我们惊喜地看着城市里的水泥森林疯长时，却没想到草原正在被剥去绿色的衣裳，无冬无夏，羞辱地裸露在寒风与烈日中。

没有绿色哪有生命？没有生命哪有爱情？没有爱情哪有歌声？若叶老在世，再听一遍哈扎布的歌，又会为我们写一首怎样深沉的诗？归来吧，我心中的草原，还有叶老心中的那一首歌。

《人民日报》2001年12月13日

　　人生＿＿＿＿＿谁能＿无补丁

梁思成落户大同

　　当北京正在为拆掉梁思成、林徽因故居而弄得沸沸扬扬、满城风雨时，山西大同却悄悄地落成一座梁思成纪念馆。这是我知道的国内第一座关于他的纪念馆，没有出现在他拼死保护的古都北京，也没有出现在他的祖籍广东，却坐落在塞外古城大同。我当时听到这件事不觉大奇。主持城建的耿彦波市长却静静地回答说："这有两个原因，一是20世纪30年代梁先生即来大同考察，为古城留下许多宝贵资料，这次古城重建全赖他当年的文字和图录；二是新中国成立之初梁先生提出将北京新旧城分开建设以保护古都的方案，惜未能实现。60多年后，大同重建正是用的这个思路。"大同人厚道，古城重建工程还未完工，便先在城墙下为先生安了一座住宅。

　　梁思成是古建专家，但更不如说他是古城专家、古城墙专家。他后半生的命运是与古城、古城墙连在一起的。1949年初炮声传到了清华园，他不为食忧，不为命忧，却为身边的这座古城北平担忧。一夜有两位神秘人物来访，是解放军派来的，手持一张北平城区图，诚意相求，请他将城内的文物古迹标出，以免为炮火所伤。从来改朝换代一把火啊，项羽烧阿房，黄巢烧长安，哪有未攻城先保城的？仁者之师啊。他激动得说不出话来，标图的手在颤抖。这是他一生最难忘的一幕。

中国有世界上最古老的房子，却没有留下怎么盖房的文字。一代一代，匠人们口手相传地盖着宏伟的宫殿和辉煌的庙宇，诗人们笔墨相续，歌颂着雕栏玉砌，却不知道祖先留下的这些宝贝是如何造就的。梁思成说："独是建筑，数千年来，完全在技工匠师之手。其艺术表现大多数是不自觉的师承及演变之结果。这个同欧洲文艺复兴以前的建筑情形相似。这些无名匠师，虽在实物上为世界留下许多伟大奇迹，但在理论上却未为自己或其创造留下解析或夸耀。""如何发扬光大我民族建筑技艺之特点，在以往都是无名匠师不自觉的贡献，今后却要成近代建筑师的责任了。"直到20世纪20年代末，国内发现了一本宋版的《营造法式》，但人们不懂它在说些什么。大学者梁启超隐约觉得这是一把开启古建之门的钥匙，便把它寄给在美国学建筑的儿子梁思成，希望他能在洪荒中开出一片新天地。梁思成像读天书、破密码一样，终于弄懂这是一本古代讲建筑结构和方法的图书。纸上得来终觉浅，他在欧美留学回来即一头扎进实地考察。那时的中国兵荒马乱，梁带着他美丽的妻子林徽因和几个助手跑遍了河北、山西的古城和古庙。山西的北部为佛教西来传入中原时的驻足之地，庙宇建筑、雕塑壁画等保存丰富；又是北方游牧民族定居、建都之地，城建规模宏大。20世纪30年代，西方科学研究的"田野调查"之法刚刚引进，这里就成为中国第一代古建研究人的理想试验田。1933年9月6日，梁思成、林徽因一行来到大同，下午即开始调查测量华严寺，接着又对云冈、善化寺进行详细考察，17日后又往附近的应县木塔、恒山悬空寺调查。再后来，梁、林又专门去了一次五台山，直到卢沟桥的炮声响起他们才撤回北平。因为有梁思成的到来，这些上千年的殿堂才首次有现代照相机、经纬仪等设备为其量身造影。在纪念馆里我们看到了梁思成满面风尘爬到大梁上的情景，也看到了秀发披肩，系着一条大工作围裙的林徽因正双手叉腰，专注地仰望着一尊有她三倍之高的彩塑大佛。这就是他们当时的工作。幸亏抢在日本人占领之前测量，这次测量留下了许多宝贵的资料。以后许多文物即毁在侵略者的炮火下。抗战时期，他们到处流浪，丢钱丢物也不肯丢掉这批宝贵的资料，终于在四川长江边一个叫李庄的小镇上完成了中国古建研究的重要成果，也成就了梁、林在中国建筑史上的地位。

现在纪念馆的墙上和橱窗里还有梁、林当年为大同所绘的古建图，尺寸严格、数据详尽、线条漂亮，还有石窟中那许多婀娜灵动的飞天。真不知道当时在蛛网如织、蝙蝠横飞、积土盈寸的大殿里，在昏暗的油灯下，在简陋的旅舍里，他们是怎样完成这些开山之作的。这些资料不只为大同留下了记录，也为研究中国建筑艺术提供了依据。

1949年新中国成立，饱受战乱之苦又饱览古建之学的梁思成极为兴奋。他想得很远，9月开国典礼前夕，他即上书北平市市长聂荣臻，说自己"对于整个北平建设及其对于今后数十百年影响之极度关心"。"人民的首都在开始建设时必须'慎始'"，要严格规划，不要"铸成难以矫正的错误"。他头脑里想得最多的是怎样保存北京这座古城。当时保护文物的概念已有，但是，把整座城完好保存，不破坏它的结构布局，不损坏城墙、城楼、民居这些基本元素，却是梁思成首次提出。他曾经设想为完整保留北京古城，在其西边再另辟新城以应首都的工作和生活之需。他又设想在城墙上开辟遗址公园。"城墙上面，平均宽度约10米以上，可以砌花池，栽植丁香、蔷薇一类的灌木，或铺些草地，种植草花，再安放些园椅。夏季黄昏，可供数十万人纳凉游息。秋高气爽的时节，登高远眺，俯视全城，西北苍苍的西山，东南无际的平原，居住于城市的人民可以这样接近大自然，壮阔胸襟。还有城楼角楼等可以辟为陈列馆、阅览室、茶点铺。这样一带环城的文娱圈、环城立体公园是全世界独一无二的。"你看他的论文和建议也这样富有文采，可知其人是多么纯真浪漫，这就是民国一代学人的遗风。现在我们在纪念馆里还可以看到他当年手绘的城头公园效果图。但是他的这个思想太超前了，连当时比较发达，正亟待从战火中复苏的伦敦、莫斯科、华沙等都市都无法接受。其时世界各国都在忙于清理战争垃圾，重建新城。他的这些理想也就只能是停留在建议中和图纸上了。每当他听到轰然倒塌的声响，或者锹镐拆墙的咔嚓声，他就痛苦得无处可逃。他说，拆一座门楼是挖他的心，拆一层城墙是剥他的皮。诚如他在给聂荣臻的信里所言，他想的是"今后数十百年"的事啊。向来，知识分子的工作就不是处置现实，而是探寻规律，预示未来。他们是先知先觉，先人之忧，先国之忧。所以，也就有了超出众人、超出时代的孤独，也就有了心忧天下而不为人识的悲伤。

　　1965年，他率中国建筑代表团赴巴黎出席世界建筑师大会，这时许多名城如伦敦、莫斯科、罗马在战后重建中都有了拆毁古迹的教训，法国也正在热烈争论巴黎古城的毁与存。会议期间，法国终于通过了保护巴黎古城另建新区的方案。回国途中他神志恍惚，如有所失，过莫斯科时在中国大使馆小住，他找到一本《矛盾论》，把自己关在房子里苦读数遍，在字里行间寻找着，希望能排解心中的矛盾。记得那几年我正在北京西郊读书，每次进出城都是在西直门城楼下的公交车站换车，总要不由自主地仰望一会儿那巍峨的城楼和翘起的飞檐。如果赶在黄昏时

　　　　　　　人生＿＿＿＿＿谁能＿无补丁

刻，那夕阳中的剪影总叫你心中升起一阵莫名的感动。但到毕业那年，楼去墙毁，沟壑纵横，黄土漫天。而这时梁思成早已被赶出清华园，经过无数次的批斗，然后被塞进旧城一个胡同的阴暗小屋里，忍受着冬日的寒风和疾病的折磨，直到 1972 年去世。这是他在这个生活、工作，并拼命为之保护的城市里的最后一个住所，就是这样一间旧房也还是租来的。我们这位伟大的建筑学家研究了中国古往今来所有的房子，终生以他的智慧和生命来保护整座北京城，但是他一生从没有一间属于自己的房子。

今天我站在新落成的大同古城墙上，想起林徽因当年劝北京市领导人的一句话：你们现在可以拆毁古城，将来觉悟了也可以重修古城，但真城永去，留下的只不过是一件人造古董。我们现在就正处在这种无奈和尴尬之中。但是重修总是比抛弃好，毕竟我们还没有忘记历史，在经历了痛苦的反思后又重续文明。

现在的城市早已没有城墙，有城墙的城市是古代社会的缩影，城墙上的每一块砖都保留着那个时代的信息和文化的基因。每一个有文化的民族都懂得爱护自己的古城，犹如爱护自己身上的皮肤。我看过南京的明城墙，墙缝里长着百年老树，城砖上刻有当年制砖人的名字，而缘砖缝生长的小树根竟将这个我们不相识的古人拓印下来，他生命的信息融入了这棵绿树，就这样一直伴随着改朝换代的风雨走到我们的面前。

我手抚城墙，城内的华严寺、善化寺近在咫尺，那不是假古董，而是真正的辽、宋古建文物，是《营造法式》书中的实物。寺内的佛像至今还保存完整，栩栩如生。它们见证了当年梁先生的考察，也见证了近年来这座古城的新生。抚着大同的城墙，我又想起在日本参观过的奈良古城，梁思成是随父流亡时在日本出生的，日本人民也世代不忘他的大恩。第二次世界大战后期盟军开始对日本本土进行大规模的轰炸，有199座城市被毁，九成建筑物被夷为平地，这时梁先生以古建专家的身份挺身而出，劝阻美军轰炸机机下留情，终于保住了最具有日本文化特色的奈良古城。30年后，这座城市被联合国宣布为世界文化遗产，保有了全日本1/10的文物。梁思成是为全人类的文化而生的，他超越民族、超越时空。这样想来，他的纪念馆无论是在古都北京，还是在塞外大同都是一样的，人们对他的爱、对他的纪念也是超越地域、超越时空的。

我手扶这似古而新的城墙垛口，远眺古城之外，在心中吟哦着这样的句子：呜呼，大同之城，天下大同。哲人大爱，无复西东。古城巍巍，朔风阵阵。先生安矣！在天之魂。

《人民日报》2012年7月4日

人生_____谁能___无补丁

与朴老缘结钓鱼台

　　我与佛有缘吗？过去从来没有想到这个问题。1993年初冬的一天，研究佛教的王志远先生对我说："11月9日在钓鱼台有一个会，讨论佛教文化，你一定要去。"本来平时与志远兄的来往并非谈佛，大部分是谈文学或哲学，这次倒要去做"佛事"，我就说："不去，近来太忙。"他说："赵朴老也要去，你们可以见一面。"我心怦然一动，说："去。"

　　志远兄走后，我不觉反思刚才的举动，难道这就是"缘"？而我与朴老真的命中也该有一面之缘？我想起弘一法师以当代著名艺术家、文化人的身份突然出家去耐孤寺青灯的寂寞，只是因为有那么一次"机缘"。据说一天傍晚夏丏尊与李叔同在西湖边闲坐，恰逢灵隐寺一老僧佛事做毕归来，僧袍飘举，仙风道骨，夏公说声"好风度"。李公心动说："我要归隐出家。"不想此一念后来竟成真事。据说夏丏尊曾为他这一句话导致中国文坛隐去一颗巨星而后悔。那老僧的出现和夏公脱口说出的话，大约不可说不是缘（后来，我读到弘一法师的一篇讲演，又知道他的出家不仅仅是有缘，还有根），而这缘竟在文学和佛学间架了一座桥。敢说志远兄今天这一番话不是渡人的舟桥？尽管我绝不会因此出家，但一瞬间我发现了，原来自己与佛还是有个缘在。

　　9日上午，我如约驱车赶到钓鱼台。这座多少年来作为国宾馆、曾一度为江青集团所霸占的地方，现在也揭去面纱向社会开放。许多活动都争着在这里举办。初冬的残雪尚未消尽，园内古典式的堂榭与曲水拱桥掩映于红枫绿松之间，静穆中隐含着一种涌动。

在休息室我见到了朴老，握手之后，他静坐在沙发上，接受着不断走上前来的人们的问候。老人听力已不大灵，戴着助听器，不多说话，只握握手或者双手轻轻合十答礼。我在一旁仔细打量，老人个头不高，略瘦，清癯的脸庞，头发整齐地梳向后去，着西服，一种学者式的沉静和长者的慈祥在他身上做着最和谐的统一。看着这位佛教领袖，我怎么也不能把他和五台山上的和尚、布达拉宫里的喇嘛联系起来。

我最先知道朴老，是他的词曲，那时我还上中学，经常在报上见到他的作品。最有影响、轰动一时的是那首《哭三尼》。诗人鲜明的政治立场、强烈的爱憎、娴熟的艺术让人钦佩。可以说我们这一代人，只要稍有点文化的，没有人不记得这首曲。而我原先只知唐诗宋词，就是从此之后才去找着看了一些元曲。佛不离政治，佛不离艺术，佛不离哲学，大约越是大德高僧越是能借佛径而曲达政治、艺术、哲学的高峰。你看历史上的玄奘、一行，以及近代的弘一，还有那个写出《文心雕龙》的刘勰、写出《二十四诗品》的司空图，甚至苏东坡、白居易，不都是走佛径而达到文学、科学与艺术的高峰吗？只知晨钟暮鼓者是算不得真佛的。后来我看书多了，又更知道朴老在上海抗日救亡时的义举善举，知道了他与共产党合作完成的许多大事，知道了他为宗教事业所作的贡献，更多的还是接触他的书法艺术，还知道他是西泠印社的第五代社长。在大街上走，或随便翻书、报、刊都能见到朴老题的牌匾或名字。我每天上班从北太平庄过，就总要抬头看几眼他题的"北京出版

人生　　　　谁能　无补丁

社"几个字。朴老的故乡安徽省要创办一份报纸，总编喜滋滋地给我看他请朴老题的"江淮时报"几个字。人们去见他，求他写字，难道只是看重他是一个佛门弟子？

会议开始了，我被安排坐在朴老的右边。正好会议给每人发了一套《佛教文化》杂志，其中有一期刊有我去年去西藏时拍的一组13张照片，并文。图文分别围绕佛的召唤、佛的力量、佛的仆人、佛的延伸、佛是什么、佛是文化等题来阐述。我翻开那期请他一幅幅地看，边翻边讲。他听说我去了西藏，先是一惊，尔后十分高兴，他仔细地看，看到兴浓处，就慈祥地笑着点点头。最后一幅是我盘腿坐在大昭寺的佛殿

作者1993年与赵朴初在钓鱼台

前，背景是万盏酥油灯，题为"佛即是我"，并引一联解释："因即果，果即因，欲求果，先求因，即因即果；佛即心，心即佛，欲求佛，先求心，即心即佛。"这回朴老终于些微地打破了他的平静，他慈祥地看着图上的人影，大笑着用手指一下我说："就是你！"并紧紧握住我的手。因为朴老听力不好，所以我们谈话就凑得更近，大概是这个动作显得很亲密，又看见是在翻一本佛教文化杂志，记者们便上来抢拍，于是便定格下许多有趣的镜头。

会议结束了。我走出大厅，走在绿中带黄、绵软如毡的草地上，我想今天与朴老相会钓鱼台，是有缘。要不怎么我先说不来，后来又来了呢？怎么正好桌子上又摆了几本供我们谈话的杂志？但这缘又不只是眼前的机缘，在前几十年我便与朴老心缘相连了；这缘也不只是佛缘，倒是在艺术、诗词等方面早与朴老文缘相连了。缘是什么？缘原来是张网，德行越高学问越深的人，这张网就越张越大，它有无数个网眼，总会让你撞上的，所以好人、名人、伟人总是缘结四海；缘原来是一棵树，德行越高学问越深的人，这树的浓荫就越密越广，人们总愿得到他的荫护，愿追随他。佛缘无边，其实是佛学里所含的哲学、文学、艺术浩如烟海，于是佛法自然就是无边无际的了。难怪我们这么多人都与佛有缘。富在深山有远客，贫居闹市无人问，资本是缘，但这资本可以是财富也可以是学识、人品、力量、智慧。在物质上，更重要的是在精神上富有的人，才有缘相识于人，或被人相识。一个在精神上平淡的人与外部世界是很少有缘的。缘是机会，更是这种机会的准备。

车子将出钓鱼台大门时，突然想起一偈，轻轻念出：

身在钓鱼台，心悟明镜台。

镜中有日月，随缘照四海。

《佛教文化》1994 年第 2 期

百年明镜季羡老

98 岁的季羡林先生离我们而去了。

初识先生是在 20 世纪 90 年代的一次颁奖会上。那时我在国家新闻出版署工作，全国每两年评选一次优秀图书，季老是评委，坐第一排，我在台上干一点宣布谁谁讲话之类的"主持"之事。他大概看过我哪一篇文章，托助手李玉洁女士来对号，我赶忙上前向他致敬。会后我又带上自己的几本书到北大他的住处去拜访求教。先生的住处是在校园北边的一座很旧的老式楼房里，朗润园 13 号楼。那天我穿树林，过小桥，找到楼下，一位司机正在擦车，说正是这里，刚才老人还出来看客人来了没有。

房共两层，先生住一层，有两套房间。左边一套是他的会客室，有客厅和卧室兼书房，不过这只能叫书房之一，主要是用来写散文随笔的。我在心里给它取了一个名字叫"散文书屋"。著名的《牛棚杂忆》就产生在这里。书房里有一张铁皮旧床，甚至还铺着粗布草垫，环墙满架是文学方面的书，还有朋友、学生的赠书。他很认真，凡别人送的书，都让助手仔细登记、编号、上架。到书多得放不下时，就送到学校为他准备的专门的图书室去。他每天四时即起，就在床边的一张不大的书桌上写作。这是多年的习惯，学校里都知道他是"北大一盏灯"。有

人生 _____ 谁能 _____ 无补丁

时会客室里客人较多，就先把熟一点的朋友避让到这间房里。有一年春节我去看他，碰到教育部部长来拜年，一会儿市委副书记又来，他就很耐心地让我到书房等一会儿，并没有一些大人物乘机借新客来就逐旧客走的手段。我尽情地仰观满架的藏书，还可低头细读他写了一半的手稿。他用钢笔，总是那样整齐的略显扁一点的小楷。学校考虑到他年事已高，尽量减少打扰，就在门上贴了不会客之类的小告示，助手也常出面挡驾。但先生很随和，听到动静，常主动出来请客人进屋。助手李玉洁女士说："没办法，你看我们倒成了恶人。"

这套房子的对面还有一套东屋，我暗叫它"学术书房"。共两间，全部摆满语言、佛教等方面的专业书，人要在书架的夹道中侧身穿行。和"散文书屋"不同，这里是先生专心著述的地方，向南临窗也有一书桌，我曾带我搞摄影的孩子在这里为先生照过一次相。他就很慷慨地为一个孙辈小儿写了一幅勉励的字，是韩愈的那句"业精于勤，荒于嬉，行成于思，毁于随"，还要写上"某某小友惠存"。他每有新书出版，送我时还要写上"老友或兄"指正之类，弄得我很紧张。他却总是慈祥地笑一笑问：还有一本什么新书送过你没有？有许多书我是没有的，但这份情太重，我不敢多受，受之一两本已很满足，就连忙说有了、有了。

先生年事已高，一般我是不带人或任务去看他的。有一次，我在中央党校学习，党校离北大不远，党校办的《学习时报》大约正逢几周年，要我向季老求字，我就带了一个年轻记者去采访他。采访中记者很为他的平易近人和居家生活的简朴所感动。那天助手李玉洁女士讲了一件事。季老常为目前社会上的奢费之风担忧，特别是水资源的浪费，他是多次呼吁的，但没有效果。他就从自家做起，在马桶水箱里放了两块砖，这样来减少水箱的排水量。年轻记者当时就笑弯了腰，她不理解，先生的生活起居都有国家操心，自己何至于这样认真？以后过了几年，她每次见到我都提起那件事，说季老可亲可爱，就像她家乡农村里的一位老爷爷。后来季老住进301医院，为了整理先生的谈话，我还带过我的一位学生去看他，这位年轻人回来后也说，总觉得先生就像是隔壁邻居的一位老大爷。我就只有这两次带外人去见他，不忍心加重他的负担。但是后来过了两年，我又一次住党校时，有一位学员认识他，居然带了同班10多个人去他的病房里问这问那、合影留念。他们回来向我兴奋地炫耀，我却心里戚戚然，十分不安，老人也实在太厚道了。

先生永远是一身中山装，每日三餐粗茶淡饭。他是在24岁那一年，人生可塑可造的年龄留洋的啊，一去10年。后来又一生都在搞外国文学、外语教学和中外文化交流的研究，怎么就没有一点"洋"味呢？近几年基因之说盛行，我就想大概是他身上农民子弟的基因使然。有一次他在病房里给我讲，小时候穷得吃不饱饭，给一个亲戚家割牛草，送完草后磨蹭着不走，直等到中午，只为能给一口玉米饼子吃。他现在仍极节俭，害怕浪费，厌恶虚荣。每到春节，总有各级官场上的人去看他，送许多大小花篮。他病房门口的走廊上就摆起一条花篮的长龙。到医院去找他，这是一个最好的标志。他对这总是暗自摇头。我知道先生是最怕虚应故事的，有一年老同学胡乔木邀他同去敦煌，他是研究古西域文化的，当然想去，但一想沿途的官场迎送，便婉言谢绝。

自从知道他心里的所好，我再去看他时，就专送最土最实用的东西。一次从香山下来，见到山脚下地摊上卖红薯，很干净漂亮的红薯，我就买了一些直接送到病房，他极高兴，说很久没有见到这样好的红薯了。先生睡眠不好，已经吃了40年的安眠药，但他仍好喝茶。杭州的"龙井"当然是名茶，有一年我从浙江开化县的一次环保现场会上带回一种"龙顶"茶。我告他这"龙顶"在"龙井"上游300公里处，少了许多污染，最好喝。他大奇，说从未听说过，目光里竟有一点孩子似的天真。我立即联想到他写的一篇《神奇的丝瓜》，文中他仰头观察房上的丝瓜，也是这个神态。这一刻我一下读懂了一个大学者的童心和他对自然的关怀。季老为读者所喜爱，实在不关什么学术，至少不全因学术。他很喜欢我的家乡出的一种"沁州黄"小米，这米只能在一小片特定的土地上生长，过去是专供皇上的。现在人们有了经营头脑，就打起贡品的招牌，用一种肚大嘴小的青花瓷罐包装。先生吃过米后，却舍不得扔掉罐子，在窗台上摆着，说插花很好看。以后我就摸着他的脾气，送土不送洋，鲜花之类的是绝不带的。后来，聊得多了，我又发现了一丝微妙，虽是同一辈的大学者，但他对洋派一些的人物总是所言不多。

我到先生处聊天，一般是我说得多些，考虑先生年高，出门不便，就尽量通报一点社会上的信息。有时政、社会新闻，也有近期的学术动态，或说到新出的哪一本书、哪一本杂志。有时出差回来，就说一说外地见闻，有时也汇报一下自己的创作。他都很认真地听。助手李玉洁说先生希望你们多来，他还给常来的人都起个"雅号"，我的"雅号"是"政治散文"。他还就这个意思为我的散文集写过一篇序。如时间长了我未去，他会问助手，"政治散文"怎么没有来。一次我从新疆回来，正在创作《最后一位戴罪的功臣》，我谈到在伊犁采访林则徐的旧事。虎门销烟之后林被清政府发配伊犁，家人和朋友要依清律出银为他赎罪，林坚决不肯，不愿认这个罪。在纪念馆里有他就此事给夫人的信稿。还有发配入疆时，过险地果子沟，大雪拥谷，车不能走，林家父子只好下车蹚雪而行，其子跪地向天祷告："父若能早日得赦召还，孩儿愿赤脚蹚过此沟。"先生眼角已经饱含泪水。他对爱国和孝敬老人这两种道德观念是看得很重的。他说，爱国，世界各国都爱，但中国人爱国观念更重些。欧洲许多小国，历史变化很大，唯有中国有自己一以继之的历史，爱国情感也就更浓。他对孝道也很看重，说"孝"这个词是汉语里特有的，外语里没有相应的单词。我因在报社分管教育方面的报道，一次到病房里看他，聊天时就说到儿童教育，他说："我主张小学生的德育标准是：热爱祖国、孝顺父母、尊重师长、同伴和睦。"他当即提笔

作者 2008 年在医院看望季羡林先生

写下这四句话，后来发表在《人民日报》上。

先生原住在北大，房子虽旧，环境却好。门口有一水塘，夏天开满荷花，是他的学生从南方带了一把莲子，他随手扬入池中，一年、两年、三年，就渐渐荷叶连连，红花映日，他有一文专记此事。于是，北大这处荷花水景就叫"季荷"。但2003年，就是中国大地"非典"流行那一年，先生病了，年初住进了301医院，开始，治疗一段时间还回家去住一两次，后来就只好以院为家了。"留得枯荷听雨声"，季荷再也没见到它的主人，我也无缘季荷池了。以后就只有在医院里见面。刚去时，常碰到护士换药。是腿疾，要用夹子伸到伤口里洗脓涂药，近百岁的老人受此折磨，令人心中不是滋味，他却说不痛。助手说，哪能不痛？先生从不言痛。医院都说他是最好伺候的、配合得最好的模范病人。他很坦然地对我说，自己已老朽，对他用药已无价值。他郑重建议医院千万不要用贵药，实在是浪费。医院就骗他说，药不贵。一次护士说漏了嘴："季老，给你用的是最好的药。"这一下坏了，倒叫他心里长时间不安。不过他的腿疾却神奇地好了。

先生在医院享受与国家领导人一样的待遇，刚进来时住在聂荣臻元帅曾住过的病房里。我和家人去看他，一切条件都好，但有两条不便。一是病房没有电话（为安静，有意不装），二是没有一个方便的可移动的小书桌。先生是因腿疾住院的，不能行走站立，而他看书、写作的习惯却不能丢。我即开车到医院南面的玉泉营商场买了一个有四个小轮的可移动小桌，下可盛书，上可写字。先生笑呵呵地说，这就好了，这就好了。我再去时，小桌上总是堆满书，还有笔和放大镜。后来先生又搬到301南院，条件更好一些。许多重要的文章，如悼念巴金、臧克家的文章都是先生在小桌板上，如小学生那样伏案写成的。他住院 4 年，竟又写了一本《病榻杂记》。

我去看季老时大部分是问病，或聊天，从不敢谈学问。在我看来他的学问高深莫测，他大学时候受教于王国维、陈寅恪这些国学大师，留德 10 年，回国后与胡适、傅斯年共事，朋友中有朱光潜、冯友兰、吴晗、任继愈、臧克家，还有胡乔木、乔冠华等。"文化大革命"前他创办并主持北大东语系 20 年。他研究佛教，研究佛经翻译，研究古代印度和西域的各种方言，又和英、德、法、俄等国语言进行比较。试想我们现在读古汉语已是多么吃力费解，他却去读人家印度还有西域的古语言，还要理出规律。我们平常听和尚念经，嗡嗡然，不知何意，就是看翻译过来的佛经"揭谛揭谛，波罗揭谛"也不知所云，而先生却要去研究、分辨、对比这些经文是梵文还是那些已经消失的西域古国文字，又研究法显、玄奘如何到西天取经，这经到汉地以后如何翻译，只一个"佛"就有佛陀、浮陀、浮屠、勃陀、步他、馞陀等多种译法。不只是佛经、佛教，他还研究印度古代文学，翻译剧本《沙恭达罗》、史诗《罗摩衍那》。他不像专攻古诗词、古汉语、古代史的学者，可直接在自己的领地上打天下，享受成果和荣誉，他是在依稀可辨的古文字中研究东方古文学的遗存，在浩渺的史料中寻找中印交流与东西方交流的轨迹及思想、文化的源流。比如，他从对梵文与其他多国文的"糖"字的考证中，竟如茧抽丝，写出一本近 80 万字的《糖史》，真让人不敢相信。这些东西在我们看来像一片茫茫的原始森林，稍一涉足就会迷路而不得返。我对这些实在心存恐惧，所以很长时间没敢问及。但是就像一个孩子觉得糖好吃就忍不住要打听与糖有关的事，以后见面多了，我还是从旁观的角度提了许多可笑的问题。

我说:"您研究佛教,信不信佛?"他很干脆地说:"不信。"这让我很吃一惊,中国知识分子从苏东坡到梁漱溟,都把佛学当作自己立身处世规则的一部分,先生却是这样的坚决。他说:"我是无神论,佛、天主、耶稣、真主都不信。假如研究一个宗教,结果又信这个教,说明他不是真研究,或者没有研究通。"

我还有一个更外行的问题:"季老,您研究吐火罗文,研究那些外国古代的学问,总是让人觉得很遥远,对现实有什么用?"他没有正面回答,说:"学问,不能拿有用还是无用的标准来衡量,只要精深就行。当年牛顿研究万有引力时知道有什么用?"是的,我从来没有考虑过这个问题,牛顿当时如果只想有用无用,可能早经商发财去了。事实上,所有的科学家在开始研究一个原理时,都没有功利地问它有何用,只要是未知,他就去探寻,不问结果。至于有没有用,那是后人的事。而许多时候,科学家、学者都是在世时没有看到自己的研究结果。先生在回答这个问题时的那一份平静,深深地印在我的脑子里。

有一次我带一本新出的梁漱溟的书去见他。他说:"我崇拜梁漱溟。"我就乘势问:"您还崇拜谁?"他说:"并世之人,还有彭德怀。"这又让我吃一惊。一个学者崇拜的怎么会是一个将军!他说:"彭德怀在庐山会议上敢说真话,这一点不简单,很可贵。"我又问:"还有可崇拜的人吗?""没有了,"他又想了一会儿,"如果有的话,马寅初算一个。"我没有再问。我知道希望说真话一直是他心中隐隐的痛。在骨子里,他是一个忧时忧政的人。巴金去世时,他在病中写了《悼巴老》,特别提到巴老的《真话集》。"文化大革命"结束 10 年后他又出版了一本《牛棚杂忆》。

我每去医院，总看见老人端坐在小桌后面的沙发里，挺胸，目光看着窗户一侧的明亮处，两道长长的寿眉从眼睛上方垂下来，那样深沉慈祥。前额深刻着的皱纹、嘴角处的棱线，连同身上那件特有的病袍，都显出几分威严。我想起先生对自己概括的一个字"犟"，这一点他和彭总、马老是相通的。不知怎么，我脑子里又飞快地联想到先生的另一个形象。一次人民大会堂开一个关于古籍整理的座谈会，我正好在场。任继愈老先生讲了一个故事，说北京图书馆的善本限定只有具备一定资格的学者才能借阅。季先生带的研究生写论文需要查阅，但无资格。先生就陪着他到北图，借出书来让学生读，他端坐一旁等着，好一幅寿者课童图。渐渐地，这与眼前他端坐病室的身影叠加起来，历史就这样洗磨出一位百岁老人，一个经历了由中华民国至中华人民共和国，其间又经历了"文化大革命"和改革开放的中国知识分子。

近几年先生的眼睛也不大好了，后来近乎失明，他题字时几乎是靠惯性，笔一停就连不上了。我越来越觉得应该为先生做点事，便开始整理一点与先生的谈话。我又想到先生不只是一个很专业的学者，他的思想、精神和文采应该被普及和传播，于是去年建议帮他选一本面对青少年的文集，他欣然应允，并自定题目，自题书名，又为其中的一本图集写了书名《风风雨雨一百年》。在定编辑思想时，他一再说："我这一生就是一面镜子。"我就写了一篇短跋，表达我对先生的尊敬和他的社会意义。去年这套"季羡林自选集"终于出版，想不到这竟是我为先生做的最后一件事。而谈话整理总因各种打扰，惜未做完。

现在我翻着先生的著作，回忆着与他无数次的见面，先生确是一面镜子，一面为时代风雨所打磨的百年明镜。在这面镜子里可以照出百年来国家民族的命运、思想学术的兴替，也可以照见我们自己的人生。

《人民日报》2009 年 7 月 14 日

那青海湖边的蘑菇香

　　小时长在农村，食不为味只求饱。后来在城市生活，又看得书报，才知道有"美食家"这个词。而很长时间，我一直怀疑这个词不能成立。我们常说科学家、作家、画家、音乐家等，那是有两个含义：其一，它首先是一份职业、一个专业，以此为工作目标，孜孜以求；其二，这工作必有能看得见的结果，还可转化为社会财富，献之他人，为世人所共享。而美食家呢？难道一个人一生以"吃"为专业？而他的吃又与别人何干？所以我对"美食"是从不关心、绝不留意的。

　　10年前，我到青海采访。青海地域辽阔，出门必坐车，一走一天。那里又是民歌"花儿"的故乡，天高路远，车上无事就唱歌。省委宣传部的曹部长是位女同志，和我们记者站的马站长一递一首地唱，独唱，对唱，为我倾囊展示他们的"花儿"。这也就是西北人才有的豪爽，我走遍全国各地未见哪个省委的部长肯这样给客人唱歌的，当然这也是一种自我享受。但这种情况在号称文化发达的南方无论如何是碰不到的。

　　一天我们唱得兴起，曹部长就建议我们到金银滩去，到那个曾经产生了名曲《在那遥远的地方》的地方去采访，她在那里工作过，人熟。到达的当天下午我们就去草滩上采风，骑马，在草地上打滚，看蓝天白云，听"花儿"和藏族民歌。曹部长的继任者桑书记是一位藏族同志，土生土长，是比曹部长还"原生态"的干部。

　　晚上下了一场小雨。第二天早饭后桑书记领我们去牧民家串门，遍野湿漉漉的，草地更绿，像一块刚洗过的大绒毯，而红的、白的、黄的各色小花星布其上，真是一个名副其实的金银滩。和昨天不一样，草丛里又钻出了许多雪白的蘑菇，亭亭玉立，昂昂其首，小的如乒乓球，大的如小馒头，只要你一低头，随意俯拾，要多少有多少。这些小东西捧在手里绵软湿滑，我们生怕擦破它的嫩肤，或碰断它的玉茎。我这时的心情，就是人们常说的"天上掉下馅饼"，喜不自禁。

　　连着走了几户人家，看他们怎样自制黄油，用小木碗吃糌粑，喝马奶酒，拉家常。老桑从小在这里长大，草场上这些牧马、放羊的汉子，

作者 2001 年在青海牧区采访

曾经亲历　　　　　　　那青海湖边的蘑菇香　　　　　147

不少就是他光屁股时候的伙伴。蒙蒙细雨中，他不停地用藏语与他们热情地问候，开着玩笑，又一边介绍着我们这些客人。印象最深的是，每当我们踩着一条黄泥小路走向一户人家时，一不小心就会踢飞几个蘑菇，而每户人家的门口都已矗立着几个半人高的口袋，里面全是新采的蘑菇。

老桑掀开门帘，走进一户人家。青海湖畔高寒，虽是八月天气，可一到雨天家里还是要生火的。屋里有一盘土炕，地上还有一个铁火炉。这炉子也怪，炉面特别大，像一个吃饭的方桌，油光黑亮，这是为了增加散热，也方便就餐时热饭、温酒。雨天围炉话家常，好一种久违了的温馨。

我被让到炕头上，刚要掏采访本，老桑说："别急，咱们今天上午不工作，只说吃。娃子！到门口抓几个菌子来。"一个八九岁的红脸娃就蹿出门外，在草丛里三下两下弯腰采了十几个雪白的蘑菇，用衣襟兜着，连水珠儿一起抖落在炕沿上。我突然想起古人说的十步之内必有芳草，这娃迈出门外也不过五六步，就得此美物。而城里人吃的鲜菇也至少得取自百里之外吧，至于架子上的干货更不知是几年以上的枯物了。老桑挽了挽袖子说："看我的，拿黄油来。"他用那双粗大的黑手，捏起一个小白菇，两个指头灵巧地一捻，去掉菇把，翻转菇帽，仰面朝上；又轻撮三指，向菇帽里撒进些黄油和盐，那动作倒像在包三鲜馄饨；然后将蘑菇仰放在热炉面上，齐齐地排成一行，像年夜包的饺子。

不一会儿，炉子上发出嘶嘶的响声，黄油无声地溶进菇瓤的皱褶里，那鲜嫩的菇头就由雪白而嫩黄，渐渐缩成一个绒球状，而不知不觉间，莫名的香味已经弥漫左右而充盈整个屋子了，真有宋词里"暗香浮动月黄昏"的意境。也不要什么筷子、刀叉，我们每个人伸出两指，捏着一个蘑菇球放入口中。初吃如嫩肉，却绝无肉的腻味；细嚼有乳香，又比奶味更悠长。像是豆芽、菠菜那一类的清香里又掺进了一丝烤肉的味道，或者像油画高手在幽冷的底色上又点了一笔暖色，提出了一点亮光，总之是从未遇见过的美味。

从草原返回的路上，我还在兴奋地说着那铁炉烤香菇，司机小伙子却回头插了一句嘴："这还不算最好的，我们小时候在野地里，三块砖头支一个石板，下面烧牛粪，上面烤蘑菇，比这个味道还要香。"大家轰地一阵笑，又引发了许多议论，纷纷回忆一生中遇到的最好的美味。但结论是，再也吃不到从前那样的好东西了。这时，老马想起了一首"花儿"，便唱道："上去高山（着）还有个山，平川里一朵好牡丹。下了高山（着）折牡丹，心乏（着）折了个马莲莲。"曹部长就对了一首："山丹丹花开刺刺儿长，马莲花开到（个）路上。我这里牵来你那里想，热身子挨不到（个）一打上。"啊，最好的美味只能是梦中的情人。

回到北京后，我十分得意地向人推荐这种蘑菇的新吃法。超市里有鲜菇，家里有烤箱，做起来很方便，凡试了的，都说极好。但是我心里明白，却无论如何也比不上草原上、雨天里、热炕边、铁炉上，那个土黄油烤鲜菇的味道，更不用说那道"牛粪石板菇"了。

人的一生不能两次踏进同一条河流，世界上最好的东西只能是记忆中的一瞬。物理学上曾有一个著名的"测不准原理"，两个大物理学家玻尔和爱因斯坦为此争论不休。爱氏说能测准，玻氏反驳说不可能，比如你用温度计去量海水，你读到的已不是海水的温度。我又想起胡适的话，他说真正的文学史要到民间去找，到口头上流传的作品中去找，一上书就变味了。确实，时下文学又有了"手机段子"这个新品种，它常让你捧腹大笑或拍案叫绝，但却永远上不了书，你要体验那个味道只有打开手机。

看来，城里的美食家是永远也享受不到"牛粪石板菇"这道美味了。

《北京日报》2012 年 6 月 7 日

人生＿＿＿＿谁能＿无补丁

寻找缝补地球的金钉子

参观一个地质博物馆，我才知道原来地球是由 112 颗"金钉子"缝补连缀而成的。在中国目前已发现 11 颗，这第 11 颗就在贵州。我不觉起了好奇心，专程从北京到贵州去找这颗神奇的金钉子。

"金钉子"是一个形象的比喻。源于 1869 年首条横穿美洲大陆的铁路胜利完工，这在当时是一件大事。疲劳的建设者们不忘浪漫一把，就把一颗由 18K 金制成的道钉钉在最后一根铁轨上，以作纪念。1965 年，国际地质科学联合会（简称"国际地科联"）借用"金钉子"一词来命名地球不同年代的岩层。

一

人类从哪里来？从低等生物一步一步地走来。低等生物何时出现？要到地壳中的化石里去找。生物出现、灭绝、再出现、再灭绝，顽强地生存发展，直到有了人类。这么说来，生物发展史就是地球发展史，但又不完全是。因为在没有生物之前先有了地球，是地球无意间孕育了生命。地球的年龄大约是 46 亿年，生物的出现是在 36 亿年前，16 亿年前出现肉眼可见的生命，人类的出现则只有 300 万年或 400 万年。有一个生动的比喻，如果把地球的年龄比作一天 24 小时，人类的生命则只有 3 分钟，但这只有 3 分钟的人类，却有超强的大脑、足够的想象力和无穷的智慧，居然想要弄清自己出生之前的地球。

研究历史是用考古法，挖掘地表土壤中的人类文化遗存，分出历史朝代。研究地球史也是用考古法，不过是寻找地壳岩石中的生物遗存，即化石，以区分出地质年代。科学家在上一个年代与下一个年代的交接处做了一个记号，为它"钉"上了一颗"金钉子"。

对地球历史的探源是一项大海捞针的工程，更是一场没有尽头的跋涉。我们可以这样想象，在 46 亿年前的浩渺太空中，地球就像一团飞速转动的泥丸，在转动中不断崩裂、黏合、被挤出，涂上新的岩浆，融进了新的物质，孕出新的生命，时而隆起成山，裂地为谷，陷落为海，怒喷巨火。然后再崩裂、黏合，又来一遍沧海巨变，凤凰涅槃，如此反复无穷。又像是制陶艺人工作转盘上的一团泥，在飞速转动中不停地被拍、打、挤、捏，再上釉涂彩，进炉过火，然后成壶成罐，成碗成碟。这时我们随便拿起一只碗，你还能分得清它已经从当初的一团泥嬗变了多少层吗？但是，地球再大也没有人的脑海大，历史再久远也没有人的目光看得远。地层学就专门来解决这个难题。全球还专门有一个科学组织——国际地质科学联合会，该联合会下面有一个分会就是"国际地层委员会"。科学家把 46 亿年以来的地层单位分为"宇、界、系、统、阶"五级，相应的时间单位就是"宙、代、纪、世、期"五个时期。原来时间就隐藏在这五个地层里，或者说这五个地层就是凝固的时间。这样我们就可以看"层"辨"时"了。迄今为止，地层的基本单位是"阶"，像楼梯的台阶一样，上下层阶阶相连。就是说，我们要给地球走过的每一个台阶都做个记号，手里共需要准备112颗金钉子。

但是46亿年啊，顽石层层，史海茫茫，怎样才能找到某一个台阶，然后再去"钉"上一颗金钉子呢？不要怕，有一条哲学原理管着：世上没有绝对静止的事物。小至一个人，大至一颗星球，只要你一动就会留下脚印。地球转动了46亿年，总会留下一些蛛丝马迹，让科学家抓住。它留下的痕迹主要有两个：一是每个时期总会有一个代表性的物种出现和消失，它的信息就会保存在岩层的化石里；二是哪怕一块石头也会变老。岩石里有些物质在不停地放射，自然就留下了脚印。不论是人还是物，这个世界上最藏不住的就是年龄，一个孩子总会变成老人，再会打扮的人也挡不住悄悄爬上眼角的皱纹。只要在地球的某一层岩石中找到相应的物种化石，再辅测它的化学成分，就可以断定年代了。科学家就是用这个办法，让时间倒流，让石头说话，为我们讲述地球过去的故事。

为了严谨，国际地质科学联合会公布了非常苛刻的金钉子标准。必须有自然的、完整的、足够长度的地层剖面，内含有标志那个时期最早出现的生物化石。另外还特别加上一条人性化的规定：要求剖面所在地环境开阔，交通方便，便于人们公开研究、参观和交流。现在全球假设的112颗金钉子已经找到了78颗，在中国有11颗，贵州这颗就是中国的第11颗，为"寒武纪第三统及第五阶标准剖面点"。它的意义很特别，身兼两职，即在"宇、界、系、统、阶"的五层系列中，它既是一个"统"的标志，又是一个"阶"的标志。我们打个比方，在中国历史中，习惯把每朝的开国皇帝称为"高祖"，比如汉高祖刘邦、唐高祖李渊。现在贵州的这颗金钉子就好比唐高祖李渊。对上，他是隋、唐两朝的分界点；对下，他又是唐高祖李渊与唐太宗李世民两代的分界点。它是一颗"高祖级"的金钉子。而以三叶虫化石为代表，这个点位距现在大约已有5.08亿年。

二

与贵州这颗金钉子有关的关键人物有两人：一个是研究并确定金钉子点位的科研团队带头人贵州大学的赵元龙教授，一个是在现场挖掘并守护化石剖面30年的苗族农民刘峰。这两个身份迥异、年龄和文化知识差别极大的人却如红花绿叶，演绎出了一个地球故事。

到贵阳的当天下午，我即去拜访赵元龙教授，他已经86岁，住在一座没有电梯的老楼七层。我上下楼都气喘吁吁，而他还在上班，有时还要出野外。地质学研究最大的特点就是野外考察，一卷行李、一个铁锤，走遍天涯。赵教授的大半生几乎都是在苗岭的深山密林中找化石，"只在此山中，云深不知处"。他的女儿也50多岁了，她说小时候的记忆就是父亲不停地出野外。而且，由于费时长，科研经费不足，他经常是先自己垫钱出差，再向单位报销，白贴上去的钱也不知有多少。他一生的精力全在研究地层学，特别是寒武纪这一段的分层。为了寻找这颗金钉子，国际学术界争论了100年，到后期逐渐集中在中、美、意三国的三个候选地上，又反复论证了30年。直到2018年，国际地科联经过多次现场考察，反复比较，层层投票，终于一锤定音，把这颗金钉子砸在了中国贵州省剑河县的深山中，并正式命名为"苗岭统乌溜阶全球界线层形剖面和点位"，联合国教科文组织还发来了证书。就是说，中国

人生　　　　谁能　　无补丁

中外科学家在贵州剑河县寻找地球的金钉子

2022 年作者采访"金钉子"的守护人刘峰

贵州的苗岭山上有个叫乌溜的地方，是地球 46 亿年历史的一个定位点。赵教授说这是一门冷学问，寒武纪的这一段定位研究，全球不超过 100 个人在做，中国也不过几十个人在做，他们是地球尖兵。但这背后是举国之力，象征着一个国家的国力和学术高度。赵教授几乎耗尽了一生的心血。老人近来身体已大不如前，女儿心疼地说准备卖掉现在的房子换一个有电梯的新楼住，起码上下楼方便一点。好在他已经带出一个强大的团队。我的采访主要是由团队成员兰天副教授——一个很有学者风度的小伙子帮助完成的。

隔天，我又驱车前往剑河县八郎苗寨去拜访金钉子的守护人刘峰。这是一个很壮实的苗族农民，皮肤黝黑、身材粗短、虎背熊腰，猛一看像个举重运动员。他家就在剖面现场的一个小山头上，自己就山势修了一个化石陈列馆，陈列馆上挂一块横匾，刻着一行斗大的字："等你五亿年"，字是赵教授亲笔书写的。我往门前一站，一股磅礴之气一下就罩住了全身。馆内全是他 30 年来亲手挖的 5 亿年前的化石，馆外是个平台，可俯瞰苗岭群山，茫茫苍苍直到天际。这位苗族汉子滔滔不绝地向来人讲述着每一块化石的年份，所含物种的科学价值。在我们这些外行看来，他完全是一位令人仰视的地层科学家了，只不过他的谈话中时常夹杂着一些草根故事，会让人捧腹大笑。

天气闷热，看完室内的化石，我们拉了几个小凳子坐在平台上，切了一个大西瓜，慢慢细聊。他说，1982 年，赵教授带着几个学生来到八郎苗寨的山上采化石、选剖面，顺便就在本村雇了 6 个农民帮助敲化石，每天工资 3 元钱。刘峰第一天就敲出一块从没有见过的化石。后经对比研究是一个新发现的物种"始海百合"。赵教授大喜，说："你手气

人生　　　谁能　无补丁

真好。"立即奖励3元,他高兴地说,等于我头一天上班就挣了双份工资。为此,赵教授还请他喝了酒,以后就形成了一个不成文的规矩,凡有新的发现,赵教授就请大家吃一顿。但是干了没多久,别人嫌钱少,都陆续不干了。他也想打退堂鼓,最终在赵教授的劝说下坚持下来,如今已成了八郎苗寨的地质土专家、化石收藏第一人。

地层学是一门精细深奥的学科,但具体操作起来,却比建筑工地上的农民工还要辛苦。朱自清在他的散文《谈抽烟》中说:"当你点燃一支烟时,不管是蹲在石阶上的瓦匠,还是靠在沙发上的绅士,这种享受是一样的平等。"地层学的研究,当具体到在剖面作业时,不管你是教授专家还是临时雇来的农民工,在石头和锤子面前也是一样的平等。而一块能让人眼前一亮的完美化石,却经常会最先出现在农民工粗大的黑手里。就像足球比赛,有时临门一脚全靠运气。赵教授经常会扔过来一块石头说:"小刘,你的手气好,你来敲!"200多米长的剖面,每隔20厘米都要采样敲石。这可不是平常说的那种考古,用一把"洛阳铲"探挖脚下松软的黄土,这是在敲5亿年前坚硬的石头啊。刘峰刚开始只是为了一天3元钱的收入,后来对化石渐渐有了兴趣,再后来在赵教授的言传身教下,已经成了专家们离不开的助手,就连外地的古生物研究单位都请他去出现场呢。他第一次走出大山,受邀到外地帮助带几个学生敲化石,对方说你先一天到,选最好的旅馆住下。他一咬牙,选了个一晚30元的旅馆。第二天主人来了说,你这个身份该住300元一天的呀,他这才第一次意识到了自己的价值。

一个叫罗伯特的美国专家和他交上了朋友,特别喜欢喝他家的米酒,像喝啤酒一样大碗大碗地喝。不想,那天开会前喝多了,影响了研讨。为此，赵教授把他狠批一顿。2006年，国际古生物协会在北京开会，会后要选一个外地考察路线，罗伯特立即站起来说："去贵州八郎吧，那里有苗寨米酒，有戴满银饰的姑娘，有苗歌，有踩鼓舞，有最好的地质剖面。"想不到一个深山里的苗族农民，却成了中国地质界的品牌，为金钉子落户中国悄悄发挥着作用。

我问他，长期在野外作业有没有遇到过什么危险？他说最危险的一次就是精选了一大口袋化石背着下山，一到公路边上就碰到两个送粮的农民，三个人正说着话，后面来了一辆大卡车，把他们一起撞飞了，其中一个人当场死亡。电报打到贵阳，赵教授腿都软了。我开玩笑说，赵教授是不是心疼他的那一袋化石？他却很认真地说："不是。当时我要是死了，赵教授那一点可怜的科研费还不够我的丧葬费呢。他的研究立马断档，那就彻底完了。"他虽然舍不得离开赵教授，但生活实在太清贫。眼看村里外出打工的人都盖起了新房，他又几次动了走的心。那年姑娘考上大学，没有学费，他想退出工作。赵教授赶忙发动地质界的朋友，一次捐了8 000元，先送孩子入学。他家姑娘大学期间穿的衣服一直是赵家送的，而赵教授时常背一卷行李，带着学生爬到山上来，就住在他家的阁楼上。一次为向国际地科联准备申报资料，赵教授请了国内最著名的几个顶尖级地层专家来到八郎，就住在他的小木屋里。是夜，风雨大作，山洪暴发，小屋几欲被掀翻。专家们浑身湿透，围着火盆听雷声。刘峰和他的老父亲连声安慰，添火送水，陪着专家一直枯坐到天明。一个汉族知识分子和一个深山苗寨里的农民，为了那颗理想中的金钉子，在这里一叮就是30年。这恐怕是国际地学研究界少见的一道中国风景。陈毅说，淮海战役是中国农民用支前的小车推出来的。"苗岭

人生 _____ 谁能 ____ 无补丁

统"这颗金钉子是朴实的苗族兄弟用铁锤一点一点从 5 亿年前的岩石中敲出来的。

三

科学发现有时是先有偶然的邂逅，然后再去顺藤摸瓜找规律，如牛顿看到苹果落地。有时是先有了一个科学假设，然后再去寻找实证，如门捷列夫的元素周期表。金钉子的寻找就属于后一种类型。英国人莱伊尔在《地质学原理》中提出的地层理论已近 200 年，而寒武纪第三统第五阶的金钉子假设，也已经被论证了 100 年。直到中国科学家终于在贵州找到藏有"印度掘头虫"三叶虫化石、厚达 200 多米的地层剖面时，这个 5 亿多年前的地层标准才算是被确立。相当于 70 多层楼的高度啊，像切豆腐一样，5 亿年前的岩石一刀切下去，剖面纹理清晰，化石要素俱全。到哪里去找这样天衣无缝的剖面呢？一颗闪亮的金钉子终于钉在了中国的西南角，苗岭山中的白云生处。

人类这样执着地研究地球史，到底是为了什么？古语曰："以史为鉴，可知兴替。"金钉子所标志的正是一部地球生命的兴替史。而一切历史研究的意义，都在于回看过去、预知未来。当你转动地球仪找到这 112 颗金钉子时，就会知道人类从哪里来，将到哪里去。往小里说，比如怎样保护地球，关注气候变化应对灾难，珍惜生物的多样性；往大里说，比如人类的进化与消亡，甚至考虑往外星球的迁移。每一个物种的出现和消亡大概是几百万年，人这个物种也逃不出这个劫数。我们现在还处于人类的童年期，它和以前的所有物种一样，将来是进化还是消亡，尚未可知。"天凉好个秋"，地球这条小船迟早会"载不动，许多愁"。在多少亿年后，它也会像一颗流星那样毁灭。金钉子虽小，却是一个星球过去的记忆和未来的路标，也是我们人类摸着过河的石头。

地球兴亡，匹夫有责。科学的作用在于发现，更在于普及。文章写到这里，我突然觉得现在一般地理课堂上的地图或地球仪已经不够用了，应该制作一种新教具或者玩具。用112块地层组合成一个可以拆分的立体地球仪。上课前给每人发一把亮晶晶的金钉子，其中有78颗是深色的，刻上发现序号、国别、地名，用来缝缀已知的地层，而剩下的那些浅色的无名的钉子则任你去发挥想象，寻找落点。也许这个地层里有一只恐龙，那个地层里有一个三叶虫，而某个角落层里还会有一个智人。科学要求，总得有一部分人具宇宙之视野，怀人类之担当。让孩子们亲手来缝缀一颗有46亿年历史的地球，那是多么有趣的事情，它将养成一代新人宽广的胸怀和无限丰富的想象力。而且这其中定会有几个人，就是将来的赵教授。不要着急，那些颜色稍浅一点的钉子，都会慢慢地、一颗一颗地镀上真金而变成颜色沉稳的金光闪闪的金钉子。

我们要善待手里捧着的这颗地球。

《北京日报》2022年9月3日

（这是一次抢救性的采访，文章发表半年后赵元龙教授去世。曾拟挽联如下以志哀：

你是一枚金钉子，曾凿穿苗岭，叩问地球哪里来
君已百年成化石，将永生大地，启示生命何处去）

耳朵湖，罗布泊

在这个小小的地球上，至今不为人知的地方大概不多了。连千米深的海底，现代核潜艇都可以去自由游弋；连冷到零下 88℃ 的南极，一批批科学家都已经先后去那里科考。可是，就在我国的版图内，在我们的西北，却有这么一块神秘的地方。当世界地学界的专家学者们已经把整个地球快要摸透，再无多少文章可做时，都眼睁睁地眺望着这里。一些大国的情报资源卫星每次飞过她的上空都要拍一张神秘的片子。片子冲洗出来了，这个地区有一个奇怪的湖，像一只大耳朵，一圈圈的弧线叠套在一起，又像一堆扯不断、理还乱的问号。在美国的一个地学研究所里，办公室的墙上正挂着这么一张"大耳朵"卫星图。主人是一位大个子教授，他对来访的中国客人摊开手，耸耸肩："这耳朵湖，谁也说不清它到底是怎么一回事。"

一、西去列车上一声雷

是的，谁也说不清楚。这个谜存在于全世界地学界已经 100 多年，解开它的钥匙却在中国科学家的手里。

1980 年 6 月 24 日夜，北京开往乌鲁木齐的列车上，一位身着西装、中等身材、知识分子模样的人，正斜靠在铺位上闭目养神。他叫夏训诚，中国科学院新疆分院沙漠研究所的主任，刚刚从美国访问归来。时间还早，他不想就寝，外国人对耳朵湖的兴趣又勾起了他对这个课题的深思。耳朵湖，那就是我们的罗布泊啊。他的思绪又回到了那个奇怪的地方。

那还是去年，1979 年 11 月 5 日，他和彭加木教授，还有一群年轻人，来到罗布泊地区，这是新中国科学家第一次深入这个神秘的地方。这真是一个魔鬼的世界，大地上不是广阔的平原，不是起伏的沙丘，也不是陡峭的山峰，而满是一些世人没有见过的不可思议之物：那沙丘堆积成一个个的长条，高高的是一座百十米的小山，而长长的却都拖着一条几里长的尾巴，像一条巨龙。龙头昂起，一起向着一个方向，龙尾直直地伸延出去。龙身上一层层的云纹、鳞片，好大的一片哟，就如云南的石林，遍野都是这些怪物，互相交错着、拥挤着，像是从什么地方突然跑来，又一下子被突然钉住。人和车一走进这里就进了迷魂阵，如同蚂蚁爬上了一个棋子散乱的棋盘。这便是古书上所说的"龙城"。而瑞典探险家斯文·赫定在 1895 年第一次来到这里时，则给这些龙起名"雅丹"。从此地学上有了一个专用名词"雅丹"，它像月球上的环形山一样令人不可思议。这是一个无生命的世界，更确切地说是一个已将生命灭绝了的世界，到处是死亡的痕迹。当年这里曾是雨量充沛、水草丰美的。你看那胡杨长得多高多粗，两人不能合抱。可是现在，干得炸开一指宽的长缝，在树身上歪歪斜斜地裂开来。细枝早已枯朽，主干是不会倒的，它越干越硬，空气中已没有一点的湿度，树身上也早无一丝的水分。偶然有飞鸟从这里经过，飞着飞着，一个跟头跌下来，伸伸脖

　　　　　人生＿＿＿＿＿谁能＿＿无补丁

子，蹬蹬腿，在那热达 80℃的沙窝上，再也不动弹了。大概就是因为这个严酷的现实，所以再也无人敢前来问津，但是她确曾有过一个极灿烂的过去，所以人们对这里又总是不死心。

他们去年的那次造访，并不敢奢望一下就到罗布泊里去，重点是先去看看那坐落在湖西北岸的楼兰古城。1900 年 3 月，斯文·赫定带着一个维吾尔族向导第二次来这里探险，宿营时发现丢失了坎土曼（锄头），便让他回去找。这个向导返回时却误进了一座古城。楼兰，这座从汉至唐一直繁荣，后又被历史逐渐遗忘了的古城，就这样偶然被发现了。斯文·赫定以此而著书立说，名声大震。靠着那些得来的文物，斯氏，甚至他的学生不断著书，据说现在摞起来都快一人高了。楼兰真是一页未被翻动的史书，那天他们在古城随手就拾到古币、玉斧、戒指、桃核、葡萄核等。他们登上了一个高墩，四望全城，彭加木感慨道："我们的历史，我们的文物，却任人家来写书，来作结论。最有发言权的该是我们啊！"沿着孔雀河，彭加木一路测着水样、泥沙样，发现含钾量越来越高，他断定，孔雀河汇流处的罗布泊一定是一个钾盐的大宝库。夏训诚说："彭老师，干脆我们明年来一次正式考察吧。""对，咱们一言为定！"他们站在已干涸的孔雀河边，顺着河道眺望着下游的远处，黄沙漫漫，风卷尘烟，那个神秘的地方到底还有些什么呢？

原定是今年 5 月 1 日进泊考察的，但是 4 月突然决定他出国访问。夏训诚靠在铺位上，他想这会儿彭老师他们早该考察归来了吧，也许正在整理报告呢。可以想见，一见面，他就会滔滔不绝地讲起考察成果，那是个有着一颗童心的可爱的老人，任何一点事业上的胜利，都会引起他的激动。

车厢扩音器里响起了《歌唱祖国》的乐曲声，中央台每日一次的新闻联播节目开始了。这时夏训诚由于旅途的劳顿已经睡意蒙眬，好像在美国，又好像来到罗布泊边。他的身子随着车身左右摇晃着。突然，一个声音钻入他的耳朵："彭加木同志在罗布泊科学考察中不幸失踪。"他一下从铺位上弹了起来。他不敢相信这消息，睡意已飞到九霄云外，可是广播员那一字一顿的话如铁钉一样地直往他心上钉："6月17日，彭加木一人离开考察队去找水……现在正在积极寻找中……"

像一声惊雷在他的面前炸响，他一下颓坐在铺位上，耳朵里嗡嗡响，像远处沙漠地里起了一阵狂风。半天，他不知道自己坐在什么地方，腮边上有两颗冰凉的泪珠慢慢地滚了下来。"彭老师，我们的事业才刚刚开始！"

作者1983年在新疆采访彭加木失踪事

二、茫茫大漠觅何处

1980年7月2日，大小36辆汽车，108个人，开进了滚烫的沙漠。夏训诚带着抢救队来寻找他的老师，寻找这位历史上第一个由南到北纵穿罗布泊的科学家。

谁也不愿相信这是真的，但是半个月前的事情却是这样一步步地发生。

6月16日，考察队的车子在沙漠上行驶，按地图所指，前面应该有一口井，但是却找不见。30年了，风吹日晒，这张地图上的东西，就是一座大山也可以给它搬个家了。找不见井，不敢再向前走，只好原地露营，向基地发报，请求空投油和水。

第二天，17日，彭加木仍不甘心，决定再去找水，但大家不同意，车子已经没有油了。于是一伙青年人便爬到帐篷里去打扑克，有的在整理考察笔记，等着基地的回电。彭加木没有和大家一起到帐篷里去，他一人坐在小车的驾驶席上，透过玻璃窗，前面是一眼望不到头的沙丘，是一簇一簇的芨芨草和骆驼刺。这次还是探路性的考察，将来大队伍拉进来，总不能也靠空运水啊！井，原来地图上的那口水井，到底还有没有呢？

12时，基地准时回电："先送水，后送油。"副队长拿着电报边跑边喊："彭队长，来电了。"可是拉开车门，空空无人。又过两小时，司机回到了自己的驾驶席上，发现了一张纸条：

我向东去找水井。

彭加木　1980 年 6 月 17 日，上午 10 时 30 分。

他便这样走了，再没有回来。这个热心于自己的事业，热心得有点固执的老头。全队紧急出动，发现了他的脚印，追了 10 公里，过了一段硬盐壳子，又追了 4 公里。沙窝里有一个人坐过的印子，旁边有一张糖纸，青岛出的"鸭子糖"。没错，是他的。他在穿过罗布泊后到达一个居民点时在一家商店买的，还分给大家吃过。可这却是他留给人们的最后一次联络信号。

罗布泊的 7 月是人绝不应该进入的季节，滚滚的热浪像一团看不见的火焰，贴着地面扑过来，燎着人的手、脚、脸。他们浑身都被烤干了，干得没有一点汗水——还不等汗水在皮肤上停留，便就被无情地抢夺到空中去了。要知道这个魔鬼地方空气湿度竟是"0"，这个可怕的"干神"，贪婪地剥取着哪怕是一丝的水汽。他们每人每天接受空投分配的 10 千克水，每千克水的价值是 20 元。不能刷牙，不能洗脸，除了煮饭，只够润润喉咙。皮肤被"烤焦"了，又黑又硬，脸上过两天就往下落一层皮。衣服吸了汗水，干成一个硬铠甲，敲上去都有声响。皮鞋由于脱水，晚上脱下来，天亮时扭曲得伸不进脚去。夏训诚从卡车上拖下五条警犬，但是它们又反身跳回车上。他再把它们拉下来，这些狗却吐着长舌头用三条腿走路。原来沙子太烫了，它们总用一条腿来轮着休息。这里的地面温度快到 80℃ 了啊。这支 108 人的队伍就这样在这个巨大的热锅上搜索着。时间一天天地过去，毫无踪影。这沙漠，只有

人生＿＿＿＿＿谁能＿＿无补丁

晚上才肯给人一点喘息之机。只要太阳一落，热气就骤然退去。入夜，帐篷外的沙丘上每天都要点起一堆篝火。茫茫天地之间除了星星便是火堆，红红的火苗在夜里一闪一闪，她在召唤着我们的科学家归来，中央人民广播电台每天播一次消息，全国人民都在等着这荒漠里的音讯。这时队员们都累得进入了梦乡。夏训诚独自一人坐在沙丘上，几步之外，便是看不到底的黑暗。他睁大眼睛，穿透夜幕，努力探寻，他总有一种侥幸，也许彭老师会突然从黑暗中出现，向篝火一步步走来。他几乎每晚都要在火边这么坐一会儿，他有一种无名的内疚，他总觉得彭加木的失踪和自己有关。是他刚听到要派自己进罗布泊的消息后，便忍不住一口气跑到分院的大电镜室里，将这个喜讯告诉正在那里工作的彭加木的。想不到，这个老头却固执地坚持要同他一起去。那时彭加木的工作关系还在上海，还没有正式调分院工作呢。又是他在那次成行之后和彭加木一起提议搞一次穿越罗布泊的科学考察，但到临出发时他这个副队长未能参加。如果那次考察有他参加，也许会好一点，他了解彭加木，会照顾他，劝说他，他们这对一老一少，多年的朋友，该不会有今天的分离。

夏训诚看看这一片漆黑的沙漠，抬头望一望遥远的夜空。他想起报刊上这几年正大谈特谈"魔鬼三角区"，难道这里又是一个魔鬼地区吗？几天来，天上的直升机像是犁地一样地贴着地面一趟一趟地飞，地上撒开人马一处一处地寻，但是除了沙丘还是沙丘，不见半个人影。斯文·赫定的书里记载着他当年经过这片沙漠时的可怕情景：水喝光了，他们只好就地掘井。地下是挖不完的干沙，他们又把帐篷拉开，扯平，仰望天空，希望能够收集到一点雨水，但是只有烈日。他杀了随身带的鸡，喝鸡血。其他随行人员渐渐死去，只剩下他一人，白天用沙子把身子埋起来，以减少水分蒸发，晚上就一点一点地往前爬。他扔掉了一切随身带的东西，包括枪支、食品和最珍贵的笔记。当他感到快要死去时，突然昏迷中手触到一丛红柳枝，他一下有了生的勇气，他用木然的牙齿啃食着柳条，咽下一点苦涩的水汁，再爬啊爬，终于爬到了树林里，爬到水塘边，用靴子掬着水喝了一个饱。彭老师，你现在正在何处，受着怎样的折磨，进行着怎样的挣扎呢？大地之神啊，为了弄清你的真实面目，难道你真的要一个个的科学家用自己的身躯、用自己的灵魂来向你献祭吗？

营救工作还在进行。彭加木的爱人和子女坚持要到现场参加寻找。可是他们这些在江南都市里生活惯了的人，一下子哪能受得了这种恶劣的环境。直到营救工作就要结束的最后一天，才允许彭加木同志的爱人乘直升机落到那个彭加木最后休息过一次、留有一块糖纸的地方。科学家的妻子迎着大漠的热风，洒下一把热泪，捧起了一掬沙土。这便是后来追悼会上，彭加木骨灰盒里的所装之物。

7月20日，营救队回到中国科学院新疆分院。来欢迎的人们，一下子都认不出自己朝夕相处的亲人和同事。这一群面孔干黑，眼窝深陷，头发里沾满沙子，衣裳碱白、硬若盔甲的人，仿佛刚从外星球归来。夏训诚简单汇报完营救过程后，特别又说了一句："我还要进去的。"

三、历史的打捞

夏训诚又率着队伍进来了。

就是在上次营救工作后的几个月，当年的 11 月 1 日，他们 10 个棉帐篷，60 个人，在敦煌以西罗布泊以东的区域安营扎寨。他们将要步步为营向罗布泊搜索而去。这是一支有兵有民，有多学科专家的综合大队，担负着既要找人又要考察的双重任务。

罗布泊东岸地区又是一种地貌。这里没有那些奇怪的"龙城"，是一片平缓的沙碱土地，上面满是红柳、骆驼刺，还有咸水泉。彭老师若是能从出事地点向西跋涉到这里，或许可以生存下来。夏训诚将这 60 人，每 10 人分成一组，每组有几名科学工作者和解放军战士。然后每人 50 米，每组以 500 米的幅宽，像梳子一样，开始一梳一梳地由东向西梳去。

一切安排好后，夏训诚自己也分了 50 米的距离，开始一步一步地来丈量这块神奇的土地。以他多年来出入沙漠的经验，他十分注意那些能避风的沙包和可能有水的灌木丛。这天，他远远看见一个沙包，便径直走了过去。人在沙漠里疲乏时，是最易找这种地方休息的。他由北绕到南边，用手拨开几枝红柳，突然，一堆白骨映入眼帘，他一下毛骨悚然，浑身不由地抖了一下。等到定了定神再看时，原来是一个完整的骆驼骨架。这只骆驼斜倚在沙堆上，四肢伸进红柳丛里，很平静，很安详，这是一种现在已列入世界一类保护动物红皮书的稀有的野骆驼。他站在树丛中，等一身冷汗落去后，他又想起了彭老师。出事那天的起因，却正是为了这野骆驼。16日下午，考察队在沙漠时碰见一群野骆驼，这种东西实在太稀罕了，彭加木下令追。驼群发疯地跑，汽车怒吼着追，成绩是不小的，他们照了许多相，打死了一头大的，还活捉了一头小的，可以带回去一副骨架标本和一头实物了。彭加木非常高兴，当天晚上他还将死骆驼的肉剔下，整理了骨架。可是，正因为这一阵追，汽车耗尽了油，他们被迫在沙漠里抛锚了。虽然称彭老师，其实彭加木并没有教过夏训诚。他们俩正好相差10岁。从20世纪50年代开始，在上海工作的彭加木就每年都要到新疆支援工作几个月。那年，夏训诚刚从南京大学地理系毕业不久，便自愿来到新疆，到一个沙漠深处的治沙站去工作。彭加木听说有这样一个有志于研究沙漠的大学生，激动不已。那时，还不到40岁的彭加木开着车由乌鲁木齐到莎车治沙站找他。柴木泥房被淹没在一片黄色的沙丘间。一个青年女子正在沙上种草，不远的沙堆上，一个刚会走路的小女孩正爬上爬下地"滚滑梯"。这就是夏训诚的小家庭、世外沙园。夏训诚忘不了，那年彭加木坐在他的小炕上，连声称赞："有志气，有魄力，举家搬来治沙站，有出息。"这是他们交往的开始，他尊他为老师。

可是现在，彭老师啊你在哪里？从6月到11月，夏、秋、冬，你在这大沙漠里已经度过3个季节，炎炎的夏阳、浸骨的秋霜、初冬的寒风，你那在上海生活惯了的身子骨怎能经得起这般磨难？你本来是搞化学的，这几年又专搞电子显微镜分析，是穿上白大褂、换上拖鞋，在无尘、无声、恒温的实验室里工作的，而现在你却一下子扑进了这个沙漠实验场。这里本是不该你来的地方啊，该我们这些在沙窝里爬惯了的中年人，还有青年人来，你在家等着看样品，看资料就是了，可是你一定要来。夏训诚又后悔起来，那天真不该告诉他自己决定进罗布泊的消息。

　　每人 50 米，每组 500 米，每天一去一返，正好搜索 1 公里。搜索与考察工作在按计划一天天地进行。这是个南北 10 公里宽、东西 100 公里长的狭长地带，历史上所谓丝绸之路的咽喉地带正在这里。他们每天一排人从南到北走完 10 公里后再返回来，来回拉着大网。队员们怀着"万一"的心理，在打捞着已在沙海里失踪了 4 个月的战友、老师，但是没有打捞到他的任何消息，却捞到了许多古老的、丰富的历史信息。每天都有大量的文物汇集到队部来，开元通宝、康熙通宝、乾隆通宝，珠玉的头饰，铁制的刀、枪、剑，马掌、马鞍，陶器。在世界史上，从公元前 2 世纪到公元 15 世纪，有一条十分活跃的、全长 7 000 公里的运输线，从中国的长安，经过中亚一直到达西方的欧洲。在这条路上，整日交换着中国的丝绸、瓷器与佛教艺术品、核桃、大蒜。德国人李希霍芬专门研究了这一段历史，他首先提出，这是一条"丝绸之路"，他写了三大卷的《中国》。到 15 世纪后，海路交通发达，这里便日渐寥落，以至于慢慢交通阻塞，外面的人很难进来，于是便逐渐成了一个神秘的区域。但这神秘正好做了许多探险家的课题。继德国人李希霍芬之后还有英国人斯坦因，他两次从西往东越过罗布泊到达敦煌，沿途绘了一张 53 万分之一的地图。他到敦煌又骗走了 84 卷经书，以东方艺术宝库的发现者而闻名世界。俄国人普尔热瓦尔斯基，这个普通陆军军官以其在中国的探险"功绩"还被选为皇家地理学会会员，当然还有那个写了两大本《我的探险生涯》的瑞典人斯文·赫定。不知有多少人：来探险的、来偷来抢的、来搞研究的，地学方面的、考古方面的，都从这块荒凉与神秘的土地上起家，跻身于世界科学史。他们一共才得到多少东西呢，不过是九牛一毛，但是个个著书立说，"流芳百世"。俄国人还将普尔热瓦尔斯基死的地方定名为普尔热斯克。而这次，他们这支60人的队伍从东到西，整整搜索横跨了地球上的两个经度线，他们的收获物赛过了所有外国人收得的总和。夏训诚看着他们打捞上来的这一大堆历史的物证，看着采集来的土壤、地质、动植物标本、拍来的地貌照片，又想起来第一次进罗布泊考察时彭加木说的那句话："我们的历史，我们的文物，却任人家来写书，来作结论。最有发言权的该是我们啊！"

他们这次要发言了。他们整理了7个学科的专题报告。特别是在这个丝绸之路的咽喉地带，他们第一次将南、北、中三条商路确切地标在地图上。可惜，彭老师再也不能来欣赏这些成果，再也不能和他们一块来研究报告、制作幻灯片和举行报告会了。

四、要把这湖底钻穿

如果说以前的工作还是在湖的东西两岸打外围，那么这次他们真要向耳朵湖心进攻了。

那次大搜索式的考察后的第二年，1981年5月5日，夏训诚又带了一支队伍第四次向罗布泊开来。9辆汽车，30个人，钻机、三脚架、各种测量仪器，这是一次实打实的考察，要打钻，要取样，要测绘，要和这个神秘的耳朵湖来一次硬碰硬的较量。

和东西两岸不同，湖心又是另一种景色。水，这里已经一滴也没有

人生＿＿＿＿＿谁能＿＿无补丁

了，只剩下一望无际的盐壳。这钾盐的结晶，像不锈钢那样又光又硬，一镐下去，震得虎口发麻；这平滑的湖底，像镜子一样，又平又亮，人站在镜面上，眼睛被晃得只敢睁开一条细缝。但是你再到近处看看，镜子却又并不那样光滑，它龟裂成一条条的口子，鼓起一个个的大包，这时那湖面上便如散撒了千万把锋利的刀剑，纵横交错。过去骆驼走到此处时，都要先用毛毡将蹄子裹起来，就这样四蹄还常被割得血肉模糊呢。

他们此行的主要任务是钻湖取样。因为缺水，不能带大钻机进来，只能用土钻机，靠人力一圈一圈地推。但是那钻头钻在盐壳上就像滑冰运动员的鞋尖旋转在冰面上，半天，除了旋起一堆白沫，进不了半寸。按分工，每天4个钻工打钻，其他人员在一定半径范围内考察，每20到30公里一个钻孔，两天换一个营地。但是3天过去了，一个洞还未打成。湖心之地，净无撮土，干无滴水，持炊无柴，实在不可久留。这支部队现在已经进入卫星图片上显示的那个大耳朵的最中心耳道，陷在了一个热气锅的锅底沸点处，唯一的办法是加快速度，爬出锅沿去。"兵置之死地而后生"，除4名钻工外，11个司机、两个报务员、1个炊事员，都已加入了打钻的行列。钻头进不去是压力不够，这伙年轻人便躺在钻机上，轮流着睡这种"转床"。身下是一张洁白无垠的褥子，仰面是一块笼罩环宇的蓝色棚幔。钻机被伙伴们推着，飞快地旋转。一会儿，天和地便什么也分不清了，觉得只剩下一蓝一白的两张大薄片，而自己这时正主宰着天地，拨动着天地旋转。他们一边干着，一边大叫、大笑，有生以来还没有来过这样空旷的地方，没有见过这个只有白、蓝两色的世界，没有玩过这种开心的游戏。这些在10年浩劫的凄风苦雨中度过童年的青年人好像又找到了自己真正的童年，他们要追回自己的天真。突然，"咔"的一声钻机不转了，钻头落入一个空间，一个盐层已被钻穿！好，你坐够了，该我上去了。就这样转啊、钻啊，说啊、笑啊，他们决心要把这湖底钻穿！要把这湖下的水、土、泥、沙、石样统统取上来，把它的肠肠肚肚都查个遍。

本来，夏天的沙漠热得就像一个大烤箱，而这些盐湖则是烤箱中的烤盘。无论是去夏在湖东的干涸，还是去冬在湖西的风沙，和今天在湖心的这面大镜子上的燥热相比，都已自动成了小巫。上午 10 时刚过，一种无形的魔力便开始在这湖里发挥作用。先是不知哪里突然传来一响清脆的枪声，"啪"的一下炸碎了湖区的宁静，枪声传得很远很远，在这个大耳朵的一圈圈的耳轮里回响着。不知不觉中湖面上已经裂开一条大缝，接着一声、两声，四下里不时有了接应的枪响，渐渐由疏而密、由远而近，俄而即如鞭炮炒豆一般，耳朵湖里起了一场激烈的枪战。但是四下里却不见一个人影。一会儿，那平光的湖面就被炸得这里鼓一包、那里开一线，一只无形的大手正将这面镜子摔打着、抖动着，耳朵湖变得满目疮痍。湖面渐渐蒸腾起夹着盐味的热气，和着这接地连天的响声，混成一团莫名的气息，钻进人们的鼻腔、耳膜、毛孔，使人烦恼，使人坐卧不安。人在这间奇大无比的热牢里看见什么也不顺眼，地上的脸盆，不由想上去踢它一脚，这帐篷帘子真想一把扯下来，撕个粉碎。帐篷中心的小桌上昨夜没有点完的两支蜡烛受不了这热魔无声的作弄，慢慢瘫软了，再也不能自己支撑细高的身子，渐渐弯下腰来，最后在小桌上融瘫成一堆蜡山。外面湖面上的温度已达 80℃，好像有一个无形的力把人们从帐篷里往外驱赶，大家都钻到了大卡车的肚皮底下，只有这里才可以稍微避一会儿灾难。卡车很厚，太阳晒不透。这沙漠和盐湖就是怪，一切都给人一种隔世之感。前面说过的那些"雅丹"土堆像月球上的环形山一样不可思议；而这里的温度，日光下和阴影里也立见差异。正如月球上受太阳照射的地方明如白昼，山石后的影子便漆黑如夜。人一钻到车下，便骤然觉得凉爽了许多，情绪也安静了许多。

夏训诚取出一台录音机，按下开关，放在湖里，让这隔世之音留在磁带上，好带回人间。然后他和一伙青年人躺在卡车肚子底下闲聊起来。他看看那些俊秀的小伙子，进湖才几天，就一个个嘴唇裂缝，脸上卷皮，眼圈发黑，便问大家："苦不苦？"还用问，不但苦，都苦得稀罕了。过去你就是想尝尝这份苦还不可能呢。一个小青年说："我敢保证，地球上此时此刻，再没有第二批像我们这样被枪声、热浪撵得无家可归，来钻卡车肚子的人。"大家轰地笑了，但是笑声是这样的沙哑。有的人为减少声带的无润滑摩擦，只是轻轻地咧咧嘴就算笑了。远处还是噼噼啪啪的鞭炮声，这里却是一场热烈的讨论。大家让夏队长发表高见，他仰面朝天，鼻子顶着汽车大梁说："我们现在是苦，但也有乐。我们每天都能拾到几枚古钱，取到新的水样、土样，测到新的数据。我想此时此刻，地球上很少有第二批人能享受我们的这种乐。苦是暂时的，咬咬牙就可以挺过去，而我们的考察成果将要写成论文，载入史册，服务于生产，那个乐才是永久永久的。"下午6点，沙漠里的气温急剧下降，他们这才从卡车下钻出来，扛起三脚架，背上相机，提上地质锤，各自向自己的岗位跑去，那几个年轻人又爬上钻机，叫着、笑着，钻头飞快地转着，又"哐哐"地伸向湖心。

夏天的夜是短暂的，沙漠里在一整天的酷热之后，那一小会儿的凉爽更是稍纵即逝。夏训诚一觉醒来，凭多年的野外工作习惯，知道是天亮了。可是怎么眼前还是漆黑一团，手往外一伸，伸不出去，像有什么东西压着，又像浑身被人捆着，他转转头，脸上蒙着一层厚布，硬硬的，直擦鼻脸。他不觉心里一惊，心想不知又是遇上了什么魔鬼，猛一翻身伸出拳头，用力往外一顶，一丝亮光射进来，再努力往外一爬。啊，原来是昨晚风太大，把帐篷都吹倒了，压在帐篷下睡了一夜却全然不知。这时才想起昨晚那场飞沙走石的大风，他们揭不开锅，连晚饭也没有开成，为怕风将帐篷掀走，大家只好抱着帐柱坐地打盹，后半夜风小了，才勉强小睡一会儿。

他沿湖边轻轻地走着，那塌倒的帐篷下不时传来呼呼的鼾声。这也是一件稀罕事，此时此刻地球上恐怕也很难再有一批正盖着帐篷睡觉的队伍了。真是"昨夜风急沙骤，浓睡不消残乏"。太阳一竿子高了，给银湖镀上了一层玫瑰色，从湖心到湖岸，那一圈圈的"耳轮"，因高低不同投下了一条条黑影，描成一个又粗又大的问号。他望着湖心沉思，耳朵湖啊，你这些圈圈里面，到底还有多少奥秘。当20世纪30年代中国学者来这里考察时，还可以在孔雀河里泛舟；当50年代新中国的地学工作者来到湖边时，这里还碧波荡漾，芦苇丛生。而现在，怎么就突然变成这么一个钢打铁铸的大锅了呢？多么可怕的生态变化啊！他沿湖走着、想着，身后是战友们均匀的鼾声。连日来的紧张、劳累、烦躁，使他突然十分喜爱这一刻的宁静。他想，让大家多睡一会儿吧，这会儿他们已经梦回到机关大院，正在洗热水澡、吃哈密瓜呢。他熟悉这支队伍，带着他们下过海平面以下的吐鲁番盆地，登过雪线以上的冰雪达坂，钻过冰缝，涉过雪水，吃尽了各种苦。就拿这次进泊地来说吧，连

人生 _____ 谁能 ___ 无补丁

雇来的骆驼都吃不得这份苦，半路上偷跑了 3 只。这沙漠地的大风又常常是"狂吹车如纸"，"风摇屋似船"。一天他们在沙漠里行车，沙暴骤起，天昏地暗，一会儿就伸手不见五指。他立即命令停车，大家在车里饿着肚子到天黑，又坐到天亮，才避免了车毁人亡。至于迷路、露宿已是家常便饭。在没有战争的和平时期，大概要数他们这种工作最苦了吧。啊，忙里偷闲，让大家再睡一会儿吧，再多睡一会儿吧。他沿湖岸轻轻地走着、想着，眼睛习惯地扫过那一圈圈的耳轮线，扫过那黑影所描成的问号。他突然意识到他这个队长的职责，用不了几个小时，这里又要枪声四起，又要燥热难熬了。他毅然回过头来，扯开嗓子大声喊道："起床了——"这声音冲向湖心，又返回湖岸，在那一圈圈的耳轮中回荡。

五、沙漠里有这样一座碑

就在这次钻湖考察的年底，也就是彭加木同志失事一年半后，1981 年 12 月 30 日这天上午，在罗布泊的东岸地区，当年彭加木离开我们最后一息的那个地方，驶来一辆汽车，几个人从车上跳下来，抬着一面石碑，碑上刻着：

1980 年彭加木同志在此考察不幸遇难。

中国科学院新疆分院罗布泊考察队立

碑高 2.3 米，宽 0.4 米。他们掘了一个 0.8 米深的坑，将下半截碑埋入沙内，踩实。碑立好后，有一个人怀着无限惆怅之情，叫大家先收拾东西上车，自己却在碑前来回走着，他便是夏训诚。他想采一束野花，表达一下对这位先驱者的缅怀之情，但是四处茫茫唯有黄沙。他弯下腰来，从沙子里拔出一束骆驼刺，双手捧在碑前。让这沙漠里最顽强的生命来陪伴为开发祖国的沙漠而牺牲的烈士吧。当他的双手从碑前收回时，脑海里突然闪过一丝幻想：鲁滨孙在大海里曾漂泊多少年，最后又奇迹般地生还。那么，彭老师离开我们才一年半，也许他正在沙海深处飘零呢？这一带东部地区，有咸水，有灌木，有小动物，他身上还带着一把刀。这一带沙漠没有虎，没有狼，没有什么野物会来伤害他。也许有一天他真的摸到这里，看见这面碑，他会怎样想呢？立碑之意本在缅怀故人，鞭策后人。他会高兴地看到后来者没有忘了他的事业。他会根据这块碑的指引，再继续往东，那里就是闻名世界的敦煌，是外国人多次垂涎劫掠的世界艺术的宝库。他会先到那里，享受一下使全世界艺术家们神魂颠倒的东方石窟艺术，使疲劳的身心在民族艺术之光中得到一会儿安慰。然后，他再回到科学院，回到自己的战友中间来。那将会是怎样的情景呢？全院会怎样欢腾雀跃啊！

夏训诚转过身来，极目望去，天边沙丘连着沙丘，他熟悉这里的每一丛红柳、骆驼刺，每一个咸水泉，这里现在还留着他们挖下的水井；他熟悉那西岸的"雅丹"群，那里有他们搭过帐篷的营地；他更熟悉那如冰如玉的湖区，湖面上有他留下的钻孔。两年内，他已经5进罗布泊了，5次出入这块全世界注目的神秘地区。他是世界上进出这里最多的一位科学家。俄国人普尔热瓦尔斯基当年曾将这个湖的方位搞错，为此曾和德国人李希霍芬打过笔墨官司；李希霍芬首先提出了丝绸之路一说，但是他并没有更多的物证，只有从他的学生瑞典人斯文·赫定那里得到一点在这一地区拾到的古物；斯氏首先命名了雅丹地形，但是他又说不准它的成因。到了现代，日本人也插手对这里进行研究，还出了专著，美国人也积累了这里的资料。这块神秘的土地，这块我们祖国的内陆腹地，多少年来就这样在外国人的手里掂来掂去，争高争低。物归他人考，题由别人做，这正是彭加木同志生前最不甘心的。现在好了，虽然不能说这里的奥秘已全部搞清，但是几入虎穴，已得虎子。那个多年争论的罗布泊的游移不定说已经可以否定。那卫星图上的一道道耳轮线，原来是不同时期干涸的盐壳湖岸线。13 个专业的专题考察报告、论文，4 000 张彩色照片，一整套幻灯片，一大本画册，都已整理就绪。不久即将举行一个国际讨论会——一个由中国人做东道主，讨论一个中国地学问题的会议。如果那时彭老师真的能回来，他会是怎样激动啊！

在这块熟悉的土地上，夏训诚怀念老师不觉又联想到自己的这半生风沙生涯。他这个在江苏水乡长大的孩子，1957 年，26 岁时从南京大学地理系毕业。他本来是可以留在南京的，但是江苏这块从六朝以来就熙熙攘攘、人迹杂陈的土地，山水地貌早让人摸得滚瓜烂熟，他这个地学专业的毕业生期待着发现，憧憬着牺牲。没有新大陆便没有哥伦布，没有钋和镭便没有居里夫妇。他不安于燕雀小志，来到了新疆，一来就参加了野外综合考察队。少年多壮志，幼犊不畏虎。他北登阿尔泰山，提出将那几条流出国境的大河调回头来，解救干渴的古尔班通古特大沙漠。他南下塔里木盆地，骑着毛驴访问维吾尔族老乡，写成了治沙方面的著作。从南到北走遍了这块相当于 40 多个法国大的土地，从冰川到沙漠，他吃够了所有搞地学的人都吃过的苦，也享受到那些留在大城市里的人永远享受不到的乐趣。现在他已经 48 岁了，头上不知不觉已钻出几根银丝。他多次发表学术论文，几次被评模范，当先进，出席全国科学大会。他走过了一段光辉的路程，像一个将军，多年战场上血与火的锤炼已使他更趋成熟。新的重担又在等着他去挑。

沙漠里冬日的太阳不像夏天那样狠毒，一片暖融融的薄光照着大地，照着这片洪荒的土地。地上投下两个影子，一个是彭加木烈士的纪念碑——一位科学事业先驱者的纪念；另一个是一位中年地学工作者，我们现在事业的中坚，他正在沉思，正在计划着一场新的战役。

1983 年秋写于新疆

1985 年夏改于太原

世情百态

你不能没有家

一

读一篇谈烈士后代赵一曼之子境遇的文章，我暗吃一惊，阴影在胸挥之不去，并生出许多关于家的联想。

赵一曼受命到东北领导抗日工作时，孩子才出生不久。我们现在能看到的是烈士抱着孩子的那幅照片和那个著名的"遗言"：

> 宁儿：
>
> 母亲对于你没有能尽到教育的责任，实在是遗憾的事情。
>
> …………
>
> 在你长大成人之后，希望不要忘记你的母亲是为国而牺牲的。
>
> 你的母亲赵一曼于车中

但是宁儿，就是后来的陈掖贤，成长情况并不理想。因母亲离开之后父亲又受共产国际派遣到国外工作，只好被寄养在伯父家。他稍大一点，总有寄人篱下之感，性格内向，常郁郁不乐。新中国成立后，生父回国，但已另有妻室，他也未能融进这个新家。陈掖贤的姑姑陈琮英（任弼时的夫人）找到他，送他到中国人民大学外交系读书。但他毕业后却未能从事外交工作，原因说来有点可笑，只因个人卫生太差，不修边幅，甚至蓬头垢面。他被分配到一所学校教书。在以后的工作中，应该说组织上对这位烈士子女还是多有照顾，但他有一个令人难以置信的致命的弱点：管理不了自己的个人卫生和每月几十元的工资。屋内被子从来不叠，烟蒂遍地。钱总是上半月大花，后半月借债。组织上只好派人与之同住一屋，帮助整理卫生，并帮管开支。后来甚至到了这种程度：每月工资发下，代管者先替他还债，再买饭票，再分成四份零花钱，每周给一份。但这样仍是管不住，他竟把饭票又兑成现钱去喝酒。一次他四五天未露面，原来是没钱吃饭，饿在床上不能动了。婚姻也不理想，结了离，离了又复，家事常吵吵闹闹，最后的结局是自缢身亡。这真是一个让人心酸的悲剧故事。

陈掖贤的血统不是不好，是烈士后代；组织上也不是不关照，可谓无微不至；本人智力也不差，教学工作还颇受称道。但为何竟是这样的下场呢？是最基本的生存能力、生活能力过不了关！而这个能力又不是学校、社会、组织上能包办的，只有从小教育，而且只有通过家庭教育才能得到。赵一曼烈士在遗书中已经预感到这种没有尽到教育责任的遗憾。这种情况如果烈士九泉之下有知，一颗母爱之心不知又该受怎样的煎熬。

二

一个人品德和能力的养成有三个来源：学校的知识灌输、社会实践的磨炼和家庭的熏陶培养。家庭是这链条上的第一环。人一落地是一张白纸，先由家庭教育来定底色。家庭教育与学校教育、社会教育最大的不同是：无条件的"爱"，以爱来暖化孩子，煨弯、拉直定型。学校教育有前提，讲纪律，讲成绩；社会教育有前提，讲原则，讲利害。家庭里的爱，特别是母爱是没有原则和前提的，爱就是前提，是铺天盖地、大包大容的爱。这种博大、包容的爱比社会上同志、朋友式的爱至少多出两个特点。

一是绝对的负责。父母的一切行为动机都是为了孩子，没有隔阂、猜疑，不计教育成本。大人是以牺牲自己的心态来呵护孩子，就像一只老母鸡硬是要用自己的体温把一颗冰冷的蛋煨成一只小鸡，并且一直保护到它独立。我们经常看到一个小孩子不吃饭，父母会追着哄着去喂饭；不加衣服，父母会追着去给他添衣。有不懂事的孩子说："我不吃难道你饿呀？"确实，父母肚子不饿，但心中疼。同时又因为有了这种无私的、负责的态度，才敢进行最彻底的教育，不必保留，不用多心，坚决引导孩子向最好的标准看齐，随时涤除他哪怕是最小的毛病，甚至用打骂的手段，所谓"打是亲，骂是爱"。我们常有这样的体会，在成人社交场合看到某人吃相不雅、举止太俗时，就暗说家教不好。但说归说，这时谁也不肯去行教育责任，指破他的缺点。因身份不便，顾虑太多，皇帝的新衣只有在皇帝小时候由他妈去说破，既已成帝，谁还敢言呢？有些毛病必须在家庭教育中克服，有些习惯必须在家庭环境中培养，错过这个环境、氛围，永难再补。

二是无微不至的关怀。因为有了动机上的无私、负责，才会有效果上的无微不至。孩子彻底生活在一个自由王国中，他所有的潜能都可得到淋漓尽致的发挥，就像一颗种子，在春季里，要阳光有阳光，要温度有温度，要水分有水分，尽情地发芽扎根。孩子有什么想法不会看人脸色而止步，不会自我束缚而罢休，甚至撒娇、恶作剧也是一种天性的舒展。这样，他的全部天才基因都会完整地保留下来，将来随着外部条件的到来，就可能长成这样那样的大家、人才，甚至伟人。但是一进入社会教育，哪怕是最初的幼儿园教育，都是某种程度的修理、裁剪、规范统一，是规范教育不是舒展教育、创造教育。家庭教育中的无微不至、充分自由、潜移默化将一去不再。这就是为什么很多孩子一说去幼儿园就大哭不止。当然，人总得从家庭教育阶段上升到学校教育阶段，但绝不能缺少家庭教育。

其实，家庭给人的温暖和关爱，以及由此产生的特殊的教育作用还不止于孩童阶段，它将一直伴随人的一生。表现为夫妻间、兄弟姐妹间、子女与老人间的坦诚指错、批评、交流、开导、帮助等，这都是任何社会集体里所办不到的。我们细想一下，一个人成家之后在亲人面前又不知改了多少缺点，得到了多少鼓励，学到了多少东西。因为家庭成员的合作又不知克服了多少生活及事业上的难题。现在社会上有很多继续教育机构，但常忽略了这个终生家庭教育机构，一个独身的人或寄人篱下的人将失去多少继续接受教育的机会。这么想来，人真的不能没有个家。

三

马克思认为，人是一切社会关系的总和。当一个人少了最基本的社会关系——家庭关系，少了家庭教育、家庭温暖，他至少不是一个完整的社会人，不是一个很幸福的人。佛教哲学讲结缘。在人生的众多缘分中，情缘是最基本的，因情缘而进一步结成家庭就有了血缘，进而使民族、社会得到延续。一个人没有爱过人或被人爱，就少了一大缘，是一悲哀。有爱而无家，又少了第二大缘，又是一悲哀。一个社会如果没有家庭这个细胞将无缘发展。虽然，曾有志士仁人说过"匈奴不灭，何以家为"的壮语，但那是特殊情况，甘愿牺牲小家为了天下人都能有一个安定的家。辛亥革命烈士林觉民牺牲前在其著名的《与妻书》中说："吾充吾爱汝之心，助天下人爱其所爱，所以敢先汝而死"；赵一曼烈士对儿子说："在你长大成人之后，希望不要忘记你的母亲是为国而牺牲的。"乱世舍小家是为救国家；盛世则要思和小家而利国家。历史上也确实有过放大无家思想的试验，但都以失败告终。如太平天国，分成男营、女营，夫妻不得团聚；人民公社搞大食堂，取消小家庭的温馨。近读一则资料，1930年国民党立法院甚至讨论过要不要家庭的问题。可见任何政党都有过"左"的行为，当然都成了历史的泡沫。最新的一份社会调查显示，人们对幸福指数的认同要素，第一是经济，第二是健康，第三是家庭，然后才是职业、社会、环境等。现在出现的空巢老人、农村留守儿童，都是变革中我们不愿看到的"家"字牌悲剧。但有三分奈何，谁愿做无家之人？但独身、单亲、离异、留守、空巢、无子女都不能算是一个完善的家庭。当年林则徐说，烟若不禁，政府将无可充饷之银、可御敌之兵。现在如果都由这样的家庭组成社会，国家将无可育之才、可用之才。社会要增加多少本该可以在家庭圈子里消化的矛盾。

《西厢记》说，愿天下有情人终成眷属。我则为天下计，愿情缘血缘总相续，小家大家皆欢喜。

《家庭》2007年第5期

人生 谁能 无补丁

康定情歌背后的故事

南国冬日，冒着凛冽的海风，我来到福建惠安，看一个给全世界留下了永远的爱，自己却没有得到爱的人。三年前，我到川藏交界的康定，无意中知道那首著名的《康定情歌》的发现整理者是一个叫吴文季的人，原籍福建惠安。以后就总惦记着这件事，今天终于有缘来访他的故居和墓地。

在抗日战争时期，吴文季一身热血投奔抗日，在武汉参加了"战时干部训练团"，后又辗转重庆，考入中央音乐学院。学院停课期间，为生计他应聘到驻扎在康定地区的青年军教歌，这使他有机会到民间采风。康定地处汉藏文化的交接带，既有汉文化的敦厚，又有藏文化的豪放，尤其是音乐取杂交优势，更显个性。大渡河畔有一座跑马山，那是汉藏同胞，特别是青年男女节日里跑马对歌的地方，吴文季就是在这里采得这首情歌溜溜调的。

随着抗战胜利学校内迁，这首歌也被带回南京。先是经加工配器在学院的联欢会上演出，引起轰动。当时的中国女高音歌唱家喻宜萱就将它带到巴黎的国际音乐节，于是这首歌又走遍世界。那是多么浓烈的爱情旋律啊！"世间溜溜的女子，任我溜溜地爱哟，世间溜溜的男子，任你溜溜地求哟。"从西部高原吹来的清风夹着草香，裹着这歌、这情，飘过原野，洒向广袤的大地。大渡河的雪浪和着它的旋律，一泻千里，冲出深山，流过平原，直入大海。

那天晚上我就宿在康定城里。这是一座高山峡谷中的小城，抗战时曾做过西康省的省会，因地处中国内地通往西藏直至印度的咽喉要道，当时是仅次于上海、天津的对外商埠。晚饭后在街上散步，随处可见历史的遗痕，老房子、商店里的旧家具、地摊上的老画片，还有藏区常见的石头、骨头项链、小刀具等，许多外地游客在街上悠闲地转悠着，怀旧，淘宝。

市中心修了一个休闲广场，华灯初上，喇叭里播放着《康定情歌》，还有那首有名的《康巴汉子》："我心中的康巴汉子哟……胸膛是野心和爱的草原，任随女人恨我，自由飞翔……"河水穿城而过，拍打着堤岸，晚风轻漾，百姓就在广场上和着这歌的旋律、浪的节拍翩翩起舞。不少游客按捺不住，也跳进队伍里，"手之舞之，足之蹈之"。那坦荡的爱、浓烈的情，我现在想来心中还咚咚作响。《康定情歌》已被刻在大渡河边的石碑上，已登上各种演唱会，通过现代传媒手段传遍全球，甚至被卫星送上太空。但是，很少有人问一问，它的作者是谁？

当在大渡河边惊喜地知道这首民歌的发现整理者时，我立即就想探寻他的身世。几年来我到处搜求有关资料，而这却将自己推入一种悲凉的空茫。

南京解放后，吴文季在1949年5月参加解放军，先后在二野文工团、西南军区文工团、总政文工团工作，曾任男高音独唱演员，领唱过《英雄们战胜了大渡河》等著名的歌曲。但因为有参加过"战时干部训练团"和曾到国民党部队教歌这一段经历，被认为不宜在总政文工团工作，于 1953 年遣送回乡。没有任何处分，也没有任何说法。天真的他以为下放劳动一两年就可返回北京，以至于走时连行李都没有带全，一批宝贵的创作乐谱也寄存在朋友处。没有想到竟是一去不归。

那天，我从惠安县城出发，找到洛阳镇，又在镇上找到一条小巷。这巷小得仅容一人紧身通过，然后是一处破败的民房。房分前后室，我用脚量了一下，前室只有三步深，墙上挂着他的一张遗像，供少数知情而又知音的人前来瞻仰。地上则散乱地堆着一些他当年用过的农具，后室只能放下一张床，是他劳累一天之后，挑灯写歌的地方。

吴文季回乡后，孤无所依，就吃住在兄嫂家，每日出工，参加集体劳动，业余帮镇上的中学辅导文艺节目，一时使该校节目水平大涨，居然出省演出。后来又安排他到地方歌舞团工作，还创作并排练了反映当地女子爱情的歌剧《阿兰》。他盼着北京有令召还，但日复一日，不见音讯。他哪里知道外面的政治气候正日紧一日，1962 年北戴河工作会议大讲阶级斗争，1964 年"四清"运动又开始清理阶级队伍。就这样，直到 1966 年 5 月 1 日他不幸病逝，也没有等到召回令，时年才 48 岁。

参观完旧居，访过他的兄嫂，我坚持要去看看他的墓。村里人说，从来没有外地人，更没有北京来的人去看，路不好走。我心里一紧，就更想去会一会那颗孤独的灵魂。不能开车，我们就步行从一条蜿蜒的小路爬上一个山包，再左行，又是一条更窄的路。因为走的人少，两边长满一人多高的野草，一种大朵的黄花夹生其中。我问这叫什么花，领路的村民说："叫臭菊，到处是，很贱的一种花，常用来沤肥的。"我心里又是一紧，更多了一分惆怅。大家在齐人深的野草和臭菊中觅路，谁也不说话，好像回到一个洪荒的中世纪。

转过一个小坡，爬上一个山坳，终于出现一座孤坟。浅浅的土堆，前面有一块石碑，上书"吴文季之墓"，并有一行字："他一生坎坷，却始终为光明而歌唱。"我想表达一点心意，就地采了一大把各色的野花，中间裹了一大朵正怒放的臭菊，献在他的墓前，深深地鞠了一躬。然后坐在坟前，听头上的风轻轻吹过，两旁松柏肃然，世界很静。

我想陪这个土堆里的人坐一会儿，他绝不会想到有这样一个远方的陌生人来与他心灵对话。他整理那首情歌是在1944年左右，到现在已经60多年，那是他精神世界中最明媚、灿烂的时刻。而他的死，并孤寂地躺在这里是1966年，也已半个世纪。他长眠后的岁月里，回忆最多的一定是在康定的日子，那强壮的康巴汉子、多情的藏族姑娘，那激烈的赛马、跳舞、歌唱、狂欢的场面。这是他一生中最美好的一瞬。

音乐史上的许多名曲都来自民间的采风，并伴有音乐家的传奇故事，它如大漠戈壁长风送来的驼铃，久久地摇荡着人们的心灵。吴文季的西康采风，很类似音乐家王洛宾的青海湖边采风，康定的藏族姑娘应该比青海的藏族姑娘更热辣奔放一些。王洛宾与卓玛曾有一鞭情，有相拥于马背、飞驰过草原、陶醉于绿草蓝天的浪漫，因而产生了那首名曲《在那遥远的地方》。我们也有理由猜想，在《康定情歌》后面，在鼓声咚咚、彩旗飘飘的跑马山上，或许也另有一个浪漫的故事。"世间溜溜的男子，任你溜溜地求哟"，难道吴家这样英俊的大哥就没有哪位姑娘在赛马时轻轻地抽他一鞭？那时他才24岁啊。

我在墓边坐着，南国的冬天并不凋零，放眼望去，大地还是一样的葱绿。近处仍是没人深的野草和大朵的臭菊，远处有一座小山，我问叫什么山，陪同的人说不出具体的名字，倒讲了一个曾在山那边发生的著名的"陈三五娘"的故事。啊,我知道《陈三五娘》是在闽南一带流传甚广的传统剧目,后来还拍成了电影。大意是穷文人陈三,在元宵灯会上与富家女子黄五娘邂逅,互相爱慕,黄父却贪财爱势,将五娘允婚他人,陈三便和五娘私奔,终于找到了自己的幸福。这是一个闽版的"梁祝",但我不知故事的原型原来是在这里。

讲故事者说,他们私奔的路线就是从那个山后转过来,一直朝这边,朝吴文季的墓地走来。吴文季在这里长大,又酷爱民间音乐,他一定看过这出戏。也许,他在这凄冷的墓里,还在一遍一遍地回味着这个故事。私奔是爱情题材中常有的主题,从司马相如与卓文君到"陈三五娘",传唱不衰。但天上无云何有雨,地上无土怎长苗?当你处于一个不敢爱或不敢被人爱的环境或条件时,你与谁私奔,又奔向何处呢?

吴文季所留资料甚少。他在总政文工团大约是有一位女友的,离京时,他的衣物、书籍,特别是一些乐谱资料还寄存在她处。但自从下放后,对方的回信就渐写渐少,最后终于音讯断绝。这大约是我们知道的他一生中唯一享受过的那一丝的爱,像早春里吹过的一缕暖风,然后又复归消失。

山上的风大,不可久留,我起身下山,对地方上的朋友说:"墓碑上的那句话应改为:他终身为爱情而歌唱,却没有得到过爱。"

《人民日报》2012 年 1 月 4 日,

原题:他终身为爱情而歌唱

试着病了一回

　　毛主席在世的时候说过一句永恒的真理："你要知道梨子的滋味，你就得变革梨子，亲口吃一吃。"凡对某件东西性能的探知，大约都是破坏性的。尝梨子总得咬碎它，破皮现肉，见汁见水。工业上要探知某构件的强度也得压裂为止。我们探知自己身体的强度（包括意志），最简单的方法就是生病，这也是一种无可奈何的破坏。人生一世孰能无病，但这病能让你见痛见痒、心热心急，因病而知道过去未知的事和理，这样的时候并不多，也不敢太多，我最近有幸试着病了一回。

　　将近岁末，我到国外访问了一次，去的地方是东欧几国。这是一次苦差，说这话不是得了出国便宜又卖乖。连外交人员都怯于驻任此地，谁被派到这里就说是去"下乡"。仅举一例，我们访问时正值某国首都天降大雪，平地雪深一米，但我们下榻的旅馆竟无一丝暖气，七天只供了一次温水。临离开时，飞机不能按时起飞，又在机场被深层次地冻了12个小时，原来是没有汽油。这样颠簸半月，终于飞越1/4个地球，返回国门上海。谁知将要返京时，飞机又坏了。我们又被从热烘烘的机舱里赶到冰冷的候机室，从上午8时半，等到晚8时半，又最后再加冻12个小时。药师炮制秘丸是七蒸七晒，我们这回被反过来正过去地冻，病也就瓜熟蒂落了。这是实验前的准备。

　　　　　　　　人生 _____ 谁能 __ 无补丁

到家时已是午夜 12 时，倒头就睡，到第二天下午才醒，吃了一点东西又睡到第二天上午，一下地如踩棉花，东倒西歪，赶紧闭目扶定床沿，身子又如在下降的飞机中，头晕得像有个陀螺在里面转。身上一阵阵地冷，冷之后还跟着些痛，像一群魔兵在我腿、臂、身的山野上成散兵线，慢慢地却无声地压过。我暗想不好，这是病了。下午有李君打电话来问我回来没有，我说："人是回来了，却感冒了，抗几天就会过去。"他说："你还甭大意，欧洲人最怕感冒。你刚从那里回来，说不定正得了'欧洲感冒'，听说比中国感冒厉害。"我不觉哈哈大笑。这笑在心头激起了一小片轻松的涟漪，但很快又被浑身的病痛所窒息。

这样抗了一天又一天。今天想明天不好就去医院，明天又拖后天。北京太大，看病实在可怕。合同医院远在东城，我住西城，本已身子飘摇，再经北风激荡，又要到汽车内挤轧，难免扶病床而犹豫、望医途而生畏。这样拖到第六天早晨，有杜君与小杨来问病，一见就说："不能拖了，楼下有车，看来非输液不可。"经他们这么一点破，我好像也如泄气的皮球。平常是下午烧重，今天上午就昏沉起来。赶到协和医院在走廊里排队，直觉半边脸热得像刚出烤箱的面包。鼻孔喷出的热气还炙到自己的嘴唇。妻子去求医生说："六天了，吃了不少药，不顶用，最好住院，最低也能输点液。"这时急诊室门口一位剽悍的黑脸护士小姐不耐烦地说："输液，输液，病人总是喊输液，你看哪还有地方？要输就得躺到走廊的长椅子上去！"小杨说："那也干。"那黑脸护士小姐斜了一眼轻轻说了一句"输液过敏反应可要死人"，便扭身走了。我虽人到中年，却还从未住过医院，也不知输液有多可怕。现代医学施于我身的最高手段就是于屁股上打过几针。黑脸护士小姐的这句话，倒把我的热吓退了三分。我说："不行打两针算了。"妻子斜了我一眼，又拿着病历去与医生谈。这医生还认真、仔细地问，又把我放平在台子上，叩胸捏肚一番，在病历上足写了半页纸。一般医生开药方都是笔走龙蛇，她却无论写病历、药方、化验单都如临池写楷，也不受周围病人诉苦与年轻医护嬉闹交响曲的干扰。我不觉肃然起敬，暗瞧了一眼她胸前的工作证，姓徐。

幸亏小杨在医院里的一个熟人李君帮忙，终于在观察室找到一张黑硬的长条台子。台子靠近门口，人行穿梭，寒风似箭。有我的老乡张女士来探病，说："这怎么行，出门就是王府井，我去买块布，挂在头上。"这话倒提醒了妻子，顺手摘下脖子上的纱巾。女人心细，四只手竟把这块薄纱用胶布在输液架上挂起一个小篷。纱薄如纸，却情厚似城。我倒头一躺，躲进小篷成一统，管他门外穿堂风。一种终于得救的感觉浮上心头，开始平生第一次庄严地输液。

协和医院

当我静躺下时，开始体会病对人体的变革。浑身本来是结结实实的骨肉，现在就如一袋干豆子见了水生出芽一样，每个细胞都开始变形，伸出了头脚枝丫，原来躯壳的空间不够用了，它们在里面互相攻讦打架，全身每一处都不平静，肉里发酸，骨里觉痛，头脑这个清空之府，现在已是云来雾去，对全身的指挥也已不灵。最有意思的是眼睛，我努力想睁大却不能。记得过去下乡采访，我最喜在疾驶的车内凭窗外眺，看景物急切地扑来闪走，或登高看春花遍野，秋林满山，陶醉于"放眼一望"，觉自己目中真有光芒四射。以前每见有病人闭目无言，就想，抬抬眼皮的力总该有的吧，将来我病，纵使身不能起，眼却得睁圆，力可衰而神不可疲。过去读史，读到抗金老将宗泽，重病弥留之际，仍大呼："过河！过河！"目光如炬，极为佩服。今天当我躺到这台子上亲身做着病的实验时，才知道过去的天真，原来病魔决不肯夺你的力而又为你留一点神。

现在我相信自己已进入实验的角色。身下的台子就是实验台，这间观察室就是实验室。我们这些人就是正在经受变革的实验品，做实验的主人是命运之神（包括死神）和那些白衣天使。地上的输液架、氧气瓶、器械车便是实验的仪器，这里名为观察室者，就是察而后决去留也。有的人也许就从这个码头出发到另一个世界去。所以这以病为代号的实验，是对人生中风景最暗淡的一段、甚而末路的一段，进行抽样观察。凡人生的另一面，舞场里的轻歌、战场上的冲锋、赛场之竞争、事业之搏击，都被舍掉了。记得国外有篇报道，谈几个人重伤"死"后又活过来，大谈死的味道。那也是一种实验，更难得。但上帝不可能让每人都试着死一次，于是就大量安排了这种实验，让你多病几次，好教你知道生命不全是鲜花。

在这个观察室里共躺着十个病人，上帝就这样十个一拨地把我们叫来训话，并给点体罚。希腊神话说，司爱之神到时会派小天使向每人的心里射一支箭，你就逃不脱爱的甜蜜。现在这房里也有几位白衣天使，她们手里没有弓，却直接向我们每人手背上射入一根针，针后系着一根细长的皮管，管尾连着一个沉重的药水瓶子，瓶子挂在一根像拴马桩一样的铁柱上。我们也就成了跑不掉的俘虏，不是被爱所掳，而是为病所俘。"灵台无计逃神矢"，确实，这线连着静脉，静脉通到心脏。我先将这观察室粗略地观察了一下，男女老少，都一律手系绑绳，身委病榻，神色黯然，如囚在牢。死之可怕人皆有知，辛弃疾警告那些明星美女："君莫舞，君不见玉环飞燕皆尘土"；苏东坡叹那些英雄豪杰："大江东去，浪淘尽，千古风流人物。"其实无论英雄美女还是凡夫俗子，那不可抗拒的事先不必说，最可惜的还是当其风华正茂、春风得意之时，突然一场疾病的秋风，"草拂之而色变，木遭之而叶脱"，杀盛气，夺荣色，叫你停顿停顿，将你折磨折磨。我右边的台子上躺着一个结实的大个头小伙子，头上缠着绷带，还浸出一点血。他的母亲在陪床，我闭目听妻子在与她聊天。原来工厂里有人打架，他去拉架，飞来一把椅子，正打在头上，伤了语言神经，现在还不会说话。母亲附耳问他想吃什么，他只能一字一歇地轻声说："想……吃……蛋……糕。"他虽说话艰难，整个下午却骂人，骂那把"飞来椅"，骂飞椅人。不过他只能像一个不熟练的电报员，一个电码一个电码地往外发。

我对面的一张台子上是一位农村来的老者，虎背熊腰，除同我们一样，手上有一根绑绳外，鼻子上还多根管子，脚下蹲着个如小钢炮一样的氧气瓶，大约是肺上出了毛病。我猜想老汉是四世同堂，要不怎么会男男女女、大大小小地围了六七个人。面对其他床头一病一陪的单薄，老汉颇有点拥兵自重的骄傲。他脾气也犟，就是不要那根劳什子氧气管，家人正围着怯怯地劝。这时医生进来了，是个年轻小伙子，手中提个病历板，像握着把大片刀，大喊着："让开，让开！说了几次就是不听，空气都让你们给吸光了，还能不喘吗？"三代以下的晚辈们一起恭敬地让开，辈分小点儿的退得更远。他又上去教训病人："怎么，不想要这东西？那你还观察什么？好，扯掉、扯掉，左右就是这样了，试试再说。"医生虽年轻，但不是他堂下的子侄，老汉不敢有一丝犟劲，更敬若神明。我眼睛看着这出戏，耳朵却听出这小医生说话是内蒙古西部口音，那是我初入社会时工作过六年的地方，不觉心里生一股他乡遇故知的热劲，妻子也听出了乡音，我们便乘他一转身时拦住，问道："这液滴的速度可是太慢？"第二句是准备问："您可是内蒙古老乡？"谁知他挥一挥手里的那把大片刀说："问护士去！"便夺门而去。

我自讨没趣，靠在枕头上暗骂自己："活该。"这时也更清楚了自己作为实验品的身份。被实验之物是无权说话的，更何况还非分地想说什么题外之话，与主人去攀老乡。不知怎么，一下想起《史记》上"鸿门宴"一节樊哙对刘邦说的"人为刀俎，我为鱼肉"，任你国家元首、巨星名流，还是高堂老祖、掌上千金，在疾病这根魔棒下一样都是阶下囚；任你昔日有多少权力与光彩，病床上一躺，便是可怜无告的羔羊，哪有鲤鱼躺在砧板上还要仰身与厨师聊天的呢。我将目光集中到输液架上的那个药瓶，看那液珠，一滴一滴不紧不慢地在透明管中垂落，突然想起朱自清的《匆匆》那篇散文，时间和生命就这样无奈地一滴滴逝去。朱先生作文时大约还不如我这种躺在观察室里的经历，要不他文中摹写时光流逝的华彩乐段又该多一节的。我又想到古人的滴漏计时，不觉又有一种遥夜岑寂、漏声迢递的意境。

病这根棒一下打落了我紧抓着生活的手，把我推出工作圈外，推到这个常人不到的角落里。此时伴我者唯有身边的妻子；旁人该干什么，还在干自己的，那个告我"欧洲感冒可怕"的李兄，就正在与医院一街相连的出版社里，这时正埋头看稿子。"文化大革命"中我们曾一同下放塞外，大漠著文，河边论诗。本来我们还约好回国后，有一次塞外旧友的兰亭之会，他们哪能想到我现时正被困沙滩，绑在拴马桩上呢？如若见面，我当告他：你的"欧洲感冒论"确实厉害，可以写一篇学术论文抑或一本专著，因为我记得，女沙皇叶卡捷琳娜的情人，那个壮如虎牛的波将金将军也是一下被"欧洲感冒"打倒而匆匆谢世的。这条街上还有一位研究宗教的朋友王君，我们相约要抽时间连侃十天半月，合作一本《门里门外佛教谈》，他现在也不知我已被塞到这个角落里，正对着点点垂漏，一下一下，敲着这个无声的水木鱼。还有我的从外地来出差的哥哥，就住在医院附近的旅馆里，也万想不到我正躺在这里。还有许多，我想起他们，他们这时也许正想着我，他们仍在按原来的思路想我此时在干什么，并设想以后见面的情景，怎么会想到我早已被凄风苦雨打到这个小港湾里。病是什么？病就是把你从正常生活轨道中甩出来，像高速公路上被挤下来的汽车，病就是先剥夺了你正常生活的权利，是否还要剥夺生的权利，观察一下，看看再说。

因为被小医生抢白了一句，我这样对着药漏计时器返观内照了一会儿，敲了一会儿水木鱼，不知是气功效应还是药液已达我灵台，神志渐渐清朗。我又抬头继续观察这十人世界。（大概是报复心理，或是记者职业习惯，我潜意识中总不愿当被观察者，而想占据观察者的位置。）诗人臧克家住院曾得了一句诗："天花板是一页读不完的书。"我今天无法读天花板，因为我还没有一间可静读的病房，周围是如前门大栅栏样的热闹，于是我只有到这些病人的脸上、身上去读。

四世老人左边的台子上躺着一位老夫人，神情安详，她一会儿拥被稍坐，一会儿侧身躺下，这时正平伸双腿，仰视屋顶。一个中年女子，伸手在被中掏什么。半天趁她一撩被，我才看清她正在用一块热毛巾为老妇人洗脚，一会儿又换来一盆热水，双手抱脚在怀，以热手巾裹住，为之暖脚良久，情亲之热足可慰肌肤之痛，反哺之恩正暖慈母之心，我看得有点眼热心跳。不用问，这是一位孝女，难怪老夫人处病而不惊，虽病却荣，那样安详骄傲。她在这病的实验中已经有了另一份收获：子女孝心可赖，纵使天意难回，死亦无憾。都说女儿知道疼父母，今天我真信此言不谬。我回头看了一眼妻子，她也正看得入神，我们相视一笑，笑中有一丝虚渺的苦味，因为我们没有女儿，将来是享不了这个福了。

再看四世老人的右边也是一位老夫人，脑中风，不会说话，手上、鼻子双管齐下。床边的陪侍者很可观，是位翩翩少年，脸白净得像个瓷娃娃，长发披肩，夹克束身，脚下皮鞋锃亮。他头上扣个耳机，目微闭，不知在听贝多芬的名曲还是田连元的评书。总之这个十人世界，连同他所陪的病人都好像与他无关。过了一会儿，大约他的耳朵累了，又卸下耳机，戴上一个黑眼罩。这小子有点洋来路，不是旁边那群四世堂里的土子侄。他双臂交叉，往椅上一靠，不堪忍受观察室里的嘈杂，以耳机来障其聪，又不堪眼前的杂乱，以眼罩来遮其明，我猜他过一会儿又该要掏出一个白口罩了。但是他没有掏，而是起立，眼耳武装全解，双手插在裤兜里到房外溜达去了，经过我身边出门时，嘴里似还吹着口哨。不一会儿，少年陪侍的那老夫人醒来，嘴里咿咿呀呀地大喊，全室愕然，不知她要什么，护士来了也不知其意，便到走廊里大喊："×床家属哪里去了？"又找医生。我想这少年大约是老夫人的儿子或女婿，与刚才那位替母洗脚的女子比，真是天壤之别。

我们现在常说的一句话是阴盛阳衰，看来在发扬传统的孝道上也可佐证此论，难怪豫剧里花木兰理直气壮地唱道："谁说女子不如男！"杜甫说："信知生男恶，反是生女好。"白居易说："遂令天下父母心，不重生男重生女。"二公若健在一定抚髯叹曰："不幸言中！不幸言中！"那少年想当这十人世界里的隐士，绝尘弃世。其实谁又自愿留恋于此？他少不更事，还不知这些人都是被病神强迫拉来的，要不怎么每个人手臂上都穿一根细绳，那一头还紧缚在拴马桩上。下一次得让阎王差个相貌恶点的小鬼，专门去请他一回。

不知何时，在我的左边迎门又加了一长条椅子，椅前也临时立了一根铁杆，上面拴了一位男青年。他鼻子上塞着棉花，血迹一片，将头无力地靠在一位同伴身上（他还无我这样幸运，有张硬台子躺），话也不说，眼也不睁，比我右边那位用电码式语言骂人的精神还要差些。他旁边立着一位姑娘，当我将这个多病一孤舟的十人世界透视了几个来回，目光不经意地落在她身上时，心中便不由一跳，说不清是惊，是喜，还是遗憾，只是模模糊糊地觉得，这个地方不该有个她。她算比较漂亮的一类女子，虽不是宋玉说的那位"登墙窥臣三年"的美女，也不比曹植说的"翩若惊鸿，婉若游龙"的洛神，但在这个邋邋遢遢的十人世界里（现在成十一人了），便是明珠在泥了。她约一米六五的身材，上身着一件浅领红绒线毛衣，下身束一条薄呢黑裙，足蹬高筒白皮软靴，外面又通体裹一件黑色披风，在这七倒八歪的人中一立，一股刚毅英健之气隐隐可人，但她脸上又不尽的温馨，粉面桃腮，笑意静贮酒窝之中，目如圆杏，言语全在顾盼之间，是一位《浮生六记》里"笑之以目，点之以首"的芸，但又不全是。其办事爽利豁达，颇有时代风采。在他们这个三人小组中，椅子上那位陪侍，是病人的"背"，这女人就是病人的"腿"，她甩掉披风（更见苗条），四处跑着取药、端水，又抱来一床厚被，又上去揩洗血迹，问痛问痒。这女子侍奉病人之股，我猜她的身份是病人的妹妹或女友（女友时常也是妹妹的一种），比那个千方百计想避病房、病人而去的奶油小生可爱许多。也许是相对论作怪，爱因斯坦向人讲难懂的相对论就这样作比，与老妪为伴，日长如年，与姑娘做伴，日短如时，相对而已。这姑娘也许爱火在心，处冰雪而如沐春风。有爱就有火焰，有爱就有生活，有爱就有希望，有爱就有明天。

一会儿，这姑娘不知从哪里弄来一饭盒蒸饺，喂了病人几个，便自己有滋有味地吃起来。她以叉取饺的姿势也美，是舞台上用的那种兰花指，轻巧而有诗意。连那饺子也皮薄而白，形整而光，比平时馆子里见到的富有美感。三鲜馅的味道传来，暗香浮动。歌星奚秀兰唱"阿里山的姑娘美如水，阿里山的少年壮如山"，今天我遇到的小伙不是破头就是破鼻，无以言壮，倒是这姑娘如水之秀、如镜之明。她让我照见了什么，照见了生活。唐太宗说："以人为镜，可以明得失。"抱病卧床者看青春活泼之人，心灰意懒者看爱火正炽之人，最大的感慨是：决不能退出生活。这姑娘红杏一枝入窗来，就是在对我们大声喊：知否，外面的生活，火热依旧。我刚才还在自惭被甩出生活轨道，这时，似乎又见到了天际远航的风帆。

这时在我这一排病台的里面，突然起了骚动。今天观察室里这出戏的高潮就要出现。只见一胖大黑壮的约50岁的男子被几个人按在台子上，裤子褪到了脚下，裸着两条粗壮的大腿，脚下拦着一轻巧的白色三面屏风。这壮汉东北口音，大喊："痛死我了！痛死我了！"接着就听有人哄小孩似的说："马上就完，快了！快了！"但还是没有完。那汉子还喊："你们要干啥呢？受不了！不行了！"其声之惨，撞在天花板上又落地而再跳三跳。这时全观察室的人都屏气息声，齐向那屏风看去。因为我这个特殊的角度，屏风恰为我让出视线。就见两位只露出一双大眼睛的护士小姐，正从手术车上取下一根细管，捏起那男子的阳物，往里面捅，原来在行导尿术。任那男子怎样呼天抢地，两护士仍我行我素，目静如水。这样挣扎了一阵，手术（其实还够不上手术）结束，那胖子虚汗满头，犹自作惊弓之恐。两护士摘下口罩，一位撤掉屏风，顺手向身后一搭，轻松地穿过病台，向我这边的房门口走来。那样子，像背了一个大风筝，春日里去郊游。另一位则随手将手术小车一带，头也不回，那架轻灵的小车就在她身后自如地宛如一个小哈巴狗似的左右追行。过我身边时，我偷眼一望，她们简直是两个娃娃，天真而美丽。出门扬长而去，好像踏着一曲《走在乡间的小路上》，刚才的事已了无一痕。那边男子还在唏嘘不已，家属正帮提衣束带。正所谓花自飘零水自流，你痛你喊我走路。

我心里一阵发紧，想这未免有点残酷，又想到《史记》上那句话，

"人为刀俎，我为鱼肉"，人一旦沦为医生诊治（或曰惩治）的对象是多么可怜。那壮汉平日未必不凶，可现在何其狼狈，时地相异，势所然也。俗语曰："有什么不要有了病，缺什么不要缺了钱。"过去读一养生书，开篇即云："健康是幸福，无病最自由。"诚哉斯言！当我被手穿皮线，缚于马桩，扑于病台，见眼前斯景，再回味斯言，所得之益，10 倍于徐医生开的针药了。过了一会儿我又想护士漠然的态度也是对的，莫非还要她陪着病人呻吟？过去我们搞过贫穷的社会主义，大家一起穷，总不能也搞有病大家一起痛吧。势之不同，态亦不同，才成五彩世界。

枚乘作《七发》说楚太子有病，吴人往视，不用药石针刺，而是连说了 7 段要言妙道，太子就"涩然汗出，霍然病已"。我今天被缚在这张台子上，对眼前的人物景观看了 7 遍，听了 7 遍，想了 7 遍，病身虽不霍然，已渐觉宁然，抬手看看表，指针已从中午 12 时蹒跚地爬到 19 时，守着个水木鱼滴滴答答，整整 7 个小时，明天我要问问研究佛教的王君，这等参禅功夫，便是寺里的高僧恐怕也未必能有的。再抬头一望，3 大瓶药液已到更尽漏残时，只剩瓶颈处酒盅多的一点，恰这时护士也走来给我松绑。妻子便收拾床铺，送还借的枕毯。我心里不觉生打油诗一首："忽闻药尽将松绑，漫卷床物喜欲狂。王府井口跳上车，便下西四到西天（吾家住小西天）。"

当我揉着抽掉针头还发麻的左手，回望一下在这里躺了 7 个小时的工作台时，心里不觉又有点依依恋恋。因为这毕竟是有生第一次，第一次就教我明白了许多事理。病不可多得，也不可不得。奥斯特洛夫斯基的那句名言曾经整整鼓舞了我们一代人："生命对于每个人只有一次，人的一生应当这样度过：当回忆往事的时候，他不会因为虚度年华而悔恨，也不会因为碌碌无为而羞愧；临死的时候，他能够说……"何必等那个时候，当他病了一场的时候，他就该懂得，要加倍地珍惜生命，热爱生活！这个还应感谢黑格尔和他的《精神现象学》，是他发现了人的意识既能当主体又能当客体这个辩证的秘密。所以我今天虽被当作实验变革的对象，又作了体验这变革过程的主体。要是一个梨子，它被人变革成汁水后是绝不会写一篇《试着被人吃了一回》的。

这就是我们做人的特殊与高明。

《家庭》1992 年 3 月

夜幕下的京城故事

    在报社最怕值夜班时生病。病痛本身不足畏，是病的时机不好，不好意思张口请假，有逃难、避苦之嫌，只好挺着。12 月又轮到我值夜班，正是北京最冷的季节，说怕病，病真的就来了。我挺了几天，这天实在挺不住了，凌晨 2 点下班后路过航天桥下的 302 医院，便进去想打一支退烧针。

    我从来没有半夜进过医院，大楼里静得怕人，空荡，昏暗，无声。我刚从夜班平台下来，觉得像从闹市一下被推进了百年前的一座老宫殿里。接诊护士睡眼惺忪，问："怎么这个时候来看病？"我说："报社的，刚下班。"她大奇，瞪着眼道："报社还有夜班？我还以为这北京城里只有我们医院才上夜班呢。"我说："没有夜班，你白天怎么能看到报纸？"本想打一针，赶快回家睡觉，医生说，一针不顶用，要输液。这一下可糟了，起码要 3 个小时。大厅里空着几张输液用的躺椅，我拣了一张，老老实实等那瓶子漏声迢递到天明。

    身上发烧，脑子里一片混乱，正强迫自己闭目小睡一会儿，突然一阵清脆娇媚的笑声震入耳膜。我睁眼一看，两个漂亮的女孩相扶着走进大厅。一个穿着红色的羽绒大衣，一顶浅蓝色的绒线帽，另一个着黄色风衣，一条宽大的花围巾，潇洒地甩到肩后。她们也在接诊台前办了手续，就在离我不远处拣了一张躺椅输液。那红衣女孩躺在椅子上，嗓音有点沙哑，像是感冒了。黄衣女孩没病，是来陪朋友的。她伏在椅背上，红衣女孩半仰着头，两人亲密地聊着。"这衣服真漂亮。""是我换季新买的。""你每月的钱够花吗？""够，反正我每月给我妈寄5 000元。"这话像一颗小炸弹，震醒了蒙胧的我。好家伙，什么工作啊，小小年纪，每月只寄回家的钱就比我这个党报老总的工资还多，难得她还很孝顺。我没有了睡意，也忘了发烧。

正待侧耳细听，右边的屏风后面，医生正在大声地训斥一个急诊病人。"你叫什么名字？"没有声音。半天，"给我喝点水。""你连名字都不说，还想喝水？"没有声音。"说，是谁送你来的？"没有声音。那两个女孩子也停止了谈话，大厅一片寂静。一会儿，红衣女孩说："去看看。"黄衣女孩就小跑着到了屏风后面。医生还在大声问："说，你怎么进来的？"这时我才依稀看清屏风后的一张急诊床上躺着一个汉子。原来，不知什么时候救护车悄悄送进一个人来，送的人放下病人就跑了。看样子是斗殴，这男子伤得不轻，对方定是怕出人命，偷偷把人推到这里。但是，没有事主或家属，医生坚决不接病人，就这样僵着。那黄衣女孩看了一会儿，就回去复命，只听红衣女孩问："那娃子漂亮不漂亮？"回答说："还行，看不大清。"

我的心还是惦记着这一头。一会儿医生转出屏风，从我身旁过，我说："严重吗？不行，先治病再说？"我心想，不就几块钱挂号费吗？我垫上也行。医生说："不行，这种事我们见多了。"我说："那怎么办？""还打110，让他们把人带走，要不就等找见家属再说。"我心想，在这座城里他哪里有什么家属？

医生走了，那边两个女孩子还在低声私语。那汉子一会儿怯生生地喊一句要水喝。我只觉得浑身软软的，忘了手上的针头，也忘了身上的高烧。半个小时前，我脑子还是新闻、大样、标题，现在却一片空白，只觉心里酸酸的，说不出的味道。

要不是凌晨就诊，真还不知道版面以外，夜幕下的北京城还有这样的故事。

2005 年 12 月

选自《洗尘》，中国人民大学出版社，

2013 年版，原题：凌晨就诊记

九华山悟佛

　　到九华山已是下午，我们匆匆安顿好住处便乘缆车直上天台。缆车缓缓而行，脚下是层层的山峦和覆满山坡、崖脚的松柏、云杉、桂花、苦楝，最迷人的是那一片片的翠竹，黄绿的竹叶一束一束，如凤尾轻摆，在黛绿的树海中摇曳，有时叶梢就探摸到我们的缆车。更有那些当年的新竹，竹竿露出苗壮的新绿，竹尖却还顶着土色的笋壳，光溜溜的，带着一身稚气直向我们的脚底刺来。

　　天台顶是一平缓的山脊，有巨石，石间有古松，当路两石相挤，中留一缝，石壁上有摩崖大字"一线天"。侧身从石缝中穿过，又豁然一平台。台对面有奇峰突起，旁贴一巨石，跃然昂首，是为九华山一名景"老鹰爬壁"。壁上则有松八九棵，抓石而生，枝叶如盖。登台俯望山下，只见松涛竹海，风起云涌，偶有杜鹃花盛开于万绿丛中如火炽燃。遥望山峰连绵弯成一弧，如长臂一伸，将这万千秀色揽在怀中。远处林海间不时闪出一座座白色的或黄色的房子，是些和尚庙或者尼姑庵。我心中默念，好一处山水，好一片竹树。

　　流连些时候，我们踏着一条青石小路走下山来，这时薄暮已渐渐浸润山谷，左手是村落小街，右手是绿树深掩着的山涧，唯闻水流潺潺，不见溪在何处。山风习习，宁静可人，大家从都市走来，每个人都感觉

人生　　　　　谁能　无补丁

到了一种久违了的静谧，谁也不说话，只是默默地享受。这时左边一个小院里突然走出一位老人，手持一个簸箕，着一身尼姑青衣，体形癯瘦，满脸皱纹，以手拦住我们，道："善人啊，菩萨保佑你们全家平安，快请进来烧灶香。"我一抬头才发现，这是一个尼姑庵。大家好奇，便折身跟了进去。老妇人高兴得嘴里不住地念叨："好人啊，贵人啊，菩萨保佑你们升官发财。"这其实是一间普通的民房，外间屋里供着一尊观音像，设一只香炉、一个蒲团。墙脚堆满一应农家用具，观音被挟持其中。我探身里屋，是一个灶房。我们向功德箱里丢了几张票子，便和老妇人聊了起来。

老人 69 岁，原住山下，来这里已 7 年。家里现有两个儿子、两个孙子。我说："现在村里富了，你为什么不回去抱孙子？"她说："儿媳妇骂得凶，说我出来了就别想再回去。""儿子来不来看你？""不来。他让我修行，说怎么都行，就是不许剃发。"老妇人指指自己稀疏的白发，一再解释。"香火好吗？""哪有什么香火？你不请，人就不进来。"我看一眼院子，有水井、桶杖之类，可想她一人生活的艰难。同行的两位女同志唏嘘不已，我也心中恒恒。

下山时我便更留意街上的情景。整个山镇全是些大大小小的取了各种名字的庙庵、精舍、茅棚。许多还是新盖的，墙都刷成刺目的白色或黄色，门口贴副带佛味的对联，大门内供尊佛像，隐约香烟缭绕。原来这里的人世代以佛为生，人家竟以佛事相传。过一中等"精舍"，一着僧衣者立于门前与人闲话。我稍一搭讪，他便热烈地介绍开来。原来这大大小小的庙庵全山竟有 700 多家，有的是正规管理的庙，而绝大部分都是起个名字就称佛，摆台香炉就迎客的"私"庙。宛如城里人，将自己临街的门窗打开，就是个小店。下山后我在招待所里谈及此事，一位当地人说:"嘿! 你还不知道，有的干脆就是两口子，白天男人穿上僧衣，女人穿上尼姑服，各摆一个功德箱，晚上并床睡觉，打开箱子数钱。"我一时语塞，不由联想起刚才那老妇人一再自我表白"儿子不让我削发"，大约怕我们以之为假。

第二天一早，我们即去拜谒这山上的名刹祇园寺。一进庙，见和尚们匆匆奔走，如有军情。一队老僧身披袈裟折入大雄宝殿，几个年轻一点的跑前跑后，就像我们地方上在开什么大会或者搞什么庆典。更奇怪的是一些俗民男女也匆匆进入一个客堂，片刻后又出来，男的油发革履之间裹一件僧袍，女的则缠一袭尼衣，唯露朱唇金坠和高跟皮鞋，僧俗各众进入大雄宝殿后，前僧后俗站成数排。只见前侧一执棒老僧击木鱼数下，殿内便经声四起，嗡嗡如隐雷。那些披了僧袍尼衣的俗民便也两手合十跟着动嘴唇。

大殿两侧有条凳，是专为我们这些更俗一些的旁观游客准备的。我拣条凳子坐下，同凳还有两位中年妇女。一位妇人掩不住地激动，怯生生又急慌慌地拉着那位同伴要去入列诵经，那位同伴却挣开她的手不去。要去的这位回望一眼佛友，又睁大眼睛扫视一下这神秘、庄严的殿堂，三宝大佛端身坐在半空，双目微睁，俯瞰人间。她终于经不住这种压力，提起宽大的尼袍，加入了那二等诵经的行列。

我便挪动一下身子，乘机与留下的这位聊了起来。我说:"你为什么不去?"她说:"人家是为自己的先人做道场，我去给他念什么经。""这个道场要多少钱?""少说也得有几十万。这是一家新加坡的富商，为自己所有的先人做超度，念大悲咒。"我大吃一惊，做一场佛

人生　谁能　无补丁

事竟能收这么多的钱！她说："便宜一点也行，出 10 元钱写个死者的牌位，可在殿里放 7 天。"她顺手指指大殿的左后角，我才发现那里有一堆牌位叠成的小山。我说："看样子你是在家的居士吧。"她说才入佛门，知之不多。问及身上的尼姑黑袍，她说是在庙上买来的，35 元一件，凡入这个大殿的信徒，必须穿僧衣，庙上有供应。我这才明白，刚才那帮俗家弟子为什么要到客堂里去，专门来一次金蝉脱壳。这有点像学校里统一制作校服，是规矩但也是一笔可观的生意。

从祇园寺出来我们拾级而上去看山顶上的百岁宫，实际上是一个山洞。相传明代有一无暇和尚来此修行，积 28 年刺舌血写得一部《华严经》，活到 110 岁坐化，肉身 3 年不腐，门徒奇之，以金裹身，存之至今。因为是真身所在，这里香火更旺。我们到时这里也正大做道场，问及价目，日每场 20 万元。

山顶风景无他，只是大兴土木，满地砖木沙石，碍脚碍眼。庙门前空地上几个石匠正在叮叮当当地刻功德牌。路边小店起劲地放着念经的录音带，高声叫卖木鱼、念珠之类的法物。梵音与市声齐飞，游客共香客一体。我们缓缓下山，走几步就会碰到扛着木头或担着砖瓦的山民，这些苦力不时停下来将木料拄地，擦着汗水。但是他们不肯静下来休息，而是向每一个擦身而过的游客伸出手："菩萨保佑，行个好，给个茶水钱，钱给了修庙人比买了香火还灵。"一种矛盾的心理立即攫住了我的心，见苦而不救，有违人心；鼓励乞讨，又助长歪风。这种层层的堵截使人大为扫兴，那些佛心重、心肠软者更是被弄得十分尴尬，只要给了一个就会有两个、三个上身。我立即想起在印度访问时的情景，回国后愤而写了一篇《到处都伸出一双乞讨的手》，想不到今天在国内的圣地名山又重陷那时的窘境。

但我的心还是硬不起来，就与一个扛木头的山民聊了起来，知道他们的工钱是每扛百斤可得4元3角，是够苦的，便顺手掏出一张票子，那人的脸立即笑得像一朵花。可是我并没有一丝做了善事的喜悦。下山后又接着看了地藏王殿，这是九华山的主供菩萨，主管阴间轮回之事，殿内经声嗡嗡，木鱼声声。门口有一位边吃饭边当值的小僧，我问这里可做道场，他翻我一眼说："这是地藏王亲自住的地方，他专管超度，怎么会不做？"很怪我的无知。问及价码，700元到20万元不等。下山时我们从九华街穿过，路过两间储蓄所，见柜上都有和尚在存钱。从背后望去，其双手举在柜上，头向前探，腰板就拔得更直，僧袍也更显得挺括岸然。

中午吃饭时我心里总是不悦。中国四大佛教名山，前三个五台、峨眉、普陀，我早已去过，唯有九华心仪已久，不想今天却得了一个铜臭味极浓的印象。钱这个东西像流水，赚钱聚财如挖渠。有人挖工业之渠，借产品赚钱；有人挖农业之渠，借菜粮赚钱；有人挖商业之渠，借流通赚钱；另有书报、娱乐、旅游、饮食甚至赌博、色情，皆因各人所好而设专渠。这个世界上是处处挖渠，处处设坑，借高水低流之势，把你口袋里的那一点积蓄都要滴引过来，聚而敛之。

但今天令我吃惊的是，向以慈悲、普度、舍身、苦行为本的佛，自己或允许别人在这方圆百公里的九华山腹地引了这么多的渠，挖了这么大的坑。你看那山上卖香的，路边卖佛的，九华街上卖饭开店的，遍山开庙开庵的，拦路行乞的，据说还有经营墓地的。我突然感到昨天在山顶所陶醉的美景，竟是一湾欲海。在薄暮时分于茂林修竹间所用心体会

人生　　　谁能　无补丁

的淙淙细泉，原来都向着这个大海流了过来。我们仿佛不是来游山的，不是来欣赏山水的美的，而是被人招来送钱的，宛如河面上随波逐流的一片落叶。

午饭后我怀着怅然若失的心情下山。车到山口，闪过一片翠竹和一棵枝叶如盖遮着半天的大树，树下露出了一座黄墙青瓦的古寺，这也是一座上了九华名刹榜的大庙，叫甘露寺，同时也是九华山佛学院。肃穆之象不由让我驻车凭吊。正当中午，僧人午休，整座大庙寂然如灭，使人有忽入空门之感。大殿上杳无一人，唯几炷香绵绵自燃，几排坐禅的蒲团静列成行。

佛祖端坐半空，目澄如水，静观大千。殿柱上挂有戒牌，上书《九华山佛学院坐禅规则》，廊柱上有《僧伽壁训》，右侧为饭堂，十数排桌凳，原木原色，古拙简朴。桌上每隔二尺之远反扣两个碗，清洁照人。墙上有许多戒条都是当思一餐不易、一粒难得之语。饭厅之侧有平台，上植花木，红花绿叶。一小树干上悬一偈牌，上书："绿竹黄花即佛性，炎日皓月照禅心"。我顿觉佛无处不在。我们这样穿堂入室在大庙中随意行走，偶遇一二僧人也目不斜视，既不怕我们为偷为盗，也不把我们喜作上门的财神，心情比在山上时愉悦多了。返到大殿，我虽不信佛，还是双手合十对着佛像拜了三拜，心中说道："这才是真佛。"

从庙里出来继续下山，车子弯过一弯又一弯，峰峦叠翠，竹影绵绵。我想佛教到底是高深莫测，处处随缘，可以是立见现钱的摇钱树，也可以是一本悟不透的哲学书。你可以马上掏钱换一个安慰，换一个虔诚；也可以无限追求，以情以性去悟那四大皆空、永无止境的佛理佛心。

《文汇报》1995 年 8 月

桑氏老人

"四人帮"垮台之后，曾留下许多冤案。我在当记者时曾受命调查过这样一件案子。

山西蒲县为吕梁山南端的一个偏僻小县，县城南有一座柏山，遍生松柏，森森然如仙境鬼域。山上有一庙是《封神演义》里黄飞虎的行宫，曰东岳大帝庙。庙下有一阎罗殿，殿内泥塑有阴曹地府中的诸般惨烈之状，为国内唯一保存的地下阎罗殿，凑巧冤案就发生在这里。受害者共牵连200多人，为首的是一位县委书记，已被迫自杀，但出面斗争最激烈者却是一名孤身老人桑宝珍。

桑宝珍原为中国人民志愿军战士，转业后回县，在县委当炊事员，后又上山看庙。他被无故逮捕，但极坚强。每晚残阳压山、晚霞血照之时，他便双手把定铁窗，向全城大呼："桑宝珍现在开始喊冤……"蒲县县城极小，一条街不过二三百米长，人少房稀，他一声呼喊声震半街屋瓦，这时大家就说："桑宝珍喊冤电台又开始广播了。"家家屏息凝神，小小山城唯闻铁窗吼声，其声如困兽之嚎，十分瘆人。

当局不得已，将其释放，他一获释即进京告状。进不了中南海，就跑到西单电报大楼向中央发了一份1 200字的电报。回县后，当局恨其告状，又抓他进牢，他复日日喊冤，并拒绝剃须理发，铁窗夕照，其威

人生 ____ 谁能 __ 无补丁

严之状更如一头笼内猛狮。后由于上面干预，当局要释放他，劝他先理个发，他仍拒之曰："留个纪念，让世人看看这场冤枉。"我上山之时，老人终因折磨既久，身心交瘁，已躺在医院里。但神志清楚，听说来了记者，十分高兴。可惜他已不能说话，只以手指心，表示其志已遂。

　　此案假判错定当然是坏事，但大小牵连 200 余人，其中有知识有地位的也不少，然而奋然出头、力争力抗者竟是一看庙的孤身老人。县委书记自杀亦当同情，若以其智、其势愤而反击，效果当更在老人孤斗之上，然却悄然自遁黄泉。呜呼，人之于世，诚搏一气也，气壮则身存事成，气馁则人亡事败。所以，文天祥身系大狱之中仍赋《正气歌》。

　　壮哉，桑氏老人。

1980 年 12 月

来自天国的枫杨树

　　一次在贵州谈树，座中有一位干部说，他多年前在云贵边境的大山里下乡，见到一棵大树，不知名，还拿回一枝到省林业部门求证，也无结果，后来大家就都称这树为无名树。我听后大奇，世上哪有没名字的树？第二年就专程到大山里去访这棵树，想不到引出一段传奇。

　　树在贵州省威宁县的石门坎乡，这里是云、贵、川交汇的鸡鸣三省之地，属乌蒙山区的最深处。那天，一转过山梁我就看见了那棵树，非常高大，长在半山腰上，都快要与山顶齐平了。等走到树下，真的立有一块小石碑，上面用中英文刻着：无名树。原来，这是清末民初，一名叫柏格理的英国传教士从家乡带来的树苗，竟在异国他乡生长得这般硕壮高大。因为树身太高手机取景很困难，也看不清枝叶。一棵古树就是一本活着的史书。在我采写的人文古树系列中，有记录了战争、天灾、经济活动等各种事件和人物的古树，唯独没有一棵记录传教士文化的古树。约十多年前，我到福建三明考察过一片格树林。这是一种珍稀树种，全世界只有两片成林，一片在巴西，但面积很小，约 600 亩；我们这一片有 20 000 多亩。这树种有一个奇怪的名字：格氏格，是一个叫格瑞米的英国传教士在中国发现后回国写成论文公布的。但是我遍查资料，也没有发现格瑞米这个人，只好存疑。今天在这里终于第一次见到

人生　　　　谁能　无补丁

一棵实实在在的附载有西方传教士文化的大树。

一、树无名，人不再

来前我稍微做了一点功课。

柏格理（1864—1915）生于英国一个牧师家庭，23岁那年被教会招募到中国传教。他先在上海经过半年的汉语培训，然后溯长江而上到云南。中途在三峡的急流中还翻船落水，险丢性命。以后从云南进入贵州，他的一生就全部贡献给这座乌蒙大山了。中央电视台曾播过关于他的3集纪录片，国内也出版过有关他的几本书。

乌蒙山深处的"柏格理"树

乌蒙山深处生活着这样一个族群：苗民（当时的政府还没有承认"苗族"这个称号，苗族之确定是 1949 年之后的事）。他们原住中原，同为华夏后裔，在经年的战乱中被逼得一逃再逃，直落入这边陲大山的夹缝之中，没有了自己的土地、财产、文字，没有尊严。他们算是世界上最苦难的族群之一了，迫切需要改变现状。这时柏格理出现了，好像是上天导演的一出活剧，世界上一个来自最先进国家的年轻人，突然降落在一个最落后的族群中，剧情由此展开。

　　当时的苗民几乎没有什么房屋，草棚、洞穴，人畜共居。就是直到在 2000 年左右我第一次去苗寨时，有的人家仍然是下养牛上住人，围火塘而食，黑烟熏人。陪同者说他一般下乡都不进苗屋的。可是 100 多年前的柏格理，大大方方地住进了苗屋。他在日记里说，有一次他抱着一捆干草，与一头猪睡在一起过了一夜。他学着说苗语，吃荞面、土豆。他去救济那些在生存线上挣扎的苗民。请看他的日记：

　　12 月 15 日。由于寒冷和饥饿，人们每天都在死亡线上挣扎。

　　12 月 18 日。晚饭后我和老杨带着一些苞谷和几百文钱，去寻访穷人。整天都在下雪。在我们的第一个去处，房子已经倒塌，他们用苞谷秸秆搭了一个巢穴。里面有父亲、母亲、一个儿子和一个小姑娘。除了一塘火，一无所有。每到夜晚，成群的狼就在周围大声地嚎叫。我们给了他们一些粮食和钱。

　　12 月 20 日。和老杨一起出去，救济了四个家庭。

　　无疑，当时的苗民正在遭受最沉重的苦难，问题是谁来拯救他们。

他们中间没有工人阶级，没有产业纽带，不可能产生阶级觉悟，也没有先进文化的输入。这是一片最适合外来宗教植入的土壤。马克思说："宗教里的苦难既是现实的苦难的表现，又是对这种现实的苦难的抗议。宗教是被压迫生灵的叹息，是无情世界的情感……宗教是人民的鸦片。"柏格理就是这样一位来自8 000公里之外的，以宗教的身份闯入苦难世界的使者，他和苗民一起对现实抗议、同情、叹息，用宗教鸦片来安抚被压迫的生灵。

这好像不可理解，一个英国人过着衣食无忧的日子，为什么要千里迢迢来东方过这地狱式的生活？那时在英国的教会有一股"救世"热，招募青年到最苦最远的地方去拯救穷人。对于一个渴望有成就、愿牺牲的年轻人来说，这也是机遇。世上总有一些愿以生命之血汗去培植理想之花的人，而不必计较以什么名义。就像我国在20世纪五六十年代毕业的大学生，一句口号"到祖国最需要的地方去"，就能让人立即热血沸腾，甚至付出生命。我就是当时从北京去到内蒙古的，22岁，比当时的柏格理还小一岁。我们那一批人到达后又还嫌不苦，不愿留在城镇，我的一个福建籍的同学提出到更远的阿拉善去，他终日在茫茫的戈壁滩上与一个孤身老牧民一起放牧骆驼，好像这样才是心目中的壮丽人生。大约青年人在他青春期的那几年，一颗不安分的心总在做着异常的跳动，不知道哪一次就会跳出轨道，做出想不到的事情。

柏格理当然不是以革命的名义，不是来领导穷人打土豪、分田地的。他是以宗教的名义，来施舍主的爱，教人自爱、互爱，做上帝的羔羊，他要在乌蒙深处开辟一片桃花源。而这里确实也是一个云、贵、川三不管的世外之地。他在这里安了家，只花了5个英镑在山坳坳里盖起一座被称为"五镑小屋"的简陋小屋，要用愚公移山的耐力，撬开这个石门坎，干一番事业。

那天，我是先绕行云南昭通而后进入贵州威宁的石门坎的。山崖上一扇巨大的石门半开，横断云贵，石门坎由此得名。石壁旁用中英文刻着一行字：

栅子门的石梯路。1905年，为方便从昭通运送砖瓦到石门坎修建学校，柏格理先生安排打通岩路。学校建成后，由负责建筑工程的王玉洁老师取名"基督循道公会石门坎小学"。1912年更名为"中华基督循道公会石门坎光华小学"。

一过石门坎就可以看到那棵高大的"无名树"，它浓绿一团，像是这个石灰岩大山中的圆心一点；直立着朝向太阳，又像是一个测量时间的日晷。它就这样每日推动着太阳的影子，已经100多年。我们那一天的采访，无论走到哪个方位都能回望到它的身影。

石门下面是陡峭的石梯小路，满地碎石。我小心地下到寨子里，最想看的当然是主人的故居，那个"五镑小屋"。那间房子与其说是主人的卧室还不如说是这大山里唯一的一间诊所。苗民处深山之中远离现代文明，终年潮湿阴冷，瘴疠横行。天花、霍乱、伤寒、麻风等多种传染病轮番发生，民众完全处在一种痛苦无告的自生自灭之中。虽然柏格理举着唯心的宗教旗帜，但首先得面对唯物的残酷现实。他在传播上帝之爱前，先得抚平苗民正在流血的伤口。

柏格理行走在崎岖的小路上，穿行于寨子间，总是药箱不离身，在集市上碰到有人倒地就灌药施救。他娶了一个护士妻子，又有几个专业医生做同道。他屋内那张白木小桌上，各种药瓶就占了大半个桌面。不相识的苗民经常老远赶来求他治病，那些原本必死无疑的伤寒、疟疾等，几片西药就起死回生，在苗民眼里柏格理就是神仙。这是科学的力量，但柏格理把功劳记在神的账上。柏格理真心把苗民当亲人，施医喂药，不嫌其脏，不怕染病。而事实上他也多次被传染，病愈后又照样救人。在病危时他宁可把稀缺的盘尼西林让给苗民，但最后一次他没有能逃脱病魔之手。1915年石门坎流行伤寒，许多人逃走躲避瘟疫，他却留下来照顾他的学生。他终于倒在了"五镑小屋"里，时年只有51岁。我一进入石门坎，就在这个山坳里上上下下地搜寻那个"五镑小屋"，但是百年风雨，早已荡然无存。唯有当年在屋后栽的那棵"无名树"已长得特别高大，要3人才能合抱。它一离地即分为两股，像一个倒立的"人"字，写向蔚蓝的天空。

二、人虽去，石留痕

石门坎，是一部用石头书写的历史。

古代苗人无自己的文字，也不识汉字，好像处在石器时代，与外部世界完全无法沟通，因此，受尽汉官、彝族土司的欺骗、捉弄。他们常拿一张有字的纸，说是上面的公文，任意勒索。苗族本来与华夏同源，曾是楚人先祖，但是由于不断地被驱赶、逃亡，到被赶到西南边陲时，不但丢失了土地，也丢失了自己的文字。柏格理下决心创造苗文，他选用苗族衣服上的图案做声母，从拉丁文中找韵母，模仿汉语的单音节词，终于制定出了第一批苗文，这是一个奇迹，苗人可以读书上学了。

这就回到了文章开头说的石门坎小学。石门坎，一道石头的门槛，这边是贵州那边是云南，两边分布着最穷苦的苗民。柏格理带领他们打通了这道门槛，烧砖、烧瓦、伐木建起了一所能容纳200多名学生的小学校，周边山区还建了17所分校，为地方发展了新式教育。1911年辛亥革命后，他即把学校改名为"石门坎光华小学"，意在庆祝推翻清朝，光复中华，并在《苗族原始读本》中加进了爱国主义教育的内容：

问：苗族是什么样的民族？

答：苗族是中国的古老民族。

问：中国是什么？

答：中国是世界上一个古老的国家。

问：苗族是从哪里来的？

答：苗族是从中国内地的黄河边来的。

他很注意配合时局，争取地方政府的支持。他日记里记载，端午节要开运动会了：

我早在节前一周致函汉官（县长），邀请他在节日那一天光临，为获胜者颁奖。他于下午两点来到并对孩子们发表了演说，接着为学校颁发了证书及奖品。

人生＿＿＿＿谁能＿＿无补丁

值得一提的是，从一开始，柏格理就坚持苗、汉双语教学，使学生视界开阔，也加强了民族团结与融合。学校还开英语课、生理卫生课。所以后来曾发生了更奇怪的事情，抗日战争中驼峰航线上的美国飞行员失事降落在深山里，竟遇到了能说流利英语的苗民，因而得救。

柏格理在深山办学的影响有多大，只举两例便知。辛亥革命后蔡锷任云南总督，急需人才，他1912年2月6日亲自致电柏格理：

> 需8名苗民学生，入云南省立师范，成绩优者，入北京师范；（需）入讲武堂4名，成绩优异者，送日本士官学校，以造国家栋梁。

柏格理当即答应。

他还不断选送优秀小学毕业生到成都华西中学读书，他们毕业后又都回到苗区发展教育事业。有一个叫朱焕章的孩子，16岁才读小学一年级，但是天资聪颖，柏格理资助他去成都华西大学读书，他在毕业典礼上的发言引起了坐在台下的蒋介石的注意，蒋介石就单独召见他，希望他到总统府工作，朱焕章却婉言拒绝。他说："我的老师柏格理告诉我们，每个苗民受到高等教育都要回到石门坎，为苗民服务。"1946年，朱焕章当选为代表，到南京参加会议，他是苗民参与国家大事的第一人。蒋再次单独召见他，希望他出任民国政府教育部民族教育司司长，朱焕章再次拒绝。他回到石门坎开办了第一所中学，自任校长，为苗族培养了很多人才。

经过柏格理坚持不懈的努力，这个西南大山里的文化荒原上出现了奇迹。从 1905 年第一所学校开学，仅仅 30 年，云贵苗区的教育水平远远高于当时的全国平均水平，甚至高于汉族人的平均教育水平。1946 年，抗战胜利后，国民党政府曾做过人口普查：汉族人每 10 万人中有 2.19 个大学生，而苗族人每 10 万人中有 10 个大学生。

以一人之力而改变一个地区的文化落后，历史上确有先例。唐代，韩愈被发配到潮州，那也是一个未开发的蛮荒之地，买卖奴隶，巫术盛行，他大办学校以开民智。他来之前潮州只出过 3 名进士，他来之后到南宋就出了 172 名进士。韩庙碑上说"不有韩夫子，人心尚草莱"。这乌蒙大山里，如果没有柏格理，苗民的精神世界也还是一团荒草啊。是柏格理帮他们翻过了这道愚昧和文明之间的门槛。

我很想看一看柏格理小学的旧址，2015 年这里曾纪念过石门坎小学建立 100 周年，但是旧房也早已片瓦不存了，倒是那棵"无名树"下有一块 1914 年立的功德碑，讲柏格理如何在这里"兴惠黔黎，初开草昧；更百木能支大厦，独辟石门"，"化鸠舌为莺声……由人间而天上"，其意很类似潮州韩夫子庙碑。斯人虽远去，石碑留旧痕。

石门坎是一道大的石坡，没有走惯山地的人还真有点累。我们在"无名树"下小憩一会儿继续下行，突然在断壁荒草间发现一些整齐的石块，再一看竟然是两个相连的旧游泳池，池子半边靠山，三面围墙，相当于现在一个标准游泳池的大小，全部用二尺长的大石条砌成。泳池还十分完好，只是久不使用，石缝里长出了没膝深的荒草，草丛中的一块小石碑上面用中英文刻着："游泳池。柏格理先生修于 1912 年。1913 年 5 月端午节运动会正式使用。"当年他们砍伐竹子、打通竹节架设管道，从山上引来清泉水注入池中。我想，这恐怕是中国最早的露天游泳

人生　　　谁能　无补丁

池了。可以想见，一生都不洗一次澡的苗民，在清澈见底的泳池中戏水，春风吹面，蓝天白云，那是一种什么样的心情。

从游泳池再下一个小坡，便是足球场了。这是柏格理和他的学生们用蚂蚁搬家、蜜蜂做窝式的方法，从石山腰上硬抠出一块平地建成的。柏格理本人足球、篮球、板球无所不能。足球场一边紧贴着山壁，一边就是悬崖，下面是万丈深渊，远处是不尽的群山，层层叠叠，云蒸霞蔚。据说当年踢球时，如果不小心皮球滚落山下，是要背着干粮去下山寻找的。当年的四川军阀杨森也喜欢足球，并且手下有一支球队，号称打遍天下无敌手。他从四川到贵州上任，路过石门坎意外地发现这里竟有一个足球场，就让他的球队与苗民学生队比赛，学生们打赤脚上阵。结果三场球，杨森队输了两场，有一场还是给了面子才赢的。杨森把他的队员集合起来臭骂一顿说："你们还好意思穿鞋吗？"队员们忙脱下鞋送给这些苗民兄弟。临走时，杨森还向柏格理要了4名队员。

柏格理从英国带来了篮球、足球，在学校举办运动会，让苗民第一次尝到现代运动的欢乐。他的书里这样记载：

> 引进各种各样的体育项目，除了能增强中国人的体质，也可以大大促使中国的年轻人，无论是汉族还是少数民族，摆脱低级趣味，过上健康、快乐、积极向上的生活。

柏格理这里说的低级趣味、不健康的生活是指当时苗族的"花撩房"。这是人类早期群婚制的残余。每个苗寨子边都建有一个公共大屋，称"花撩房"。女孩到12岁即可进入这个房子，与男人发生性关系，所以常见才十三四岁的女孩就怀里抱一个孩子，身上背一个孩子，正是上学的年纪就背上了沉重的生活负担。性混乱又导致疾病流行。柏格理行医、教学，逐渐取得苗民的信任后，便向这种陋习发起冲击。他像林则徐烧鸦片一样，每到一处苗寨就聚众演说，痛陈这习俗之害，然后带领群众烧毁撩屋，重塑健康的婚姻家庭关系。并规定，每个受洗过的基督徒，男22岁、女20岁才能结婚。又宣传女孩子不缠足，入学读书，自强、自立。

柏格理开办新式学校，引进现代体育运动，在这个深山窝里大刀阔斧地移风易俗，现在想来人们几乎不敢相信。但大树做证，青石留痕。我在泳池边长满青苔的石条上踱步，量着池的长宽；从这个悬崖足球场的边上探身下望，想象着当年挖土开石的劳作；又回头仰望那棵伸向半空的"无名树"。石门坎，石门坎，这是一片纯石头的喀斯特地貌，是贵州全省最高最寒冷的地方，却在100多年前捷足先登，最早接触到了现代文明。旧武侠小说里常说某人的武功抓石留痕，佛教故事说达摩面壁9年，在这悬崖峭壁上，柏格理有什么样的功夫，能够留下这么多痕迹呢？

三、树有名，爱永在

当我从上向下依次看完了石门坎、"无名树"、游泳池、足球场之后，又返回到山梁上。虽然明知"五镑小屋"和当年的石门坎小学早已不复存在，但还是想凭吊一下它的旧址。

"五镑小屋"已经让他的后继者高树华牧师改建成一座二层小别墅，

有壁炉、橱柜，很厚的石墙，典型的英式房子，体现了当时最先进的西方文明。但是，这房子里却藏着一个悲剧。好房子引起了土匪的注意，猜想主人一定有钱。1936年3月6日，一伙土匪冲进高树华的小屋，不但抢劫了他的财物，还残忍地将他推下石坎，一直滚落在"无名树"下。"无名树"看着这位可怜的英国同乡在痛苦地呼喊，但也无能为力。当学生们闻讯赶来时，高树华已血肉模糊，他只说了一句话："我要和柏格理牧师在一起"，便也长眠在石门坎下。

在原石门坎小学的旧址上已建造起一所现代化的小学校和一所中学。近10年来石门坎已经出了本科生350人、研究生6人、博士生2人。

让我吃惊的是，石门坎小学竟有一个红色的塑胶大操场，在绿色四围的群山怀抱中十分耀眼。球场靠悬崖一侧的边缘建了一条开放式图书走廊（可能也是为了防止皮球的滚落），学生们课后可以随意抽读自己喜欢的书。我抽出一本，还未及读，立时白云擦肩，绿风入袖，八百里乌蒙奔来眼底，不觉神思千里之外。这一生不知读了多少书，也上过各类的学府，却从来没有见过这样的高山清风读书处。

我慢慢收回视线，才猛然发现刚才还在半山腰的"无名树"，正好长到与新学校的操场齐平，这时才看清了树梢和它的枝、它的叶。只见每一束柔枝上都旁生出长长的叶柄，柄侧对生着椭圆形的叶片，类似槐树的叶形，但更大、更绿、更柔软，如一扇孔雀的羽毛。更有趣的是，枝上挂着的果荚，像一串串的鞭炮，足有二尺来长，在微风中来回摆动，发出磷磷的闪光。我赶快用手机上的识花软件一搜，哎呀，它本来是有名字的啊，叫枫杨树！这是一棵来自天国的枫杨树。

枫杨树形疏密有致，枝叶婆娑轻柔，有柳树的风度，所以别名麻柳；那一串鞭炮式的果荚很像蜈蚣，又叫蜈蚣柳。我奇怪为什么它的学名叫枫杨？枫树和杨树分别属于槭树科和杨柳科，这枫杨树却属于胡桃科，既不沾枫也不带杨呀。大约它的片荚状果实与枫树相似，而身形又如杨树般高大。果荚片片兮飘四方，身躯巍巍兮立山冈。人们仰之敬之，不认识它就直呼为"无名树"了，已经100多年。

那么，这树到底该叫什么名字呢？我忽然想起一个典故。当年埃德加·斯诺在延安采访毛泽东，毛泽东向他介绍说，中国的读书人有两个称呼，一个是名，一个是字。比如，我名泽东，字润之。而中国人之间来往时，一般不直呼其名，只尊称他的字。我想这棵树来到中国已100多年，早已中国化了。它也有两个名字，名枫杨，字柏格理。事实上我多次来贵州，一般人说起这棵树时，也都称它为柏格理树。

柏格理是一个特例，是一个奇迹。

他在旧中国的动乱年代，在最穷困落后的苗族山区，用了10年的时间创办教会、学校、医院、邮局，创造了苗文，普及文化，引进良种，移风易俗。直到1915年去世，他把毕生的心血贡献给了当时中国最落后的被人遗忘的乌蒙山区。

但他还是没有能走得更远，他在世时屡遭地方黑恶势力的阻挠、追打，有一次重伤几乎丢掉性命，后回国养伤（这棵树就是那次养伤后带回来的）。他的继任者也不幸命殒石门坎。他的事业不可复制。这类似旧中国梁漱溟、晏阳初在山东、河北做的农村改革实验，如夜空飞过了一颗流星。那么柏格理的意义在哪里？在于他宣示了爱的力量。他不能左右时局的变化，不能左右政治形势，但是可以唤醒人们的良知，用大爱去融化一切的不愉快，就像海水淹没嶙峋的礁石。

不错，柏格理是来传教的。他是一个虔诚的教徒。柏格理在日记中说："我们在这里不是政治代言人，不是探险家，不是西方文明的前哨站。我们在这里就是要让他们皈依。"柏格理是用一片爱心来做这件事的。他为能被苗民接受感到无限幸福，他在《苗族纪实》中激动地说：

> 和他们是一家人！在我生平中还从来没有受到过如此崇高的赞扬；而且是被中国最贫穷和待发展的少数民族认可为一种父兄般的形象，这对于我来说是最大的幸福。成为苗族人中的一位苗人！所有这些成千上万的蒙昧、不卫生、落后、犯过罪的但又是最可爱的人们。我的兄弟和姐妹们，我的孩子们！

自从猴子变人以来，人类就是一个命运共同体了。岂止人类，便是这个星球上所有的生物同在一个地球村，也都是一个命运共同体。人们对山水、花草、动物尚且有爱心，何况同类之间呢。爱因斯坦是威力无穷的原子能的奠基人，人们问他世上什么力量最强大，他说，是爱。

爱是一条底线，在道德上叫人道，在哲学上叫共性，在品格上叫纯粹，是超阶级、超种族、超时空的，只不过一般的爱心总要有一个躯壳，如男女之爱、亲情之爱、阶级之爱、同病相怜等。宗教也是众多躯壳之一，柏格理就是顶着这个躯壳来推行爱心的。事实上他已超越了宗教，因为并不是所有的宗教和宗教徒都能做到这一点。相反，以宗教名义进行的战争、残杀，从来也没有休止过。柏格理是从宗教的蛹壳中化飞出来的一只彩蝶，他体现的是最彻底的人道精神。

比柏格理早 300 多年，中国哲学家王阳明从京城被贬官到贵州，那时的生存条件比柏格理更差一些。他在一个山洞中痛苦地悟出了对后世影响很大的致良知思想，即人人都有内在于心的天理良知，我们要通过各种艰苦的磨炼去找到它。柏格理是在中国贵州彻底实践了王阳明致良知哲学思想的第一个外国人。

当一个人修炼得超出他的躯壳后，就是一个纯粹的人，有道德的人，他会超时空地受到所有人的尊敬。这样的例子，中外不胜枚举。如白求恩一个加拿大人来中国支援抗日；如斯诺一个美国人同情红军，冒险采写了《西行漫记》；如拉贝在遭遇南京大屠杀时冒死救了许多中国人；如南非黑人领袖曼德拉身受牢狱之灾 27 年，出狱后就任总统时，却邀请看守他的狱卒参加典礼。以上这些人各有自己国籍、党派、民族、宗教的躯壳，但爱到深处，爱到纯粹时，这些躯壳都已灰飞烟灭，只剩下一颗爱心，即老百姓说的良心。大爱是能求同存异，包容一切的。不论是一个人还是一个团体，有没有爱心是衡量他好坏的底线。这就是为什么虽然已经过去 100 多年，但柏格理在中国人心里，尤其是在苗族人的心里总抹不去。

人总是要死的，把身体埋入地下，把精神寄托在天上，宗教称之为天国。在各国的神话中都有一整套天国世界的人和物。中国的古典名著《西游记》就是一个天国世界，那里还有一棵蟠桃树。毛泽东还写过一首浪漫的天国题材的《蝶恋花》。柏格理也早就是天上的人了。但是，他在人间留下了一棵树：柏格理树。一年又一年，这棵树挺立在石门坎上，舞动着青枝绿叶，呼吸着乌蒙山里的八面来风，现在它已经超过主人生命的一倍，将来还会超十倍、几十倍地活下去，向后人讲述爱的故事。

《散文·海外版》2020 年第 10 期

《新华文摘》2020 年第 24 期

圣弥爱尔大教堂

　　青岛是美丽的。在海边回望全城，散于山坡上的房子，五彩纷呈，形态各异，其中最吸引我的是圣弥爱尔大教堂。它那两个高耸着的尖顶，如鹤立鸡群，那殷红的色彩，在绿树之中犹如一束明艳的火把花。我不能满足于远眺，便托熟人引见，想到里面去看个究竟。

　　青岛是山城，车子上坡下坡，七拐八拐，在一个巷子里停了下来。下车仰头一看，眼前的教堂如一座壁立的大山，双峰并峙，峰顶的两个十字架在蓝天中，渺渺然，撕挂着流云，刚才远眺时心中所起的轻松突然被肃穆庄重所代替。我不信教，但我不能不惊叹这建筑的艺术魅力。如中国古庙前的旗杆，如佛殿殿脊上的尖塔，这种抽象的装饰总把人引入特定的空间，让你去与某一种情绪共振。

　　陪同的人说，今天不是星期天，一般不接待参观，他先派人去请神父，然后指着那两个半空中的十字架说："'文化大革命'时，红卫兵把它割了下来，当时我到现场看过。别看在空中不怎么大，躺在地上长宽四点五米，有一间房子大呢，后来重修时是用直升机吊着焊上去的。"这座教堂长80米、高60余米，占地2 740平方米，在全亚洲也是数得着的大教堂。

　　神父出来了，这是一位清癯老者，衬衣外面套一件干净的灰背心，头发略微谢顶，一脸和善。他领我从东侧门进入教堂，推开笨重的大门，右手石墙上镶着一个石碗，盛着半碗清水。他伸手以食指蘸水在额上略点一下，我们开始在大厅内漫步。

大厅高 18 米，如一个旧式大礼堂。前面有讲台，台顶拱顶上画着宗教壁画，有圣母、教徒、小天使，色彩绚丽和谐。台上摆着些祭品之类，灯光通明。

我问这个讲台作何用处。神父说："作弥撒用，这是我们的宗教仪式，每天早晨一次，星期天三次。"我回过头，厅内是一排排的长条椅。靠前面几排的跪板上有小棉垫，看来是常来的教徒的固定座位。厅后二层楼上有一大平台。神父说："那上面是唱诗班站的地方。原有一个极大的管风琴，全世界只有四架。1956 年时苏联一位音乐教师慕名专门来探访，也是我陪他参观，他弹奏之后赞叹得很。'文化大革命'中也被红卫兵砸了。"说完他又不停地惋惜。我说："那现在用什么伴奏？"他说："用雅马哈电子琴。"我们都不由笑了起来。这古老的教堂总是挡不住新东西的渗入，不管它是因为什么。

有两个地方引起我的好奇。一是厅前左侧有一个与地平齐的石棺。根据我浅薄的经验，推想这里埋着这座教堂的建筑师。那一年我在国外一个教堂里就曾遇到此事。神父说不是，原来这里埋的是创建这教会的第一位主教。这教堂的前身先是海边一间油纸铺顶的小屋，后改为一间瓦房，是德国入侵时的产物，1932 年才动工扩建，1934 年完工，就是现在这个样子。我默算了一下，1897 年德国入侵青岛，1914 年已被日本人赶走。这教堂怎么还能继续修建呢？神父说当时德军撤了，德国主教并没有走。我默然了，我苦难的同胞，其时国破家亡，身处水深火热，何有财力心力修此辉煌的工程呢？但确实是我中华大地上的民脂民膏，其中相当一部分还是教民牙缝里的自愿节余。

我仰望这教堂灿烂的穹顶，惊叹宗教的麻醉果然更胜过刺刀的镇压。日本人坚决地从青岛赶走了德国人，却又聪明地留下一个主教，还在两年之内就帮他修成这教堂。但是那个石棺中现在也已空空，已故主教大人也在"文化大革命"中被红卫兵掘出，抛尸荒野了。这石棺对面还有一空棺，留作葬这教堂里的第二位圣人，还不知下回如何分解。

二是大厅两侧各有两个木制小橱，状如庙里的神龛。橱两侧各有一窗，窗下有小木凳，原来这就是忏悔的地方，神父坐在橱内"垂帘听罪"，教徒跪在外面解剖灵魂。我还是第一次见到这实地实物，大为新鲜。我说："教徒什么时候来做忏悔？""随时都可，教堂里住有神父，我们这些人是一辈子不能结婚的。"

我倒又生了疑问：神父没有家庭，他怎么能懂婚姻家庭方面的事，他没有情海欲火、恩恩怨怨方面的体验，怎样对症下药帮那些诸如犯了"第三者"罪的人赎罪呢？不过我问出口的是："教友肯说心里话吗？"神父笑笑："昨天陈香梅女士来参观也提这个问题。"我记起报上登的陈香梅（美籍华人，当年美国空军飞虎队队长陈纳德的遗孀）这两天正在本市访问。看来提这种问题的人都是圈子外的人了。诚则灵，不说实话是心不诚，死后灵魂就不能升天。要灵就必诚，不怕他不自觉。我想起在峨眉山、五台山见到的香客，他们在崎岖的山路上负重苦行，在佛像前五体投地式的叩头。眼前小橱外的跪凳上似乎闪出一个哆哆嗦嗦、双肩抽搐、双手扪面的女人身影。

从教堂大厅里出来，外面阳光灿烂，我又仰望了一会儿这座通体深

人生　　　　　谁能　无补丁

红、指向蓝天的双峰高塔，它的确够得上当地建筑史上的一座丰碑。我想起在国外看过的几个大教堂，莫斯科红场那个大洋葱头造型的教堂，圣彼得堡 16 根花岗石巨柱的伊萨基辅教堂等都以建筑风格独特而闻名。我甚至怀疑建筑师是借题发挥，在尽情发挥自己的创作欲。

从教堂院子里出来，我开门上车，发现刚才丢在车座上的西服上衣不见了。下车时我曾动了一念是否要把车窗摇上，一想司机在车上也就算了，果然就这一念之差出了漏洞。司机也大呼上当，他们只到五步之外的门口说了两句话，可见偷者的高明。幸好衣袋内不曾装一分钱。下坡时，我又探出车窗，我想这小偷每天在这教堂外做活，肯定也得空进去看过那赎罪的小橱，不过他不信，这也是一种解脱。

下山时我又探出窗外回望一下这神圣的教堂，脸上不由闪过一丝微笑。你看，建筑师假这教堂创造自己的艺术，神父在教堂内布道，教徒在跪凳上忏悔，小偷则在教堂外自由潇洒地行窃。大家都守定自己的宗旨，心诚则灵。社会就在这种复杂的关系中共生共存。

1991 年 10 月

这里有一座歪房子

　　我们只见过年久失修而歪斜的老房子，哪有人专门去建一座倾斜欲倒的新房子呢？但还真有这样的事。婺源严田村就建了一座精心设计、结构复杂、外斜内平的徽式新房。

　　婺源向以山清水秀的风景和白墙黛瓦的民居闻名。近年来，除了吸引了走马观花的游客外，还有一批艺术家、作家、学者长期住在那里，将身心融入山水田园。同时，他们又按照自己的理念来解读生活。文化，从来都是在传统与变异中前行。于是，这座歪房子就成了老树上的一朵新花，忽放奇彩，蜚声四野。而每当一个内涵丰富的意象出现，总会有无穷个不同的解读，斯为艺术。

　　世界万物没有一个绝对的平衡，总是在倾斜与校正中来回摆动。这座歪房子不过是将这种意识具象化，让人可看、可摸、可住、可思，去理解人生。其实，以"斜"警世古已有之。中国古代有一种叫"欹"的器皿，在一根横木上挂一陶罐，空着时，罐身半斜；加水一半，罐身正；加满水，罐子立刻倾翻。孔子见而感叹道："吁！恶有满而不覆者哉！"这是让人警惕不要自满。名"宥坐之器"，宥同右，意即座右铭，是在以斜警正。国宝山西永乐宫壁画里有众多人物故事，但是没忘了画一个细节。一个童子，正在用一块木片去垫支一个桌腿。别小看这块斜木

人生　　　　谁能　无补丁

片，明代学者李渔《闲情偶寄》曾记录它。宋代学者刘子翚曾有一首咏物诗专说它："匠余留片木，榰案定欹倾。不是乖绳墨，人间地少平。"这也是以斜示正。清代诗人龚自珍有一名篇《病梅馆记》，他说梅花本来长得好好的，有人偏要把它们绑得东扭西歪，以曲为美，这是病态。他同情被扭曲之梅，就买了300盆梅花为它们松绑，发豪言要将天下病梅全部解放。这也是以斜说正。佛说一物一世界，看来一个小陶罐、一个小木片、一枝梅都含有辩证法，都可解物警世。

以上所举三件，都是可在手中把玩之小物件，现忽有庞然如一所房子者矗立眼前，人可绕其外、入其内，效果又当如何？这正是现代艺术与传统之别吧。遂有感而作《歪房子铭》：

人居地球而不知头朝下行走，居平常之屋而不知反常之事，正所谓习以为常，歪以为正，非以为是。

居都市者，吸汽车尾气而不觉，吃农药残留之粮菜而不觉，夜不见星光之灿烂而不觉，日不闻鸟语之欢鸣而不觉，身处喧闹纷扰之市而不觉，心陷案牍之劳、商利之争、职场之累而不觉。疲于奔命，忙如蜂蚁，自以为得意。

有某君一日行至婺源严田古村，见山青水绿，天朗气清，惊为桃源。遂造屋数间以引知音，又筑歪房一座以警人心。房外观之，为将倾欲倒之状，入内则敞亮平稳，目眺远山天际绿，耳听鸣泉心上流。坐饮清茶一杯，顿悟今是而昨非，尽洗半生红尘。

古人云，以铜为镜可正衣冠，以人为镜可明得失。今以房为镜，可明居世之道。陡然一倾，震悟人生。

《解放日报》2022 年 1 月 21 日

主人新盖的歪房子

永乐宫壁画中用木片支平桌案的童子

古人的座右铭"宥坐之器"

两类艺术与两类人

有一类艺术是纯艺术，好比单纯的化学元素；有一类是复合艺术，好比化学中的化合物。

凡艺术都是形式，都必得通过某种形式才能呈现出来。形式与内容是一对矛盾。形式可以有内容，也可以不要内容。正如衣服可以穿在人身上，但它单挂在衣架上也是衣服，而且仍然不失其漂亮，商店里的时装不都是这样？于是就有了两种艺术：没有内容的艺术与有内容的艺术，或者纯粹的、独立的艺术与不纯粹的、非独立的艺术。形式艺术是单一艺术，有形式但必须借助内容而存在的是复合艺术。

没有内容的、纯粹的、独立的、单一的艺术如音乐、舞蹈、绘画、人体、杂技、模特等等，都可以是无标题作品。

有内容的、不纯粹的、非独立的、复合的艺术如文章、小说、散文、诗歌、剧本、电影等等，其本身也有形式，但并不以纯形式存在，而必须依附于内容，就如一个人灵魂与躯壳不能分离。如我们写一篇文章要用到词句、节奏、音韵等形式，但这构不成文章，必须加进内容，如人物、事件、场景、思想等等，才能构成一篇文章。许多"绕口令"一类的文字是纯形式的，并不是文章。语言艺术（单一）和文章艺术（复合）的区别，一个是纯艺术，一个是复合艺术。当我们欣赏复合艺术的美的时候，一定是把内容与形式合并考虑的。一篇文章是形式美与内容美的总和。而独立的纯艺术可以不要内容。一首无标题音乐，一幅风景画，一处自然山水，自身就有审美价值。诗词的平仄、押韵、调式、格律自带一种音乐美。

专业艺术家是专门钻牛角尖，钻研形式美的。可惜一般人离不开实际生活，所以常不能理解艺术家的行为。这样社会就分成两类人：一是多数的从事有实际内容的活动，如社会生产、科学实验、政治活动的普通人；二是少数的从事无内容的纯形式的艺术活动的特殊人。极端的艺术人常说一句话："凡普通人能看懂的都不是艺术。"普通人则说"凡艺术家都有点神经病"，因为艺术家不要内容，甚至不要正常的生活内容。常衣人之所不衣，住常人之所不住，行常人之所不行，为常人之所不为。像凡·高、徐渭那样自己割掉耳朵，像黄庭坚那样给石头下拜，像王羲之那样为学书养一群鹅，像徐悲鸿那样为画马在美院门口拴一匹马。水至清则无鱼，艺术家纯到纯而又纯时，已接近不食人间烟火，蓬头垢面，不论饥饱，常生活在幻想中。

我们这样抽象地来分析两种艺术、两种人，只是为了研究方便。正如我们常在实验室单独分析某种化学元素，而在自然中这些元素却常常是以化合物状态存在的，你伸手摸不到氢和氧，但可以双手捧起一捧水。

2021 年 12 月

人生　　　谁能　无补丁

山中夜话

宁夏南部山区，地广人稀，入夜后的山村格外寂静。

有友人讲一事。那年他在当地下乡，晚饭后无事，数人在村头老槐树下听一老者说古。众人正听得入迷，老者戛然不言，徐而曰："有动静。"众人侧耳，不闻一声。老者曰："再听。"座中有人俯耳于地，果然有声。时断时续，橐橐而至。满座皆惊，若寒蝉之禁。山高月小，唯闻山风过草之声，俄顷，一人说，有两人走来；又一人说是一大一小；又一人说，是一人与一狗。正议论间，天际一线，月照山脊，有绰绰之影，又续闻踢踏之声。渐近，是一个人，两手各牵一只猴。老者喜曰："是玩猴人来了！"忙上前问候。知夜行数十里，还未吃饭，返身回屋，取来一饼，说："先压压饥。"玩猴人接过一分为三，先予两猴各一块，猴慌不择食。众即雀跃，围着猴与人，兴奋有加。

山中清远，无以为乐，看玩猴，亦是难得一乐事。

2000 年 8 月

李元茂治印

我对治印一学纯属外行，天意安排，我却有一个内行朋友，这就是治印大家李元茂。

初中时我与元茂是同学，前后桌，感情甚笃，所留记忆不多，唯顽皮淘气而已，常被老师点名。忽一日，他说要参军，一脸稚气、一身新军装是我对他少年时的最后印象。40多年后，我们在北京见面，他已是金石书画方面的专家。

他现在的头衔是我国知名的书画鉴定家、书法家、治印家，央视《鉴宝》栏目专家，西泠印社社员。他生长在山西，是山西金石书道事业的开创者，1983年与同人们创办了我国第一所研究金石书画的专业机构"山西省金石书道研究所"，填补了我国该专业机构上的空白，其人其事已载入《中国印学年表》。这是山西自明末傅山之后，300年来被载入印学史册的第一人，也是山西加入西泠印社的第一人。他曾任海南省博物馆业务馆长，现定居北京。

一

老友重逢，万分欣喜。我就设一饭局，顺便向他学艺。

我说："我们弄文字的，千言万言还不能尽其意。画家动辄六尺八尺宣，甚至百米长卷，也不能收其景。一印章，方寸之间，能容下多少学问，多少思想？"他说："作家、画家取材用纸，印人取材用石，石是印的载体，印料与印章之间有本质的内在关联。石不上等，则印不入流。未曾刻字，石上就分高低。这一点比写文作画还讲究。"

他对国内出产的四大名印石及其各地产的小矿坑的印石研究多年，只要看上一眼，就能知道它产于某地、某坑、某洞。他多次赴寿山、青田、昌化实地考察印石，采集标本，有一次为向石农学艺，在产地坑边一住就是3个月。对石中之王——田黄石的鉴定研究，他更是付出了近一生的心血，发表了多篇关于田黄石鉴定的专业论文。2002年他还出版了专著《名石治印》一书，专门论及各个印章石的品级。那时候在国内还没著作论及印章石的好坏，这本书为后来一系列的专著开启了先路。

我说："印章，符号而已，哪有这许多讲究？"他说："这符号是祖先留下的文字符号，不敢造次。治印，最起码不能刻错字。你先得敬先礼贤，继承前人，把这些符号弄清楚，才敢说创造。"

他在入印文字上下过很大功夫，古代有关篆字的各种器物，如两周钟鼎器，先秦的石鼓、峄山，汉代缪篆石刻及清人邓石如、吴让之、赵之谦、吴昌硕等篆书他无所不临。为记住篆字造型，他曾临写《说文解字》10遍。后来他不但能把《说文解字》中的540个部首背写下来，弄清古文字中形、音、义的关系，还能发现其中的问题。

他在1972年遇到了一位文字学方面的高人，我国著名的古文字学家张颔先生。当时张先生刚从牛棚中放出来，他就拜其为师，张先生介绍给他的学术著作是王国维著的《观堂集林》，并且告诉他说："一个篆刻家，既要是一个书法家、一个画家，还要是一个文字学家。"从此，他跟随张先生师法清乾嘉学派戴震、段玉裁、王念孙、王引之、王筠、朱骏声及王国维，用了10年时间来研究古文字考据学。他还弄清了先秦各国古文字的来龙去脉，这为他以后步入全国印坛之林奠定了深厚的基础。

但是他说，他只愿意做印人，做书画鉴定家，不愿意做专门的古文字学家。他研究古文字只是为篆刻打基础，起码不要写错字。20世纪80年代他曾专门发表《试谈篆刻中篆字的错写问题》的论文。其专著《名石治印》中，他对其所刻印的每一个字，都要考证出来龙去脉。

20多年前，我忽附庸风雅想了一个书斋名：我写书屋，请他题匾。他题后有一跋，可见其认真之态度：

> 同窗梁衡命题书斋我写书屋于壬戌岁，诚以视之，辄陋于膺，故而留意夙日。尝见"我"于曾伯黎簠铭文，见"写"于石鼓，见"书"于颂鼎，见"屋"于古文耳。虽偶有所见，亦未敢自信为是。唯盛意难却，故不自揣疏陋，复题于斯。聊以报命，舛谬之处，幸审择焉。

我说："同是艺术，人家张艺谋搞奥运开幕式，调配上万人，何等风光；你戴一副老花镜，伏案雕虫凿米，怎耐得这种寂寞？"他说："艺术不分高低，学问只要精深。只要钻进去，就其乐无穷。篆刻这一脉源远流长、永续不断就是明证。再说，现代艺术也离不开传统，奥运会取篆刻作徽标就是最好的例证。"

李元茂先生为作者题写的匾额"我写书屋"

二

李元茂追根溯源，在研刻中国古代印章上下了大功夫。他用半透明的日本美浓纸蒙在印蜕上，仔细摹写。刻了又磨，磨了又刻，足足刻了2 000方汉印。他又对明代以后的流派印进行摹刻，凡是见到样式奇特的印式，或某书画家、鉴藏家的印鉴他都要特别仔细地摹刻下来。后来他对美浓纸的透明程度还不够满意，就用刻蜡版用的蜡纸加油烟墨、肥皂水进行摹写，他用这种方法摹刻了明清流派印与名家姓名印千余方。

1966年"文化大革命"开始，全国都在喊"毛主席万寿无疆"，他萌发了刻百寿印的想法，到处搜集古今关于"寿"字的资料，共收集了500余个单独"寿"字，又将每方寿字印用他所涉猎过的印式刻出来，几乎每一方印都有不同的章法和刀法变化，终于在1968年夏天刻成了《百寿印存》组印。随着形势的变化，"毛主席万寿无疆"口号的退去，他从治印的角度重新审视了这一庞大的组印，总感到是徒有其形，不得其神，便下狠心将其全部磨掉。

1972 年中日恢复邦交之后，日本对华旅游开始，篆刻有了新用场。李元茂也开始忙于为外国友人治印、创作书法作品。这时他又想到了重新创作刻治百寿组印，这距离第一次创作已过了 10 年的时间，终于他在 1978 年第二次刻就了《百寿印存》。

百寿印拓出来后，在友谊商店很是畅销，日本友人争相购买，有时一个旅游团人手一幅。随着百寿印名气的增大，他的名气也走出国门。1982 年，中国新闻代表团就携带元茂的两件《百寿印存》赴朝鲜，作为金日成 70 大寿的礼品。1985 年，日本学者小岛信子出版《冬蔷薇》诗集，该书的封面用的是元茂的《百寿印存》。但他仍不满意，又磨掉重刻。吾家有幸，在某年家父大寿之时他曾亲自送来一幅这二版的百寿印拓，作为晚辈的贺礼。

到 1994 年，纪念邓小平 90 寿辰全国书法篆刻邀请展，他已第 3 次重刻完成 90%，拓出来参加了览展。会后，他仍觉水平不够，又全部磨掉。朋友们都想再看到他的百寿印，但他总说火候不到。这种"寂寞"还不知要守多久，而我却始终未能见到李元茂第四版《百寿印存》的问世。

李元茂自在 1973 年以自学成才调入山西美术工作室后，就与国内书法、篆刻大家来往甚密，尤其是与杭州的沙孟海先生来往更多，沙老经常给他来信鼓励，并还给他亲笔题写了"徐徐斋"书斋匾。山西与杭州西泠印社的交流大多是由他联系。1975 年，他还担任山西省赴杭州西泠印社书法篆刻代表团的副团长，赴杭州与西泠印社的同道进行艺术交流。

但是李元茂一直没有加入西泠印社，他为人低调，总觉自己不够格，要加倍努力，从不"跑官"而等"组织"说话。直到2003年西泠百年社庆时，元茂才由印社的资深社员推荐加入了西泠印社。当时，副社长陈振濂看了沙孟海先生写给元茂的信，及当年元茂与西泠印社同人的老照片时说："真是一个新入社的老社员！"其治学态度可见一斑。

三

听了他的侃侃而谈，我还是要提俗人之见。我说："印者，印记；章，图章，留个记号罢了，还能有多大用？况现在多用签名、密码，谁还用什么大印？你看哪个明星、球星不是苦练签名，而从不盖印。"

他说："这你就不知了。印有四种：一是老百姓的名章，就是俗称盖个'戳子'；二是官印；三是艺术印，即我们常说的篆刻；四是'真印'。这真印根据易经原理，沟通天地灵气，虽治的是方寸之印，却含做人、处事、为官之理，依印行事能成正果。"

我大奇，愿闻其详，请举一例。他说，比如你要刻一"王"姓之印，现在已知"王"字的天格为土属，还须把姓名核实清楚，按其名的五行，金、木、水、火、土的序次换算其与父辈、侪辈、子辈相生与相克的关系，得出其名的地格与人格为何属，在布置与刻治中施以"助"技，如笔画之势，布局之态。

他又说，从形式而言，真印在印材、文字、布置与刻治的基础上增加"刻制礼仪"，包括审度天时（避雷风雨电）与立升印本。礼仪是中华民族文明的象征，貌似形式，实可通于宇宙天地的本性。真印需在心诚的大前提下进行，刻印前须选吉日、吉时，沉心静气，沐浴，按师傅所传之法打印稿刻之。

从根本上说，真印的原理是推变之印，须及石真、字真、图真、格真等四真皆具之"天人合一"的要求，方能构成升变的基础，而祈抵升华的目的。在《礼记·礼运》中已有提示。"真"字在《说文》匕部，从匕、从目、从八；匕即化也，有变化之意，故称真印。俗话说："谋事在人，成事在天。"以印玺沟通天地灵气，使之按照人的意愿信息而变化。我得此传授，又经过数十年研究，发现凡刻真印与人者必验，但我自己也必大病一场。

呵，我明白了。元茂治印不是刀与石的碰撞，而是身与心的结合。至于真印的得主是否灵验，还要看他自身的修炼，但元茂的创作确是一片真心。

我以玩伴、同学、老友之身，得过他的多方宝印。有一方鸡血石的闲章名"九师斋"，有一方名章为竹根所刻，是他晚年居京时亲自送给我的。他说这种印轻便，你常出差便于携带。我也大奇，从未见过以竹根治印的，常带在身边。想不到这竟是他最后留给我的礼物。

《北京文学》2012 年第 3 期

人生 _____ 谁能 __ 无补丁

登珠峰女记

九月里到贵州参加一个关于王阳明心学研究的学术活动，与会者多为各院校老教授和媒体记者。却有一女子，跟随在队伍中。腰身苗条，肤色略深，明眸皓齿，引人注意。最奇的是，满头细长的辫子翻于脑后，如瀑布般披于肩上，又随意绊连，珠缨络绎。而辫根翻起时在额头上留下了一条天际线，隐若长城垛口之起伏，轮廓线下显出朴实秀美的脸庞，有高原风或非洲味，常为众人所注目。主人在介绍别人时常用某教授、专家之类的头衔，于她则无职无衔，只说这是本省登上珠穆朗玛峰的第一女子，也是彼时登上珠峰最年轻者。

一二日后渐熟，与之接谈。问，供职于何单位？答，无单位。问，什么学校毕业？沉默片刻，答高中未读完而辍学。问，家中可有兄弟姐妹？答，上有三兄皆夭折。我明白了，一定是有一个心酸的背景，便不再多问。

但我仍是好奇，一日终于有机会问到登山之事。她本无业，于网上写作，渐有粉丝，而成网红，便有登山赞助组织找来，问是否愿意参加，是欲借其名，而火登山事。以一农村女孩，从小生活在山区，并不知专业登山为何事。即去参加，竟登上了珠峰。咦，登山缘起网红，网红因登山更红，遂成名人。于是求代言者盈门，所以连今天这一类的学术活动也被邀来助阵。一个人，在许多时候并不知道自己的价值。若无缘试跑，千里马也不知道自己能跑千里。

问及登山的初心，她说父母连失三个男孩，十分伤心，她必须证明自己虽为女子，但无事不可成，以慰父母之心。父亲将丧子之痛深埋心中，从不言及。唯在她登上珠峰之后，在医院里见面，才抱头痛哭，说出多年的心病。她亦觉焕然成一新人。

她的满头小辫仍是我们这个临时团队的话题。一日饭后闲坐，一位大姐抚其辫，问其故，她才说这不是为好看，而是登山时的专业发型。山上有狂风，长发飞舞随时可能钩挂设备，酿成大祸。又山中条件所限，10天半月无法洗理，结辫亦为整洁。这一头小辫，共80根，要3个专业人员编5个小时才能完成。编好之后，可任意运动、训练、登山，平时洗澡、洗头都无所碍，可保持3个月。因编辫之难，所以一般不轻易散去，这次亦带辫赴会。真是辫者无心，观者有意，反成风景，如奇峰在山美不自知。

问及平时的训练，答，知道北京的香山吗？要一口气上下跑10个来回。进入登山准备期，要一次跑完100公里，听者直咋舌。问，苦不苦？答，很快乐。现已登过全球25座著名山峰，并已拥有自己的一个户外探险公司。她身段姣好，如街头相遇，没有人想到她是登山人。我问，怎么不见肌肉？她说正在休闲调理期。如到登山时，我会比现在增加30斤。你看我那些男队友，登山时一身肉，啤酒肚，下山时肚子就凹成一口锅，拼的就是消耗。登完珠峰回来我头发都会变白，再慢慢恢复，但这大起大落让我重生，让我坚强，我会活到100岁的。那天学术活动结束，各位教授发言，都很高深，她只说了一个"心"字，专心，什么也不想，想多了会缺氧。活得好简单！大约这就是王阳明心学的定力。

散会时我先走，未及见面。两天后她发来微信照片，正在贵州最高之山韭菜坪上训练。天已经擦黑，走累了，就躺在野花丛中小睡，头上还戴着一盏夜行的灯。

人类本从山野走来，但一入围城就不愿退出半步，只有极少数人愿意重归户外，享受大自然的宁静。

《北京晚报》2019 年 8 月 18 日

千年万里纵横行——南行日记

一次特别的机会，促成了一次特殊的旅行。我随一个外面来的访问团从北京斜插成都，由重庆顺流而下到武汉，武汉又直飞广州。在我们广袤的国土上恰像划了一道闪电，时间紧迫，来去匆匆。

这次参观访问可以说是山也看，水也看，古迹也凭吊，业务也讨论，杂到不能再杂，因此也常忽东忽西地思想。

见　佛

10 月 30 日，从北京出发后，第一个迎接我们的就是那位坐镇三江口已 1 184 年的世界第一巨人——乐山大佛。这里正当岷江、青衣江、大渡河的汇合之处，激流湍急，江口有一山名凌云，当江而立甚是巍峨，你绝对想不到，古人竟是将这座山通顶而下挖出一道峡谷，谷中留下一座小石山，然后再将这小石山凿成一尊坐佛。

他凝神静气，目微睁，手垂膝，任惊涛在脚下冲来卷去，任小树蒿草在自己的肩头和衣褶里横生竖长，凛凛然然，冷眼向洋，巍巍乎，俯视千年。我们从右边仅容一人的栈道上蜿蜒而下，直到大佛的脚底，又爬上脚趾，20 个人坐在他的脚面上照了一张相。我们仰面向上，只能

人生 _____ 谁能 ____ 无补丁

看到他的膝盖，看来造佛人当年的想法就是一定要求一个"大"字，要以我佛之大气大概去笼罩世界。据说当年三江风浪甚猛，船多倾翻，人们乞求一种镇邪压浪之物，便想到佛。一位名海通的和尚带头筹资，而官吏反勒索经费，刁难筹建。海通曰："自目可剜，佛财难得！"吏曰："试拿来！"海通便从容"自抉其目，捧盘致之"，吏大惊，众人大惊，都出钱出力，大佛经90年之工而成。

这个故事有文字记载，当确有其事。我想唐朝时的古人当还没有许多生理科学知识，剜己目如折路边一树枝，不觉疼，也不知怕，也不想这目剜去后剩下的这躯体可还有什么用，或者还能不能活。今之人，干这蠢事的万无有一了。又一想，再往前推，真若无知如猿猴，也不会自损其体。那么，这当是另一个极端，是信仰的力量，是一种超脱，一种崇高与伟大了。

一种信仰，不说它是否正确，只要在一定的时期内能行得通就能创造出这样顽强的人。人和佛到底是谁创造了谁呢？倒叫我想起山西小西天寺里的一副对联："佛即心，心即佛，欲求佛先求心，即心即佛；因即果，果即因，种甚因结甚果，是因是果。"是心，是精神，在一定时间内都可以超乎物质之上，创造一切的。

我常想，在我们数千年的历史中，创造了许多有用的东西，但也创造了许多虚妄之物，而且为此还要费倾城倾国之财，动用成千上万、数代人力。人是很怪的，他本身是物质精神的结合体，就常常免不了既唯物又唯心。历史之车如果能有一个指南针前导，不知能省多少动力，少走多少弯路。

问　木

　　11 月 3 日，过峨眉山，访三苏祠，一座好大的院子。深秋季节，南国草木无大变化，唯能看出节令的算是池中的荷叶了，虽已枯干，却又还未落去。我想起李商隐的诗："留得枯荷听雨声"，真是妙绝。院中最美的是竹，簇而生，秀且挺，摇摇曳曳，吐翠弄风。苏轼说，"宁可食无肉，不可居无竹"，诚不假也。四处亭台很多，墨迹碑刻、书卷图片比比皆是。

　　最引我注意的是一个大围栏中供着三块枯木，名曰："木假山"，为此还专盖一堂，就名"木假山堂"。过去临董其昌的帖，其中提到木假山，我还以为有山名木假，苏家在山旁筑一堂呢，原来是堂中供了几块木头。就这几块枯木也极费周折，并演变出了一部自己的通史。

　　苏家原有一座木假山，苏洵曾为之写诗，后三苏到北方为官，又携到开封，供在家中，梅尧臣、陆游也曾赋诗称颂，后来失传。历代重修三苏祠时苦于找不到块木头，只好阙如。直到清道光十二年（公元 1832 年）眉山书院主讲在岷江边发现一具残树根，"色黝、质坚"，喜而运回，供奉于此，并作了一首长歌记胜。我怀疑现在堂中供的这块枯木早已不是"道光版"的了，也许就是昨天，随便找了一块放在这里。但既然盖上了苏记，"木不在真，有名则灵"，于是就能引来许多膜拜者。其实一曲"明月几时有"，直留到今天；一首"大江东去"，在人心头总不去，纪念名人又何必乞求于一根枯木呢？

　　中午在祠中饭店吃饭时，这里的豆腐、鱼、肘子都冠以东坡的名字，真是举箸下勺皆东坡。席间大家又谈起东坡错把黄州江边的石壁当三国赤壁，写了两篇赋，于是后人不说东坡之错，倒命此地为东坡赤壁。中国人真会代名人受过，为他们传名、立传。过去在乡下听到了一个笑话："长工打个碗，一年工钱全扣完；掌柜打个瓮，正好安烟囱。"官人、皇帝、家长还有名人，行、走、坐、卧都有名，唱、做、念、打都有理。在我们背着的许多包袱中有一种就是"崇名"，凡名人小事细物都要尽全尽备地去费力搜集、堆积，许多人居然以此为衣食。吃古人饭是我们除造神之外的又一大毛病，叫我们总爱向后看。

卖　佛

11月5日，从成都到重庆过大足，这是一个有名的石刻之乡。全县每个乡都有石刻古迹。我们看了宝顶山和北山两处，作为艺术品真是鬼斧神工，不可思议，艺术家让这荒野里的冷石块子变成了一个个活灵灵的人，但作为一种主义的宣传与寄托，更让你惊奇到不可理解。

这四五里长的一道石沟里，缘壁全是佛、菩萨及他们的信徒，大到七米许，小如拇指，形真神切，你顺沟漫步，这些佛就争着给你说法。我看过云冈石窟、敦煌石窟，刚才又看了乐山，我真佩服佛的威力，人们为了给他寻找一个安身之地，曾把无数个山头挖穿、劈开，山挖够了，现在又挖到了沟里，真是上天入地供我佛，黄泉碧落都供遍。

还是那个老问题，到底是佛造就了人呢，还是人造就了佛。敦煌共修了多少年，我一时记不清了，云冈石窟是70余年，乐山大佛是90年，这道沟又花了从唐末到明清间的更长时间。至今石壁上还有几尊雕刻到一半的佛像，据说是战乱突起，不得已而停下了。

但是，佛也真的给今人带来了一点实惠。大足这个小县，至今不通火车，但专门修了一个漂亮的宾馆，外国游客络绎不绝，就为来沟里看那些石佛。而当地村民也都纷纷将手刻的小石佛、石狮、竹制工艺品摆到参观点的路边，大声讲着价钱，而且要外汇。我有收集这些小玩意儿的嗜好，专为它那乡土之美。小摊上花花绿绿，我选中一个竹制的水烟袋，只1元钱，就是两根竹管一截，一箍，上面一根弯管一插，极简单。但竹色天然，还有那弯管漂亮的弧线，让我心爱不舍。有一对石刻卧佛，要15元，太贵了。我看中它，一是本人常年失眠，看这佛之酣睡也是一种安慰；二是卧佛重心低，正好当镇纸。卖主是一个小孩子，只有10来岁。

"10元卖吗？就是这么两块小石头。"

"咦，你说啥子呀，进价还要10元呢。"

想不到他做生意还这样老练。我看着他那张稚气但也掺进几分世故的脸，不觉想到别处，便问道："你还上学不上学？"

他没想到我怎么一下转了话题，愣了一下，说："你到底买不买唦？"

我也自觉好笑，买东西怎么又去管人家上学的事，就说："10元。"

"不买算了，我一会儿卖给'哈罗'还是外汇券呢。"

我禁不住哈哈大笑，"哈罗"，北京人称外国人为"老外"，他们却叫"哈罗"，真是形象生动，有声有形，和这石刻一样，是一种特有的乡土艺术。民间石刻艺人一眼就能抓住人、佛、虎、狮的特点，创造出生动的艺术形象，他们也是用这种概括力极强的目光来看突然涌到自己山沟里的外国人的，为他们起了一个好名字。这在修辞学上叫"借代格"吧，他们却用得这样自如。我笑着和他打趣："天这么晚了，'哈罗'不会来了，我看你一会儿还得把这石头背回去？"

他狡猾地眨眨眼睛说："一群'哈罗'刚下到沟底，他们总要翻上来的，你看那是他们的车子。"

"好，那你就等着'哈罗'的外汇券吧。"

直到上了车，我还看着他站在那里，夕阳勾勒出他低低的但很壮实的轮廓。我不通佛学，不知佛对经商怎样评价，但人们在塑佛、刻佛、造佛千百年后终于懂得卖佛了，而且要卖外汇。

画　家

11月5日，晚7点登上由重庆开武汉的船。我第一次乘这样的江轮，很阔气，二等舱，每两人一个单间，如住宾馆。把客人安排好后，我到三等舱里定了一个铺，就到甲板上去饱览江面灯火。

船还未发，码头上熙熙攘攘，背竹篓的、挑担子的，入口处搅成一团乱麻。各船汽笛交响，震得满河的灯影乱晃。温庭筠写逆旅生活有一名句："鸡声茅店月，人迹板桥霜"，何等凄清。那时自给自足，经济闭锁，出门的只是官宦游人或者商贾，可现在飞机、车、船齐用上，人还总是运不完。不用说板桥留霜痕，你看码头上那块搭板，颤悠悠的，都快要踏断了。

有两三个年轻人斜躺在后甲板上避风处，头发老长，衣着不整，我想大概是外出民工。当我转了一圈再返回时，才发现他们每人身下垫着三块绿色的大画夹，拼成了一张"褥子"。我大起好奇心，便蹲下身问："你们是画画的？"我还在暗想，也许是北方那种走村串乡画墙围、油衣柜的。

"是。"一位头发最长，且乱如蓬蒿的应道。

"没有买到铺位？"

"嗯。"他点点头。

"是出来写生的吧？现在正是深秋。"

"我们先从陆路到神农架，您知道神农架吧。这几天那里落了雪，景色真好。又听说重庆有一个香港画展，翻过山去看了画展，连夜赶船，出来都20多天了。"

原来是一小队画家啊，我刚才还把人家当成打短工的呢，心里不觉有愧，话中也带有几分敬意。"你们是哪个画院的？"

青年笑笑："还谈不到，刚成立的一个艺术专科学校，出来写生。"

"没有老师带队啊？"

"他就是老师。"这时旁边一个更小的青年插上来，指着这个长头发说。

我再定睛看他，他却羞涩地低下头，这时我觉得他长发也合理了，许多艺术家就是这个外貌。我说："你这老师好年轻，贵姓啊？"

"不敢，姓谭，言西早的谭。原来在厂里搞美工，县里缺美术人才，把我抽出来办学。但学校没有钱，这次出来，每人只有70元，我们又想多看多画，耽搁了些日子，明晚赶回去。"我看着他们身下厚厚的画夹，旁边还有一个画箱，更加肃然起敬。不用说，里面都是写生稿。这时箱子上坐着一个壮实秀丽的女孩子，长发披肩，紧身牛仔裤。我问：

"这也是你的学生？"

"一块儿刷颜色的。"那女孩倒挺幽默，自己抢先答了话。

我明白了，他们不是买不到铺位，三等没有，还有四等舱呢。他们是没有钱，补助少，又想多跑几个地方，多看，多画，就只有身子受苦了。

我又向他们打听了一会儿四川画界的事，便回房间里去。躺在铺上怎么也不能入睡。我这三等舱号已低人一等了，可他们呢，垫着画夹睡甲板。还有那个漂亮的女孩子，要在大城市里还不娇得贵为千金，现在也一样在吹夜风。我又想起过去看徐悲鸿、吴冠中的回忆录，他们当年颠沛流离，漂洋过海，到国外学画，也是这个味道。追求美的人啊，其实是自己苦够了，苦得有了道行，才能创造出一点美，然后又将这美献给社会，自己那颗苦涩的心也就得到一点安慰。我一闭眼就是刚才那个长发青年画家，他不吃历史，也不拜古人，而老老实实地向自然学艺，锤炼艺术，也锤炼自身，实在可敬。

第二天醒来，对岸水面停着一艘雪白的豪华客轮。同行的老申说："是旅游船，高级得很，走一趟三峡，一张票要1 000多元呢。船上有舞厅，还有游泳池呢。"

我问："我们的铺位多少钱？"

"昨晚上这一程两元钱。"

画家们大概身上连两元钱也没有了，或者是苦了20天，这最后一晚更不在乎了。

空　白

11月10日，到武汉参观黄鹤楼。

和乐山天下第一佛一样，这楼自古就称"天下第一楼"，始建于三国时，距今有1 700余年。因为楼临九省通衢，控江汉二河，气魄雄伟，又兼文人墨客荟萃，所以楼以文传，文以楼名，千多年来在人们心里留下高大的形象。凡读过书的人几乎都知道崔颢的那首《黄鹤楼》，可惜楼毁于清光绪十年（公元1884年）的大火，名存实亡近百年。1984年国家又重新建，以实千年盛名，存天下奇景，是一件文化史上的大事。

楼共七层，一、二层有古今名人楹联、题词，多歌咏山水及与楼有关的往事典故，装饰得堂皇考究。我们登顶放眼武汉三镇，江汉交汇，群楼林立，马路纵横如线，车辆往来如蚁。武汉又是重工业城市，所以除水流天际、湖阔云蒸的自然气象之外，又多一层机声隐隐、烟霭漫漫的气象，令人看了一扩心胸，且感受到我们事业的脉搏。我想到刚才一、二楼的题咏，没有一首能道出这眼前景。看来人们题词多重自然而少涉社会，也说明过去黄鹤楼前远无这般繁华。遍想古人诗词，写城市面貌的也就是少，有气派的要数柳永写杭州的一首《望海潮》："东南形胜，三吴都会，钱塘自古繁华。烟柳画桥，风帘翠幕，参差十万人家。"这里已是几百万人家，柳郎今在，不知有何新词。

从楼顶上下来，我很想买一点纪念品，特别是楼中楹联、题词的墨迹拓片，遍问柜台，都说没有，不但没有拓片、印件，就连收集汇编到一起的铅印本也没有，顿感到无限遗憾。我们在楼外平台上赏菊，参观团的一位先生说："在美国参观自由女神，可以买到女神的缩小复制品，从小到大各种规格任你选购，看来这里的人根本没有想到做生意。"

是的，这样一座名楼失而复生，既然广招天下游人，何不多准备一点纪念品让人带走广做宣传呢？我们的观念还是差一步，还是在为自己过去的历史自豪、自得，只知精神享受而没有立即来利用它，化为物质财富。法国人维修埃菲尔铁塔取下数以吨计的钢铁件，一个老板立即买去，锯成小块，加工包装，卖给游客，很受欢迎，大赚其钱。前几年在一座大露天煤矿工地上，见到挖出许多汉墓，将文物移走后，汉砖就用推土机推到坑里回填。那时我就想，如将砖打磨成小块，装盒外销岂不是稀世之宝。我们是有许多宝的，但这宝只是用来夸耀，束之高阁，锁之深库，立之原地，而从不会想到它身上有什么商品价值。这一点武汉不如四川，重庆竹编，大足石刻，万县三峡画石，一路我边看边买，花了钱，还喜不自禁。而在这里，空手而归，钱虽节约了，我却气得想骂人。

第二日，和武汉出版界的同行谈起昨天的事，说："四川武侯祠、杜甫草堂、三苏祠将名人题词印成拓片、书签、小册子，销路极好，你们美术出版社何不印一些黄鹤楼墨迹，不是社里正愁没有利润吗？"

"哎，你不知道，当年征集那些题赠时良莠间杂，意见不一，有的说这首不好，有的说这人不够格。是以人定词呢，还是以词定人。谁该出名，谁该照顾，最为头疼。据说已经刻上去的，还要再改换，就更没法选印。"

我这才想起，人们为什么拼命去吹捧、研究三苏，因为即使把那块枯木头吹到天上，也不会引起现在人与人之间的猜忌和不快。历史毕竟是死的，最复杂的还是现在。的确，回顾历史比创造历史是要省事得多。因此，许多该创造的地方，就让它空着、等着。这就是我们现在看到的空白。

少　女

11 月 12 日，把代表团送出境，客走主安，如石落地。我们两个陪同一身轻松，到白天鹅宾馆去吃最后一次工作餐，然后便可回京复命了，这半个月真把人累个死，像剧团赶场一样地转，上车下船十几个大箱子还得当装卸工。刚在小方桌上坐下，我就长出一口气说："小程，多亏你，真是个干外事的人才！"

"屁，什么人才，狗才。"小程知青出身，那几年吃够了苦，说话还有股山野味。

"嘻"，坐在我们同桌的一个小姐，抿嘴一笑。大概"狗才"这个词对她很是新鲜。

这时，我们才注意到桌旁还有一位小姐，齐耳短发，鸡心领黑丝短袖，衬着雪白的脖颈和一张红润的圆脸，就如古小说里说的"粉颈桃腮"，不像是当地人。她见我们打量她，便一点头说："你们是搞外事的？"

小程说："是。你也是？"

"不，外贸。"

"哪个公司？"

"康华。"

我说："噢，邓朴方的残疾人基金会，牌子很响。"我又问了几个熟人，她说，听说过，但不认识。原来她是招聘到广州的分公司的，搞推销洽谈业务，杭州丝绸中专毕业，先分到一家工厂搞检验，后来毅然辞职，来闯广州。

我说："丢了铁饭碗不可惜？"

她嫣然一笑："你知道我现在想干什么，我真想去当个个体户，多自由。在工厂时，组长、主任、厂长，一层一层管你，烦死了。我去年来广州，户口也上了，明年到深圳再住上一年。现在已经和加拿大联系上了，后年到那里去定居。最近我把我的小叔叔也从西安动员来了。当什么工程师，来这里做买卖。要什么固定工资，我现在每月收入200多，一个人花不完。学英语，学摩托车，这不刚从训练场回来。每周两个晚上的舞会不能少，拼命玩。"

我们听得目瞪口呆，一个二十几岁的少女，只身闯广州居然落了户，无牵无挂，不顾后路。我对小程说："不用和我比，和你比，恐怕你们之间也有'代沟'了。"

小程说："是，是，看我这么泼辣，我真还没有她这勇气，整大10岁，老了一截。"

她又是轻轻一笑。我说："你们这一代赶得好，没受什么苦，我大学毕业去当农民，小程中学毕业去当知青，你现在自由自在地闯广东。"

"谁说我没受过苦。'文化大革命'时我才4岁，就跟姥姥下乡了。"接着她还挺认真地诉起苦来。

我哈哈大笑："那时你懂什么，还不是家人受苦，以后你听说一点罢了。"

"反正我也是吃过苦的。"她连娇带赖地一笑用起天真这张牌。接着抽出两张名片:"来,交个朋友。"往桌上一摔。

饭吃完了,她并不用付钱,说和这宾馆是老关系。在门口,她一声"拜拜"飘然而去,不是往外走,却向餐厅里面走去,我看着她姣好的身影消失在走廊拐弯处。这座最现代化的宾馆给我们的印象如原子能反应堆一样神秘莫测,我们下榻总还有几分怯生生的,她却如踏平地了。本来,这种地方,与她是协调的,对我们已是不大合拍了。我反身向外走去,想,这位小姐,这位新女性,弃学、弃工来自闯生路,这是一种什么样的象征呢?

《城市文学》1988 年第 8 期

丑碑记

2017 年过河南南乐县，拜谒仓颉陵。仓颉为传说中的造字圣人，全国有多处陵、庙纪念。明朝天启年间，魏广微等四个南乐籍的大臣奉旨在仓颉陵旁修建仓颉庙，竣工时立大方碑两通以记其盛。当时大名府知府向胤贤命南乐知县叶廷秀负责此事。南乐县小无钱，知府向胤贤就号召各县捐资，并带头许诺捐银十两，各县知县也许诺各捐银五两。叶廷秀见钱有着落，即迅速办成了此事。碑共左右两通，左碑刻"三教之祖"，右碑刻"三教之宗"，各四个大字。左碑后刻了捐款人名单以及银两。碑立毕，叶廷秀向各位收银，不料知府却赖账分文不出。各知县同僚碍于叶廷秀的面子只肯出一两银子。但方碑上的名字和捐献银数都已事先刻好。叶廷秀生性耿直，他发话说："你们让我为难一时，我让你丢人万世。"于是他命人在知府向胤贤"捐银十两"之后加刻两个字"未给"，其他知县"捐银五两"后面都加刻"止给一两"，而在自己的名字后面加刻上"足数色"三个字，就是说只有他一人在银子的数量和成色方面都是给足了的。知府与各位县官员只好喝下这杯苦酒。这通大方碑一直屹立至今，十分完好，真的是"贪银一时，丢人万世"了。

还有一种是自己立碑留笑柄。2002 年河北正定县修公路时出土一块巨大石碑，只碑座就有一辆小汽车大。奇怪的是，虽经千年，字迹十

人生　　　　谁能　无补丁

分清晰，这显然是刚立不久便人为砸碎掩埋的。经考，这是五代时驻军河北的一个小军阀也准备起事夺权登基，事先为自己刻好了一块颂德碑，不想事不机密，走漏风声，仓促间他慌忙毁灭罪证，自己砸碑埋石，但还是没有免祸，被处死了。这成了一块野心未遂者的耻辱碑。

现代人也会干这种蠢事，发生在陕北就有两件。当年毛泽东转战陕北，留下许多故事。有一个省级干部随便拣了一个毛泽东看戏的小故事，就以"我"的名义立了一块碑，"我很感动"，特立碑以教育后人。有一个县委书记修桥补路，干了不少好事，但每干一事毕，必立一块碑，而且自拟碑文，文中必有自己，这都是丑碑丑闻。

碑在人心，人心如镜，无形之碑，更胜有形。

《北京晚报》2019 年 3 月 27 日

一把跪着接过的钥匙

报载北京市盖好第一批专供低收入家庭使用的廉价住房，业主代表十分感激，在接钥匙时向领导下跪。报纸以赞赏的口吻报道此事，并配有下跪的大幅图片。这条消息刊发于 2009 年 7 月 1 日，显然是一项计划好的"送温暖"活动。消息一见报即引起议论。

干部为人民办事是应该的，很自然、平常，也绝不要什么回报，也没有什么可自诩、自豪、自矜、自炫的。功高如邓小平，他仍说："我是中国人民的儿子。"今天，我们只不过用纳税人的钱为老百姓盖了几间房，就心安理得地接受人民的跪谢，这成何体统？

下跪人与受跪人之间是什么关系？是下对上、晚辈对长辈、奴才对主人、受施者对恩人。所以有子女跪父母、学生跪老师、仆人跪主人，而从没有反过来跪的。即使这样也是封建遗风，民主社会任怎样感激、崇敬，有话尽管说，也是不必下跪的。21 世纪的今天，忽然冒出一幕小民下跪的镜头，并登之于报，怎能不让人大呼奇怪？这镜头里透出的显然是民在下，官在上；民为子女，官为父母；民为受恩者，官为施恩者。这一跪就是人格问题、道德问题、政治问题。跪者不自爱，受者不警觉，时代大倒退。自辛亥革命推翻封建体制，于今已 98 年，马上就要一个世纪，封建残余还如此顽固。我们不是常说自己是公仆，是人民的儿子吗？假如父母向你下跪，那是什么滋味？

虽然报上说领导赶快去扶下跪的群众，但我怀疑其内心仍有一种以恩人自居、受人一跪的窃喜。

人民网 2009 年 7 月 7 日

高官行

　　报载，中国向联合国申报的丹霞地貌世界自然遗产通过，媒体一片欢呼。广东丹霞山管理局的领导给我打电话说："邀请你来丹霞山一行，好好地为我们写一篇文章，扩大宣传。"我接完电话却神情黯然，怎么也高兴不起来。此时我心里挥之不去的却是另一份遗产，一份沉重得让人喘不过气来的遗产。

　　丹霞山处于广东与湖南的交界处，在韶关市郊，名声在外已有些年。我与丹霞山失之交臂有两次。第一次是近50年前的1966年10月，那时还是学生，乘火车南下，在韶关车站小停，仰望山顶，很奇怪那整座山体的火红。又传说山顶有太平天国时洪秀全的妹妹率女兵营驻扎的遗址，很想一游，这一念竟在心中埋藏了近50年。

　　今年我参加了全国人大的一个检查团到广东，听说此行要到粤北韶关，心中暗暗高兴，想或许可以了却这个夙愿。一下车，省人大工作人员中有一位老张主动和我聊天说，他是中学语文教师出身，曾在课堂上教过我的课文《晋祠》。又说此行日程中有韶关，可顺便看看刚申遗成功的丹霞山，一定要为当地留一篇文章。我说，已多年不写山水题材了，怕写不出。话虽这么说，心里却痒痒，便留心收集资料。正好我们用的车是从旅游局租来的，车上有一本介绍韶关丹霞地貌的大画册，十

人生　　　　谁能　无补丁

分详细。长途行车无事，别人闲聊或打瞌睡时，我就细读画册，并做了摘记，甚至还画了几张草图。山区公路颠簸，我本子上的字和图就成了蝌蚪文，老张坐在我的侧后，高兴地说："看来这次梁总是一定要写了。"我却还是不敢应承，只说："长途无事，顺便翻翻这本资料。"他说："明天是此行的最后一天，公务一结束，就安排上山。"我想这回真要了却近50年的心愿了，这么想着心里倒有一丝的甜意。

第二天上午，检查工作结束，大家都觉得下午要去丹霞山了，但下午车队一出城却兵分两路，团长，连其家属、秘书、警卫一行，去丹霞景区，其余的人被随便安排去看一个普通山洞。问之原因，说是为了某位领导的安全。全团出京已走了两个省，工作半个月，朝夕相处，开会、座谈、看点，今日怎么突然生分起来？车出城后，两队各自东西，我忽想起曹植的《七步诗》，但默念时却是这样的句子："本是一个团，参观各东西。行旅未结束，相分何太急。"

人大代表都不得接近首长，那普通工人、农民又将如何？接待者只认级别，拍好首长的马屁是唯一的原则。我们几个人一时无言，车里一阵沉闷。我不知道那个车上的人此时怎么想。近50年后我又一次与丹霞山失之交臂，心里一阵隐隐作痛。那一次没能上山，是因为还是个穷学生；这一次是因为领导在此，请勿靠近。

晚上，老张专门到我的房间说："很对不住，没能去看丹霞遗产，以后一定专门请你一次，还由我们接待。"我知道他一个普通工作人员的无奈，便说："请转告你们领导，这样的安排有损你们的'省格'。这次我没能看成丹霞遗产不是我的损失，恐怕是你们的损失。你们失去了一次向外宣传、推介景区的机会，更可怕的是让人看到了一种弯腰示上、奴颜屈膝的人性在我们的官场涌动。这正是当年鲁迅奋力扫荡的中国人的奴性。这才是你们真正继承了的'最好遗产'，怎么没有拿到联合国去申遗？"

《北京杂文》2015 年第 10 期，

原题：申遗中发现的另一份遗产

死与生的吻别

上飞机前还有一小时的机动时间，我坚持要去看看莫斯科的公墓，看看那个特殊的文化角落。

去得匆匆，竟连大门口是什么样子也未及细看，只记得是一条很宽的街，高大的门，门对面好大一片树林，绿涛翻滚着，无闹市的喧嚣，有郊野的清风，气氛是一种淡淡的寂静。一进门，甬道两旁分列着一排排的常青松柏，松柏下是死者整整齐齐的眠床。这里没有中国公墓常见的土堆，也无供骨灰的灵堂，只有绿树护着青石，青石衬着鲜花，猛一看像一个清净的公园或谁家的庭院。

我向一个靠近路边的墓地走去。墓盖是一面极光洁的花岗石板，石板中央伸出两只大手，也是花岗石雕成，粗壮的腕部，有力的骨节，立时叫人起一种坚实的联想。这两只手轻轻地合拢着，捧着一块三角形的大红宝石，我一时不解了，这组颇具匠心的雕塑，就算是墓碑吗？那么这下面安息着一个怎样特殊的人呢？我在墓前肃立良久，细细揣度着，那双手从石中冲出时的强劲与合拢时的轻柔，那花岗石的纯黑与宝石的鲜红，幻化成一种多层复合的美，将人引向一个深邃的意境。向导过来告诉我，这里安眠着的是一位著名的心脏外科专家，他一生用自己灵巧而有力的手拯救过无数人的生命。

噢，我一下明白了，用这种含蓄的手法来表达死者的生平与事业，表达生者对死者的纪念。最哀切的事情却用最艺术的手法来做，这是一种多么平静、超脱而又理智的举动啊！我们说长歌当哭，他们却更祭以艺术。

我慢慢地往里去，一股强劲的艺术魅力如磁石般吸引着我。这哪是什么墓地，简直是画廊，所不同的是这里的每一件艺术品下还有一个曾是活泼泼的人，那是这件艺术的根，是它的主题。墓碑全部是清一色的黑花岗石，打磨得极光亮，熠熠照人如一面银镜。有的只简单地在这石面上刻出死者的头像，轻轻的又淡淡的如一幅随意素描。说是清淡，那不过是艺术的质感，这石与锤造就的作品自然是风雨不去、历久如新的。有的凿成浮雕，死者的形象微微突起在石板、石块或石柱上，若隐若现，好像在天国那边透过云雾回望人间，更多的则是半身胸像和各种含义深刻的组合雕塑。但这偌大的墓地无两块相同式样的墓碑，生者不肯抹杀死者的个性，也决计要表现出自己的匠心。

一位叫依留申的飞机设计师的墓碑是一个圆柱形与凹面的组合，圆柱上雕有他的胸像，胸前有三枚醒目的大勋章。那块凹面石块立衬在石柱后面，表示无垠的天穹，天穹上还有些飞机的航行轨迹。看着这一组近在咫尺、盈缩如许的石雕，我顿然如驰骋蓝天，并感到一种凌云的壮志。有一位海军将领，他的墓盖上只有一只大铁锚，黑锚金链，屹然挺立，风打浪涌，不动丝纹。有一组更特殊的墓碑，石柱上横着一个大箭头，上面浮雕着6个人的头像，这只箭头正穿云过雾急急飞行，原来这6个人是一个派到国外的救援小组，不幸同机遇难。

松柏中有一组男女雕像吸引了我。不用说这是一个合葬墓了，令人

人生 谁能 无补丁

吃惊的是，两人全是裸体。男子略向前俯身，依在一石上，右臂弯回，手中握着一柄铁锤；女子偎在他的身后，手执一条轻纱，款款地飘在身后。两人都目视前方，但我切实地感到他们的心是那样的相连相通，是一个不可分的整体，最纯真大方的爱是用不得一点遮掩的。

原来这对夫妻，男的是雕刻家，女的是一位芭蕾舞演员，都是搞艺术的。我想这组作为墓碑的石雕一定是他们生前设计好，叮嘱后人这样创作的。试想以我们的传统观念谁愿在自己的墓前留一个裸体像呢？又有谁敢将自己的亲友雕成一个裸体立于墓上呢？但艺术家自有艺术家的思考。世间虽有山水的磅礴，花草的艳丽，但哪一种美能比得上人体蕴藏的灵感呢？而这种人类的共性之美，并不是随便哪一个形象都可以表达的，只有那些个别的、极富外美条件的人体，才可充分表现这种内蕴的美感。

这两位艺术家，一个人是终生为人们塑造这种能表达内蕴之美的外形，另一个则所幸天地钟秀其身，就矢志以自己美的外形去表现人类美的灵魂。总之，他们一生都沉浸在对人体美的追求、创造中。正当他们的事业处于顶峰之时，突然上帝要召他们而去，这是多大的遗憾啊！我好像听见他们弥留之际请求上帝答应他们再给世上留下点东西，上帝说只许留一件，这就是墓碑。于是他们就将自己的一生浓缩在这块石头上。他们要将自己美丽的躯体展示在这里，用这力、这柔、这情，留给后人永恒的美。什么才能久而不朽呢？石头。什么才能跨越生命的"代沟"，无言地表达感情与思想呢？艺术。于是这石头的艺术便成了死者与生者在墓前吻别的信物。

当匆匆的一小时参观行将结束的时候，我没忘记这普通公墓里还有一位不普通的人物——赫鲁晓夫。他的墓在公墓前后大院之间的甬道旁，占地不大。我没想到这样一个曾为超级大国一号领袖的人物，死后却屈身路旁。当他和光明一别之时，就来这里与民同乐了。他的墓碑从艺术角度说也真有个性。那是由3个黑白方格相扣而成的石雕，在最上一格中放着赫鲁晓夫的人头雕像。

赫鲁晓夫在位时的一件惊世之举就是将斯大林遗体迁出列宁墓，而他现在却被置于公墓堆中。历史人物的功过且由历史学家去评说，但艺术家自有自己的见解。据说，这个墓碑的设计者曾受过赫鲁晓夫的批评，但他并不从个人好恶出发，客观地认为赫鲁晓夫这个人是功过参半，所以就用黑白两色夹一人头，赫鲁晓夫的家属也接受了这个方案。我站在那里好一会儿，端详着这件艺术家送给政治家的礼物。

这几年我们国内不少人富了，人住的房子非常现代化，却又按最陈旧的规矩去盖庙修墓安抚鬼神。看来有了钱，没有文化、没有新观念还是难超越自我。能懂得向死者献上一件富有审美价值的雕塑，生者与死者之间能以艺术方式倾心交流思想、交流感情，这个民族的文化素养就不会很低了。

在美国说钱

在美国旅行总感到冥冥中有一个上帝在主宰着你，几天过后才知道这个上帝就是钱。美国人把金钱的作用发挥到了淋漓尽致的程度。

钱就是权——使用钱就是在用你手中的权

过去虽出国几次，但总是公来公去，身上只有 30 美元的零花钱，没有资格花钱，也没有机会看人家怎样花钱。这次到美国，在旧金山一下飞机便到一家名为"皇后"的餐馆去吃饭，名称和设施的豪华很为主人长脸。

我们初到异国样样新鲜，主客在铺着金黄桌布的硬木圆桌前落座，窗外车水马龙、万家灯火，气氛十分热烈亲切。但老板是个广东人，既不会普通话也不会英语，呀呀唔唔，半天也说不清个菜谱，我们还不急他自己倒先烦躁起来了。客人中有一位要一盒烟，他送上后却立等收钱，主人席君说等会儿在饭费里一起结，他恼着脸说不行。于是客人赶快掏钱，主人又抢着去付，像平静的流水突然起了一个小小的漩涡，像夹岸的春风桃花林中突然伸出一节枯木，祥和温馨的气氛为之一搅。

吃完饭，结完账，老板用小瓷盘托着单据和一大把找回的零钱送到桌上，席君只象征性地留下几个硬币。我知道国外给小费是很厉害的，那年在印度常为怎么给小费发愁，过曼谷时碰到一个代表团，因为小费花用过多，经费不够而提前返国。在美国这么点小费就能对付？到车上说及此事，席君说："在餐馆吃饭一般应付15%的小费，但是今天他的服务质量不好，当然我要少付他小费，这是消费者的权利。"我心里顿了一下，这张薄薄的纸币里还有些沉甸甸的权利。

在国内是禁止收小费的，按照我们的习惯给小费是一种恩赐，收小费是一种耻辱，大家在一种客客气气的君子协定状态下相处。但是如果有一方不够君子，怎么办呢？吵架，找对方上级，或者以忍为上。但这几种选择都是不愉快的，也不会有什么效率。这样倒好，扯开面纱，你劳动就该得到报酬，而且有一部分钱不是老板发工资，而是让顾客直接发小费，多劳多得，好劳多得。有一句话叫"帽子拿在手中"，让你时刻战战兢兢。这小费也是一顶帽子，是顾客手中无形的权杖，看似不近人情，但很公平，也出效率。

吃完饭，席君要我给家里打个电话报平安。我是记者出身，视出差如上班，从没有这个习惯。平时在国内见有些人，一到外地便打长途，借公家的钱卿卿我我，很瞧不起。席君却直拉我到电话旁，说："看我表演。"他摘下电话，掏出一张磁卡，往话机旁的细缝里一插，拨几个号便递给我。妻子听出了我的声音，她大声说："呀，你在哪里？好清楚。"我告诉她正在唐人街上吃饭，她说刚下班，正在厨房里做饭，我们都笑了。说了几句，怕多花主人的钱，便放下话筒。在国内打一次长途还要几十元，现在要横跨太平洋，绕地球半圈，我脑子里立刻想到那用一张张的纸币搭起的长虹。真是有钱能买地球转。

回到宾馆，我却对席君手中的那张不似钱币胜似钱币的卡片顿生童心。他一高兴从胸前掏出一个票夹，"哗啦"从中抖出七八张卡片，说："这是打电话的，这是坐飞机的，这是住旅馆的，这是加油料的……最重要的是这一张，用它随时可以取得钱。"后来果然我们并没有随身带很多钱，无论走到哪个城市、哪条街道，口袋里没有了钱，就用这卡向墙上的一个取款箱里一插，立即就流出了十几张美元。真是一卡在手，横行街头。我第一次尝到了钱就是权。我想起古书上写的皇帝微服私访，乔装成一个平民难免会遇到这样那样的麻烦，有时简直到了将要受辱、丢命的尴尬或危险境地，但是他不怕，每到关键时刻，那些化了装的随从就把皇帝的身份亮出来，对方反倒吓得伏身在地，如筛糠似的发抖。为什么，因为他有权，这无形的权使他永不会有什么尴尬和危险。我们现时有这张卡在手，正是这种心境——有恃无恐。

后来在纽约、华盛顿各地的旅行是正在美国留学的小李陪我们，一进旅馆他就笑着嘱咐我们："今天我们也当一回大爷，你们谁也不要动手！"于是大家就袖手看着高我们半头的美国佬弯腰卸行李，然后我们给小费。小李说，这几天，他如不陪我们也要到餐馆里去打工，赚人家的小费好去交他的学费。现在既然主人出了招待钱，我们就有了买方便的权，而且结结实实地使用了好几天，脸也不红，心也不跳，也没有什么好像在剥削人的羞愧感。

我虽然没有受过穷如乞丐的苦，但因无钱而羞涩胆怯的经历也不少。打倒"四人帮"以前，我们这些大学毕业生有好几年月工资只有46元，还要养家糊口。一次我到姐姐家做客，见茶几上有1元钱，姐弟二人隔茶几说了好一会儿话，我眼睛看着那张纸币，几次想张口说，给我这 1 元钱，好拿去打酱油，但终于没有说出口。以后当记者出去采访，总挑那 6 元钱一晚的旅馆住，不然无法报销。后来当干部，甚至还有了一定的职务，一出差也是先问人家房费多少钱。对方就赶快说：你不要管，超出部分我们付。我就感到自己脸红着大约有几秒钟没有话可说。近几年我看到一些发财的个体户，在街上拦出租车、在大饭店餐桌上点菜时的潇洒、勇敢，我说就是专门去训练，我也学不会这个风度。一位比我小 10 岁的朋友呛了我一句："你是没钱。腰缠 10 万，不学就会。"现在我走在纽约、华盛顿的街上居然也感到了那么一点潇洒。我坐下来吃饭，进门住旅馆，根本不用管花多少钱。虽然这只是一种"借光"，一种临时享受，但总算让我实践（应该说是实验）而悟到了这个理。你身上多一分钱，你就多一分胆，多一分自由，多一点掌握自己的权。

钱是个黑洞——缺什么就有人来干什么

一次席君问我："你知道去年美国评的一位最佳经理是什么人？""什么人？""是一个 13 岁的男孩。"我说不可思议。原来美国人居家，门前都有草坪，草坪多，草长高了专业公司来不及修剪，这位少年放学后就去剪，人家就给个小费。后来竟有人来主动请他，他一人干不过来就开始雇人，慢慢拉起了一个十几人的草坪公司，几个大个子黑人是他手下的工人。记者问："他们听你指挥吗？"这孩子说："听，因为我给他们发工资。"中国有句古话：不为五斗米折腰，是说特定情况，其实大部分时候都是在弯腰干活，挣饭吃，赚钱花。人为了赚钱就要去找一切还没有被人发现，没有被人干完的活。如果有人帮你找到这份

人生 _____ 谁能 __ 无补丁

活，你得感谢他，听从他。

在旧金山一下飞机席君就开着一辆租来的车接我们。几天中我们以车为家，到海边兜风，看金门大桥，访问硅谷，十分方便。一天玩得兴起，席君说我们干脆把车开到洛杉矶。我说车怎么办？他说放在那里就行，只不过多交几个钱。这对外来旅行的人真是太方便了。我们当然没有去，但是在另一个城市下飞机后更让我大吃一惊，我们一出机场门口就有接送车，一直送到出租车场的一辆小车前。车门开着，钥匙插在车上，席君一踩油门我们便冲出车场，居然无一人过问。迎面已是无边的灯海，车外闪过花花绿绿的广告，但是我的心总是不安，好像做了偷车贼。席君说："这就是我们的车，没错，在旧金山起飞前我在机场订的。"我说："就算是我们订好的，能准备得这样周到？就像有一个无形的仆人在前面侍候。""这是为了多要你的钱，他不这样干，就有别的公司来干，钱就成了别人的。"

一天，我们驱车在闹市区跑，前面红灯一亮，车子骤然停了一大片。这时突然从车缝里钻出一个黑人小孩，手提小桶，刷子蘸一把水就往车窗上洗，然后伸手要钱，前后不过几秒钟。这种赚钱近乎强要，但是比我在印度碰到的到处伸出一双乞讨的手还是好些。他总归是先付出劳动，而且这样见缝插针。回想这几天碰到的人和事，那钱就像是轮胎里的气，总是将人鼓得足足的，让你不停地干。

一天我们步行浏览市容，突然看到一家商店门口挤满了人，原来橱窗里有一个男模特穿着漂亮的时装，头、手、身子都在做着机械式扭动。用机器人做模特，我还从未见过。那头发，还有脸上、手上的皮肤和真人一样，眼珠却直视不动。到底是真人还是假人，过路人大感兴趣，围观不走。我也觉好奇，便分开人群，凑到橱窗玻璃上仔细辨认，几乎与那人碰鼻子对眼。这时那"机器人"突然"哇"的一声，伸出舌头，向我做了个鬼脸。天啊，原来是个真人！我赶紧转身，示意同伴为我照张相，照完相，再看那个模特又很快恢复到机器人状态。我离开橱窗陷入沉思。一个活人，这样把自己塞进一个玻璃窗里。不说还要不停地做着机械式扭动，就是只站一会儿，也累得憋得难受。他干这份工作是为了什么？为了钱。物以稀为贵，活以绝为奇。凡别人还未干过的事，一定能有个大价码，估计一小时得给几百美元，但他也为商店招来了更大的买卖。

总之，我在美国街头越走就越觉得，在这里钱是一个黑洞，把人的心力体力直往里吸；钱是一种润滑剂，调整着社会的劳动组合，只要缺什么，就有人愿出大价钱买什么，也就有人去干什么。钱像水银一样，它在社会上无孔不入地渗透，使社会上很难再找到空白的行业（甚至街上随时都可看到有 3 个 X 作标记的脱衣舞厅）。钱是一种驱动器，它在不停地开发人力物力资源，驱动着社会这架大机器。

钱是你的也该是我的——就是要设法把你口袋里的钱都掏光

拉斯维加斯是美国西部的一座城市。这里靠近沙漠，几乎没有任何可开发的农业、工业资源，于是美国政府特准在这里开赌场——去开发人们口袋里的货币资源。

我们是晚上到达的。飞机从天而降，只知道是掉进了一片灯海里，驱车在城里找旅馆时，我们就成了海里的一条鱼。因为那灯织成密密的网，叠成层层的波，将我们四面包围，无论怎样跑也冲不出去。路边的酒吧、旅馆缀满细密的灯串，勾勒出美丽的轮廓。

高楼大厦除顶部有灯光大字外，通体上下都是灯光广告。那霓虹灯的闪烁交换像是一群穿着发光衣服的孩子攀着楼身捉迷藏。有的楼身上挂满巨幅招贴画，在灯光下画中人毫发毕现，女演员的短裙边就像要扫着你的鼻尖。十字路口多有广告塔，6面或8面，缓缓转动，像老和尚念经。街心花园有灯光喷水，草坪上的探照灯光把棕榈树高高地推向夜空，好像巨人怪兽，陆陆离离，闪闪烁烁。难怪当我们昨天在旧金山被它的灯海所征服时，刚从这里飞去的丁小姐却说："去看看拉斯维加斯吧，那才叫美国呢。"奇怪的是，这城竟有光无声。问主人，答曰：都钻进赌场里去了。大凡一个城市的外貌总带有它生存环境的背景，如哈尔滨的冰雪、乌鲁木齐街头的瓜果，赌城的外貌正应了一句中国话：纸醉金迷。

城里有几个大赌场，最有名的是恺撒宫，大概是想借古罗马恺撒大帝的威名。进门就是个大喷水池，池边是罗马神话人物的群雕像。左右是两条商业街，这街在室内，却搭上天棚，绘上蓝天白云，一如在室外，两边店铺鳞次栉比，头上穹庐高阔，心旷神怡，只此一斑就可见工程浩大。

中心赌场是一个漫无边际的大厅，只见一排排俗称"老虎机"的赌机，光闪闪、密麻麻地排列着，漂亮的服务小姐推着车为你兑换喂"老虎"的硬币。我的第一感觉这里不像个赌场，倒像个大织布车间。过去的印象是赌场里烟雾腾腾，赌汉们满脸横肉，捋胳膊挽袖，污言秽语，甚至大打出手。眼前景况却是男人大多西装革履，小姐夫人则抱一个大硬币罐静坐在赌机前，燃一支烟，像与友人喝茶谈天。除"老虎机"外，还有轮盘赌、电子赛马赌、牌赌、掷骰子赌、大屏幕上的球赛赌等等。平生进赌场还是头一回，而且绕了半个地球来这里，这真是赌翁之意不在赌。

我换了10美元的赌资，端着钱罐往"老虎机"前一坐，先小心翼翼地捏起一角一块的硬币向"虎口"里喂去，搬一下摇柄，没有反应，算是白喂了。我又一下投进两个，再搬一下，哗啦啦出来四个，不觉心中大喜，再连着投进三个，却又"虎口"紧闭毫无反应。这样断断续续，有时出来一个，有时两个，大多时候是肉包子打狗。我却总盼着它能大张虎口，长啸一声，为我吐出一满罐银子。可是它不慌不忙地，一口一口把我这一罐钱全吃了进去。又去换了10元，这次5分5分地往里喂，便也只不过是多磨一会儿时间，不到1小时我们都输个精光。

席君只教我们玩，他却不赌，说："我知道肯定输，它肯定要让你输。"但是偶有赢时，那机器就会将硬币抖落到钢盘子里，叮叮当当，十分悦耳，满大厅里此起彼伏，好像丽人出游，佩环叮鸣，十分祥和。不知情者只听这声音，还以为人人都在大赢其钱。赌厅中央有个平台，上面放着三辆高级轿车，这也是赢头，如有谁赢了，开上就走。有大赌家来时可乘直升机在楼顶平台降落，赢了巨资也专有保镖护送出去。

试赌了一回（还不如说试输了一回），我们就离开赌机想去探探这赌场到底有多大。忽东忽西，楼上楼下，一会儿发现一个大剧场，一会儿又发现一个商场，或是一个餐馆。剧场每隔一个半小时就有一场演出，场场爆满。餐馆又分中国馆、日本馆、西餐馆。至于商场简直就是

人生 ——— 谁能 无补丁

个博览会，手持长矛盾牌的古罗马武士，着轻纱长裙的罗马少女，还有扮成狗熊、兔子、唐老鸭的人物，在赌场进口处来回走动，主动向客人躬身施礼，你可随意与他合影。大门口是一个小丑，手持毛掸子，为你开门掸土，做鬼脸。

我们在剧场里看了一回歌舞，在市场看了一会儿商品，便找餐馆去吃饭。女招待是一位上海来的大学生，她全家迁来此地，父母是中年知识分子，在这赌场里找到一份发牌（就是看赌摊）的工作。我边吃饭边看窗外赌机间那些像赶集一样的人。这里面也许有那个擦车的黑孩子，也许有那个站在橱窗里的模特，他也来这里试试运气。其实人生就是一个赌场，不过平时靠聪明、汗水来赌，来这里是靠运气来赌。而这赌场（还不如说这社会）却更聪明，你看千百个张着"虎口"的赌机在等着你喂美元，虽然也有个别人能从这"虎口"里捞到一点赢头，但是别高兴得太早。你看这些剧场、舞厅、餐馆、商场，设了层层防线，都在拉着你消费，一定要把你刚装在口袋里的那几张票子掏出来，要不门口那个小丑怎么会那样热情呢？

从赌场出来我才注意到，这赌城的大街上随便一个商店、酒吧的门口，柜台、酒桌旁，直到车站、机场的大厅里都有赌机。这真是美国的缩影，你随时随地都在赌人生，都可试试运气。你时时想发财，而你周围又有无数双手在掏你的口袋。钱是你的也是我的，就是这样互相掏来掏去，但有一点是可以肯定的，在这种掏来掏去的竞争中有的人富起来，有的人垮下去。

《工人日报》1994 年 3 月

在印度遇见乞讨

尽管我们受到了特殊的礼遇，尽管这里的风光是平生从未见过的美，但是在将离开印度时，我们几个人都发誓不愿再来第二次了，我们实在受不了那一双双总是在你面前晃着的乞讨的手。

7日凌晨3时到德里，住五星级阿育王饭店。旅途劳顿，蒙头大睡，早晨醒来一开门，两个白衣黑汉（印度的饭店全是男服务员）就进来打扫。我们下楼吃饭，回来时房间已收拾好，这时他们又进来挥着大抹布比画着说："打扫一下好吗？"我点头表示同意。他不打扫，出去一趟，又敲门进来，又比画一下，我又点头，他又不打扫，出去又回来。这样骚扰再三，我终于明白是来要小费的。但刚下飞机，饭店银行还未开门，卢比换不出来。一大早我们同行的几个人都受到这种反复的"问候"。直到换来钱，发了小费我们才有了一点自由，才能静下来观察一下这座以印度历史上的秦始皇命名的豪华的饭店。

一会儿，使馆同志来约去看看市容。浓绿阔叶的参天巨木，沿街随意怒放的玫瑰，嫩细的草坪，使我们顿生新奇兴奋之感。沿着总统府前气势雄浑的大道，我们漫步到印度门下。这是一座如巴黎凯旋门式的纪念碑建筑，我掏出相机，仰头辨认着门楣上的字迹，准备进行一会儿历史的沉思，身后却响起清脆的小锣声，回头一看，一个精瘦的黑汉子牵着两只猴子，龇着一口白牙，不知何时已蹲在我们身后的草坪上，那两只猴子正围着他挤眉弄眼地转圈。他一见我们回头，便招手请照相。陪同连说："那是讨钱的。"话音未落，快门已按，那汉子早起身伸手，那两只小精灵也立即停止舞动，静静地伺立两旁。我们猝不及防，只好掏出 10 个卢比，打发走玩猴人，重又抬头研究印度门的历史。

忽然背后又响起呜呜的笛声，又一个头上缠着一大团花布的汉子，不知何时已盘膝坐在我们身后，他面前摆着一个小竹盘，盘中蜷缩着一条比拇指还粗些的长蛇。那蛇随着笛声将头挺起一尺高，吐出长长的信子，样子十分凶残。思古幽情让这一猴一蛇是给彻底吹掉了，况且我们刚才匆匆出来，也没有换几个零钱。大家便准备上车走路。但那玩蛇的汉子却拦住路不肯放行，说少给一点也行，又突然将夹在腋下的竹盘一翻，那蒙在布里本来蜷成一盘的蛇突然人立前身，探头吐信，咝咝逼人。汉子脸上涎笑着，一手托蛇，一手伸着要钱，没办法，又投下 10 个卢比，我们慌张而去。

从印度门出来到红堡，这是一座印度末代王朝的皇宫。门口熙熙攘攘，卖水果的，卖孔雀毛的，卖假胡子的，拦住路非要给你剪个影不可的，五光十色，喊声不绝，像一锅冒着热气的八宝粥。这回有了经验，不管什么人上来，连声"NO，NO"，目不旁视。但是当我们从堡内出来，又有几个人拥了上来，非要领你到停车场不可，真是笑话，我们自己刚才停的车，还用别人领路？但是不行。特别是一个拄拐的残腿青年，你左突右冲，他东拦西堵，而且故意在你面前晃动那条半截腿。只好给他 10 个卢比。拿了卢比也不领路了，我们自己去上车，这简直有点强夺了。

从红堡出来去看甘地墓，进墓地要脱鞋，门口早有一堆人争着给你看鞋子，又是 10 个卢比。接着看比拉庙，在印度凡进庙和旧王宫、城堡之类的地方都要脱鞋，于是给人看鞋，成了最方便的要钱行业，类似北京街上存车的老太太，见车就收钱。这里是见鞋就收钱，而且你非脱鞋不可，不给钱不行。比拉庙前又被敲了一次竹杠。

这座庙是全石建筑，太阳晒得石板火烫，我们赤着脚，龇咧着嘴，正想欣赏一下各种雕像，一个穿黄衣、持竹棍（印度警察的警棍是一根一米长的普通竹竿）的警察走上来喝道开路，要为我们领路。

我们一行中有 3 人英语很好，又有使馆同志陪同，实在想自己静静地观赏一下这古代的建筑艺术。但是不行，你从这座房子里进去，他就在门口堵你，非要领你进另一座房子不可，还把别的游人推开，像是对我们特别照顾。我们心里实在烦透了，而你越烦，他越缠住不放，在一个个神像前指指画画，又用乌黑的食指蘸一点朱砂，强在你的额头上按一个红痣。其实他那半生不熟的英语，那点历史、艺术知识真说不出什么东西。但我们成了他的俘虏，只得跟他一处一处地绕，终于走完了这座庙，脚也烫得成了烙饼。他自然又向我们伸出手。刚才因为无零钱，一咬牙给了看鞋人 50 卢比，现在除了 100 的一张，再无小票了。况且，到印度还不过半天，照这样下去我们每人 30 美元的补助，怕只填了这些人的手心也不够。陪同的同志只好拔下身上的一支圆珠笔，那警察接过看也不看一眼，不高兴地走了。

在印度讨钱成了一种风气，一种行业，好像一切人都可以想出要钱要东西的招数，而且毫不脸红。孟买海湾中有一个象岛，星期天我们乘船去玩，一下船，一个五六十岁的老太婆便来搀扶你。我看她这一身打扮，花里胡哨的"沙丽"（印度妇女穿的服装，就是身上裹的一块大布），两个大耳环，黑如树皮的面部闪着两只贼亮的眼，额头上一个大红吉祥痣，额顶发缝里也有一道红朱砂，像被人刚砍了一刀，很是吓人，忙摆手避让。

这时，一对欧洲夫妇跳下船。老太婆就上来扶那欧洲女人，她那双枯瘦如柴的黑手紧扣着那女人肥嫩的白手臂，指甲几乎掐到肉里去，生怕这个到手的猎物逃掉。那白女人大概不知其意，边走边听她指指画画地说海边的树林、滩上的鹭鸟，很为异乡情趣所醉。一会儿走过栈桥，那老太婆就拉着白女人要照相，跟在后面的丈夫忙举起相机。这时旁边果然又跳出一个同样打扮的老太婆，一照完相，两人都伸手要钱，丈夫愕然，准备走，哪能走了，只好掏出一张纸币给了第一个老太婆，但第二个却坚决缠住不放。我窃喜自己的经验，聪明的白人活该上当。

岛上有一个从整座石山中掏出的印度教庙，是游人必到之地。这庙前也就成了向游客讨钱的主战场。许多如刚才那样的当地妇女，着"沙丽"服装，头顶两个高高的铜壶，缠着人照相，而且一般你很难摆脱她的纠缠。我从庙里出来汗水湿透了衣裳，便躲在一棵大树下，揪起衣领扇风，树上一群猴子蹦来蹦去，抓着树枝打秋千，我不由掏出相机。突然觉得有人在扯后衣襟，回头一看，一个 10 来岁的女孩，穿一件地方味很浓的新裙子，头顶一个铜壶，正向我伸出手。她那对小黑眼珠中还透出几分稚气，但脸上的神情分明已很老练，看来操此业至少已有几年。

我一时陷入深思，像这种从大人到孩子，人人处处都讨钱的现象，到底是生活所迫呢，还是一种方便省事的职业（尽管在国内我也听说有乞丐万元户的，但绝没有这样一个天罗地网），这小孩子身上的裙子、头上的铜壶分明是一套要钱的道具。而我这几日在印度看到的不是向你挥舞蛇头，就是伸出断腿，或让你看腿上流脓的疮，或抢着为你领路，在饭店里送行李时就是一个箱子也要两人提，用饭则一再要给你送到房间，手纸也要故意送一次，又送一次，费尽心机，想出许多要钱手段。总之，一起床，你周围就晃着许多乞讨的手。

穷人自然是值得同情的，但只有穷而有志的人才该同情。向人伸手乞讨如同妇女卖身一样，是真正被逼到绝路之后才不得已而为之的求生之法。但如果把穷当成一种要钱手段，甚至不穷也要变着法要钱，而根本无所谓人的尊严，那么这种同情心便会立即变为厌恶。我想起昨天和几位印度知识分子的谈话，他们也很为这种乞讨的恶习忧虑，说政府为无业人想了许多办法，包括在海边造了房子，但他们不愿劳动，把房子租了出去，又到城里来讨钱。事实上，这种乞讨风已经无所谓有无职业了，人人都可毫不脸红地伸出自己的手。

我想，大凡给予有两种：一是对对方付出劳动的补偿，是平等的交换；二是对对方的爱和怜，是愉快的奉献或捐助。当对方既无付出劳动，又无可爱可怜之处时，你无端地付出倒是对自己自尊心的践踏了。但我还是无法拒绝身边这个女孩，我掏出口袋里仅有的两个卢比，给她照了一张相。关上相机，我的心里像收进一个魔影……

1991 年 3 月

鬼子与老子

一件听来谁也不信的事却是真的，千真万确。

2017 年我还是在全国到处寻找有故事的树，云游到河南鹿邑县。这里是老子故里，留有一个老君台，台上有一棵柏树。1938 年 6 月，日军侵华时有一发炮弹嵌入树身却没有爆炸，至今还有弹痕。只这一点还不足为奇，战火中碰到一发哑弹是常有的事。奇的是日军在城外向这处高地连发 13 炮，发发命中，却无一爆炸。除一发嵌入树中，其余嵌入大殿的前后墙内，甚至大梁上，但都静悄悄地如泥牛入海。日军入城后探得这是老子的炼丹之地，以为触犯了神仙，忙跪地谢罪，并派兵保护。这处遗址，包括弹痕都完整地保存下来成了旅游之地，也留下一个不解之谜。

时间到了 20 世纪 80 年代，硝烟散去，中日友好。当年的日军炮手梅川太郎访华，专程到鹿邑谢罪忏悔。1997 年 9 月他再次随友好团来华，访问团只到开封，但他个人坚持要再去鹿邑还一个愿。就离团，一人扛了一个长条状的"谢罪碑"，亲自送到鹿邑老君台。本文中的这张图片上就是这个碑，不过我们将之称为"和平碑"，碑上分别用简繁体中文、日文写着"我们祝愿世界人类的和平"。梅川太郎终了心愿，回国不久就去世了。

这件事情没法解释，是老子显灵吗？这个世界上的人们有各种各样的世界观，但不出两大类：有神论和无神论。当人类生产力低下时受制于自然，许多事情无法解释就造神。随着科学的出现和进步，神被一个一个地否定。但是到现在科学仍然不能解释全部的问题，只好还保留一部分神，这就是各种宗教和崇拜。牛顿发现了星球间因引力而转动，但是最初是怎么转起来的，他只好把这个专利让给神，是神的"第一推动"，他还信上帝。现在西方的许多大科学家、得了诺贝尔奖的科学家仍然信上帝。但有许多事情宗教也不能解释，比如既然上帝、真主、佛

日本老兵送来的和平碑

人生　　　　　谁能　无补丁

都有慈爱之心，为什么还赐给人类以战争？他们都有保佑人的能力，为什么人间还有许许多多的不幸？

科学和宗教都无法解释的事情交给哲学。老子哲学的核心是顺其自然，无为而为，该来的自然会来。你看，从 1938 年到 1997 年，60 年后鬼子不是给老子认罪来了吗？还立碑为证。

但这个过程也太长了，代价也太大了。也许在科学和宗教之外，还有一个什么开关在冥冥中起着作用。我们敬畏自然，憧憬未来。

《国家人文历史》2021 年第 10 期

十四个"不要"

因为长期从事新闻工作，我经常采访官员、参加他们举办的记者招待会，总觉得一些领导干部答记者问的水平还有待提高。这首先有一个认识问题、态度问题，然后才是技巧问题。答记者问是现代政治的一种运作手段，是政治文明的一部分，是主动提供信息、表达沟通意愿、争取民心、获得支持和改进工作的重要途径，切不可有应付、对抗的心理。以低标准来要求，起码须做到十四个"不要"。

一、请不要做报告。答记者问是有问才答，不问不答。虽有时也可借题发挥，但不可太多。常见的毛病是不管人家问什么，只管念自己事先准备好的稿子，做了一个小报告，甚至是故意占住时间，怕人多问。

二、请不要抖家底。一些地方官，不管回答什么，总要不厌其烦地将自己所辖地的土地、人口、物产、产值，甚至山川、历史、气候，全都抖搂一遍。这些不会见报，因为记者并不关心。

三、请不要居高临下。答记者问就是答客问，对客人要尊重、客气。

四、请不要环顾左右而言他。这样不礼貌，人家觉得你心不诚。相反，答问时你最好始终看着对方的眼睛，人和人的交流主要靠语言，而无言的交流主要靠眼睛。语言加眼睛，诚恳而生动。

五、请不要以不变应万变。不要用外交辞令，否则会给人"滑"的感觉，自以为得计，其实有损自身形象。

六、请不要有对抗心理。问题有时可能尖锐，但不必介意，不要立即摆出一副防范、抵抗状，这样问答将无法进行。

七、请不要念稿子。凡问答都是即时的，试想，你与亲人、朋友谈话，或者你年轻时谈恋爱，是否也先有一份稿子？有稿子，就有其心不诚、其人无能之嫌。

八、请不要上专业课。答记者问就是通过媒体普及你的思想、观点，你讲得又专又深就等于白说。钱学森要求大学毕业生交两篇论文，一篇专业论文，一篇科普文章。真懂方能深入浅出。官员也要有两种本事：一是起草文件、写工作报告；二是动员群众，包括回答记者。

九、请不要假装幽默。幽默是宽余的表现，是达到目标的同时还有一点花絮，如篮球的空中扣篮、足球的倒钩射门。没有真本事，不要幽默。许多官员以为答问时幽默就能得分，结果，身子能倒钩，球却进不去，弄巧成拙。

十、请不要借机捧上级。大型记者招待会，有时是各级干部出场，由领导主持。常有人借答记者问，吹捧上级，让人肉麻。虽面向记者，却心系领导，这是封建政治、奴性人格的表现，无论民主政治还是现代传媒都无此内容。

十一、请讲话的前奏不要太长。答问，是接问作答浑然一体，如太极拳之借力发力，四两拨千斤，一开口即要接上记者的问话，不要自加前奏，自泄其气。

十二、请讲话不要超过5分钟。长则有水分，长则惹人嫌。

十三、请不要讲空话、套话。你要明白这些话统统不会见报，所有的记者都是挑最有个性的材料和语言来写稿。

十四、请不要向记者发脾气，更不可动粗。就算已看出是对方设的圈套，也要机智地、有风度地绕过去。

这十四个"不要"所否定的行为，都是我在记者招待会上屡屡看到，现仍不断发生的，特整理奉上，以资借鉴。

《人民日报》2010 年 3 月 24 日，

原题：答记者问的几个"不要"

人生＿＿＿＿谁能＿无补丁

心有所思

说人性

　　有一句劝人的话："要做事，先做人。"这个"人"是指人性，"事"包括一般的生活小事，也包括政治大事。人性和人格还不一样，人格的标准更高一些，上不封顶；但人性的标准是起码要下保其底。人格在上，人性在下。人性保底，大概有三条。

　　一是率真，即真心。每一个人都是一个真实的存在，对外不伪装，不欺人。为亲可以信赖，为友可以相托，为领导可以追随。对自己则按兴趣和理想做事，不压抑，不自闭，阳光、透明，自在做人。天真是人的本性，大约孩提时代人都是这样的，后随着社会经历的增多，就将这种天性扭曲了。虽然人际交往和实际生活中要有一点策略，但不能扭曲到虚伪、失真。正如女人可以化一点妆，但不能整天在脸上贴一个面膜，谁还敢接近？

　　人如果失却率真之性，则后患无穷，明代万历皇帝就是个典型。他9岁登基时还是个孩童，任人摆弄，过早地失去了天真的人性，失去了作为人的自由。到20岁之后掌了权就恶性反弹，赌气20年不上朝理政。他已不是一个正常的人，当然也干不了大事，做不好皇帝。明朝的衰落从万历朝始，是从主政者人性的崩溃开始的。

　　二是爱心，慈爱之心。佛教讲慈悲，普度众生，实际上就是大爱之心。爱而生情，主要有三：亲情、爱情、友情。人生而有父母、兄弟、姐妹，一落地就处在一种血缘关系网中，享受亲情之爱，当然也要回报亲人以亲情，对上要敬爱曰孝，对平辈要友爱曰悌，对晚辈要关爱曰慈，这就是中国传统的伦理道德。社会以家庭为单位，一个人先在家庭中养成一颗爱心，从最身边的亲人做起，被人爱或爱别人。

然后是爱情。世有阴阳，人分男女，稍长就要学会处理男女之情。马克思说："人和人之间的直接的、自然的、必然的关系是男女之间的关系。"男女结合才有家庭，才有后代，社会才得以延续。处理好爱情是一大课题，情不定，家不安，则社会不稳。如果是政要就更为明显，唐明皇就是因与杨贵妃之爱而丢了江山。

接着就是友情。人是社会动物，为了生存要结成各种社会关系，有同志、朋友、同学、战友等，要相互爱护、关心才能形成合力，实现理想，所谓志同道合。朋友、同事间则要真诚，讲究一个诚信、仗义。

亲情、爱情、友情，凡此三种都是人性中最基本的。鲁迅诗云："无情未必真豪杰，怜子如何不丈夫"，林觉民写下《与妻书》，以爱妻之心，而爱社会，勇于就义，《三国演义》中刘、关、张桃园三结义，就是这三种爱心的典型。只有这三种爱心训练过关，才能谈到爱国、爱民、爱社会。未见有不孝、不悌，不爱妻、爱子、忠友、重朋者，却能爱国、爱民，成大事。因为具有爱心的人少悔、少怨、少计较，能忍耐，肯牺牲，能自我完善，团结他人。而许多大人物名声毁于一旦，王业败于垂成，都可以追溯到这三种爱心的缺失。如史上为争权而父子相残、掌权后大杀功臣等。

三是公心。虽然维护个人利益是生存的需要，但团结合作却能更好地生存。所以，处理好公私关系就成了一切道德的基础。小至与亲人、朋友、同事相处，大到与社会相处，都要肯牺牲一点私利。私心重、性格偏狭的人，讨人嫌，自身生存状态都不会好，更不用说成大事了。就是在政治竞争中，小心眼也成不了大事业。《三国演义》多处写政治家怎么爱百姓、爱部下。刘备后有追兵，不丢百姓。曹操虽奸，犯了军纪还要"削发代罚"。吕布是《三国演义》里武艺最高的人，刘、关、张三英战吕布，才打个平手。但他的致命缺点是小心眼，私心重，只顾自己。在最后一役被围时，本有多次突围机会，但他"爱妻妾不爱事业"，致使战败身死。

周恩来在这"三心"上做得最好，大无大有，做到"六无"：死不留灰、生而无后、党而不私、官而不显、劳而无怨、去不留言。这些本是最基本的人性，最后都化为巨大的政治智慧。

2018 年

人格在上

　　细想，人格这个词是造得很准确的，就像我们写稿子时要按格填字，不能乱，编辑才好改，读者才好看。写诗也是这样，要有格律，只有合了格和律才美，才算是诗。那么做人呢？应该说也有一定的格，合起码的格是正常的人，合乎更高更严的格，便是好人、高人、伟人。做好人难，做伟人难，好比律诗难写，因为那是一个更高的标准。当然社会上也有不合格的人，就像我们常于报刊上看到一些歪诗，虽然也算是诗，其实并不合格。人的品德分成许多高低不等的格，这便是人格。人格之定，就如某项产品的国家标准，有一定的要求。从某种意义上说人也是一种产品，马克思说，人是一切社会关系的总和，是一种社会产品，是经社会共教共育，磨砺冲刷，阴差阳错，锻打铸造而成的，如礁石在海，被浪花咬凿，冲刷侵蚀，塑造成各型各类、各等各级，也就有了不同的质、形、格。人生于世就要看你自己所选所为了。你接受了某一种观念，就被搁置到了某一层的某一个格子里。

　　我向来觉得人在社会上立身有三项资本，或曰三种魅力。一是外貌，包括体格、姿色，这主要来源于先天，确是一大本钱。古今因一貌倾城，仪表出众，因此而广有追随，成其事者大有人在。二是知识技能和思想，这是靠后天修炼的，或一战回天，惊天动地，开国定邦，太平盛世；或窥破天机，发明发现，创造财富，造福人类者，也大有人在。三是人格，这完全是一种独立于"貌"和"能"之外关于思想和世界观的修炼。你可以貌相不惊，才智平平，无功可炫，无能可逞，但在人格上却可以卓然而立，楷模万众。精神之力，盖超乎外貌之美和才智之强，别是一种震撼，一种导引与向往。雷锋，论貌，个子不高，只有一米五多；论能，只是一个普通的汽车兵，但他的无私精神、助人品德现已成了中华民族乃至全人类的精神财富。其人格魅力早已驾于万众之上。

人格，既然名格，就是方方正正，于某事某情某理，行有所遵，言有所本，恪守一定尺度分寸，金钱名利诱之而不变，严刑生杀逼之而不屈，总是平平静静，按既定的规矩做事；昂首阔步，按既定的方向走路。人格是精神，精神可以变物质，甚至可以发挥出超物质的力量。人格是信念，信念如山在野，高山仰止；如坝挡水，波澜不惊。信念既成，就不是一个人的事，甚至不是一代人的事，会形成一个群体、一个民族乃至全社会公认的规范，是一种无形的力量。所以当我们述说人事，歌颂英雄，甚至亲身感受那些开国元勋、将军元帅、教授学者或者能人强人们的惊人业绩时，这种感受中常常有一部分是他们的人格魅力。而且随着时间的推移，这种人格魅力将大大超越其人其事本身的意义。毛泽东转战陕北，挂一根柳木棍子，在胡宗南大军的鼻子底下来去的那种从容；周恩来长年日理万机，内挤外压，那种无私无怨的大度；彭德怀在庐山一人独谏，拍案力争的骨气；陈独秀在国民党大牢中，面对高官相诱而嗤之以鼻的轻蔑，被押解途中戴着铁镣而呼呼大睡的气度……都远远超出他们所为之事的意义而特别爆发出一种精神的冲击波和辐射力。我们还可以由此而上溯到铁血丈夫林觉民在狱中与妻写绝笔书的慷慨；戊戌义士谭嗣同坐等清廷来拘捕，愿为变法做流血第一人的自豪；林则徐虎门销烟行民族大义于己无欲则刚的气节；史可法守扬州宁为玉碎不为瓦全的牺牲精神；文天祥宁死不叛丹心万代的正气；岳飞虽为奸臣所逼但又精忠报国的悲壮；范仲淹身为朝臣先忧后乐的诚心；苏武19年杖节牧羊所表现出的忠贞；司马迁身负大辱为民族修史记事的坚韧；项羽慨然认输又愧对江东父老而毅然自刎的英雄气概；荆轲明知赴死而千金一诺的诚信；等等。这些都是做人之格，他们都是我们民族史上的灿烂明星。就是国外也有如布鲁诺那样宁肯捍卫科学而甘愿被教会处以火刑的英雄。他们的主要业绩仅仅是因为做成了某一件事吗？不是。相反，随着时间的推移，这些具体业绩时过境迁，反倒离我们越来越远，而他们所昭示的人格力量、人格的光芒却因时日的检验而愈显强大，永远照耀在我们身旁。当我们数典寻祖时，要感谢这一串串巨星为我们画出的精神轨迹，这时我们才真正地感觉到精神变物质是这样的具体。一部中国历史，不，整个世界历史，就是这样在人类前进、创新和牺牲精神的鼓舞下书写而成的。而体现着这种精神的，就是那些跨越时空而光芒四射的人格精神。不可想象，历史长河中如果缺了这些人格坐标，就如同缺了许多改朝换代、惊天动地、里程碑式的大事。当我们书写政治史、军事史、科学史，或从事文学创作，记录故事、塑造人物时，我们不该忘掉这一条隐隐存在而又熠熠闪光的主线。

事实证明，不但文学是人学，史学也是人学，社会学更是人学。一个人只靠貌美出众时，他最多只能成为一个名人；当一个人业有所成时，他可能是一位功臣；而当一个人在人格上达到一定的价值高度时，他就是一个好人。这时如果他又能貌压群英，才出于众，他便是一个难得的伟人、圣人。这样的人历史所能奉献给我们的大约几十年或数百年才会有一个。但为人而求全，实在是太难了。所以，最基本的还是先从人格做起，心诚则灵，人人都可以立地成佛，先成为一个在德行上合格的人。

2000 年 10 月

人人皆可为国王

说到权力和享受，国王可算是一国之最。普天之下，莫非王土，一国之财任其索用，一国之民任其役使。所以，古往今来王位就成了很多人追求的目标，国王生活的状态也成了一般人追求的最高标准。

但是不要忘了一句俗话：尺有所短，寸有所长。虽然大有大的好处，但它却不能占尽全部的风光。比如，同是长度单位，以"里"去量路程可以，去量房屋之大小则不成；用"尺"去量房间大小可以，去量一本书的厚薄则难为了它。同是观察工具，望远镜可以观数里、数十里之外，看微生物则不行，这时挥洒自如的是显微镜。

以人而论，权大位显、如王如皇者亦有他的局限，比如他就不能享村夫之乐、平民之趣。《红楼梦》里凤姐说得好，"大有大的难处"。而《西游记》里孙悟空就懂得小有小的好处，钻到铁扇公主肚子里去成大事。就是在君主制度的社会里，王位也不是所有人的选择。明代仁宗皇帝的第六世孙朱载堉，就曾7次上疏，终于辞掉了自己的爵位。他一生潜心研究音乐和数学，发现的"十二平均律"传到西方后，对欧洲音乐产生了巨大影响。对量子理论做出贡献的法国人德布罗意也出身公爵世家，但他不要锦衣美食，终于在科学史上占有一席之地。据说现在的荷兰女王也很为继承人发愁，因为她的3个子女对王位都不感兴趣。

在现代社会里，特别是在市场经济的运行规律下，人们的利益取向、价值取向和实现途径已变得多元化了。每一个成功者都可以享受他人的崇敬，享受鲜花和红毯。社会上有许许多多的"国王"，在各自不同的"王国"里享受着自己臣民的膜拜。你看，歌星、球星是"追星族"的国王；作家、诗人是读者的国王；学者、教授是学术领域里的国王；幼儿园和小学的教师，整天享受着孩子们的拥戴，也俨然如王——"孩子王"；就是牧羊人，在蓝天白云下长鞭一甩，引吭高歌，也有天地间唯我独尊的国王感。

事物总是有两面性，有所不为才能有所为；失之东隅，收之桑榆；塞翁失马，焉知非福。每个人只要努力都能得到一种王者的回报。当一个人壮志难酬或怀才不遇时，这大约是人生最低潮最无奈的时期吧。但就是在这种状态下，他仍然会有追随者，仍然可以为王。

北宋时的柳永，宋仁宗不喜欢他，几次考试不第，连个做臣子的资格也拿不到，他只好去当"民"。但是在歌楼妓院、勾栏瓦肆的王国里他成了国王——词王，"凡有井水处即能歌柳词"，可见他这个王国有多大。林则徐被贬到新疆伊犁，但就是这样一个"钦犯"，沿途官民却争相拜迎，泪洒长亭，赠衣赠食，争睹尊容。到驻地后人们又去慰问，去求字，以至于待写的宣纸堆积如山。在人格王国里林则徐被推举为王。

在日常生活中，更是人人可以为王。我看过一场演唱会，那歌手也没有什么名气，但当时着实有王者风范，台下的女孩子毫无羞涩地高喊"我爱你"，演唱结束，歌迷就冲到台上要签名，要拥抱。一次去爬山，在山脚下一位年轻人用草编成蚂蚱、小鹿之类的小动物，插满一担，惹得小孩子和家长围成几层厚厚的圆圈，很有拥兵自重的威风。等到登上半山时，又见许多人挤在一起围观，一个老者在玩三截棍，他两手各持一截细棍，将其余那截不停地上下翻挑，做出各种花样，人们越是喝彩他越是得意。在这个山坡上临时组建的三截棍小王国里，他就是国王。

国王的精神享受有三：一是有成就感，二是有自由度，三是有追随者。只要做到这三点，不管你是白金汉宫里的英国女王，还是拉着小提琴的街头艺术家，在精神上都能得到同样的满足。要做到这一点并不难，只要诚实、勤奋就行——因为你虽没有王业之成，大小总有事业之成；虽没有权力的自由，但有身心的自由；虽没有臣民追随，但一定有朋友、有人缘，也可能还有崇拜者，"天下谁人不识君"。所以人人皆可为国王，谁也不用自卑，谁也不要骄傲。

《光明日报》2007 年 1 月 23 日

命薄原来不如纸

　　京西宾馆是专门开会议政的地方，会议大厅里挂着一幅大画《万里长城图》，上有张爱萍将军的题字："极目长空万顷波，纵横点染势嵯峨。中华儿女雄今古，万里龙盘壮山河。"画的落款时间为1984年，到现在已经30多年了。这个宾馆也已不知经历了多少共和国历史上的大事，送走了多少大大小小的人物。会议年年开相似，年年开会人不同。画的作者及张将军也都已作古。我每次去开会，都不由得要扫几眼这幅画。30多年了，仍然是纸白墨黑，树绿花红，色泽不改。而我却两鬓渐白，抬头有纹，再环顾四周，旧朋渐少，新人如笋，物是人非，逝者如斯。顿觉人的生命原来是这样的娇嫩，这样的不耐岁月，竟不如墙上的一张纸。其实，这30多年的宣纸还只能算纸中的婴儿。前些日子，报上说发现一幅晋代的字，距今已1 700多年。人的寿命往长里说，90年可以了吧，但也只有这张晋代字纸的1/19。

　　呜呼，命薄原来不如纸。看来，人如要长寿，只有把生命转换成墨痕，渗到纸纹里去。

《人民日报》2015 年 10 月 17 日

现存最早的纸本书法作品——陆机《平复帖》，距今已 1 700 多年

砍的不如旋的圆

　　"砍的不如旋的圆"，这是我的家乡农民常说的一句俗话，意即你办事要开窍，不要用死力气。用现在的话说，要减少盲目性，跳出误区。比如你要做一个木球，可以用斧子慢慢地去砍，但总不如在旋刀下飞快地一旋，便又光又圆。我在孩童时就听到过这句话，现已过花甲之年还常常想起，可见真理总是颠扑不破、历久弥新。

　　过去我当记者时经常碰到一些热心写稿的通讯员，他们几十年如一日地写稿、投稿，甚至不远千里来报社送稿，但命中率极低。有的虽已白发苍苍，还是乐此不疲。后来又碰到一些多少有点权力的干部将自己的讲话、随感、日记，甚至文件汇集，一本一本地出书，以为这样就有政绩，有名气。这正是用斧子砍制一个木球。

　　砍和旋到底有什么不同？其实就是跳出旧规，敢于革新，就隔一层窗户纸，捅破之后就是质的飞跃。

　　首先，由砍到旋是方法的革命。成语言"绳锯木断，水滴石穿"，这是讲意志、恒心，但如果你真的用绳锯木、水穿石，这要等到何年何月？方法不变，隔靴搔痒。往大里说，工具和方法是生产力，推动着社会的进步。马克思说："手推磨产生的是封建主的社会，蒸汽磨产生的是工业资本家的社会。"往小里说，工具和方法是一个人取得成功的助推器，是他的生存力。

其次，由砍到旋是知识的跃升。你为什么只知道闷头砍，是因为你没有新知识，抱残守缺，还自鸣得意。如计算一道天文数字的大题，人家用计算机算，你却用手算、珠算，因为你根本就没有这方面的知识，只能这样。在别人看来很无聊的文字你却在津津有味地写，因为你没有这方面的审美知识，不知道什么叫好，总在一个低标准上重复。

最后，由砍到旋是规律的掌握，是从实践到理论的飞跃。一个掌握了规律和理论的人一下子就能从根本上判断出这件事该干还是不该干。历史上不知有多少人痴迷着制造永动机，而科学家只需用"能量守恒"四个字就将此事判了死刑。

"砍"与"旋"是两个截然不同的阶段，如要跨越必得有"惊险的一跳"。

我们曾有过因"砍"而败的惨痛教训。"大跃进"的失败是用战争的方法来"砍"经济建设；"文化大革命"的失败就是用革命党的理论来"砍"执政之事。就是现在也有许多事还沉湎于这种"砍"的盲目和自豪之中。据统计，我国每年拍1.4万集电视剧，而能播出的不到1/4；每年出版4300部小说，人们能记住的又有几部？再说到每年的会议、报告、文件就更是一个天文数字。废品之多、废话之多群众早已经看得很可笑了，但有些人还是乐此不疲，继续耐心地"砍"制一件皇帝的新衣。

为什么总是跳不出保守、封闭的误区？原来除方法、知识、理论之外，还有一个更严重的障碍就是太追求功利，自欺欺人。这样说来，"砍"与"旋"又不只是一个方法问题，这背后又有价值观、人生观在起作用了。

人，最难的是跳出自我。

《人民日报》2012 年 9 月 4 日

人生没有返程票

报载，美国航天公司计划造一个大飞船，将人送到外星球，大约在 26 世纪实现。飞船可容纳 100 万人，速度为光速的 1/500，就是说飞行 500 年才能达到一光年的距离，要飞到 20 光年远的星体，需整整10 000 年时间。所以飞船必须很大，是一个小社会，当船到达目的地时，走出来的乘客已是上船人的第 400 代子孙了。

这场旅行代价真大，400 代人才能完成。现在地球上所有能找到的、有文字记录的古人也没有这么老。就是说，这个飞船在太空中要经历一个地球人类成长的文明史，才能到达另一个星球落脚。不是我们一个人重活一遍，是整个地球上的人类重活一遍。想来真是渺茫，既可怕，又有吸引力。报纸说："星际旅行只需单程票。"这有点去而不回的味道，要在航行途中写遗嘱，开追悼会，那谁还愿去呢？

事情就怕放大来看。看完星际旅行计划，再反观人类自己，其实我们一生下来不就是买了一张单程票吗？这个地球上不是每天也有死、有生、有老吗？区别只在于你是在原地过完单程，还是在运动中过完单程，反正人生没有返程票。我们常说：假如我小 10 岁、小 20 岁，如何如何。假如你小上 100 岁，你也许能协助孙中山，不让军阀混战；假如你小上 200 岁，你也许能帮助清政府赢得鸦片战争，但是这一切都不可能。

万物在动、在变，哲学家说一个人不可能两次走进同一条河流，俗话说，开弓没有回头箭。你只能创造一次，也只能享受一次。正是因为只有一次，人生才珍贵，才有特殊的意义。

1999 年 1 月

遇见一只石老虎

谁能为我们找回儿时的天真，

在春天里去抓一只蝴蝶，

唱一曲童年的歌声。

谁能为我们拂去脸上的倦容，

重回教室读书，到操场上打滚，

再做一次快活的少年人。

路边跳出一束艳丽的野花，

天上飞过一朵彩色的云，

刹那惊醒了一个已经远逝的梦。

到宁波去找树，却碰见一只老虎。路边一只石雕的小老虎，正半蹲在地，撑起两条前腿，仰望着远方。一颗大脑袋与肩同宽，一双大眼睛像两个铜环，线条流畅，造型简洁。最可爱的是抿嘴一笑，两道唇线一直划过整个脸蛋。左右各 3 根对称的长须，若隐若现，就算是它身上的虎毛，通体光溜溜、胖墩墩、圆滚滚，连额头上那个标配的"王"字符

　　　　　　　人生＿＿＿＿＿＿谁能＿＿无补丁

也省掉了，这还是老虎吗？是，一看就是，虎头虎脑，一只天真的小老虎。那个无名的匠人抽象出了人的审美与虎的灵魂。这虎已经有了些年份，绿苔正爬满了它的腰身。

当我见到这只石老虎时，第一冲动就是想上去摸一摸，与它亲近，与它合影。天真的引力像天体中的黑洞，谁能逃脱它的吸引？它是我们生命的原点，人过中年难免都背负了一些痛苦、烦恼与悔恨，突然有一个机会能让你推倒重来，这是多大的惊喜，多么值得庆贺的事情。但在现实中已不可能。于是艺术家就在虚拟的空间里帮人们实现想要的一切。他随便用什么材料就化出一种美好的意象，一幅画、一首曲子或者一个雕塑。这意象真是无所不能，让你振奋，让你沉思，有时引你大笑，有时惹你伤心……那一年世界著名音乐指挥家小泽征尔到中国访问，主人招待为之演奏《二泉映月》，他听得泪流满面，说这首曲子只配跪着听。这就是艺术，一个能征服人的黑洞。现在这个石老虎与你会心地微笑，能卸下你身上所有的沉重，轻轻地一把将你拉回天真。这时你可以什么也不想、不问，无所往，也无所往。这大概就是佛家的大自在，道家的纯自然，儒家的明心见性。但现时并没有哪一家出来说话，只有这只石老虎微笑着蹲卧在路边的树下。

天真，大概是一切美感中的最纯之美，一切情绪中的最真之情。它由上天所赋，与生俱来，只有在孩子身上才会有短暂的留存。随着岁月的碾压、自然风雨的冲刷，我们会渐渐失去天真，只剩下一脸的倦容和一颗沉重的心。这时艺术就挺身而出帮我们追回天真，并且将它存到云空间里，趁你不注意的时候摆放在某个角落，与你不期而遇，给你一个惊喜。黑格尔在《美学》一书中说，"它（艺术）是用慈祥的手解去自然对人的束缚", 指的正是这只路边的小老虎。

2018 年 11 月 2 日

宁波黄宗羲公园里的石老虎

　　　　　　　　人生 ＿＿＿＿ 谁能 ＿ 无补丁

穿过死亡的生命花朵

　　1998 年 3 月 31 日，我有机会访问了世界闻名的庞贝古城。在公元 79 年（中国的东汉时期）8 月 24 日，这里发生了一次火山大爆发。过去我以为火山灾难事先都有征兆，许多火山口还是旅游之地。我在新疆的克拉玛依就看过一个现在还往外淌着热泥浆的小包，人们已习以为常，爬上爬下地玩。长白山的天池边，人们在用冒出地面的热水煮鸡蛋。但是这处火山突然喷发，火山灰挟裹着有毒气体冲到几十公里的高空，日月无光，天地混沌。一张莫名的巨网罩住了城市，全城的人们瞬间窒息而死。等到尘埃落定，这座占地 65 公顷，有 7 个城门、14 座塔楼的城市已被埋在五六米厚的火山灰里，像一场大雪盖住了一小片树叶，整个城市就被人们渐渐遗忘。直到 1 600 多年后的公元 1748 年才被人偶然发现，开始考古挖掘。因为是被厚厚的热灰瞬间覆盖，既隔绝空气又屏蔽了人为的破坏，竟挖出了一座完整的城市。

　　因出于保护，限制游人，我去看时全城寂寥无人，空荡如野，就像是登上了外星球。我们穿越到了公元初的意大利。十米宽的石板大道，上面还有深深的车辙，居民小院、商业店铺、各种作坊鳞次栉比。我走进一家面包房，里面灶台、面板、烤炉一应俱全，原封未动。有谁家门前的地面上卧着一条硕大的黑狗，猛地吓你一跳，原来是用小块陶瓷砖拼绘而成，本意就是看门护院，千年后居然还能吓退生客。我奇怪，那个时候就有了马赛克这种建材，还会用来作画。有两样文化值得关注：一是角斗文化，城里居然有一座大型角斗场，常举行人与人、人与猛兽的角斗，比古罗马的角斗场还要早51年。二是娼妓文化，已经挖掘复原的妓院有25家，真堪比旧北平的八大胡同了。妓院墙上画着的"春宫图"还清晰可辨。只看这两样东西就知道这是一座极奢侈的消费型城市，也说明了它的发达程度。只是这时物留人走，空空的街道、空空的房舍已没有一点人气、没有人的呼吸、没有人的影子。

可能是上帝嫌这里的人们活得实在太"嘚瑟"了，很生气，一巴掌拍下来就把他们捂得严严实实，渺无声息。有人想跑，突然倒在路旁；有面包师伏在烤炉上；有一对男女在拥抱着呼喊……当然还有角斗场的惨叫、妓院里的调笑都瞬间死寂。火山灰劈头盖脸而下，像制陶时浇下的石膏浆，整座城的街、房、车、人都凝成了这膏模中的胚子，随即又在这个洪炉中烧制定型。人在自然面前是何等的不堪一击，这让我想到中国的兵马俑，不过那是人工做好的陶俑埋入地下，这却是上天把活人变成了陶俑，看得人大气都不敢喘一口。这比兵马俑的年代大约晚了200多年。但历史无情亦有情，它把人类积累了几千年的文明瞬间打翻、冷藏、包装、深埋，在千年之后又借那个农夫或牧童的手轻轻翻开这一页，指给后人说你看，你看！

从庞贝遗址出来，路边正有一棵枯树，它已枯得只剩下多半个树身，树心的木质部分已经看不清，但龟裂的树皮节节而上，坚硬如铁，像武士身上黑色的铠甲，又像凝固的火山岩。这使我想起国内形容英雄树的一句话："站着500年不死，死后500年不倒。"而紧贴着它的脚下，一丛碧翠的绿叶托着一束小黄花钻出地面，金灿灿的，像几颗小太阳。啊，这穿越死亡的花朵，我一下子又觉得回到人间。

我们敬畏自然，是因为自然在永不休止地呈现着死与生的轮回。我虔诚地靠上去与这树与花合影一张，就取名《生命的花朵》。

《国家人文历史》2021 年第 10 期

做人如写字，先方后圆

我常恨自己字写得不好，许多要用字的场合常叫人尴尬。后来我找到了根子上的原因，自己小时用的第一本字帖，是赵孟頫的《寿春堂记》，字圆润、漂亮，弧线多，折线少，力度不够。当时只觉好看，谁知这一学就入了歧途。字架子软，总是立不起来。后来当记者，更是大部分时间左手握一个小采访本，右手在上面边听边画，就更没有什么体，只是一些自己才认识的符号。一次读史，说书法家沈尹默的字原来并不好，他和陈独秀相熟，一天在友人聚会的酒桌上，陈当众挖苦他的字不好，沈摔筷下楼而去，从此发愤练字而成名家。"文化大革命"中沈的"检查"大字报，常是白天贴出，晚上就被人偷去珍藏。我也曾多次发愤练字，但总是有比写字更重要的事等着我，使我一次次"愤"不起来。因为如果真要练字，就得从头临帖，从头去学欧阳询、颜真卿、柳公权，而这却要花时间。真奇怪，欧、颜、柳、赵，三硬一软，我怎么当初就偏偏学了一个赵字呢？我甚至私下埋怨父亲没有尽到督导之责，一失足成终身恨。

后来又看到曾国藩谈写字，说心中要把圆形的软毛笔当作一个四面体的硬木筷去用，转角换面，字才有棱有角、有力有势。于是我就弃帖求碑，以求其硬，专选《张黑女墓志》《张猛龙碑》这种又方又硬的帖子来练。说是练，其实是看。办公桌一角摆上"二张"，腰酸背痛之时，翻开看上几眼。练字要有童子功，就像小演员走台步，要用笔锋走遍那字架的每个角、每个棱。童子早不再，逝者如斯夫，我还是没有时间。字没练成，理倒是通了：写字要先方后圆。先把架子立起来，以后怎么变都好说。就像盖房，先起钢筋、骨架、墙面，最后装修任你发挥。如果先圆再去求方，就像对一个已装修完的家，要回头去改墙体结构，实在太难，只有推倒重来。而人生没有返程票，时光不能倒流，岂能什么事都可以推倒重来？只好认了这个苦果，好字待来生了。

做人如写字，也要先方后圆。赵孟頫是宋臣而后又事元的，确实圆而不方，不像文天祥。人若能先方，小时吃苦磨炼，修身治学，品行端方，后必有大成。一个人少年时就圆滑、懦弱，就很难再施教成才了，而小时方正，哪怕刚烈、莽撞些，也可裁头修边，煨弯成才。

《人民日报》2011 年 12 月 30 日

匠人与大师

在社会上常听到叫某人为"大师"，有时表尊敬，有时谓吹捧。又常不满于某件作品，说有"匠气"。匠人与大师到底有何区别？大致有三点。

第一，匠人在重复，大师在创造。一个匠人，比如木匠，他总在重复做着一种式样的家具，高下之分只在他的熟练程度和技术精度。比如一般木匠每天做一把椅子，好木匠一天做三五把，再加上刨面更光、对缝更严等。但是就算他一天能做 100 把椅子，也还是一个木匠。大师则绝不重复，他设计了一种家具，下一个肯定又是一个新样子。判断他的高下是有没有突破和创新。匠人总在想怎么把手里的玩意儿做得更多、更快、更绝。大师则早就不稀罕这玩意儿，又在构思一件新东西。

第二，匠人在实践层面，大师在理论层面。匠人从事具体操作，他水平的上限是经验丰富，但还没从经验层面上升到理论层面。虽然这些经验体现和验证了规律，但还不是规律本身。大师则站在理论的层面上，靠规律运作。面对一片瓜地，匠人忙着一个一个去摘瓜，大师只需提起一根瓜藤；面对一大堆数字，匠人满头大汗，一个接一个地去算，大师只需轻轻给出一个公式；匠人在想怎么才能捏好一个泥人，大师则在探讨宇宙和人。匠人常自持一技，自炫于一艺，偶有一得，守之为

人生 _____ 谁能 __ 无补丁

本；大师则视鲜花掌声如过眼烟云，进取不竭，心忧难宁。所以你就明白为什么居里夫人会把诺贝尔奖章给小女儿当玩具。

第三，匠人较单一，大师善综合。我们常说一技之长，一招鲜、吃遍天，这是指匠人。大师则不靠这，他纵横捭阖，运筹帷幄，触类旁通，举一反三。因为凡创新、创造，都是在引进、吸收、对比、杂交、重构等大综合之后才出现的。同样是碳元素，软时可为铅笔，硬时可为金刚石，盖因结构之变化。当匠人靠一技之长，享一得之利，拿人一把、压人一筹时，大师则把这一技收来只作恒河一沙，再佐以砖、瓦、土、石、泥，起一座高楼。牛顿、爱因斯坦成为物理大师并不只因物理，还有更重要的数学、哲学等。一个画家，当他成为绘画大师时，他艺术生命中起关键作用的早已不是绘画，而是音乐、文学、科学、政治、哲学等。同理，一个音乐、书法、文学、科学方面的大师也是如此。而一个社会科学方面的大师就要求更高。

这就是大师与匠人的区别。

我们研究这个区别毫无贬损匠人之意，大师是辉煌的里程碑，匠人是可贵的铺路石。世界是五光十色的，需要大师，也需要匠人，正如需要将军，也需要士兵。但是我们必须承认这个世界有层次之别，必须有起码的识别力，有一个较高的追求目标。拿破仑说不想当将军的士兵不是好士兵，将军总是在优秀的士兵中成长起来的，当他不满足于打枪、投弹的重复，而由单一到综合，由经验到理性，有了战役、战略的水平时他就成了将军。鲁班最初也是一名普通木匠，当他在技术层面已经纯熟，不满足于斧锯的重复，而进军建筑设计、构造原理时，他就成了建筑大师。虽然从匠人成为大师的总是少数，但这种进取精神是人类进步、社会发展的动力。古语言，法乎其上，取乎其中；法乎其中，取乎其下。要是人人都法乎其下呢？这个社会就不堪设想，地球就会停止转动。

我们可能在实际业绩上达不到大师水平，但至少在思想方法上要循大师的思路，比如力求创新，不要重复，不要窃喜于小巧小技，顾影自怜。对事物要有识别、有目标、有追求。力虽不逮，心向往之。在个人，有了这样一种心理，就会有所上进，哪怕还不脱匠气，也是达到了纯熟的、高等的技艺；在民族，有了这样一个素质，就是一个生气勃勃的、向上的民族；在社会，有了这样一个氛围，就是一个创新的社会。

《人民日报》2006 年 5 月 19 日

碑不自立，名由人传

《人民日报》4月7日报道，陕西某贫困县，县委领导竭诚为群众办了不少好事，受到群众好评。但遗憾的是，每完成一件工程，领导即要立碑以记，并亲拟碑文。由此引出群言纷纷，石碑虽起，口碑却降。由是想到碑的本意，试略为一辩。

碑者从"石"从"卑"，取坚用谦。本义是以坚石刻记要事，以期久远，所以立碑之时总是思之又思，酌之再三，心也惴惴，手也颤颤，不知后人将会作何评点。碑即"备"，既已上碑，就为历史所备案。宠辱底定，不由人易。何敢草率，何敢张扬？在盛行立碑的封建时代，若行此事，往往也要廷议公论，焚香沐浴，毕恭毕敬。当年新中国成立，中国人民政治协商会议念及近百年来无数英烈为国捐躯，特决定于天安门广场立人民英雄纪念碑一座，并议请周恩来总理亲题碑文。周恩来受命之后，诚惶诚恐，闭门三日，潜心练字，抄写多遍，才完成现在碑上的这通文字，但他却坚辞不题名落款。这是何等的胸怀和品德！

碑者"背"也。一背，指所书之事已背人而去，属事后之论。碑，最早是古人在下葬之时立于墓坑两侧的系绳引棺之石，后来就顺便将死者的事迹刻于其上，后逐渐演变为专门的记事之碑。可见其本义是盖棺论定，后而书之。二背，指所言为他人、他事，是背对背，不是面对面，更不是自说自。现在某些地方官忙于为自己树形象、争虚名，工程甫定，碑身即起，水泥未干，墨色已干，行匆匆，急慌慌，如赶早集。争立石碑之外，又有争出书者、争登报者，花样翻新，不厌其烦。唐时白居易知杭州，为民修堤，后人感其功，立碑曰白堤；宋时苏东坡又知杭州，再修一堤，后人又念其功，立碑曰苏堤。假如当年白居易、苏东坡都自磨一石，曰白曰苏，立之湖畔，也许早已被埋于污泥，没于尘埃。

数十年前大寨因大修梯田而名扬全国，老英雄贾进才一生垒坝无数，满手老茧如铁锈铜斑。别人说，老贾，大寨该给你立一座碑。老人说："要碑做啥？这满沟的石坝不就是碑？"说得好，碑本天成，何必人立？试想，如果老人也像某县领导那样，往每块坝石上刻一个"贾"字，那参观者该有何感？正因这坝上无字，所以如今大寨展览馆里这位老英雄的形象更加高大。

大功无碑，大道无形。你看历史上有多少功德碑、记功铭都已湮没荒草，踩入泥土。而那些为民族为人民做了好事的人，虽无碑无铭，甚至无墓无灰，却永存青史，长在人间。历史老人很怪，有自鸣得意者，就捂住他的嘴；有桃李不言者，偏扬他的德。从来都是碑不自立，名由人传。

《人民日报》2004 年 4 月 9 日

人生　　　　谁能　无补丁

优待之忧

　　我长期在基层当记者，是吃过一些苦，但也常常受到特殊优待。基层的干部很热情，总是尽其所有，给记者创造最好的条件。这种优待有时适得其反，让你哭笑不得。

　　一年冬天我到山西汾西县采访，县委招待所让出一间最好的窑洞给我住。但正因窑洞"高级"，平时很少住人，冷炕冷窑，如在冰窖。服务员连忙生火，火口在窗外，热气要通过地下慢慢烘热全屋。我冻了一晚上，直到早晨才开始有一点温热，可我又要转移到其他县去采访了。但他们觉得总算为客人尽了心，我也连连感谢。还有一次在吕梁山区的永和县，也是个偏僻小县，平地很少，县委招待所是沿沟挖的几排窑洞，而最好的几孔窑洞藏在一个沟岔里，平时也极少人住。晚上我一人到院子里散步，月明如水，秋风习习，我抬头看崖畔上树影婆娑，远处岗峦起伏，院心空明，如苏东坡夜游承天寺之意境。我正待做一点王维、陶渊明式的抒情，突然窑顶上蹿出一条黑影，直扑我脚下。幸亏离门不远，我翻身进屋，关门，想山野之地，遇上恶狼了，心跳怦怦不已。这间高级窑洞离招待所的大众客房很远，真是呼天天不应。惊魂初定，听到外面"汪汪"之声，才知是一条狗。但这狗却再不肯离去，月明之夜，一直对门狂吠到天明，大约它也不明白今天这里为什么住进了人。第二天主人问我睡得可好，我说很好。其实一夜未眠，倒是得了诗一首："断续狗吠断续风，明月一夜对孤灯。客身难言心中苦，正是主人优待情。"

还有更难堪的，到比县高一级的小市（不是省会或大都市），当地也会留出一套"准总统"套房，极大且阴潮，而且会炫耀说某中央领导曾住过此房。我也有幸借光。因那豪房平时不肯轻易屈身就客，就冷清无比，入睡后常有夜鼠光临，聊以为伴。还有一次在晋城，一间房占了整个顶楼一层，面积有网球场之大，大概是学上海锦江饭店的楼顶总统套房。"套间深深，深几许。"害得主人来看我，竟听不到敲门声。我想起季羡林先生对我讲过他到印度访问，一人住一间大房，就像睡在打麦场上。

吃住之"优"还好忍耐，最怕的是人情之优、礼节之优，那真叫我忧心如焚了。我生性随便，最怕客套，但是接待单位觉得不客套便是不敬，主客间便打起了这种对谁都无益的消耗战。

客套之一是陪客，尤其是在一地当记者时间长了，有了一点小名，就更如在网中，像一头小鹿，掉进了猎人的套子里，休想挣脱。到某县，一下车就进客房、进餐厅，饭后又闲聊，直到快熄灯才走，将你的时间剥夺殆尽。所以后来我总结经验，进县城前先停车解手，敞对黄土高原，蓝天白云，享受这一刻的"方便"，否则你一入县城就被主人所俘，连"如厕"的时间也不给了。早晨起床后赶快写稿，否则一会儿领导来陪吃早饭，你就再无自由。至于有的领导还会提出陪同下乡采访，我坚决谢绝。徐志摩说："'单独'是一个耐寻味的现象，我有时想它是任何发现的第一条件。"这样虽驳了主人的面子，但是创造了"单独"

人生　　　谁能　无补丁

的机会，这才便于工作。采访一定要轻车简从，一般我只带一个当地通讯员领路。当被采访者单独面对你时，才可能谈出心底的事。至于几家报社、一群记者的"集体采访"，还有作家的"组团采风"只能应个景，我一般都不凑这个热闹。

1984 年 8 月

烟草花为什么这样美

　　在乌蒙山深处的石门坎我无意中遇到了一块烟草田，有一株怒放的烟草花，不知为什么离开了烟田长在最外边的田垄上，正对着群山的谷口亭亭玉立。我从来没有见过秋天里还会有这么美丽的花朵，齐肩高的烟秆子支出层层的烟叶，厚实的叶子又捧着铃铛似的花朵。而这花呢？像一个个的小喇叭，乳白色的喇叭嘴，伸展开来翻卷出一圈水红色的外沿，一朵一朵鹊飞燕舞挤满枝头。染尽深绿雪白和浅红，也道不尽它的款款姿色。这烟草花迎着山风，轻摆裙裾，像在歌唱什么。

　　据《中国吸烟危害健康报告2020》统计，全国14亿人口有超过3亿人吸烟。但是见过田里烟苗的人可能不足1/10，见过烟苗且见过烟花绽放的又不足1/10。我小时生长在农村，见过种烟苗、炒制旱烟、粉碎烟苗秆子制杀虫剂。但印象中只有肥厚、硕大、油绿的烟叶，怎么就一点也不记得它开花的样子？《列子》上有一个故事，齐国有一人爱金，见市上有人卖金子，拿了一块就走。被抓后有人问他："旁边就站着人，你怎么敢拿？"他说："我只见金子，不见人。"可见人性趋利，视野里有很多盲区。烟草，本来就是让人抽烟过瘾的，谁还管它开什么花？

　　但今天的这株烟草花着实打动了我。这是在贵州海拔最高的威宁县，在大西南的乌蒙山深处，从这个山口望出去，群山连绵，河川萦

　　　　　　　　　　　　人生　　　　　谁能　　无补丁

带，烟村竹树，梯田如画，山下百万人家。此时的烟草花在想什么呢？也许它正骄傲将万里河山踩在脚下，迎着八面来风检阅着天边的人流车马，或者想到自己终会变成一缕青烟，任人吸食，就拼命将这生命之花晕染成一朵晚霞。其实，它什么也没有想，只是静静地伫立在这里。有一首很流行的歌曲《掌声响起来》是这么唱的："孤独站在这舞台……听到第一声喝彩，我的眼泪忍不住掉下来。"你看人是多么可怜，名障目、利惑心，给一点掌声、一声喝彩就能哄她流泪；而这株野花呢，不因无掌声而自卑，也不因无喝彩而神伤，它永远是这样玉树临风，淡淡地微笑着。

我不觉想起了陆游的《卜算子·咏梅》："驿外断桥边，寂寞开无主。已是黄昏独自愁，更着风和雨。无意苦争春，一任群芳妒。零落成泥碾作尘，只有香如故。"其实梅本无愁人自愁，替草木忧心是多余的。自然界万物有主，承天之光，接地之露，不卑不亢，无所谓荣辱。请听这花儿的歌唱吧："我立群山上，花开我做主。欲化轻烟消人愁，散入风和雨。秋花艳似春，不须春芳妒。愿随绿叶碾作尘，休问因何故。"

《国家人文历史》2021 年第 10 期

烟草花

人生   谁能 无补丁

日　历

　　日历这东西本是为记时间而设的。随着时代的发展，其面貌也渐有不同。小时在村里见到的是一本历书，后来进城了，见一般机关或住家的墙上挂一块硬纸片，上面订一叠薄纸，一天一张，叫"月份牌"。月份牌的装饰美就是在硬纸板上印一个胖娃娃，那叠薄纸每逢星期六换成绿色，节假日则是红色。后来到了机关，见到桌子上摆着的台历，漂亮的电镀金属板托着一本"书"，一天一翻很气派，台历上有空白，为记事。后来出版者又挖空心思印上小知识、典故、笑话等，就更像一本书了。这几年则盛行挂历，说是"历"，倒不如说是"画"，它的装饰和审美的意味远远超过记时间的实用价值。也有几类，一是大美人像，多是电影演员；二是风光摄影；三是名画之作。第一、二类还不时夹点广告，刺激性、商业味很浓。第三类重艺术效果，常常装饰得像一卷长轴画。但是不管哪一类，印在下面角落里的日子倒成了配角，被借题发挥、喧宾夺主了。

　　日历的花样虽有这许多，但是我总是觉得还缺一种。台历和月份牌虽然醒目，但只有当天的一张，不便回顾和展望；挂历虽可纵观一个月，也还嫌少。倒是有些刊物常在年初随赠一张全年的日历片，但字太小太密，无法在每个日子旁注解记事。我遂土制了一种年历。年初收到一些挂历后选那些画面无多大艺术价值而下款的月历又印得字号较大的，单将日期裁下，每月一条，共12条，重新拼在一张大白纸上。每条上下左右各留一定的空间，用来旁注记事。不过也就是某日读完什么书、做完什么文之类的，名之曰："××年工作历"，这种工作历的好处是一年全知道。

因为时间这个东西，当你身在其中时还不知道它的价值，今天常常不能理解今天的意义。当清楚地感到昨天已经消失时，才会警惕到明天应该慎用。时日只有这样对比地思考、掂量，才会用得更经济。有这样一张大年历在手，全年的日子就都在你的手心里了，好像一笔钱，花了多少，还剩多少，随时可以锱铢以计。我戏拟了一首打油诗，批在这土日历的眉上："追讨去日，苛求来时，时不待我，我何饶你。"到年底，这张批满了横七竖八字样的纸就是一份时间的账单。

为适应人们工作和审美的需要，日历的编排印刷当然还会有各种发展。但是，我觉得出版部门不妨试印一下这种全年工作历。日历既然可以是一本、一页，那么也可以是一张大表——时间表。军事指挥员离不开大地图，他可以从图上随时掌握敌我的方位势态，我们也离不开这样一张日历，好知道自己在生命长河中的位置和势态。办公室或卧室的墙上有这样一张大日历表犹如贴了一张中国地图或世界地图，开阔人的视野和胸怀。不过地图给人的是横向的空间方位，这种日历表给人的是纵向的时间坐标。

人需要随时准确地定位自己的人生空间和时间。

1987年1月

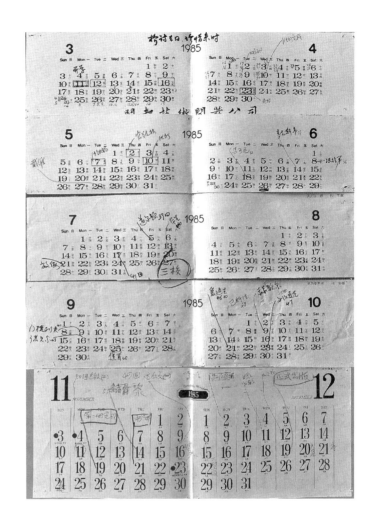

一块岁月的补丁——作者在创作《数理化通俗演义》
期间自制的工作年历

年 感

钟声一响，已入不惑之年；爆竹声中，青春已成昨天。是谁发明了"年"这个怪东西，它像一把刀，直把我们的生命，就这样寸寸地剁去。可是人们好像还欢迎这种切剁，还张灯结彩地相庆，还美酒盈杯地相贺。我却暗暗地诅咒："你这个教我无可奈何的家伙！"

你在我生命的直尺上留下了怎样的印记呢？

有许多地方是浅浅的一痕，甚至今天想来都忆不起是怎样划下的。当小学生时苦等着下课的铃声，盼着星期六的到来，盼着一个学年快快地逝去。当大学生时，正赶上"文化大革命"的年代，整日乱哄哄地集会，莫名其妙地激动，慷慨激昂地斗争，最后又都将这些一把抹去。被发配边疆后，白日冷对大漠的孤烟，夜里遥望西天的寒星。这许多岁月就这样在我的心中被烦恼地推开，被急切切地赶走了。年，是年年过的，可是除却划了浅浅的表示时间的一痕，便再没有什么。

但在有的地方，却是重重的一笔，一道深深的印记。当我学会用笔和墨工作，知道向知识的长河里吸取乳汁时，也就懂得了把时间紧紧地攥在手里。静静的阅览室里，突然下班的铃声响了，我无可奈何地合上书，抬头瞪一眼管理员。本是被拦蓄了一上午的时间，就让她这么轻轻一点，闸门大开，时间的绿波便洞然泻去，而我立时也成了一条被困在干滩上的鱼。

后来从事文字工作，当我一人伏案写作时，我就用锋利的笔尖，将一日、一时撕成分秒，再将这分分秒秒点瓜种豆般地填到稿纸格里。我拖着时间之车的轮，求它慢一点，不要这样急。但是年，还是要过的。记得我第一本书出版时，正赶上一年的岁末。我怅然对着墙上的日历，久久地，像望着山路上远去的情人，望着她那飘逝的裙裾。但她也没有负我，留下了手中这份还散着墨香的厚礼。这个年就这样难舍难分地送走了，生命直尺上用汗水和墨重重地画下了一笔。

想来孔夫子把 40 岁作为"不惑"之年也真有他的道理。人生到此，正如行路爬上了山巅，登高一望，回首过去，我顿然明白，原来狡猾的岁月是悄悄地用一个个的年来换我们一程程的生命的。有那聪明的哲人，会做这个买卖，牛顿用他生命的第 23 个年头换来了一个"万有引力定律"，而哥白尼已垂危床头，还挣扎着用生命的最后一年换来了一个崭新的"日心说"体系。

时间不可留，但却能换得做成一件事，明白一个理。而我过去多傻，做了多少赔钱的，不，赔了生命的交易啊！假若把过去那些乱哄哄的日子压成一块海绵，浸在知识的长河里能饱吸多少汁液，假使把那寒夜的苦寂变为积极的思索，又能悟出多少哲理。

时间这个冰冷却又公平的家伙，你无情，他就无意；可你有求，他就给予。人生原来就这样被年、月、时，一尺、一寸、一分地度量着，人生又像一支蜡烛，每时都在做着物与光的交易。但是总有一部分变成光热，另一部分变成泪滴。年是年年要过的，爆竹是岁岁要响的，美酒是每回都要斟满的，不过，有的人在傻呵呵地随人家过年，有的却微笑着，窃喜自己用"年"换来的果实。

这么想来，我真清楚了，真的不惑了。我不该诅咒那年，后悔自己的过去。人，假如 30 岁或 20 岁就能不惑呢？生命又该焕发出怎样的价值呢？

1986 年 2 月

人生 _____ 谁能 ____ 无补丁

节的联想

中国人的习惯，不出正月都算过年，叫过大年。"年"是春节，是一年中最大的节，就特别给它一个月的地盘。于是我就想到年和节有什么不同，比如正月里就还有元宵节，还有更小的立春、雨水等被称为"节气"的节。

节者，接也。事物都不可能一帆风顺直线前进，都是有节有序，走走停停，接力而行。节是一个运动着的概念。这首先是宇宙运行的规律，地球绕太阳公转一圈，因所处位置不同，就分出 24 个节气。从春到冬节节递进，就这样走过了一年。

人的成长也有"节"，从孩童时节、学生时节、工作时节，直到退休后的晚年时节，所以国家规定了儿童节、青年节、重阳节，一个人从小到老就这样一节一节度过了一生。

植物的生长也有"节"，最典型的是竹子，竹管中空外直，美则美矣，但每隔尺许必得有一停顿，然后接着长，是为一节，如果一直到顶，就不成材，就不堪为用。务过农的人都知道玉米拔节，夏季的夜晚浇过一场透水，你在玉米地旁听吧，噼啪作响，那是田野里生命的交响曲。无论有生命的还是无生命的事物，都是接续前进，走过一节，再拔一节，这是一个动态的过程。

节者，结也。古人在无文字之前就发明了结绳记事。顺顺溜溜的绳子上打了一个结，必是有事要记住，平平常常的日子里规定了一个节日，必是有事值得纪念。

节，是一个时间的概念。值得纪念的有好事也有坏事，不过我们常把好事称节日，好事如五四青年节等。坏事称纪念日，坏事如七七事变纪念日、南京大屠杀遇难同胞纪念日等。就是对一个伟人，人们也是既记住他的生日，也记住他的忌日。好事纪念，是为发扬光大，要庆要贺；坏事不忘，是为警惕小心，要常思常想。前事不忘，后事之师。人生、社会只有在好坏反正的对立斗争中才能前行。

节，是一个社会运行的坐标。一个国家规定国庆节，是让国民知道立国不易，忘了国庆日就是忘国；一个民族用最典型的风俗礼仪来过自己的节，是提醒同胞不要忘祖。中国人把阴历七月十五定为鬼节，外国人有亡灵节，是要生者不忘掉死者。节，是在时间的长绳上打了几个结，叫我们一步一回头，积累过去，创造未来。

节者，截也。它专截取生活中最有意义的日子，再以这日子为旗帜，去选择截取一定的地域、一定的人群，从而强化生活中不同的个性。你看各国、各民族都有自己的节。青年人有青年节，老年人有重阳节，妇女有妇女节，基督徒有自己的圣诞节，连最自私的情人们也要为自己设定一个情人节。

这节还是拦截人们感情的闸门。你看春节那返乡的人流如潮如海，元宵、中秋、重阳，无论哪一个节都是在开启人们的某一种思绪。节有最小者，即每个人自己的生日，最大者即全地球每365天过一个元旦，而火星则每686天过一个元旦。我有时突发奇想，现在人们还没有找到宇宙大爆炸诞生的那一日，如果找到了那一天，又找到了外星人，大家同庆宇宙的元旦节，不知会是什么样子。这样想来，节又是一个划分空间的概念。此节与彼节可以有关，也可以无关。而当最多的人同时关注一个节日时，那就是最大范围的大同。当一个人被写入一个节日时，他就有了最高的威望，如伟人的生日总是被列为纪念日。

知道了节是生命的过程，我们就会格外地珍惜它。要节节而进，奋勇而行，谨守人生之节、人格之节。节是时间的概念，在提醒我们生命的流失。我在一篇文章里曾发问，是谁发明了"年"这个东西，直将我们的生命寸寸地剁去。我们一方面要节约生命，勿使岁月空度，另一方面要承认节序难违，不要强挽流水，而重在享受生命的过程。

节又是一个空间的概念，我们都知道这个世界上有多少人群、多少民族、多少个国家和组织就有多少个节日，有多少人就有多少个生日。它提醒我们"喜吾节以及人之节"，每当节日来临时不要忘了相互庆贺，邻国国庆要发个贺电，亲友过节要送束鲜花，老人记着儿童节，青年人不要忘了父亲节、母亲节和重阳节。节是我们在这个世界上互相联系的纽带，是一个爱的纽结。

想明白了以上的意思，我们就天天都在过节，天天都在为别人祝福和在被别人祝福之中。

《京华时报》2004 年 2 月 5 日

不如静对一院秋

　　我从不喝酒，却年年为秋色所醉。进入 11 月，院子里的树木花草绚烂迷离，早让人醉得一塌糊涂。

　　那天在楼下散步，本来是艳艳蓝天，静静的小区，忽起了一阵秋风，所有的树木便发疯地摇摆，比赛着抖落身上的叶子，于是红的、黄的、绿的、橙色的、绛色的，枫树、银杏、柿树、梧桐等树叶瞬间就搅成一场五彩的雪花，从天而降。正在散步和晒太阳的人们一时都被惊呆了。等到回过神来，再掏出手机去拍照时，却又恢复了平静。秋阳艳艳，澄明如水，只是地上多了一块厚厚的地毯，镶嵌着数不清的色块、线条，还散发着落叶的清香。人们一时晕了神，都不忍心去踩。秋天就是这样突然降临的吗？如忽饮美酒，让人心醉。

　　红色是喜庆之色。人有喜事喝了酒，脸色发红，会有一种按捺不住的激动。现在的院子正是这种气氛。柿子树的叶片本就厚实，这时红得像浸过红颜料的布头，裹着黄柿子，露出一脸的憨厚。枫树，正庆幸它们一年中最露脸的时刻，不管是元宝枫还是鸡爪枫都尽力伸展开它们的尖叶，鲜红欲滴，如少女的口红。而平时最不注意的爬山虎，学名叫地锦的，本是怯怯地匍匐在墙角、墙头，用它的墨绿去勾线填缝，这时却喷出耀眼的红光，一时墙头便舞着蜿蜒的红飘带，墙角则像是谁刚泼了

　　　　　　　　人生　　　　谁能　　无补丁

一桶红油漆，而高楼整面的山墙，则像一面鲜艳的红旗，火辣辣地呼喊着大地的浪漫。

我们常说秋天是金色的季节，这院子里虽不像丰收的田野有玉米、南瓜的金黄，却也给金色留下了足够的舞台。阴差阳错，当初设计者在院子的中轴大道旁全部栽上了银杏。它们干直冲天，枝柔拖地，枝条上互生着一束束嫩叶，五叶一束，叶开如扇。春夏时绿风荡漾还不觉有奇，而这时清一色地转黄，岸立路旁，就成了两堵"黄金海岸"。人们

小院秋色

走在路上，有如登上金銮宝殿，脚踏软软的金丝地毯，遥望两条黄线射向蓝天，不知身在何处。本来工人还是每天清扫落叶，后来居民强烈呼吁停扫一周，好留住这些金黄！现在，连环卫工人也吃惊地抱着扫帚，坐在路边的长椅上，享受着上天恩赐的这一年一次的黄金假期，仿佛大家都到了另一个世界。

当然还有不变的绿，那是松柏、翠竹、没来得及落叶的杨柳和地上绿油油的草坪。它们都做了秋的深色背景。也有许多中间的过渡，马褂木因为硕大的叶片特别像古人穿的马褂而得名，这时呈现出深褐色，而白蜡树则刚刚染上一点淡黄。更有那玉兰，白绒绒的花苞，已经准备好了来年春天的绽放。地上的落叶，因时间的先后分出了水分的干湿和颜色的浓淡。墙是一色的青灰，偶有一串红叶单挂在上，就像暗夜里的灯笼；一片鲜红的新叶正被风吹到枯叶堆上，像是正要去点燃它的火苗。阳光从树上未落的绿叶上反射着粼粼的光，秋风还是突然地来去，搅动一团色彩，扬起又落下。这时我就痴痴地坐在长椅上，透过漫天的彩叶，享受着胜似春光的秋色。难得，天地换装一瞬间，五颜六色齐抖擞。看尽南北四时花，不如静对一院秋。

《人民日报》2019 年 11 月 27 日

有阅读，人不老

　　大约在 30 多年前，1984 年，我的人生有一个小挫折。也许是境由心生，我注意到当时的一个社会现象。当年被打成"右派"的知识分子虽都落实政策回城安排了工作，但结果却大不相同。很多人身体垮了，学业荒了，不能再重整旗鼓，只有居家养老，等待物质生命的结束。有一部分"右派"却神奇般地事业复起，演戏、写书、搞研究等，成果累累，身体也好了，精神变物质。这其中有一个原因，就是在最困难的时候他们没有停止读书，反而趁机补充了知识，充实了生活。

　　我又联想到"文化大革命"中很多学者都是靠读书挺了过来，并留下了著作，如季羡林的《牛棚杂忆》、杨绛的《干校六记》。

　　我当时有感写了一首小诗以自勉：

　　　　能工作时就工作，

　　　　不能工作时就写作。

　　　　二者皆不能，

　　　　读书、积累、思索。

　　也就是那两年，我完成了 40 多万字的《数理化通俗演义》，重读了一些理论经典。我的一位官场朋友，受挫折后就去读书，他说读书可以疗伤，后来也很有学术成就。毛泽东在病床上一直读书，直到距去世前的七个多小时还在阅读。只要有阅读，人就不会老，不会倒。

什么是阅读？阅读就是思考。阅者，看也，但是比看要深一些，它不是随意地、可有可无地观看，是带着问题有目的地观看，是一个思维过程，边看边想。比如，我们说"阅兵、阅卷、阅人、阅尽人间春色"，就不说"看兵、看卷、看人、看尽人间春色"。而对不需要太动脑子的、浅一点的东西，消遣、娱乐的，则常说看，不说阅。如看电影、看风景、看热闹、看耍猴，不说"阅电影、阅风景、阅热闹、阅耍猴"。所以当我们说阅读的时候，心境是平静的、严肃的，也是美好的、向往的。

广义来说，人有六个阅读层次，前三个即信息、刺激、娱乐，是维持人的初级的、浅层的精神需求，可以用"看"来解决。后三个即知识、思想、审美，是维持高级的、深层的精神需求，只看不行，还要想，这才是真正的阅读，可称为狭义的阅读。

现在电子读物盛行，主要承担提供信息、刺激和娱乐的任务。它的特点是快捷、方便、形象，但也带来另一个问题，浅显、浮躁，形象思维多，逻辑思维少。这有点像计算器的普及，很多人就不再费力心算。电视上播放德国的一个街头调查，多数人背不出九九乘法表。浅阅读如同傻瓜照相机、计算器，作为生活实用技巧可以，作为人的思维训练、精神养成、生命进化，却是一大缺陷。

钱学森年轻时在美国读书，几个好朋友相约，大家都不看电视，他到晚年还自己剪贴报纸。文字有一种神奇的诱导人思考、丰富人精神的功能。我注意观察，很多干部家里没有书架，好像既然有了饭碗就不用再读书，这是一种精神缺失。一次给某地机关干部讲读书，我说："阅读是为了精神生命的延长，还要把这种精神生命延伸到下一代去。就算你自己实在不爱看书，为了后代，也希望你能在家里装出一个爱读书的样子。"散场时，有人边走边说："今天回家后，不读书也要装装样子了。"

一说到为了后代，这个道理一下就明白了。

《新湘评论》2022 年第 4 期

线条之美

　　我第一次对线条感兴趣，是有人送我一个细长的瓶子，里面装着一种很名贵的牡丹油。但我"买椟还珠"，目不见油，竟被这个瓶子完全吸引了。它的设计非常简洁，并没有常见的鼓肚、细腰、高脚、束口等扭扭捏捏的俗套。如果把瓶盖去掉，就剩下左右两条对称的弧线。但这线条的干净，让你觉得它是窗前的月光，空明如水；或是草原深处的歌声，直飘来你的心底。我被它迷得神魂颠倒，在手中把玩、摩挲不停。工作时就置于案头，常会忍不住抬头看两眼。家里人说，你晚上干脆就抱着那油瓶睡觉去吧。

　　初中学几何时就知道，空中先有一个点；点一动，它的轨迹就生成了一条线。所谓轨迹者，只是我们的想象，或者是一物划过之后，在我们脑海里的视觉驻留。原来这线条的美正在似有似无之间，是自带几分幻美的东西。主客交融，亦幻亦真，天光云影，想象无穷。正是因了它的来无影，去无踪，永不停，却又永无结果，也就让你永不会失望。线条，是一种虚幻的、没有穷尽的，可以寄托我们任何理想、情感和审美的美。

　　点动生线，线动生面，在大千世界里，这线永处于一种过渡之中。当它静卧于纸面时就含而不露，或如枪戟之威，或如少女之娴；而一旦横空出世，就如羽镝之鸣，星过夜空。这线内藏着无尽的势能与动能。所以中国画的白描，不要颜色，也不要西画的透视、光影，只需一根线，就能表现出人物的喜怒哀乐、山水的磅礴雄浑。那线的起落、走势、轻重、弯曲等，居然能分出几十种手法，灵动地捕捉各种美感。叶落霜天，花开早春，大河狂舞，烈马嘶鸣。确实在大自然中，从天边群山的轮廓，到眼前的一片树叶、一枚花瓣，都是曲线的杰作。无论平面还是立体的艺术，一线便可定格一个美丽的瞬间，同时也吐纳着作者内心的块垒。曹植的《洛神赋》简直是一幅美人线描图：翩若惊鸿，婉若游龙。仿佛兮若轻云之蔽月，飘飘兮若流风之回雪。秾纤得衷，修短合度。肩若削成，腰如约素。张岱的名篇《湖心亭看雪》，写雪后西湖的风景，"天与云与山与水，上下一白。湖上影子，惟长堤一痕、湖心亭一点、与余舟一芥、舟中人两三粒而已"。你看一痕、一点、一芥、一粒，虽是文字，作者却如画家一般纯熟地运用了点和线的表现手法。

线条既然有这样的魔力，便为所有艺术之不可或缺，或者算是艺术之母了吧。最典型的是书法艺术，洗尽铅华，只剩了白纸上一丝黑线的游走。那飞扬狂舞的草书，漏痕、飞白、悬针、垂露等等，恨不能将人间所有的线条式样收来，再融入作者的情感，飞墨于纸。或如晴空霹雳，或如灯下细语。就这样牵着人的神经，几千年来书不完、变无穷、说不够、赏不尽。再如舞蹈，一个舞蹈家的表演实际上是无数条曲线在空间做着力与势、虚与实、有与无的曼妙组合，不停地在我们的脑海里形成视觉的叠加。正如纸上绝不会有两幅相同的草书，台上也绝不会有两种相同的舞姿。这永不休止的奇幻变化，怎么能不教你的神经止不住地兴奋呢。至于音乐，那是声音加时间的艺术，是不同声音的线条在不同时间段上的游走，轻轻地按摩着我们的神经，形成听觉上的驻留。所谓余音绕梁，三日不绝，其实那梁上绕着的是些乐谱的彩色线条。

线条魅力的最高体现在于我们的人体。这不但是艺术家之着力研究、创作的对象，就是一般的女孩子甚或广场上跳舞的大妈也在留意三围、身段之类的美感。美容手术中最常见的便是去拉一个双眼皮，让你顿生光彩，信心倍增。而它只不过是在眼睛的上方轻轻地加了一痕。就这一"痕"，画线点睛，鱼跃龙门。而烫发，也不过是让直发变曲，但就这一"曲"，回头一笑百媚生。中国古典小说中凡关于美女的描写，几乎都是线条的展示。静态时嗔鼓粉腮、娇蹙蛾眉；动态时轻移莲步、风摆柳腰。就是一个女子忍不住妒火中烧，骂对方为小妖精、狐媚子时，仍然脱不了借用线条，妖狐其身，泼洒醋情，却又暗认其美。而男子的阳刚、伟岸、英俊，也无不是因为线条的明朗有力。

凡一物都有多宜性，如土地可种田亦可盖房、筑路、造林。人这个万物之灵，除作为生产力的第一要素外，还是世间高贵的审美对象。世界杯足球赛时，许多女孩子都熬夜看球。我说你们又不踢球，如何这样关心？她们说："你不懂，我们不是看球，而是看人。"确实，那飞身一跃、腾空倒钩、贴地铲球、临门一脚，足以勾起女孩子心里的英雄崇拜。当一个人被用来审美时，其外形能使他人产生妙不可言的愉悦、发自内心的欢喜或一种不能自拔的相思。这都全归功于那些活泼流动而绝不重复的线条。莫泊桑说女人的美丽便是她的出身。燕瘦环肥，昭君端庄，貂蝉妩媚，女人身上个性无穷的魔幻之线就是她们的身份证。当一个男子爱美女修长飘逸、婀娜多姿的线条时，也会着意修炼自己虎背熊腰、铁肩铜臂式的线条。郭兰英唱："姑娘好像花一样，小伙儿心胸多宽广。"奚秀兰唱:"阿里山的姑娘美如水呀,阿里山的少年壮如山。"这些都是在说他们身上阴柔至美或阳刚至强的线条。

马克思说:"人和人之间的直接的、自然的、必然的关系是男女之间的关系。"异性相吸,在很大程度上可以理解为不同线条的互补与重组。所谓相亲,第一眼就是相看对方线条之比例、走向、明暗。天庭饱满,地阁方圆;明眸皓齿,顾盼生辉。所谓一见钟情,就是一下落到了对方用有形、无形的线条织成的网兜里,再也挣逃不脱。人类就是这样以爱的理由在一代一代的相互筛选中,告别猿身猴相,走向完善美丽。于是就专门产生了美术界的人体绘画、摄影、雕塑,舞台上的舞蹈、戏

位于贵州剑河县的国家地质公园。由于地球板块挤压产生的岩石曲线,被称为"大地母亲的抬头纹"

剧、模特，竞技场上的体操、健美、杂技等等。这些都是人对自身形体线条的欣赏、开发与利用。你看，为了凸显身材的线条，便发明了旗袍、短裙、泳装；恨手臂之线条不长，就发明了水袖，在台上起舞蹁跹，挥洒人间，好不痛快。

线条的魅力又不止于具体的人或物，而常常注入了主观精神，可囊括一个时代，代表一个地域，成为一个国家或一段历史的符号。秦篆、汉隶、魏碑、唐楷，还有春秋的金文、商代的甲骨，这每一种字体的线条，就是贴在那个朝代门楣上的标签。同为传统建筑，西方哥特式的教堂多用直线、折线，将人引向上帝的天国；而东方宏大敞亮的庙宇，则多用弧线、飞檐，震悟大千，普度众生，展现佛的救世与慈悲。新中国成立之初，林徽因受命设计国徽与人民英雄纪念碑的浮雕。其时她已重病在身，研究出方案后便让学生去画草图。一周之后学生交来作业，她只看了一眼，便大声说："这怎么行？这是康乾线条，你给我到汉唐去找，到霍去病墓上去找。"多年前，当我初读到这段资料时就奇怪，只用铅笔在白纸上勾出的一根细线，就能看出它是康熙、乾隆，还是大汉、盛唐？带着这个疑问，我终于在去年有缘亲到霍去病墓上走了一趟。那著名的《马踏匈奴》，还有石牛、石马等作品，线条拙朴、雄浑、苍凉，虽时隔2 000年，仍然传递着那个时代的辉煌、开放、不拘一格与国家的强盛。康乾时期中国的封建社会已是强弩之末，线条繁缛奢华，怎能表现当时新中国的如日初升呢？

美哉！博大精深的线条。

《人民日报》2018年6月23日

沙堆里的城隍

西方的神话中都是些离人很远的女神、酒神、爱神等，哪怕帮人找个对象，也是派个天使躲在暗处远远地射上一箭，类似现在动物学家在密林深处手持麻醉枪向老虎或梅花鹿射去，对方就软软地倒下。而在中国的神话里，神总是在人的身旁，如影随形，朝暮不离，无时无刻不在护佑着你。你需要谈情说爱，就出现一个月老来牵一根红线；你要做生意，就有一个财神爷站在商店门口；你要做饭，灶王爷就贴在锅台上；天黑了你要睡觉，门口就有两位门神站岗。人舒心，神也温馨。

让我没想到的是，在遥远的长城脚下、大漠之边，也有一个神与人同在。2021年9月，我到陕北采风，听说靖边县正在出土一座城隍庙，便立马赶到现场。

全世界闻名的万里长城在榆林一带被当地人轻松地叫作"边墙"，听起来就像两户人家之间的一堵短墙。沿长城的县都被冠以"边"字：靖边、安边、定边。远在天边有人家，墙里墙外胡汉两大家。从秦汉至明朝，这边墙内外就故事连连，有时狼烟滚滚，烽火千里，有时又开关互市，交易粮食、茶叶、皮毛、牛马——因为不管胡人汉人，总得居家过日子。于是这边墙就有了两个功能，战时为军事工程，平时为通商口岸，类似现在的海关。亦军亦民，忽战忽和，千百年来恩恩怨怨，可谓一道奇异的风景。

为适应这种状况，明代沿榆林一线的边墙修了 36 个堡子，既是藏兵御敌的工事，又是开关互市的场子。慢慢堡子里聚集了人口，变成了一个小城镇，于是要请一尊神来主事，最实用的神就是城隍爷。城隍爷非关发财，也不管谈情说爱，是个最基层的综合之神。说小点是个虚拟的村主任，说大点是个虚拟的区长、市长。它在乡下的办公处叫土地庙，在城镇则叫城隍庙。现在正挖掘的这个堡子名"清平堡"，始建于明成化年间，周长不到两公里，里面也设了个城隍。随着历史的变迁，整个堡子渐为风沙所埋，现沙面上已固化为耕地、草坡、灌木林，间有大树，城隍爷就埋在下面。我估计这是中国最北的城隍了，因为再往前走一步就踏出"墙"外，一片茫茫的草原，无城当然也无"城隍爷"了。

一般古墓、古城的挖掘是平地挖坑，考古人员要十分小心地沿台阶层层下探。遇有重要处，为防踏毁文物，还要搭吊板俯身悬空作业。这次只需将沙堆层层剥开，就渐渐露出了庙墙、院落、廊房、殿宇，就像意大利从火山灰中挖出了一个庞贝古城。我们得以从容地迈步进院，穿堂入室。

最可看的是北边的正殿，城隍爷端坐高台之上，文人而一身戎装，双耳垂肩，脸白唇红，身威而面慈。他宽袍大袖，右手握拳支膝，左手微张成接物状，目视前方。廊下的武士则高鼻深目，昂然挺身，一看就是个胡人，做狰狞状以驱恶鬼。武士双手虚握，估计手中原有兵器，年深日久已经朽去，却仍威风不减。这些塑像，或坐或立，并没有全部露出沙外，考古人员只是大概地清扫出它们的轮廓，为防风化正准备以塑

城隍庙里神态各异的塑像

料蒙面处理。我们正赶上将蒙未蒙之时，难得一见的佛光乍现的这一刻。城隍爷和众文武的红袍、黑靴、蓝袖口，甚至金腰带上的云纹都历历在目。只是犹裹沙土半遮面，有的刚露出一个头，下身还是一个大土堆，如埃及的狮身人面像；有的半边身子钻出土外，目光炯炯，刚从古代穿越而来。总之，甩脱了600年的风沙，都掩不住重见天日的喜悦。我也如见故人，想不到从小遍读史书、神话，今日里与诸神相见却是在这蓬蒿、沙柳丛生的长城脚下。

中国土地辽阔，各地风俗信仰不同，但城隍无分南北，是一个普遍之神。县官不如现管，他最大的特点就是按辖区工作，保佑百姓平安，类似于现在的网格化管理。凡神都是人造的，因此习惯上总要拿一个现实的人来做躯壳，就像写小说要有个原型。比如关公就被推举来做财神，秦琼、尉迟恭就被选来做门神。至于城隍的替身，并无统一规定，由当地百姓自己选举产生。我在百度上查了一下，一般都是品学兼优、政绩卓著、可以信赖的人物。比如杭州曾是南宋都城，它的城隍就是宋代的民族英雄文天祥，其天地正气足以保民永远平安。那么，这座长城脚下的明代小城堡，该选谁来任城隍呢？这一线史上最出名的人物要数范仲淹。

北宋与长城外的西夏长年对峙，屡遭败绩，守边武将已畏敌如虎。皇帝就把文臣范仲淹派去带兵。范保家卫国真是赤子忠心，他带着自己16岁的长子，亲自上阵，一夜之间筑起了一座土城。又大刀阔斧地改革兵役制度，重用本土将领，连打了几个胜仗，终于使边防巩固，人民安居。宋仁宗说，有范仲淹在前线，我可以睡一个安稳觉了。范长年在这里风餐露宿，枕戈待旦，有他那首著名的《渔家傲》为证："塞下秋来风景异，衡阳雁去无留意。四面边声连角起，千嶂里，长烟落日孤城闭。浊酒一杯家万里，燕然未勒归无计。羌管悠悠霜满地，人不寐，将军白发征夫泪。"他彻底实践了自己"先忧后乐"的思想，至今还坐在这个小庙里。我仔细端详着眼前的这尊城隍，他方脸圆腮，一个冬瓜式的面型，还真像史上留下的范公画像。说来有趣，范仲淹这一族，至今家谱不绝，还有一个范氏宗亲会，每年都有活动，我因学术故而忝列顾问。每逢聚会，我就奇怪范家的基因怎么这样强大，虽时过千年，仍一个个阔脸大耳，酷似先祖。今天见到的这个城隍也正是此貌，难怪一进门就似曾相识，如遇故人。

我仔细研读出土的碑文，它先交代城隍的设置："城隍有祠，遍于环宇，非只大都巨邑而也。虽一村一井，莫不图像而禋祀之。"古之帝王"张刑罚以禁民之恶，立天地百神之祀，使民不教而自劝，不禁而自惩"。又说明城隍的作用："设官，以治于治之所及；设神，以治于治之所不及。上天为民虑者深且切也！"原来，古代的政治家早就明白，

作者在靖边县城隍庙采风

单纯的行政管理不能解决所有的问题，既要依法治国，也要依德治民。"治之所及"是什么呢？政治、经济、社会、生活等现实的方方面面。"治之所不及"是什么呢？就是各人心中所想，他们的世界观。这才是一块无边的天地，一股巨大的潜在力量。一念之善，春风化雨；一念之恶，翻江倒海。所以康德说有两种东西总是让人敬畏，这就是头上的星空和心中的道德。而在古代中国，遍布于城乡的城隍，就是这种道德普及的最后一公里。你不能不说这是古人的伟大发明，且能寓教于美，托人塑形，以艺术的方式呈现于民、流传于后。你看那些泥塑人物多么生动，600年仍衣带如水、神清目明。城隍不只是劝人行善，还导人审美，亦是一尊美神。

在中华5 000多年文明史上，明清时期的一个小城堡算不上多老，但正因其平常、普通，清平堡才典型地代表了那一段历史，勾勒出了这一带河山的变迁。我们立于这土堆之中，看到了一个历史的活标本。你看那城墙、城门，特别是专门用于伏兵杀敌的瓮城，仿佛重现了当年城头的呐喊和刀光剑影。我不禁想起那篇著名的《吊古战场文》："浩浩乎平沙无垠，敻不见人。河水萦带，群山纠纷。黯兮惨悴，风悲日曛。蓬断草枯，凛若霜晨。鸟飞不下，兽铤亡群。亭长告余曰：'此古战场也，常覆三军。往往鬼哭，天阴则闻。'"长城这个中国最大、最老的战争工事从秦汉一直修到明代，从没有消停。直到清代出了一个康熙皇帝才宣布永不修长城。他说："秦筑长城以来，汉、唐、宋亦常修理，其时岂无边患？明末我太祖统大兵长驱直入，诸路瓦解，皆莫能当。可见守国之道，惟在修得民心。民心悦则邦本得，而边境自固，所谓'众志成城'者是也。"他不但弃修长城，还开边利民。清王朝开国初期为避免蒙汉矛盾，曾将长城内外划出 50 里宽、1 000 里长的缓冲地带，俗称"皇禁地"。康熙下令开放，并以儒家经典的"仁""义""礼""智""信"五字命名，设了五个城寨，这可以看作是最早的"经济开发区"，从此开始了"走西口"的民族大融合，也为我国后来发展成多民族的国家奠定了基础。他懂得，不靠砖石长城而应靠民心"治于治之所不及"。于是由战争而和平，由军事而经济，清平堡从此永清平，城隍作证。

在中国 960 多万平方公里的土地上，这个周长两公里的堡子只是小小的一个点，但它是长城、塞外、沙漠的交集，代表着一种地貌、一种气候、一段自然生态的轮回。你只要看看脚下被深埋着的这一座城、一座庙、一个神，就知道这里曾经是怎样的沙尘肆虐。当地传统说书节目中有一个代表作《刮大风》："风婆娘娘放出一股风，刮得天昏地暗怕死个人。刮得那个大山没顶顶，刮得那个小山平又平。千年的大树连根拔，万年的顽石乱翻滚。刮得碾盘掼烧饼，刮得那个碾轱辘滚流星，哎呀呀好大的风。"远的不说，40 年前我在这一带工作时，一夜醒来，风刮沙壅都推不开门。下乡采访，起风时一片昏暗要开车灯。可是现在呢？高处一望，绿满天涯，蓝天如镜。新华社 2020 年发文，宣布横跨长城内外的毛乌素沙漠已经消失。来前，我曾拜访过已 70 多岁的治沙英雄牛玉琴。她一嫁到这沙窝深处，便在家门口一棵棵地栽树，直到栽出一片绿洲，因此被请去联合国做报告，当地人戏称她"种树种到联合国"。这样的治沙人，一代一代数不清有多少。600 年啊，城隍在深深的沙土下做了好大一个梦，直到有一天考古队员把他轻轻推醒，朦胧中看星汉摇落，旭日东升，浩浩乎绿海无垠。

走出开挖现场，我遇到一个小小的遗憾。土坑旁堆着一大堆刚挖出的老树根。虬曲缠绕，须乱如麻，根部已有一抱之粗。原来，这城隍庙里与正殿相对着还有一个戏台，这些树就长在戏台上的沙土里。它们顽强地与风沙博斗，沙埋一分，树长一寸。就这样，屡埋屡长，终于没有被窒息，没有死亡。清理遗址时工人嫌它们碍手碍脚，就统统锯断挖去。我扼腕顿足，大呼可惜。古庙古，古树也古啊，它们同是我们民族的记忆，又更是一段乡愁！试想，当年这荒僻之地，常年草盛人稀，鸟飞兽亡，军民无以为乐，只有逢年过节时庙里才给城隍爷唱一回戏，胡汉交易，人神共乐，喧声满院。这些老树也于黄沙中吐出绿叶，抚慰着守边人苦寂的心。何不留下这些古树，把整座庙宇开辟成一个旅游场所，城隍归座，武士扬眉，绿树遮阴。让外来的游人在土堆上吼一声信天游，再邀城隍爷同坐喝一壶马奶酒，唱一首《出塞曲》，看一出600年前的地方戏，那该多有味道！

《光明日报》2022年1月15日

　　　　　　　　人生　　　　　谁能　　无补丁

享受人生

　　"享受"这个词，在很长一段时间和大部分时候是被当作贬义词使用的。随着年纪增长、阅历增多，我才知道这种理解未免狭窄。人来到世界上，美好的生命只有一次，而且内容无限，你就是抓紧享用也只能仅得其中的一部分。老作家孙犁见几个年轻人在泰山极顶，不欣赏这泰山风光，却围坐在一块巨石上，大打扑克。他感叹道：扑克何处不能打？这泰山风光却能享受几回？你看，这不是享受吗？这里没有剥削，没有欺诈，大大方方，自自然然。取之不尽，其乐融融。

　　上面只是随举一例，其实享受自然只是人生的一部分。生命中值得享受的东西还有很多很多。比如享受知识，读书学习；享受艺术，听音乐、赏诗文、观演出；享受刺激，探险、登山、看竞技比赛；享受感情，亲情、友情、爱情；享受成功，奖励、鲜花、掌声；享受环境，浴新鲜空气、赏满眼绿色；享受安宁，心平气和，自我平衡；享受休闲，散步、谈天、度假；享受精神，信仰、理想、宗教；等等。还可以举出许多许多，这都是自然赋予我们，让我们尽情选择享用的。一次与朋友谈天，有人说，独身或僧尼无爱无伴，少了多少享受？马上有人反驳道：这也是一种享受，享受孤独。生命原来是这样的多层次、多角度。生命之花原来是靠这许多的享受来供养的。试想一个在鲜花掌声中受勋的人，和点一支烟来过瘾的人，这是两种多么悬殊的享受。但是只要可能，不同的人接受同一种享受时又是多么的平等。朱自清说："老于抽烟的人，一叼上烟，真能悠然遐想。他霎时间是个自由自在的身子，无论他是靠在沙发上的绅士，还是蹲在台阶上的瓦匠。"但事实上许多人一辈子也没有能够享受到生活的全部内容或主要的内容。就像我们住进一家五星级的大酒店，除了睡觉，其他的健身、娱乐、美容、商务等设施都没有享用。又像不少人对计算机的使用，只不过是将它当成了一部打字机。生命是博大丰富的，可享受的东西无穷之多。生命又是很短暂的，许多有意义的东西稍纵即逝。我们对享受的理解，既不该狭窄，更不该冷漠。

当然，那种剥削、占有、挥霍式的享受，是最低级而不入流的。我们这里讨论的是全面的享受，它实际是对生命的认识、开发和利用。要达此点，先得有两个条件：一是勇气，就是对生活的勇气，鲁迅所谓直面人生，古人所谓舍我其谁，现在的流行歌曲唱的：潇洒走一回，痛快活一场。对生命没有充满信心的人，不热爱生活的人，是不可能享受到生命之果的。望高峰而却步就看不到极顶的风光。将出海而又收帆，就体会不到惊涛骇浪。二是创造。生命之身是父母所赠予的，而生命的意义却全靠后天的开发。可以说，你有多少创造，就有多少享受。马克思、毛泽东、邓小平、哥白尼和牛顿、爱因斯坦都分别创造了一个新学说，并因这个新学说开辟了一个新领域、一片新世界。因此，他们生命中就有了一种特别的滋味，就多了一份特殊的享受，我们这些常人是无论如何难以看到的。这么说来"享受生命"这句话又是多么沉重，就像说"我要登上珠穆朗玛峰"，不是随便哪个人都敢开口说出的，但这种

人生＿＿＿＿＿谁能＿无补丁

高峰的风光毕竟有人能享受到，它确实是我们生命的一部分。爱因斯坦、达尔文、爱迪生、开普勒等人，他们的伟大发现完成时，都说过类似的话：现在生与死对我都已无所谓了，因为他们都已享受到了生命中最成功、最华彩的段落。就是那些壮志未酬、行将赴死的勇士，如布鲁诺、文天祥、项羽、谭嗣同、林觉民等，也有对生命成功的享受。当常人将父母给予的血肉之躯用来做衣食之享时，他们却将生命的炸弹做最后一掷，爆出无限的光热，通过凤凰涅槃，得到了永生。他们不但生时享受事业之乐、理想之乐，身后还永享历史之功和人格之尊。

本来，追求物质的进步和精神的自由，或曰两个文明，就是人类生存奋斗的最基本目标。列宁曾将共产主义形象地比喻为苏维埃加电器化；战争时期，战士们在战壕里憧憬的美好生活就是"楼上楼下，电灯电话"。我们不是苦行僧，我们的许多劳动、斗争、牺牲，就是为了能在行动之后享受这幸福的结果。但幸福又是个动态的东西，如想要独立高峰，就只有一座接一座去攀登，才能一次又一次地享受。可是我们常犯的错误是，当登临一个山顶时，除了擦汗、喘气，却常忽略了这山的美丽，忘记了脚下的林海，悬崖上的鲜花，还有天边的流云。这种享受若不经意便稍纵即逝，若再无追求，也就再没有新的享有。人生之中从最基本的吃饭穿衣，到无尽的物质和精神享受，这是一个多大的库藏，多么宽广的领域，你一方面可以最大限度地去开发、创造和丰富，另一方面又可以尽情地去利用、索取和享受。一个真正懂得享受生命的人，不但将造物者给他的一切都能尽情享受个够，他还进一步享受着自己的创造，更还有少数杰出人物又能跨越时空永享历史的光荣。

但是请别忘记，造物者同时又制定了一条铁的规律，生命只有一次，并且时间有限。所以我们对生命的享受不会那么从容，也不会没完没了。生命是一根甘蔗，甜甜的，吃一口就少一节。让我们好好地珍惜它，细细地品味它，尽情地享受它。

2000 年 3 月

人生　　　谁能　无补丁

为什么不能用诗做报告

报载某地开人民代表大会，所做的报告却是一首五言顺口溜长诗，凡6 000字，一韵到底。这到底是工作创新还是亵渎职守？媒体议论纷纷。深究其理，值得玩味。

我们先分析一下"形式"。形式与内容本是对立统一、合作共事的，但是人们常记住了"统一"，忘了"对立"。原来形式本身有独立存在的价值，比如诗歌这个形式，就有句式、节奏、音韵的美，这是形式的资本，所以它总时时想逃离内容，闹独立。就像一个美女，不想与穷汉厮守，总想换一个大款一起过日子，她有这个本钱。本性使然，规律所在。

形式爱表现，但它自己不能实现，必须借助于使用形式的人。天下的人可分两类：一类是干实事的，虽也会用到形式，但内容第一，如经商、从政、军事等。另一类是玩形式的，专门开发形式的审美价值，如音乐、美术、语言等，形式第一。人各有好，术有专攻，本无可厚非，最怕的是乱了阵营。你是要干事还是要从艺，鱼和熊掌不可兼得。比如，宋徽宗、李后主，本是当皇帝的，但坐在龙椅上不办公，一个爱画画，一个爱写词，虽也出了名，但都成了亡国之君，当了俘虏。还有那个爱作曲、会编舞的唐明皇，也招来了天下大乱，自毁江山。我们有些干部总是分不清自己的身份和责任，想要两头沾，既当有才的宋徽宗又当有为的唐太宗，既要政界的光环，又要艺人的光彩。无数事实证明，于公，这是亡国之象；于私，这是身败之症。只有放弃一头，才能保住一头。共产党第一代领导人中，有大才艺的人很多，但他们都知道孰轻孰重，毅然割爱才艺，献身革命。陈毅参加革命前先参加了文学研究会，曾与徐志摩论诗，张闻天是第一个发表长文把诗人歌德介绍到中国的人，周恩来的话剧才能更是人尽皆知，但他们都不敢"以才害政"，也从不借政坛炫艺。

再说形式与内容搭档也是有一定之规的，就像穿衣服要讲场合，或可称之为"形式伦理"。如果是纯玩形式，有艺术界的行规；但要做事，特别是政事，就有政界的规矩：以事为主，选取适当形式。什么叫"适当"？突出内容，淡化形式。比如穿"三点式"是健美比赛的形式，为突出肌肉的美；穿古装，是演古装戏的形式，为突出古典氛围。人大工作报告重在时政阐述，要严肃、鲜明、直白、缜密，用长于浪漫、抒情、吟唱、夸张的诗歌形式去表现，就像参加晚宴时穿着古装或"三点式"，那是怎样的一种尴尬！就是单从语言表现来说，诗歌有格律管着，也不能尽达政治之意。闻一多说写诗是"戴着镣铐跳舞"，用诗去做工作报告则是镣铐之外又加了一层面具。比如，这篇 6 000 字的报告，一色五言，一韵到底，你就是想"此处有掌声"也会受到一层限制。历史上曾有人以诗写论文，唐代的司空图用四言诗写了一本《二十四诗品》，是学术名著，但也没有超出以诗说诗的范围。现在以诗来写工作报告，这确如马克思所说，是"惊险的一跳"，如果跳跃不成功，那摔坏的一定不是形式，而是形式的拥有者。形式有逃离内容的本性，其实还是因为背后有两条看不见的腿，有一个不专心正业的人。奇怪，在其他行业，如商业，就没有人敢用诗歌来签合同，军界也没有人敢用诗歌来下命令。因为，一是他的权力有限，二是立即就会碰钉子。而政界却能出这种怪事。这也从一个侧面说明我们政治的不成熟。

《人民日报》2015 年 2 月 26 日

人与石头的厮磨

　　中国人对于石头的感情久远而又亲近。在没有生命、没有人类以前，地球上先有石头。人类开始生活，利用它为工具，是为石器时代。大约人们发现它最硬，可用之攻其他物件，便制出石斧、石刀、石犁。就是不做加工，投石击兽也是很好的工具。等到人类有了文字后，需要记载，需要传世，又发现此物最经风雨，于是有了石碑，有了摩崖石刻，有了墓碑墓志。只是刻字达意还不满足，又有了石刻的图画、人像、佛像，直到大型石窟。

　　这冰冷的石头就这样与人类携手进入文明时代。历史在走，人情、文化、风俗在变，这载有人类印痕的石头却静静地躺在那里。它为我们存了一份真情、真貌，不管我们走得多远，你一回头总能看到它深情的身影，就像一位母亲站在山头，目送远行的儿子，总会让我们从心底泛出一种崇高、一缕温馨。

　　人们喜欢将附着了人性的石头叫文化之石，这种文化之石又可分两类。一类是人们在自然界搜集到的原始石块，不需任何加工，其因形、色、纹酷像某物、某景、某意，暗合了人的情趣，所以被称为奇石。这叫玩石、赏石，以天工为主。还有一类是人们取石为料，于其上或凿、或刻、或雕、或画，只将石作为一种记录文明、传承文化、寄托思想情

　　　　　人生　　　谁能　无补丁

感的载体。这叫用石，以人工为主。这也是一种石文化，石头与人合作的文化。我们这里说的是后一种。

一

石头与人的合作，首先是帮助人生存。当你随便走到哪一个小山村，都会有一块石头向你讲述生产力发展的故事。去年夏天我到晋冀之交的娘子关去，想不到在这太行之巅有一股水量极大的山泉，而山泉之上是一盘盘正在工作着的石碾。尽管历史已进入 20 世纪，头上横着高压线，路边疾驰着大型载重车，这石碾还是不慌不忙地转着。碾盘上正将当地的一种野生灌木磨碎，准备出口海外，据说是化工原料。我看着这古老的石碾和它缓缓的姿态，深感历史的沧桑。毋庸讳言，人类就是从山林水边、石头洞穴里走出来的。人之初，除了两只刚刚进化的手，一无所有。低头饮一口山泉，伸手拾一块石头，掷出去击打猎物，就这样生存。人类的生活水平总是和生产力水平一致的，石器是人类的第一个生产力平台。

随着人类的进步，石头也越来越多地渗透到生活的角角落落。可以说衣食住行，没有一样能离开它。在儿时的记忆里就有河边的石窑洞、石板路，还有河边的洗衣石，院里的捶布石，大到石柱石础，小到石钵石碗，甚至还有可以装在口袋里的石火镰，但印象最深的是山村的石碾石磨。石碾子是用来加工米的，一般在院外露天处。你看半山坡上、老槐树下，一排土窑洞，窗棂上挂着一串红辣椒，几串黄玉米，一盘石碾，一头小毛驴遮着眼罩，在碾道上无休止地走着圈子。石磨一般专有磨坊，大约因为是加工面粉，怕风和土，卫生条件就尽量讲究些。民以食为天，这第一需要的米面就这样从两块石头的摩擦挤压中生产出来，支撑着一代又一代人的生命。其实，在这之前还有几道工序，春天未播种前，要用石碌子将地里的土坷垃压碎，叫磨地。庄稼从地里收到场上后，要用石碌碡进行脱粒，叫碾场。小时最开心的游戏就是在柔软的麦草上，跟在碌碡后面翻跟斗。

前几天到京郊的一个村里去，意外地碰到一个久违了的碌碡，它被弃在路旁，半个身子陷在淤泥里，我不禁驻足良久，黯然神伤。我又想起一次在山区的朋友家吃年夜饭，那菜、那粥、那馍，都分外的香。老农解释说："因为是石头缝里长出来的粮食，又是石磨磨出来的面，土里长的就比电磨加工的要香。"我确信这一点，大部分城里人是没有享过这个福的。当人们将石器送到历史博物馆时，我们也就失去了最初从它那里获得的那一份纯真和享受。正如你盼着快点长大，你也就失去了儿时的无忧和天真。

生产力的发展变化，在石头上所体现的最好标志，就是一块石头由加工其他产品的工具，变成被其他工具加工的产品。

20年前，我第一次到福建出差，很惊异路两边的电线杆竟是一根根的石条，面对这些从石地层里切挖出来的"产品"，真是不可思议。又十年后我到绍兴，当地人说有个东湖你一定要看。我去后大吃一惊，这确实是个湖，碧波荡漾，游船如梭，湖岸上数峰耸立，直逼云天。但是待我扶着危栏，蜿蜒而上到达山顶时，才知道这里原来并不是湖，而是一处石山。当年秦始皇统一天下后，全国遍修驿道，需要大量石条，这里就成了一个采石场。现在的山峰正是采石工地上留下的"界桩"。

看来当时是包工到户，一家人采一段，那"界桩"立如剑、薄如纸，是两家采石时留下的分界线，有的地方已经洞穿成一个大窗户。刚才看到的湖面，是采过石后的大坑，一根一根石条就这样从石山的肚子里、脚跟下抽出来。"沧海变桑田"是指大自然的伟力，这时我更感悟到人的伟力，是人硬将这一座座石山切掉，将石窝掏尽，泉涌雨注，就成湖成海了。后来我又参观了绍兴的柯岩风景区，那也是一个古采石场，不过不是湖，而是一片稻田，如今已成了公园。园中也有当年采石留下的"界桩"，是一柱傲立独秀的巨石，高近百米，石顶还傲立着一株苍劲的古松，可知当年的石工就从那个制高点，一刀一刀像切年糕一样将石山切剁下来。这些石料都去做了铺路的石板或宫殿的石柱。我们的祖先就是这样以血肉之手，以最原始的工具在石缝里拼生活啊。前不久我看过一个现代化的石料厂，是从意大利进口的设备，将一块块如写字台大小的石头固定在机座上，上面有七把锯片同时拉下，那比铁还硬的花岗岩就像木头一样被锯成薄如书本、大如桌面的石片。石屑飞溅，一如木渣落地。流水线尽头磨洗出来的成品花色各样，光可照人，将送到豪华宾馆去派上用场。远看料场上摆放着的石头，茫茫一片，像一群正在等待屠宰加工的牛羊，我一时倒心软起来，这就是数千年前用来修金字塔、修长城、建城堡的坚不可摧的石头吗？

经济学上说，生产力是人类改造世界的能力，它包括人、工具和劳动对象。这石头居然三居其二，你不能小看它对人类发展的贡献。

二

石头给人情感上的印象是冰冷生硬，有谁没有事会去抚摸或拥抱一块冰冷的石头呢？但正如地球北端有一个国家名冰岛，那终年被冰雪覆盖着的国土下却时时冒出温泉，喷发火山。这冰冷的石头里却蕴藏着激荡的风云和热烈的思想。

我第一次从石头上读政治，是 1994 年 1 月初到桂林。谁都知道，桂林是个山水绝佳之地，我也是本着这份心情去寄情自然、赏心娱性的。当游至龙隐崖时，主人向我介绍一块摩崖石刻，因文字仰刻在洞顶，虽经 800 年，却得以逃脱人祸、水患。细读才知是有名的《元祐党籍碑》。说是碑，实际上就是一个黑名单。在这明媚的湖光山色中猛见这段历史公案，不由心头一紧，一下落入历史的枯井。这碑的书写者是在中国历史上可入选奸臣之最的蔡京。宋朝自赵匡胤夺权得位之后，跌跌撞撞共 337 年，好像就没有干出什么光荣的大业，倒是演绎了一幅忠奸交织图，并且大都是奸胜于忠。宋神宗年间国力贫弱，日子实在混不下去了，朝廷便起用新党王安石来变法。宋神宗死后，改年号元祐，反对变法的旧党得势。等到宋徽宗即位，新党势力又抬头。蔡京正在这时得宠，他便借机将自己的政敌统统打入旧党名单，名为"元祐奸党"。并且于崇宁四年（1105 年）讨得皇帝旨，亲自书写成碑，遍立全国各地，要他们永世不得翻身。把黑名单刻在石头上，这是蔡京的发明。

在这块黑硬阴冷的石刻前，我不禁毛骨悚然。细读碑文，黑名单共309 人，其中有许多名人大家，如司马光、文彦博、苏东坡、秦观、黄

　　　人生　　　谁能　无补丁

庭坚等。这些人不说政见政绩，就说他们的诗书文章，也都是一代巨星。蔡本人也算是个大文人，书与画亦很出色，当初他就是靠着这个才得以接近宋徽宗。但他一旦由文而政，大权在手，整起人来却如此心狠，更难得的是他在政治斗争中又很会使用石头这个工具。当初猿人刚学会以石击兽、猎食求生时，万没有想到几十万年后的政坛官僚会以石来上悦君王、下制政敌。这蔡京上下两手都用得纯熟。当他要取悦君王，以求进身时，用的是天然无字之石。蔡京经仔细观察，发现宋徽宗极好玩石，他就让心腹在南方不惜代价，广搜奇石。为求一石跋山涉水，挖坟掘墓，拆人庭院。有大石运京不便，沿途就征用民船，拆桥毁路，这便是历史上有名的"花石纲"之祸。这事连宋徽宗也觉得有点心虚，蔡京就说："陛下要的都是山野之物，是没有人要的东西，有何不可？"真会给主子找台阶下。当他要对付政敌时，用的是有字的石头。他看中了石头的经久耐磨，要刻书其上，让政敌万世不得翻身。不想后人又将此碑重刻，以作为历史的反面教员。

因为有了这次由石悟史的经历，以后我就留意石头上的野史。

封建时代，普天之下莫非王土，这石头当然首先要为皇家服务。中国历史上文治武功较突出的秦皇汉武、唐宗宋祖、明太祖、清康熙乾隆七位名君，除汉武、宋祖外，我见过他们其余五人留下的石头。今泰山脚下的岱庙里有秦始皇二十八年东巡时的刻石，北宋时还有136个字，现只剩下9个字了。现太原晋祠存有唐太宗李世民亲笔书的一块《记功铭》，四面为文。我得一拓片，展开有一面墙之大，甚是壮观。那个乞丐出身的朱元璋很有意思，他与陈友谅大战于鄱阳湖，正不分上下时，得一疯人周颠指点而胜，朱得江山后亲自撰文，在鄱阳湖边的庐山最高处为之立碑，现在御碑亭成了庐山的一个重要景点。康熙、乾隆的御制诗文极多，这是世人皆知的。中国几乎任何一处著名的风景点或庙宇里都能看到他们的碑刻，但大多是"到此一游"之类。

石头记事，确实可以千古不朽，于是就生出另一面的故事，有钱有势的就想尽量刻大石、多刻石。但是如果你的名和事不配这个不朽，不配流芳百世呢？那就适得其反，留下了一份尴尬，又为历史平添了一点笑话。这石愈大，就尴尬愈大，笑话愈大。山东青州有一座云门山，石壁上刻有一巨大的寿字，就是一米七八的小伙子，也没有寿下的"寸"字高。游人在山下，仰首就可看到。原来当年这里曾是朱元璋的后代衡王的封地，他在嘉靖三十九年（1560年）为筹办自己的祝寿庆典，特意搞了这么一个"寿"字工程。但是如今除了山上的寿字和山下孤零零的一个空牌楼，衡王府连只砖片瓦也找不到了。衡王这个人如不专门查史，也没人知道。"寿"字倒是长寿至今，那是因为它的书法价值和旅游的用途，衡王却一点光也沾不了。

河北正定去年才出土的一块残碑，也是对立碑人的最大讽刺。这碑我们现在已不能称为碑了，因为它已断为三截，但是大得出奇，只驮碑的底座就比一辆小汽车还大，这是目前国内多处碑林中未曾见过的巨制。奇怪的是，如此辉煌的记功碑既不是出自大汉盛唐，也不是出于宋元明清，据查它出自中国历史上一个短暂纷乱的小王朝——五代时的后晋。从碑身可以看出字迹清晰，石色未经风雨洗磨，碑立好不久便入土为安了，而且碑文中所有涉及碑主人的名字多处都被剔毁。经考证，碑主是一个小军阀，是此地的节度使，乱世之际他手里有几个兵也就做起了开国称帝的梦，并且预先刻好了记功请颂之碑，不想梦未成就大祸临

人生 _____ 谁能 ___ 无补丁

头了，他被杀身，碑也被活埋。这段公案直到 1 000 多年后，正定县修路时，才在现代挖掘机的咔嚓声中重见天日。于是我想到，这厚厚的土地下不知埋藏着多少不朽的石头和石头上早已朽掉了的人物。

上面说的是流传至今的成碑，还有一种是未及成形的夭折之碑。我见到最大的夭折碑是南京阳山的特大"碑材"。现在较多的说法是朱棣篡位称帝后，准备为他的父亲朱元璋修孝陵时所采的石材。它实在太大了，从初步形成的情况看，碑座长 29.5 米，宽 12 米，高 17 米，重约 1.6 万吨；碑首长 22 米，高 10 米，宽 10.3 米，重 6 118 吨；碑身长 51 米，宽 14.2 米，厚 4.5 米，重约 8 800 吨。总计合三万多吨。据传，当时为开采此石，用数千工匠，每人每天限出碎石三斗三升，出不完即死。山下新坟遍野，至今仍有村名"坟头"。当时用的是笨办法，先将石料与山体凿缝剥离，然后架火猛烧，再以冷水泼在石面，热胀冷缩，一层层地激起碎石，至今石上还有火烤烟熏的痕迹。千万人、千万时的劳动还是敌不过自然的伟力，人们虽可勉强将这个庞然大物从山体上剥离，但如何运进城去却是个难题，于是它就这样永远地躺在了山脚下。如今现代化的高速公路从碑石下穿过，这巨石就如一头远古时的恐龙或者猛犸象，终日瞪着好奇的眼睛看着来往的车流。

如果你读不懂这块三万多吨的巨石，就请先读读明史，读读朱棣。朱棣是朱元璋的第四个儿子，本来轮不到他来做皇帝，他也早被封为燕王，驻地就是现在的北京。但他起兵南下，夺了他侄儿的帝位，然后迁都北京。朱棣很有雄才大略，平定北方，打击元朝残余势力，也很有功，但人极残忍。他窃位后自知不合法，便施高压，收拾异己。他要名士方孝孺为他起草即位诏，方不从，他就以刀割其口，又株连十族，共 873 人。兵部尚书铁铉不从，就割其耳鼻，又烹而使之食，问："甘否？"铉答："忠臣之肉有何不甘。"大骂而死。他将政敌或杀或充军，十分残忍。不可想象，在中国已经历了唐宋成熟期的封建文明之后，还有这样一位残暴的最高统治者。但他又装得很仁慈，一次到庙里去，一个小虫子落在身上，他忙叫下人放回树叶，并说："此虽微物，皆有生理，毋轻伤之。"朱棣既有野心和实力夺帝位，又要表现出仁孝，表示合法，于是他就想到为父亲的陵寝立一块最大的石碑。这或许有赎罪和安慰自己灵魂的一面，但正好表现了他的霸气和凶残，这是一块多么复杂的石头。中国历史上 334 个皇帝中，叔夺侄位、迁都易地、另打锣鼓重开张的就朱棣一人。这块有三万多吨之重，非碑非石，后人只好叫作"碑材"的也只有这一例。它像神话中的人头兽身怪，是兽向人嬗变中的定格。

如果说，正定大残碑是一个未登皇位的人梦中的龙座，阳山大碑材就是一个已登皇位者为自己想立又没有立起来的贞节牌坊。而许许多多有诗有文的御碑，则是胜者摇头晃脑、假模假样的道德文章。武则天倒是聪明，在她的陵前只有一块无字碑，她让后人去评、去想。但这也有点作秀，是另一种立传碑。"菩提本无树"，要是真洒脱又何必要一块加工过的石头呢？唐太宗说以史为镜，"史镜"的一种形式就是石头，后人从石镜里照出了所有弄石人的嘴脸，就是那些小动作和内心深处的小把戏也分毫毕现。

当然，石头既是山野之物，又可随时洗磨为镜，便就谁也可以用来照人照世、表达思想、褒贬人物了。上面说的是宫廷之碑，民间也有许多著名的碑刻成了我们历史文化的里程碑。如我们在中学课本里学过的《五人墓碑记》等，其激越的思想、感人的故事与坚强的石头一起经过历史的风雨，仍然闪烁着理性的光芒。成都武侯祠有岳飞书《出师表》石刻，一笔一画如横出剑戟，一点一捺又如血泪落地。石头客观公平，忠也记，奸也记，全留忠奸在青石。民间的说法就更是常书写在石头上。胡适说："中国文学史何尝没有代表时代的文学，但是我们不应该向那古文史里去找，应该向旁行斜出的不肖文学里去找寻。"了解中国的政治史，除二十四史外，也应该到路边或旧宅的古石块上去找寻。在我看过蔡京《元祐党籍碑》之后八年再到桂林，却意外地见到一块惩贪官碑。碑文为："浮加赋税，冒功累民。兴安知事，吕德慎之纪念碑。民国五年冬月闰日公立。"指名道姓，为贪官立碑，彰显其恶，以戒后人，全国大概仅此一例，其作用正如朱元璋将贪官剥皮填草立于衙堂之侧。

我当记者时，在家乡山西还碰到一件为清官立碑的事。从前山西晋城产一种稀有兰草，岁岁进贡。然此地崇山峻岭，崖高林密，年年因采贡品死人。就是那年我们上山时也还无路可通，要手足并用，攀岩附藤而上。有一任县令实在不忍百姓受苦，便冒欺君之罪，谎报因连年天旱此草已绝迹，请免岁贡。从此当地人逃此苦役，百姓为其立碑。封建时代人们盼清官，所以就留下不少这类的刻石。现在武夷山的文庙里还保存有一块宋太宗赐立各郡县的《戒石铭》："尔俸尔禄，民脂民膏，下民易虐，上天难欺。"还有那块被朱镕基推崇引用的《官箴》碑："吏不畏吾严，而畏吾廉；民不服吾能，而服吾公。公则民不敢慢，廉则吏不敢欺。公生明，廉生威。"此石原为明代一州官的自警碑，到清代被一后继者从墙里发现，又立于署衙之侧以自警，再到朱镕基之口，是一根廉政接力棒，现存西安碑林。

大约人自从有了思想，就一天也没有停止过利用石头来表达它。权贵们总是想把石头雕成一根永恒的权杖，洁身自好者就用它来磨一面正形的镜子，而老百姓则将它用作代言的嘴巴。无论岁月怎样热闹地更替，人类演化出多少缤纷的思想，上帝却只用一块石头，就将这一切静静地收藏。

三

前面说过，没有哪一个人愿意怀抱一块冰冷的石头。但是，这石头确确实实每时每刻都在人类的怀抱里温暖着，一代代传递着。于是"人石三分"，那石面石纹里就都浸透着人文的痕迹。不知不觉中，人们除了将石头用作生产生活的工具外，还将它用作记录文明、传承文化的载体。就文化的本意来说，它是社会历史活动的积累。为了使辛苦积累的东西不致失去，石头是最好的载体。一来因其坚硬，耐磨损，不像纸书本那样怕水怕火；二来因其本就处在露天环境，体势宏大，有较好的宣示功能。所以，以石记史、以石为文就代代不绝。

人以文化心理刻石大概有这样几种类型。

第一种是为了表达崇拜，宣扬精神。最典型的是佛教的石窟、石刻和摩崖造像。敦煌、麦积山、云冈、龙门、大足，佛教一路西来，站站都留下巨型石窟。这都要积数代人的力量才能成。像乐山大佛那样，将一座山刻成一个大佛，用了90年的时间，这需要何等惊人的毅力，而且必须有社会氛围，凭借宗教的信仰力才能办到。泰山后面有一道沟，

人生 ———— 谁能 无补丁

人们竟将一部《金刚经》全刻在流水的石面上，每个字有桌面之大，这沟就因此名为"经石峪"。但也有的是为了宣扬其他。冯玉祥好读书，他住庐山时心有所悟，就将《孟子》的一整段话叫人刻在对面的石壁上。经石峪和庐山我都去过，身临其中，俯读经文，佛心澄静；仰观圣言，壮心不已，你会感到一股这石头文化特有的磅礴之力。

古人凿山为佛的场景我无法亲历，但现代人一件借石表忠的事我倒是亲自体味过。20 世纪 80 年代初，我在山西当记者，一天沁水县（作家赵树理的家乡）的书记来找我，说他那里出了一件奇事。我到现场一看，原来是一位老村干部为毛主席修了一座纪念堂。"堂"不足奇，奇的是他硬在一块巨石上用手抠出了这座"堂"。当时，毛主席去世不久，这位深感其恩的老村干部决心以个人之力为伟人建一座"堂"，而且暗发宏愿，必须整石为屋。他遍寻附近的山头，终于在村对面山上找到一块巨石，就背一卷行李、一口小锅住在山上。他一锤一錾，每天打石不止，积年余之力，居然挖出一座有四米直径之大的圆房子。老人将毛主席的像端挂正中。他又觉得山太秃，想引来奇花异草，依稀知道有一本记载植物的书叫《本草纲目》，就向卫生部写信，卫生部居然还给他寄来了许多种子，我去时山上已一片青翠。当时正好农村推行改革政策，村里就将这山承包给了老人。

第二种是为了给后人积累知识、传递信息。那一年我到镇江，在焦山寺碑林里见到一方石头，上面刻有一幅地图，名《禹迹图》，是大禹治水、天下初定后的版图。这幅石地图用横竖线组成 5 831 个方格，每格合百里，比例为 1：4 200 000，上面有山川河流及 551 个地理名称。这是我见到的最久远的地图，它刻于宋绍兴十二年（1142 年），英国人李约瑟说这是世界上最杰出的古地图。现在河北保定原清直隶总督的大院内保存着16幅《御题棉花图》刻石。乾隆三十年（1765年），时任总督的方观承考察北方的棉花种植生产流程后，亲手绘制了16幅工笔绢画，图后配有说明文字，呈送乾隆皇上御览。乾隆仔细研究过后，于每幅图上题诗一首。这回皇上写的诗也还文风淳朴，有亲农爱民之情，比如第二幅的《灌溉》："土厚由来产物良，却艰治水异南方。辘轳汲井分畦溉，嗟我农民总是忙。"皇帝亲自题诗勒石承认农民的辛苦，恐怕在中国历史上也仅此一例。这图文并茂的16幅石刻永远留在了直隶总督衙门，成为我们中国农业科技史的重要资料。人们考证，最早的木版连环画大约可以追溯到明万历年间，而这《御题棉花图》很可能就是第一本刻在石头上的连环画。最近我到甘肃麦积山又有新的发现，这里存有一块刻于北魏时期的释迦牟尼成佛过程的浮雕碑，应该是更古老的石刻连环画。现在长江大坝已经蓄水，有谁能想到百米水下将要永远淹没一段石上的文化？原来在涪陵城的江面上有一道石梁，水枯时现，水丰时没，古人就用它刻记水文的变化。石长1 600米，1 100年来竟刻存了163段，三万余字的记录，还有飞鱼图案。考古学家习惯将地表数米厚的土壤称为文化层。人们一代一代，耕作于斯，歇息于斯，自然就于这土层中沉淀了许多文化。那么，突出于地表的石头呢，自然就更要首当其冲地记录文化，它不仅是文化层，更是文化之碑、历史之柱。

第三种是人们无意中在石上留下的关于艺术、思想和情感的痕迹。司马迁说"桃李不言，下自成蹊"，在无言的石头面前，岂止是"成蹊"，人们常常是诚惶诚恐地膜拜。山东平度的荒山上至今还存有一块著名的《郑文公碑》，被尊为魏碑的鼻祖。每年来这荒野中朝拜的人不知有多少。那年我去时，由县里一个姓于的先生陪同，他说日本人最崇拜这碑，每年都有书道团来认祖，真的是又鞠躬，又跪拜。一次两位老者以手抚碑，竟热泪盈眶，提出要在这碑下睡一夜。于先生大惊，说在这里过夜还不被狼吃掉？这"碑"虽叫碑，其实是山顶石缝中的两块石头。先要大汗淋淋爬半天山路，再手脚并用攀进石缝里，那天我的手就被酸枣刺划破多处。我来的前两年刘海粟先生也来过，但已无力上山，由人扶着坐在椅上，由山下用望远镜向山上看了好一会儿。其实是什么也看不见的，只是了一个心愿。现在，这山因石出名，成了旅游点，修亭铺路，好不热闹。

人对石的崇拜，是因为那石上所浸透着的文化汁液。石虽无言，文化有声。记得徐州汉墓刚出土，最让我感动的是每个墓主人身边都有一块十分精美的碑刻，今天都可用作学书法的范本。但这在当时就是一个普普通通的丧葬配件，很平常，如同墓中的一把土。许多现在已被公认的名帖，其实当年就是这样一块墓中普通的石头，本与书法无关。如有名的《张黑女墓志》，人们临习多年，赞颂有加，至今却不知道何人所写。就像飞鸟或奔跑的野物会无意中带着植物的种子传向远方。人们在将石头充作生活用品和生产工具时，无意中也将艺术传给了后人。

那一年我到青海塔尔寺去，被一块普通的石头大大感动。说它普通，是因为它不同于前面谈到的有字之石。它就是一块路边的野石，其身也不高，约半米；其形也不奇，略瘦长，但真正是一块文化石。当年宗喀巴就是从这块石头旁出发去进藏学佛。他的老母每天到山下背水时就在这块石头旁休息，西望拉萨，盼儿想儿。后来，宗喀巴创立新教派成功，塔尔寺成了佛教圣地，这块望儿石就被请到庙门口。现在当地虔诚的信徒们来朝拜时，都要以他们特有的生活习惯来表达对这块石头的崇拜。

当石头作为生产工具时，是我们生存的起码保证；当石头作为书写工具时，是我们传承文明的载体；而当石头作为人类代代相依、忠贞不贰的伴侣时，它就是我们心灵深处的一面镜子。无论社会如何进步，天不变，石亦不烂，石头将与人相厮相守到永远。

《中国作家》2003 年第 11 期

我们该怎样做人、做官、做文

——《岳阳楼记》解读

　　毛泽东在《讲堂录》中谈道：在中国历史上，不乏建功立业的人，也不乏以思想品行影响后世的人，前者如诸葛亮、范仲淹，后者如孔孟等人。但二者兼有，即"办事兼传教"之人，历史上只有两位，即宋代的范仲淹和清代的曾国藩。范仲淹正当北宋封建社会的成熟期，他"办事兼传教"，是一个典型的封建官员知识分子。而他留给我们的政治财富和文化思考全部浓缩在一篇只有 368 个字的短文中，这就是传唱千古的《岳阳楼记》。

　　中国古代留下的文章不知有多少，如果让我在古今文章中选一篇最好的，只需忍痛选一篇，那就是范仲淹的《岳阳楼记》。千百年来，中国知识界流传一句话：不读《出师表》，不知何为忠；不读《陈情表》，不知何为孝。忠孝是封建道德标准。随着历史进入现代社会，这"两表"的影响力已在逐渐减弱，特别是《陈情表》，已鲜为人知。但有一个奇怪的现象，同样产生于封建时代的《岳阳楼记》却丝毫没有因历史的变迁而被冷落、淘汰，相反，它如一棵千年古槐，经岁月的沧桑，愈显其旺盛的生命力。

　　北宋之后，《岳阳楼记》穿云破雾，历久弥新。呜呼，以一文之力能抗近 900 年之变，靠什么？靠它的思想含量、人格思想、政治思想和艺术思想。它以传统的文字，表达了一种跨越时空的思想，上下千年，唯此一文。

《岳阳楼记》已经成为一份独特的历史遗产，其中有无尽的文化思考和政治财富。从《古文观止》到新中国成立以后历届的中学课本，常选不衰；从政界要人、学者教授到中小学生，无人不读、不背，这说明它仍有现实意义。归纳起来有三条：一是教我们怎样做人，二是教我们怎样做官，三是教我们怎样写文章。

我们该怎样做人——独立、理性、牺牲的人格之美

人们都熟知范仲淹在《岳阳楼记》里的名言"先天下之忧而忧，后天下之乐而乐"，却常忽略了文中的另一句话："不以物喜，不以己悲。"前者是讲政治，怎样为政、为官，后者是讲人格，怎样做人。前者是讲政治观，后者是讲人生观。正因为讲出了这两个人生和政治的基本道理，这篇文章才达到了不朽。其实，一个政治家政治行为的背后都有人格精神在支撑，而且其人格的力量会更长久地作用于后人，存在于历史。

"不以物喜，不以己悲。"物，指外部世界，不为利动；己，指内心世界，不为私惑。就是说：有信仰，有目标，有精神追求，有道德操守。结合范仲淹的人生实践，可从三个方面来解读他的人格思想。

1. 独立精神——无奴气，有志气

范仲淹有两句诗最能说明他的独立人格："心焉介如石，可裂不可

夺。"范仲淹于太宗端拱二年（989年）生于徐州，出生第二年父亲去世，29岁的母亲贫无所依，抱着襁褓中的他改嫁朱家，来到山东淄州（今山东邹平县附近）。他也改姓朱，名朱说。他少年时在附近的庙里借宿读书，每晚煮粥一小锅，次日用刀划为四块，早晚各取两块，拌一点咸韭菜为食。这就是成语"断齑划粥"的来历。这样苦读三年，直到附近的书都已被他搜读得再无可读。但他的两个异父兄长却不好好读书，花钱如流水。一次他稍劝几句，对方反唇相讥："连你花的钱都是我们朱家的，你有什么资格说话。"他才知道自己的身世，心灵大受刺激，真是未出家门便感知世态之炎凉。他发誓期以十年，恢复范姓，自立门户。

大中祥符四年（1011年），23岁的范仲淹开始外出游学，来到当时一所大书院应天书院（今河南商丘市），昼夜苦读。一次真宗皇帝巡幸这里，同学们都争先出去观瞻圣容，他却仍闭门读书，别人怪之，他说："日后再见，也不晚！"可知其志之大，其心之静。有富家子弟送他美食，他竟一口不吃，任其发霉。人家怪罪，他谢曰："我已安于喝粥的清苦，一旦吃了美味怕日后再吃不得苦。"真是天降大任于斯人，自觉自愿苦其心志，劳其筋骨。他在大中祥符八年（1015年）中进士，在殿试时终于见到了真宗皇帝，并赴御宴。不久他被调去安徽广德亳县做官，立即把母亲接来赡养，并正式恢复范姓。这时离他发愤复姓只过了五年。

范仲淹中了进士后被任命的第一个地方官职是到安徽广德任"司理参军"，就是审理案件的助理。当时地方官普遍贪赃爱财，人为制造冤案。他廉洁守身，秉公办案，常与上司发生争论，任其怎样以势压人，也不屈服。每结一案，就把争论内容记在屏风上，可见其性格的耿直。一年后离任时，屏风上已写满案情，这就是"屏风记案"的故事。他两袖清风，走时无路费，只好把老马卖掉。对历史上有骨气的人，范仲淹非常敬重。1037年，范第三次被贬赴润州（今江苏镇江）任上时，途中经彭泽，拜谒唐代名相狄仁杰的祠堂。狄刚正不阿，不畏武则天的权势，被陷入狱，又被贬为县令。范当即为其写一碑文，歌颂他：

> 呜呼！武暴如火，李寒如灰。何心不随，何力可回？我公哀伤，拯天之亡，逆长风而孤骞，溯大川以独航。金可革，公不可革，孰为乎刚？地可动，公不可动，孰为乎方？

文字掷地有声。而当时作者也正冒着朝中的"暴火寒灰"，独行在被贬的路上。而他所描写的刚不可摧、方不可变，也正是自己的形象。

2. 理性精神——实事求是，按原则行事

范仲淹的独立精神绝不是桀骜不驯的自我标榜和逞一时之快的匹夫之勇。他是按自己的信仰办事，是知识分子的那种理性的勇敢。我在写瞿秋白的《觅渡》一文中曾谈到，这是一种像铁轨延伸一样的坚定精神。

亚里士多德说："吾爱吾师，吾更爱真理。"范仲淹是晏殊推荐入朝为官的，他一入朝就上奏章给朝廷提意见，这吓坏了推荐人晏殊，他说："你刚入朝就这样轻狂，就不怕连累到我这个举荐人吗？"范听后半晌没有反应过来，一会儿，难受地说："我一入朝就总想着奉公直言，

千万不敢辜负您的举荐，没想到尽忠尽职反而会得罪于您。"回到家他又给晏写了一封3 000字的长信说："当公之知，惟惧忠不如金石之坚，直不如药石之良，才不为天下之奇，名不及泰山之高，未足副大贤人之清举。今乃一变为尤，能不自疑而惊呼！且当公之知，为公之悔，傥默默不辨，则恐搢绅先生诮公之失举也。"晏殊是他的恩师，入朝的引路人。这件事充分体现了范"爱吾师更爱真理"的品格。

宋仁宗时，西北强敌西夏不断侵扰，他被任命为前线副帅抗敌。当时朝野上下出于报仇心理和抗战激情，都高喊出兵。主帅命令出兵，皇上不断催问，左右不停地劝说。但他认为备战还不成熟，坚持不出兵。主帅韩琦说："大凡用兵，先得置胜负于度外。"他说："大军一动就是千万人的性命，怎敢置之度外？"朝廷严词催促出兵，他反复申诉，自知"不从众议则得罪必速"，"奈何成败安危之机，国家大事，岂敢避罪于其间"。结果，上面不听他的意见，1041年好水川一战，宋军损失6 000人。此后宋军再不敢盲动，最终按范仲淹的策略取得了胜利。900多年后，这种独立思考的理性精神也有类似一例，淮海战役前，中央三下其令要求粟裕将军率师渡江，他三次斗胆向中央和毛主席上书，建议战场摆在江北，终于为毛泽东所接受，这一决策使得解放战争提前胜利三年。

在人性中，独立和奴气，是基本的两大分野。一般来讲，人格上有独立精神的人，在政治上就不大容易被收买。我们不要小看人格的独立。就整个社会来讲，这种道德的进步经历了一个漫长的过程。奴隶制度造成人的奴性，封建制度下虽有"士可杀不可辱"的说法，但还是强调等级、服从。进入资产阶级社会，才响亮地提出平等、自由，人性的独立才成为一种普遍的社会标准和道德意识。

现在许多人也在变着法媚上，对照现实我们更感到范仲淹在 1 000 年前坚持的独立精神的可贵。正是这一点，促成了他在政治上能经得起风浪。做人就应该"宠而不惊，弃而不伤，丈夫立世，独对八荒"。鲁迅就曾痛斥当时国人的奴性。一个人先得骨头硬，才能成事，如果他总是看别人的脸色，除了当奴才还能干什么？纵观范仲淹一生为官，无论在朝、在野、打仗、理政，从不人云亦云，就是对上级、对皇帝，他也实事求是，敢于坚持。这里固然有负责精神，但不改信仰、按规律办事，却是他的为人标准。

"不以物喜，不以己悲"，就是不随波逐流。那么以什么为立身根本呢？以实际情况，以国家利益为根本。用现在的话说就是实事求是，无私奉献。陈云同志讲："不唯上，不唯书，只唯实。"人能超然物外，克服私心，就是一个大写的人，就是君子，不是小人。可惜，千年来社会虽已大有进步，人性仍然没有能摆脱这种公与私的羁绊。这个问题恐怕要到共产主义社会才能解决。你看我们的周围，有多少光明磊落，又有多少虚伪龌龊。

凡成大事者，首先在人格上要能独立思考，理性处事，敢于牺牲。而那些人格上不独立的人，政治上必然得"软骨病"，一入官场，就阿谀奉承，明哲保身，甚而阳奉阴违，贪赃枉法，卖身投靠，紧要关头投敌叛变。我在官场几十年，目之所及，已数不清有多少事例，让你落泪，又让你失望。有的官员，专研究上司所好，媚态献尽，唯命是从。上发一言，必弯腰尽十倍之诚，而不惜耗部下百倍之力，费公家千倍之财，以博领导一喜。这种对上为奴、对下为虎的劣根人格实在可悲。我每次读《岳阳楼记》就会立即联想到周围的现实。"不以物喜，不以己悲"，这种对独立人格的追求，仍然是我们现在所需要的。

3. 牺牲精神——为官不滑，为人不私

"不以己悲"就是抛却个人利益，敢于牺牲，不患得患失。怎样处理公与私的关系，是判断一个人道德水平高低最基本的标准。我们熟悉的林则徐的两句诗"苟利国家生死以，岂因祸福避趋之"讲的就是这个道理。范仲淹一生为官不滑，为人不奸。他的道德标准是只要为国家，为百姓，为正义，都可牺牲自己。下面兹举两例。

1038 年宋西北的夏建国，赵元昊称帝。宋夏战事不断。边防主帅范雍无能，1040 年仁宗不得不重组一线指挥机构，任命范仲淹为陕西经略招讨副使（副总指挥）赶赴前线，这年他已 52 岁，这之前他从未带过兵。范仲淹一路兼程，赶到延州（今延安）。延州才经兵火，前面 36 寨都被荡平，孤悬于敌阵前。朝廷曾先后任命数人，他们都畏敌而找借口不去到任。范说，形势危急，延州不能无守，就挺身而出，自请兼知延州。

范仲淹虽是一介书生，但文韬武略，胆识过人。他见敌势坐大，又以骑兵见长，便取守势，并加紧部队的整肃改编，提拔了一批战将，在当地边民中招募了一批新兵。庆历二年（1042 年），范仲淹密令 19 岁的长子纯佑偷袭西夏，夺回战略要地"马铺寨"。他引大军带筑城工具随后跟进，部队一接近对方营地，他即令就地筑城，十天，一座新城平地而起。这就是后来发挥了重要战略作用的像一个楔子一样打入夏界的孤城——大顺城。城与附近的寨堡相呼应，西夏再也撼不动宋界。夏军

中传说着，现在带兵的这个"范小老子"（西夏人称官为老子）胸中自有数万甲兵，不像原先那个"范大老子"（指前任范雍）好对付。西夏见无机可乘，随即开始议和。范以一书生领兵获胜，除其智慧之外，最主要的是这种为国牺牲的精神。

范与滕宗谅（字子京）的关系，是他为国惜才、为朋友牺牲的例证。滕与范仲淹是同年的进士，也是一个热血报国的忠臣。西北战事吃紧时滕也在边防效力，知泾州。当时正定川一役大败之后，形势危急。滕招兵买马，犒赏将士，重整旗鼓。范又让他兼知庆州，亦治理得井井有条。但正因为他干事太多，就总被人挑毛病，有人告他挪用公款 15 万贯。仁宗大怒，要查办。但很快查明，这 15 万贯钱，犒赏用了3 000 贯，其他皆用于军饷。而这 3 000 贯的使用也没有超出地方官的权力范围，但是朝中的守旧派咬住此事不放，乘机大做文章，宰相等也默不作声。

范这时已回京，他激愤地说，朝廷看不到边防将士的辛苦和功劳，一任有人在这些小问题上捕风捉影，加以陷害，这必让将士寒心，边防不稳。他力保滕宗谅无大过，如有事甘愿同受处分。这样滕才没有被撤职，而在庆历四年（1044 年）被贬到了岳阳，才有后来《岳阳楼记》这一段佳话。如果没有当年范对滕的冒死一保，政治史和文学史都将缺少精彩的一笔。可知范后来为他写《岳阳楼记》，本身就是一种对朋友、对正义事业的支持，而这是要冒风险、要付出代价的。他在文章中叹道："微斯人，吾谁与归？"他愿意和志同道合的战友一起去为事业牺牲。

任何革命的、进步的团体和事业，都是以肝胆相照的人格精神为基础凝聚力量、团结队伍的。不要奸猾，只要忠诚。"文化大革命"中"四人帮"制造了"六十一人叛徒集团"，诬刘少奇为内奸、叛徒。周恩来1966年11月22日致信毛泽东："当时确为少奇同志代表中央所决定，七大、八大又均已审查过，故中央必须承认知道此事。"红卫兵要揪斗陈毅，周气愤地表示，你们要揪斗陈毅，我就站在人民大会堂门口，让你们从我身上踏过去。而康生对借"伍豪事件"整周恩来却装聋作哑。

我们该怎样做官——忧民、忧君、忧政的为官之道

范仲淹对政治文明的贡献，主要体现在一个"忧"字上。《岳阳楼记》产生于我国封建社会成熟期之宋代，作者生于忧患、成于忧患，倾其一生来解读这个"忧"字。好像是中国封建社会发展到转折时期，专门要找一个这样的解读人。范仲淹的忧国思想，最忧之处有三，即忧民、忧君、忧政。也可以说这是他留给我们的政治财富，这也是每一个政治家都要面对的问题。

1. 忧民

他在文章中写道"居庙堂之高，则忧其民"，就是说当官千万不要忘了百姓，官位越高，越要注意这一点。

政治就是管理，就是民心。官和民的关系是政治运作中最基本的内容。忧民生的本质是官员的公心、服务心，是怎样处理个人与群众的关系。人民永远是第一性的，任何政权都是靠人民来支撑的。一些进步的

封建政治家也看到了这一点，强调"民为邦本"，唐太宗甚至说"水可载舟亦可覆舟"。范仲淹继承了这一思想并努力在实践中贯彻。他认为君要"爱民""养民"，就像调养自己的身体，要十分小心，要轻徭役、重农耕。特别是地方官，如果压榨百姓，就是自毁邦本。

范仲淹从 1015 年中进士到 1028 年进京任职前，已在基层为官 13 年。这期间，他先后转任广德（今安徽广德）、亳州（今安徽亳县）、泰州（今江苏泰州）、兴化（今江苏南通一带）、楚州（今江苏淮安）五地，任过一些掌管刑狱的幕僚小职，最后一任是管盐仓的小吏。他的所作所为，无不表现出他是一个典型的有知识、有理想，又时时想着报国安民的青年官吏。他按儒家经典的要求"达则兼善天下"，但是却扬弃了"穷则独善其身"，只要有一点机会，就去用手中的权力为老百姓办事，并时刻思考着只有百姓安康，政治才能稳定。

范仲淹的忧民思想体现在三个方面，即为民请命、为民办事和为民除弊。

一是为民请命，用现在的话说就是"情为民所系"。

关心民情，是中国古代清官的一种好品质、好传统。就是说，先得从思想上解决问题，要有一颗为民的心。郑板桥就有一首名诗："衙斋卧听萧萧竹，疑是民间疾苦声。些小吾曹州县吏，一枝一叶总关情。"出身贫寒、起于基层的范仲淹一生不管地位怎么变，忧民之心始终不变。

1033 年，全国蝗灾、旱灾流行，山东、江淮地区尤其。当时范已调回朝中，他上书希望朝廷派员视察，却迟迟得不到答复，他又忍不住了，冒杀头之祸，去当面质问仁宗："我们在上面要时刻想着下面的百

人生＿＿＿＿谁能＿无补丁

姓。要是您这宫里的人半天没有饭吃会是什么样子？今饿殍遍野，为君的怎能熟视无睹？"皇帝被他问得无言以对，就顺水推舟说："那就派你去赈灾吧。"当年他以一个盐吏身份上书自讨了一个修堤的苦差事，这次他这个谏官又因言得差，自讨了一份棘手难办的赈灾之事。但从这件事情上倒让我们看到了他的办事才干。

他一到灾区就开仓济民，组织生产自救。灾后必有大疫，他遍设诊所，甚至还亲自研制出一种防疫的白药丸。赈灾结束回京后，他还特意带回灾民吃的一种"鸟味草"送给仁宗，并请传示后宫，以戒宫中的奢侈浪费。他的这个举动肯定又引起宫中人的反感。你去赈灾，完成任务回来交差就是，何苦又要借机为宫里人上一堂课呢？就你最爱表现，这怎能不招惹人嫉妒？他还给仁宗讲了他调查访问的一件实事。途中，他碰到6个从长沙到安徽的漕运兵，他们出来时30人，现连死带逃，还剩6人，路途遥远，还不知能不能活着回到家。他深感百姓粮饷和运输负担太重，对皇帝说："知之生物有时，而国家用度无度，天下安得不困！"

二是为民办事，用现在的话说就是"利为民所谋"。

思想上爱民还不算，还得办实事。他较突出的一件政绩是修海堤。1021年，范仲淹调泰州，任一个管理盐仓的小官。当时泰州、楚州、通州（今南通）位于淮水之南，东临黄海，海堤年久失修，海水倒灌，冲毁盐场，淹没良田，不但政府盐利受损，百姓亦流离失所，逃荒他乡。范仲淹只是一个看盐场的小吏，这些地方上的政务本不归他管，但他见民受其苦，国损其利，便一再建议复修海堤，政府就干脆任他为灾区中心兴化县的县令。他制定规划，亲率几万民工日夜劳作在筑堤工地。

一次大浪淹来，百多人顿时被卷入海底。一时各种非议四起，要求停工罢修，范力排众议，亲自督战，前后三年，终使大堤告成。地方经济恢复，国家增收盐利，流离的百姓又回到故乡。人们感谢范仲淹，将此堤称为"范堤"，甚至有不少人改姓范，以之为荣。历代，就是直到今天，能为范仲淹之后仍是一种光荣。明朝朱元璋一次审查犯人名单，见一叫范从文的人，疑是仲淹之后，一问，果是其十二世孙，便特赦了他。有一土匪绑票，见苦主名范希荣，再问是范仲淹之后，立即放掉。可见范在民间的影响之大之远。现在全国为纪念他而建的"景范希望小学"就有 39 所。

三是为民除弊，用现在的话说就是敢于改革。

他是一位行政管理能力极强的官员。他的忧民，绝不像其他官僚那样空发议论、装装样子。他能将思想和具体的行动进一步上升到制度改革层面，每治一地，必有创造性的惠民政策出台。他在西北前线积极改革用兵制度。当时因战事紧张，政府在陕西征农民当兵，士兵不愿背井离乡，便有逃兵。政府就规定在兵的脸上刺字，谓之"黥面"。一旦被"黥面"，这个人永世甚至子孙后代都不得脱离军籍。范经调查后体恤民情，认为这"岂徒星霜之苦，极伤骨肉之恩"，就进行改革，边塞大办营田，将士可以带家眷，又改刺面为刺手，罢兵后还可为民，深得百姓拥护。

范仲淹是 64 岁去世的。在他生命的最后三年，积劳成疾，病体难支，但逾迸发出为民请命、大胆改革的热情。1050 年，他 62 岁时，知杭州，遇大旱，流民遍地。他不只用传统的调粮、赈济之法，而是以工代赈，大兴土木，特别是让寺院参加进来，用平时节余搞基建，增加就业；同时，大办西湖的龙舟赛事，让富人捐助，繁荣贸易，扩大内需；此外，还高价收粮，使粮商无法囤粮抬价。这些看似不当，也受到非议，但却挖掘了民间财力，使杭州平安度荒。

宋代税收常以实物缴纳，以余补缺，移此输彼，谓之支移，但运输费要纳税人出。范在1051年，即他去世前一年知青州，这是他生命旅途的最后一站。他见百姓往200里外的博州纳税，往返经月，路途劳苦，还误农时，运费又多出税额的二到三成，农民之苦，上面长期熟视无睹，他心里十分不安，就改革征税方法，命人将粮赋折成现金，派人到博州高于市价购粮，不出五天即完成任务，免了百姓运输之苦，还有余钱。一般地方官都是尽量超征，讨好朝廷，他却多一斤不要，将余钱退给青州百姓。

诚如他言："求民疾于一方，分国忧于千里。"可以看出他的忧民是真忧，决不沽名，不作秀，甚至还要顶着上面的压力，冒被处分的危险。像上面所举之例，都是问题早就在那里明摆着，为什么前任那么多官都不去解决呢？为什么朝廷不管呢？关键是心中没有装着老百姓。所以"忧民"实际上是检验一个官员好坏的试金石，也成了千百年来永远的政治话题。这种以民为上的思想延续到共产党就是全心全意为人民服务。毛泽东专门写过一篇《为人民服务》的文章。2004年是邓小平诞辰100周年，我受命写一篇纪念文章，在收集资料时，我问研究邓的专家："有哪一句话最能体现邓的思想？"对方思考片刻，答曰，邓对家人说过的一句话可作代表，他说："我这个人没有什么大志，就是希望中国的老百姓都富起来，我做一个富裕国家的公民就行。"

2. 忧君

范仲淹的第二忧是忧君。他说"处江湖之远，则忧其君"，不管在朝在野都不忘君。封建社会"君"即是国，他的忧"君"就是忧国，他时时处处都在忧国。

无论过去的皇帝还是现在的总统、主席，虽权在一人，但却身系一国之安危。于是，以"君"为核心的君民关系、君政关系、君臣关系便构成了一国政治的核心部分。而君臣关系，直接涉及领导集团的团结，是核心中的核心。纵观历史，历代的君大致有明君、能君、庸君、昏君四个档次，臣也有贤臣、忠臣、庸臣、奸臣四种。于是明君贤臣、昏君奸臣，抑或庸君与庸臣就决定了一朝政府的工作质量。而又以君臣关系最为具体，君臣故事成了中国政治史上最生动的内容之一，比如，史上最典型的明君贤臣配：唐太宗与魏征；昏君贤臣配：阿斗与诸葛亮；昏君奸臣配：宋高宗与秦桧；等等。

范仲淹是贤臣，属臣中最高的一档；仁宗不庸不昏，基本上算是能君，属于第二档。他们的君臣矛盾，是比较典型的能君与贤臣的关系。在专制和权力高度集中的制度下，君既有代表国家的一面，又有权力私有的一面；臣子既要忠君，又要报国。这就带来了"君"的两重性和"臣"的两重性。君有明、昏之分，臣有忠、奸之别。遇明君则宵衣旰食，如履薄冰，勤恳为国；遇昏君则独断专行，为所欲为，玩忽国事。"忧君"的实质是忧君所代表的国事，而不是忧君个人的私事。忠臣忧君不媚君，总是想着怎么劝君谏君，抑其私心而扬其公责，把国家治好。奸臣媚君不忧国，总在琢磨怎么满足君的私欲，把他拍得舒服一些。当然，奸臣这种行为总能得到个人的好处，而忠臣的行为则可能招来杀身之祸。范仲淹行的是忠臣之道，是通过忧君而忧国、忧民，所以，当这个"君"与国、与民矛盾时，他就左右为难。这是一种矛盾、一种悲剧，但正是这种矛盾和悲剧考验出忠臣、贤臣的人格。

这种"四重奏"和"两重性"的矛盾关系决定了一个忠心忧国的臣子必然要实事求是，敢说真话，对国家负责。用范仲淹的话说："士不死不为忠，言不逆不为谏。"欧阳修评价他："直辞正色，面争庭对"，"敢与天子争是非"。仁宗属于能君，他有他的主意，对范是既不全信任，又离不开，时用时弃，即信即离。而范仲淹既有独立见解，又有个性，这就构成范仲淹的悲剧人生。封建社会伴君如伴虎，真正的忧君，敢说真话是要以生命作抵押的。范仲淹不是不知道这一点，他说："臣非不知逆龙鳞者，掇齑粉之患；忤天威者，负雷霆之诛。理或当言，死无所避。"他将一切置之度外，一生四起四落，前后四次被贬出京城。他从 27 岁中进士，到 64 岁去世，一生为官 37 年，在京城工作却总共不到四年。

1028 年，范仲淹经晏殊推荐到京任秘阁校理——皇家图书馆的工作人员。这是一个可以常见到皇帝的近水楼台。如果他会钻营奉承，很快就可以飞黄腾达。中国历史上有多少宦官、近臣如高述、魏忠贤等都是这样爬上高位的。但是范仲淹的"忧君"，却招来了他京官生涯中的第一次谪贬。

原来，这时仁宗皇帝虽已经 20 岁，但刘太后还在垂帘听政。朝中实际上是两个"君"，一个名分上的君仁宗皇帝，一个实权之君刘太后。这个刘太后可不是一般人等，她本是仁宗的父亲真宗的一位普通后妃，只有"修仪"名分，但她很会讨真宗欢心。皇后去世，真宗无子，嫔妃们都争着能为真宗生一个孩子，好荣登后位。刘修仪自己无能，便想出一计，将身边的一位李姓侍女送给皇帝侍寝，果然生下一子。但她立即抱入宫中，作为己子，就是后来的宋仁宗。刘随即因此封后，真宗死后她又当上太后，长期干预朝政，满朝没有一人敢有异议。

范新入朝就赶上太后过生日，要皇帝率百官为之跪拜祝寿。范仲淹认为这有损君的尊严，君代表国家，朝廷是治理国家大事的地方，怎么能在这里玩起家庭游戏。皇家虽然也有家庭私事，但家礼国礼不能混淆，便上书劝阻："天子有事亲之道，无为臣之礼；有南面之位，无北面之仪。"干脆再上一章，请太后还政于帝。这一举动震动了朝廷。那太后在当"修仪"时先夺人子，后挟子封后，又扶帝登位，从皇帝在襁褓之中到现在已20年，满朝有谁敢置一喙？今天突然半路杀出了个程咬金，一个刚来的图书校勘管理员就敢问帝后之间的事。封建王朝是家天下、私天下，大臣就是家奴，哪能容得下这种不懂家规的臣子？他即刻被贬到河中府（今山西永济市）任副长官——通判。范仲淹百思不得其解，13年身处江湖之远，时时想着能伴君左右，为国分忧，第一次进京却一张嘴就获罪，在最方便接近皇帝的秘阁只待了一年，就砸了自己的饭碗。

范仲淹第二次进京为官是三年之后，皇太后去世。也许是皇帝看中他敢说真话的长处，就召他回朝做评议朝事的言官——右司谏。我国封建社会的政府监察体制分两部分：一是谏官，专门给皇帝提意见；二是台官，专门弹劾百官，合称台谏。到宋真宗时期，谏官权力已扩大到可议论朝政，弹劾百官。中国封建社会长期稳定，台谏制度有其一功，它

人生 ＿＿＿＿ 谁能 ＿＿ 无补丁

强调权力制约，是中国封建制度中的积极部分。便是皇帝也要有人来监督，勿使其放任而误国事。在推行制度的同时又在道德上提倡"文死谏，武死战"，使之成为一种风气。在中国历史上，从秦始皇到溥仪共334位皇帝，就曾有79位皇帝下"罪己诏"260次，作自我批评。这种对最高权力的监督和皇帝的自我批评是中国封建政治中积极的一面。

范二次进京所授右司谏官职的级别并不高，七品，但权大、责大、影响大。范仲淹的正直当时已很有名，他一上任立即受到朝野的欢迎。这时的当朝宰相是吕夷简，吕靠太后起家，太后一死他就说太后坏话。郭皇后揭穿其伎俩，其相位被罢。吕也不是一般人等，他一面收买内侍，一面默而不言等待时机。时皇帝与杨、尚两位美人热恋。一日，杨自恃得宠，对郭皇后出言不逊，郭挥手一掌向她打去，仁宗一旁急忙拉架，这一掌正打在皇帝脖颈上。吕和内侍便乘机鼓动皇帝废后。

后与帝都是稳定封建政权的重要因素，看似家事，常关国运。就是现代社会，第一夫人也会影响政治，影响国事。范仲淹知道皇后一旦被废，将会引起一场政治混乱。这种家事纠纷的背后是正邪之争，皇后易位的结果是奸相专权。他联合负责纠察的御史台官数人上殿前求见仁宗，半日无人搭理，司门官又出来将大门"砰"的一声闭上。他的犟劲又上来了，就手执铜门环，敲击大门，并高呼："皇后被废，何不听听谏官的意见？！"这真是有点不知深浅，要舍命与皇帝辩论了。看没有人理，他们议定明天上朝当面再奏。

第二天，天不亮范仲淹就穿好朝服准备出门。妻子牵着他的衣服哭着说："你已经被贬过一次了，不为别的，就为孩子着想，你也再不敢多说了。"他就把九岁的长子叫到面前正色说道："我今天上朝，如果回不来，你和弟弟好好读书，一生不要做官。"说罢，头也不回地向待漏院走去。"漏"是古代计时之器，待漏院是设在皇城门外，供百官暂歇等候皇帝召见的地方。

范仲淹这次上朝是在1033年，比这早46年，公元987年，宋太宗的大臣王禹偁曾写过一篇很有名的《待漏院记》，分析忠臣、奸臣在见皇帝前的不同心理。他说，当大臣在这个地方静等上朝时，心里却在各打各的算盘。贤相"忧心忡忡"，忧什么，有八个方面：安民、抚夷、息兵、辟田、进贤、斥佞、禳灾、措刑，等到宫门一开就向上直言，君王采纳，"皇风于是乎清夷，苍生以之富庶"。而奸相则"假寐而坐""私心慆慆"，想的是怎样报私仇、搜钱财，提拔党羽，媚惑君王，"政柄于是乎隳哉，帝位以之而危矣。"他说，既然为官就要担起责任，那种"无毁无誉，旅进旅退，窃位而苟禄，备员而全身"的态度最不可取。他在这里惟妙惟肖地描述和揭示了贤相与明君、奸相与昏君的两个组合，还要求把这篇文章刻在待漏院的墙上，以戒后人。

不知范仲淹上朝时待漏院的墙上是否真的刻有这篇文章，但范仲淹此时的确忧心忡忡。他忧皇上不明事理，以私害公，因小乱大。这种家务之事，你要是一般百姓，爱谁、娶谁、休妻、纳妾没有人管。你是一国之君啊，君行无私，君行无小。枕边人的好坏常关乎政事国运，历史上因后贤而国安、后劣而国乱的事太多太多。同在一个唐朝，长孙皇后帮李世民出了不少好主意，甚至纠正他欲杀魏征这样的坏念头；杨贵妃却引进家族势力，招来"安史之乱"。

范仲淹正盘算着怎样进一步劝谏皇上，忽然传他接旨，只听宣旨官朗朗念道，贬他到睦州（今浙江桐庐附近），接着朝中就派人赶到他家，催他当天动身离京。果然不幸为妻子所言中，全家老小顿时哭作一团。显然这吕夷简玩起权术来比他高明，事前已做过认真准备，三下五除二就干净利落地将他赶出京城。他 1033 年 4 月回京，第二年 5 月被贬出京，第二次进京做官只有一年时间。

如果说范仲淹第一次遭贬，是性格使然，还有几分书生气，这二次遭贬，确是他更自觉地心忧君王、心忧国事。平心而论，仁宗不是昏君，更不是暴君，也曾想有所作为，君臣关系也曾出现过短时蜜月，但随即就如肥皂泡一样破灭。范仲淹不明白，几乎所有的忠臣都如诸葛亮那样希望君王"亲贤臣远小人"，但几乎所有的君王都离不开小人，喜欢用小人。

3. 忧政

忠臣总是一片忠心，借君之力为国家办大事；奸臣总是要尽手段投君所好，为君办私事。范仲淹一生心忧天下，总是在和政治腐败特别是吏治腐败做斗争，并进行了中国封建社会成熟期的第一场大改革——"庆历新政"。一个政权的腐败总是先从吏治腐败开始的。当一个新政权诞生后，第一件事就是安排干部。通常，官位成了胜利者的最高回报和掌权者对亲信、子女的最好赏赐。官吏既是这个政权的代表和既得利益者，也就成了最易被腐蚀的对象和最不情愿改革的阶层。只有其中的少数清醒者，能抛却个人利益，看到历史规律而想到改革。

1035 年，范仲淹因知苏州治水有功又被调回京，任尚书礼部员外郎，知京城开封府。他已两次遭贬，这次能够回京，在一般人定要接受教训谨言慎行，明哲保身。但这却让范仲淹更深刻地看到国家的政治危机。他又浑身热血沸腾，要指陈时弊了。这次，范仲淹没有像前两次那样挑"君"的毛病，他主要针对的是干部制度问题。也就是，由尽"谏官"之责，转向要尽"台官"之责了。

原来这宋朝的老祖宗太祖赵匡胤得天下是利用带兵之权，阴谋篡位当的皇帝。他怕部下也学这一招来夺其子孙的皇位，就收买人心，凡高官的子孙后代都可荫封官职。这样累积到仁宗朝时，已官多为患，甚至骑竹马的孩子都有官在身。

凡一个新政权 50 年左右是一道坎，这就是当年黄炎培与毛泽东在延安讨论的"历史周期率"。到范仲淹在朝时，宋朝开国已 80 年，吏治腐败，积重难返，再加上当朝宰相培植党羽，各种关系盘根错节。皇帝要保护官僚，官僚要巩固个人的势力，拼命扩大关系网，百姓养官越来越多，官的质量越来越低。这之前，范两次遭贬，三次在地方为官，深知百姓赋税之重、政府行政能力之低、民间冤狱之多，根子都在朝中吏治腐败。

经过调查研究，他将朝中官员的关系网绘了一张"百官图"。1036年，他拿着这张图去面见仁宗，说宰相统领百官，不替君分忧，不为国尽忠，反而广开后门，大用私人，买官卖官，这样的干部路线，政府还能有什么效率，朝廷还有什么威信，百姓怎么会拥护我们。范又连上四章，要求整顿吏治。你想，拔起一株苗，连起百条根，这一整顿要伤到多少人的利益，如欧阳修所说："如此等事，皆外招小人之怨，不免浮议之纷纷。"皇帝虽有改革之意，但他绝不敢把这官僚班底兜翻，范仲淹在朝中就成了一个讨嫌的人。吕夷简对他更是恨得牙根痒，就反诬他"越职言事，荐引朋党，离间君臣"。那个仁宗是最怕大臣结党的，吕很聪明，一下就说到了皇上的痛处，于是就把他贬到饶州（今江西鄱阳）。从他1035年3月进京第三次被起用，到第二年5月被贬出京，又只有一年多一点。

这是他第一次试图碰一碰腐败的吏治。这次，许多正直有为的臣子也都被划入范党，分别发配到边远僻地，朝中已彻底没有人再敢就干部问题说三道四了。范仲淹离京，几乎没有人敢为他送行。只有一个叫王质的人扶病载酒而来，他举杯道："范君坚守自己的立场，此行比之前两次更加光彩！"范笑道："我已经前后'三光'了。你看，来送行的人也越来越少。下次如再送我，请准备一只整羊，祭祀我吧。"他坚守自己的信仰"不以物喜，不以己悲"，虽三次被贬而不改初衷。

从京城开封出来到饶州要经过十几个州，除扬州外，一路上竟无一人出门接待范仲淹。他对这些都不介意，到饶州任后吟诗道："三出青城鬓如丝，斋中潇洒过禅师。""潇洒过禅师"，这是无奈的自我解嘲，是一种无法排解的苦闷。翻读中国历史，我们经常会听到这种怀才不遇、报国无门者的自嘲之声。柳永屡试不中，就去为歌女写歌词，说自己是"奉旨填词"；林则徐被谪贬新疆，说是"谪居正是君恩厚，养拙刚于戍卒宜"；辛弃疾被免职闲居，说是"君恩重，且教种芙蓉"。现在范仲淹也是：君恩厚重，让你到湖边去休息！

饶州在鄱阳湖边，风大浪高，范自幼多病这时又肺病复发。不久，那成天担惊受怕、随他四处奔波的妻子也病死在饶州。未几，他又连调润州（今江苏镇江）、越州（今浙江绍兴）。四年换了三个地方。他想起楚国被流放的屈原、汉代被放逐的贾谊，报国无门，不知路在何方。他说："仲淹草莱经生，服习古训，所学者惟修身治民而已。一日登朝，辄不知忌讳，效贾生'恸哭''太息'之说，为报国安危之计。情既龃龉，词乃睽戾……天下指之为狂士。"范仲淹已三进三出京城，来回调动已不下20次。他想，看来这一生只有在人们讨嫌的目光中度过了。

但忠臣注定不得休闲，范仲淹也是这样，自1036年被贬外地四年后，西北战事吃紧，皇帝又想起了他。1040年他被派往延州（今延安）前线指挥抗战。1043年宋夏议和，战事稍缓，国内矛盾又尖锐起来。赋税增加，吏治黑暗，地方上暴动四起，仁宗束手无策，庆历三年（1043年）四月，又将他调回京城任为副相，免了吕夷简的官，请他主持改革，史称"庆历新政"。这是他第四次进京为官了。

这次，他指出的要害仍然是吏治。前面说过，范仲淹第三次被贬就是因为上了一张"百官图"揭露吏治的腐败。七年过去了，他连任了四任地方官，又和西夏打了一仗，但朝中的吏治腐败不但没有解决，反而愈演愈烈。他立即上书《条陈十事》。

他说，第一条，先要明确罢免升迁。现在无论功过，不问好坏，文官三年一升，武将五年一提，人人都在混日子。假如同僚中有一个忧国忧民，"思兴利去害而有为"的，"众皆指为生事，必嫉之，沮之，非之，笑之，稍有差失，随而挤陷，故不肖者素餐尸禄，安然而莫有为也。虽愚暗鄙猥，人莫齿之，而三年一迁，坐至卿、监、丞、郎者历历皆是，谁肯为陛下兴公家之利，救生民之病，去政事之弊，葺纪纲之坏哉？利而不兴则国虚，病而不救则民怨，弊而不去则小人得志，坏而不葺则王者失"。"国虚""民怨""小人得志""王者失"这些字眼，让我们现在读这篇《条陈十事》仍能感受到范仲淹那种深深的忧国忧民之心和急切的除弊救政之志。

他条陈的第二条是抑制大官子弟世袭为官，就是说不能靠出身好当官。现在朝中的大官每年都可自荐子弟当官，"每岁奏荐，积成冗官"，甚至有"一家兄弟子孙出京官二十人"。大官子弟"充塞铨曹（官署），与孤寒争路"。范仲淹是"孤寒"出身，深深痛恨这种排斥人才的门阀观念和世袭制度。

他条陈的第三条是贡举选人，第四条是选好的地方官，"一方舒惨，百姓休戚，实系此人"。第五条是公田养廉。十条倒有五条有关吏治，后面还有厚农桑、修武备、减徭役等。听着这些连珠炮似的言词和条分缕析的陈述，我们仿佛看到了一个痛心疾首、泪流满面的臣子，上忧其君，下忧其民，恨不得国家一夜之间扭转乾坤，来一个海晏河清、政通人和。

政治路线确定之后，干部是决定的因素。干部制度向来是政权的核心问题。治国先治吏，历来的政治改革都把吏治作为重点。不管是忧君、忧国、忧民，最后总要落实在"忧政"上，即谁来施政，怎样施政。

"庆历新政"的改革之初，仁宗皇帝对范仲淹还是很信任的，改革的决心也很大。仁宗甚至让他搬到自己的殿旁办公。范仲淹派许多按察使到地方考察官员的政绩，调查材料一到，他就从官名册上勾掉一批赃官，仁宗即刻批准。这是一段君臣难得的合作蜜月期。有人劝道："你这一勾，就有一家人要哭！"范说："一家人哭总比一州县的百姓哭好吧。"短短几个月，朝廷上下风气为之一新。贪官收敛，行政效率提高。

但是，由于新政首先对腐败的干部制度开刀，先得罪的是朝中的既得利益者，必然会有强大的阻力。他的朋友欧阳修最担心这一点，专门向仁宗上书，希望能放心用范仲淹，并能保护他，不要听信谗言。"凡小人怨怒，仲淹当自以身当，浮议奸谗，陛下亦须力拒。"但是皇帝在小人之怨和纷纭的浮议面前渐渐开始动摇了。他一次又一次地无法"自以身当"，终于在朝中难以立足。庆历四年（1044年），保守派制造了一起谋逆大案，将改革派一网囊括进去。这回还是利用了仁宗疑心重、怕臣子结党的弱点，把改革派打成"朋党"。庆历五年（1045年）初，失去了皇帝支持的改革派彻底失败，范仲淹被调出京到邠州（今陕西彬县）任职，这是他第四次被贬出京了，这之后他就再也没有回中央工作。

庆历六年（1046年），范仲淹因肺病不堪北地的风寒，要求调邓州（今河南南阳），这年他已58岁，生命已进入最后六年的倒计时。他自27岁中进士为官，四处奔波，四起四落已31年。自"庆历新政"失败后，他已没有重回中央的打算。现在他可以静静地回顾一生的阅历，思考为官为人的哲理。

一天他的老朋友滕子京从岳阳送来一信，并一图，画的是新落成的岳阳楼，希望他能为之写一篇记。这滕子京与他是同年进士，又在泰州任上和西北前线共过事，是"庆历新政"的积极推行者。滕的一生也很坎坷，他敢作敢为，总想干一番事业，却常招人忌，甚至被陷害。那一次在西北遭人陷害，亏得范力保，虽没有下狱却被贬岳阳，但仍怀忧国之心，才两年就政绩显著，又重修名楼。

范仲淹看罢信，将图挂在堂前，只见一楼高耸，万顷碧波，胸中不由翻江倒海，那西北的风沙，东海的波涛，朝中的争斗，饥民的眼泪，金戈铁马，阁中书卷，狄仁杰的祠堂，楔入西夏的孤城，仁宗皇帝忽而

人生　　　　　谁能　无补丁

手诏亲见，忽而挥袖逐他出京，还有妻子牵衣滴泪的阻劝，长子随他在西北前线的冲杀……种种情景一起浮到眼前。他心中万分激动，喊一声："研墨！"挑灯对图，凝神静思，片刻一篇368个字的《岳阳楼记》就如珠落玉盘，风舒岫云，标新立异，墨透纸背。他把自己奋斗一生的做人标准和政治理想提炼为"不以物喜，不以己悲""先天下之忧而忧，后天下之乐而乐"。震大千而醒人世，承千古而启后人。文章熔山水、政治、情感、理想、人格于一炉，用纯青的火候为我们铸炼了一面照史、照人的铜镜。文章说是写岳阳楼，实在是写他自己的一生。现在我们来看一下范仲淹怎样写文章。

范仲淹写《岳阳楼记》的花洲书院

我们该怎样做文章——文章达到的"三境之美"

1. 一文、二为、三境、五诀

在中国古代，文章是官员政治素质的一部分。"立功、立德、立言"三者缺一不可。古今有三种文章：一是官场应景之文，多为空话、套话，人们很快就会忘记；二是有一点思想内容，但行文不美（如大量的奏折、记、表等），人们也已经忘记；三就是以《岳阳楼记》为代表的既有思想内容、又有艺术高度的思想美文。

《岳阳楼记》到底好在什么地方？在下评语前，我们不妨先探究一下好文章的标准，概括地说可以叫作"一文、二为、三境、五诀"。

"一文"是指文采。首先你要明白，你是在做文章，不是写应用文、写公文。文者，纹也，花纹之谓；章者，章法。文章是一门以文字为对象的形式艺术，它要遵循形式美的法则，并通过这个法则表达作者的精神美。中国古代文、白分离，说话可以随便点，既要落成文字，就要讲究美。诏书、奏折、书信等文件、应用文字也一样求美。古代是把文件写成美文，而我们现在是把美文改成了文件，都一个面孔。

"二为"是写文章的目的，一为思想而写，二为美而写。既要有思想，又要有美感。文章有"思"无美则枯，有美无"思"则浮。

"三境"是指文章要达到三个层次的美，或曰三个境界。古人论诗词就有境界之说。我现在把文章的境界细分为三个层次：一是景物之美，描绘出逼真的形象，让人如临其境，谓之"形境"，类似绘画的写生；二是情感之美，创造一种精神氛围叫人留恋体味，谓之"意境"，

人生　　　谁能　无补丁

类似绘画的写意，如徐渭（青藤）；三是哲理之美，说出一个你不得不信的道理，让你口服心服，谓之"理境"，类似绘画的抽象，如毕加索。这三个境界一个比一个高。

"五诀"是指要达到这三境的方法，我把它叫作"文章五诀"，即"形、事、情、理、典"。文中必有具体形象，有可叙之事，有真挚的情感，有深刻的道理，还有可借用的典故知识。这一切，又都得用优美的文字来表达。

这就是"一文、二为、三境、五诀"之法。以这个标准来分析《岳阳楼记》，我们就会惊喜地发现它原来暗合作文和审美的规律，所以成了一篇千古不朽的范文。

请看全文：

庆历四年春，滕子京谪守巴陵郡。越明年，政通人和，百废具兴。乃重修岳阳楼，增其旧制，刻唐贤、今人诗赋于其上，属予作文以记之。

予观夫巴陵胜状，在洞庭一湖。衔远山，吞长江，浩浩汤汤，横无际涯；朝晖夕阴，气象万千。此则岳阳楼之大观也，前人之述备矣。然则北通巫峡，南极潇湘，迁客骚人，多会于此，览物之情，得无异乎？

若夫淫雨霏霏，连月不开，阴风怒号，浊浪排空；日星隐曜，山岳潜形；商旅不行，樯倾楫摧；薄暮冥冥，虎啸猿啼。登斯楼也，则有去国怀乡，忧谗畏讥，满目萧然，感极而悲者矣。

至若春和景明，波澜不惊；上下天光，一碧万顷；沙鸥翔集，锦鳞游泳；岸芷汀兰，郁郁青青。而或长烟一空，皓月千里，浮光耀金，静影沉璧，渔歌互答，此乐何极！登斯楼也，则有心旷神怡，宠辱皆忘，把酒临风，其喜洋洋者矣！

嗟夫！予尝求古仁人之心，或异二者之为。何哉？不以物喜，不以己悲。居庙堂之高，则忧其民；处江湖之远，则忧其君。是进亦忧，退亦忧。然则何时而乐耶？其必曰"先天下之忧而忧，后天下之乐而乐"欤！噫！微斯人，吾谁与归？

时六年九月十五日。

全文共有六个自然段。

第一段叙写这件事的缘起。以事起兴，做一个引子，用"事"字诀。

第二段描写洞庭湖的气象，铺垫出一个宏大的背景。借山川豪气写忠臣志士之志，用"形"字诀。

第三、四段作者借景抒情，设想了两种"览物之情"，创造出一悲一喜的意境。通过景物描写营造气氛，水到渠成，即用"形"字诀和"情"字诀，由"形境"过渡到"意境"。连用淫雨、阴风、浊浪、星隐、山潜、商断、船翻、日暮、虎啸、猿啼等十个恐怖的形象。然后推出"去国怀乡，忧谗畏讥，满目萧然，感极而悲"的伤感情境。连用春风、丽日、微波、碧浪、鸟飞、鱼游、芷草、兰花、月色、渔歌等十个美好的形象，推出"心旷神怡，宠辱皆忘，把酒临风，其喜洋洋"的快乐情境。

第五段，导出哲理，作者将"形"和"情"有意推向"理"的高

人生 ＿＿＿ 谁能 ＿＿ 无补丁

度，设问：有没有超出上面那两种的情况呢？有，那就不是一般人，而是有"古仁人之心"的人了。这种人超出物质利益的诱惑，超出个人的私念：在朝为官，不忘百姓；被贬江湖，不忘其君。太平时忧天下，危难时担天下。进也忧，退也忧，那么，什么时候才乐呢？到文章快结束时才推出一声绝响，一个响亮的哲理式结论："先天下之忧而忧，后天下之乐而乐"。做官要做这样的官，做人要做这样的人！用我们现在的话说，就是无私奉献，全心全意为人民服务。用的是"理"字诀。这个道理一下讲透了，这个标准一下管了 1 000 年，而且还要永远管下去！这是文章的高潮，全文的主题，是作者一生悟出的真理，也是他的信念。不管哪个时代，哪个国家的官员都有忠奸、公私、贤愚、勤庸之分。而公而忘私、"先忧后乐"是超时代、超阶级的道德文明、政治文明，是人类共同的、永远的精神财富。范仲淹道出了这种为人、为臣的本质的、理性的大美，文章就千古不朽了。作者讲完这个结论后，文章又从"理"回转到"情"——"噫！微斯人，吾谁与归"，前不见古人，后不见来者，写出了一种超时空的向往和惆怅。

第六段，不经意间再轻带一笔转回到记"事"——"时六年九月十五日"，照应文章的开头，像一个绕梁的余音。至此文章"形""事""情""理"都有（注意本文没有用典），形美、情美、理美三个层次皆具，已达到了一个完美的艺术境界。

这篇文章的核心是阐述"先天下之忧而忧，后天下之乐而乐"的道理。但如果作者只说出这一句话、这一个理，就不会有多大的感染效果，那不是文学艺术，是口号，是社论。好就好在它有形、有景、有情、有人、有物的铺垫，而且全都用优美的文字来表述，用了许多修辞手法。在"理境"之美出现之前，已先收"形境""意境"之效，再加上贯穿始终的文字之美，形美、情美、理美、文美，算是"四美"了，在内容和形式两方面都分别达到了很难得的高度，借用王勃在《滕王阁序》里的一句话，就是"四美俱而二难并"了，是一种高难度的美。

2. 两类作者，两类文章

虽然我们给出了"一文"的要求、"二为"的宗旨、"三境"的标准、"五诀"的方法，但并不是谁人拿去一套，就可以写出一篇好文章。就像数学课上，不是老师教给学生一个公式，人人都能得 100 分。这还得有一个艰苦的修炼过程。

凡古今文章，从作者角度分有两大类。一类是文人、专业作家，如古代的司马相如、李白、王勃，现代的许多专业作家。作者先从文章形式入手，已娴熟地掌握了艺术技巧，然后再努力去修炼思想，充实内容，但无论如何，由于阅历所限，其思想总难达到很高的境界。就像一个美人，已得先天之美，又想再成就一番英雄业绩，其难也哉！

第二类是政治家、思想家，如古代的贾谊、诸葛亮、魏征、韩愈、范仲淹，近代的林觉民、梁启超，现代如毛泽东等人。这类作者是从思想内容入手。他并不想以文为业，只是由于环境、经历使然，内心积累甚多，如火山之待喷，不吐不快，就借文章的形式表达出来。当然，大部分政治家是写不出好文章的，他们忙于事务，长于公文、讲话、指示等应用文字而不善美文，或者根本就没有修炼到思想的美，很难做到"四美俱而二难并"。但也有少数政治家、思想家，或因小时就有文章阅读或写作训练的童子功（如人外表的先天之美），或政务之余不忘治学

人生 ——— 谁能 —— 无补丁

（如人形体的后天训练），于是便挟思想之深又借艺术之美，登上了写文章的顶峰。就像一个美女后来又成就了伟功大业，既天生丽质，又惊天动地，百里挑一。

因为有两类作家，也就有两类文章，"文人文章"和"道德文章"。中国文学传统很重视政治家的"道德文章"。政治家为文是用个性的话说出共性的思想（如诸葛亮说的"鞠躬尽瘁，死而后已"）。如果只会用共性的语言说共性的思想，就是官话、套话，有理而无美，这不叫文章，也不可能流传。

"文人文章"，求"美"而不求"理"，是以个性的语言说出共性的美感。常"美"有余而理不足（如王勃的"落霞与孤鹜齐飞，秋水共长天一色"）。因为文章第一位是表达思想，"理境"为"三境"中最高之境，所以相对来讲，先入艺术之门，再求深造思想难；先登思想之峰，再入艺术之门易。所以真正的大文章家，由政治家、思想家出身的多，而专攻文章、以文为业的反倒少。历史上的范仲淹是一个政治家、军事家、学者，也许他从来也没有把自己当作一个作家。后人在排唐宋八大家时，他也无缘入列，但这恰恰是他胜过一般文人之处。或者历史根本就不忍心将他排入文人之列。这倒给我们一个启示，每一个政治家都有条件写出大文章，都应该写出大文章。

这篇文章是对我国封建政治文明的高度总结。中国封建社会 2 000多年，政界人物多得数不清，历朝皇帝 334 个（按理，他们是当然的大政治家），大臣官员更不知几多，但能写出《岳阳楼记》，并被后人所记住、学习和研究的只有范仲淹一人。现在我们知道要出一篇好文章是多么不容易了。要做文，先做人。金代学者元好问评价范仲淹说："文正范公，在布衣为名士，在州县为能吏，在边境为名将。其材、其量、其忠，一身而备数器。"我们还可以再加上一句："在文坛为大家。其思想、其文采，光照千年。"

中国从古至今，内容形式都好，以一篇文章而影响了中华民族政治文明、人格行为和文化思想的文章为数不多。我排了一下有十篇，它们是：

1. 贾谊的《过秦论》

2. 司马迁的《报任安书》

3. 诸葛亮的《出师表》

4. 陶渊明的《桃花源记》

5. 魏征的《谏太宗十思疏》

6. 范仲淹的《岳阳楼记》

7. 文天祥的《正气歌并序》

8. 梁启超的《少年中国说》

9. 林觉民的《与妻书》

10. 毛泽东的《为人民服务》

这些文章已经成为中华经典。什么是经典？我在《说经典》一文中说道："第一，经典是一个时代的标志，空前绝后，比如我们现在不可能再写出唐诗、宋词；第二，已上升到理性，有长远的指导意义；第三，能经得起重复，即实践的检验，会常读常新，人们每重复一次都能从中开发出有用的东西。这就是经典与平凡的区别。一块黄土，雨一打就碎，而一块钻石，岁月的打磨只能使它愈见光亮。"

怎么才能达到经典的高度呢？这又回到我们开头讲的"一文、二为、三境、五诀"的标准。简要来说，你得有很高的政治修养和文学修养，而且还要能有机地结合。这不是每一个人都能做到的，用美学大师黑格尔的话说这种人是天才，"一般来说有这种才能的人一遇到心中有什么观念，有什么在感发他、鼓动他，他就会马上把它化为一个形象、一幅素描、一曲乐调或一首诗"。艺术史上这样的例子很多，如王羲之的《兰亭序》、徐悲鸿的《马》、冼星海的《黄河大合唱》等。范仲淹在这里就是把他的政治理念化作了一篇《岳阳楼记》。

好文章是一个人在一定的时代背景下全部知识和阅历的结晶，是他生命的写照。其中不知要经历多少矛盾、冲突、坎坷、辛酸、成功与失败。这非主观意志可得，只可遇而不可求。因此一篇好的文章就如一个天才人物、一个历史事件，甚或如一个太平盛世的出现，不是随便就有的，它要综天时地利之和，得历史演变之机，靠作者的修炼之功，是积数十年甚或数百年才可能出现的一个思想和艺术的高峰。千军易得，一将难求；千年易过，好文难有。

范仲淹为我们写了一篇千古美文，留下了一笔重要的文化遗产和政治财富，同时他也以不朽的政治家、思想家和文学家载入史册。

我们捧起了 100 个太阳

—— 2018 年 12 月 22 日在第六届范敬宜新闻教育奖上的答谢辞

各位评委，各位老师、同学们好：

全国最著名的十多所新闻院校的代表，每年齐聚一堂，干一件促进我国新闻教育繁荣的大事，就是评出当年 10 名左右，在校的好学生、好教师，还有校外的一两名新闻教育的好朋友。从数量就可以看出，这是一个极严格的奖项。半个月前，电影界刚公布了今年的华表奖，得主就有 300 人，水银灯下的红地毯就足足走了两个多小时。而我们今天的得主只有 13 个人，而且还这么低调，会议室一间，清茶一杯。这就是新闻人的风格，是娱乐与思想的区别。

我有幸获本年度的"新闻教育良友奖"，也向同时获奖的其他老师、同学祝贺。主持人说，只给我 5 分钟的答谢时间，5 分钟确实有点短，还不够时下电影里一个长长的吻。（笑声）可能又考虑到是借用我们人民日报社的大楼发奖，主持人又特批我"5+5"，讲 10 分钟。我特地问了一下我在央视工作的学生，她说播音员的语速是每分钟 250 字。看来，5 分钟显然不够一场演说，但是作为朋友，一个新加冕的"良友"，5 分钟足够讲出一句忠告。这就是：同学们既然选择了新闻这一行，就要准备牺牲，只谈责任，不计名利。

今年是中国改革开放 40 周年，12 月 18 日，中央刚举行了隆重的

人生＿＿＿＿＿谁能＿＿无补丁

纪念大会，并表彰了全国改革有功人物 100 名。各行各业都有，从经济学家到歌手、演员，从厉以宁到姚明、李谷一。有人发现，这 100 个人里没有一个新闻界的人物，但是我们知道，这 100 个人的成名，有哪一位没有我们新闻人的汗水，没有经过我们新闻界的报道、宣传、推广呢？（掌声）信息社会，传媒时代，每一个名人的背后都有一双看不见的"新闻手"，都站着一个新闻群体。凌烟阁上群英像，不问作画是何人。

我举一个最大却又最小的例子。关于真理标准问题的讨论是敲开改革开放之门的第一件大事。芝麻开门吧，这颗芝麻是谁？这是一个集体，改革开放 40 年，关于这篇文章的作者争论了 40 年。但人们恰恰忘了一个关键人物，当时《光明日报》的总编辑杨西光先生。在全国多少张报纸的老总中，他只是沧海一粟，就是一粒芝麻。但是，如果没有他当时抓住机遇，借其位，用其力，借用手中一张大报的优势，冒着各种政治风险，推出这篇文章，这个历史的细节还不知道会怎么改写。"弄潮儿向涛头立，手把红旗旗不湿"。我当时在基层当记者，亲见农民是怎样把《光明日报》挂在扁担上去赶集的，是在借报纸来护身、撑腰啊！但杨西光先生就是一个很普通的瘦弱的老头儿。我们到他办公室里去，印象里他总是伏案弯腰，埋在报纸大样里，脸色煞白，不停地抽烟，不断地咳嗽。他在思考。难受时会把报社的医生叫上来服药。那个温良的女医生心疼地说，他这样不休息，没有办法。那正是决战时刻，黎明的前夜。后来他退休了，我们住在一个院子里。这个老人早已没入了时代的年轮，几乎没有人还记得他。当时还有力主为张志新、遇罗克平反的马沛文副总编，他晚年也住在人民日报社这个院子里。

同学们，你们今天有幸来到这个院子，站在这座新媒体大楼上，举目一望，曾经生活在这座院子里的著名新闻人有：1949年10月1日在天安门城楼上记录了开国大典的李庄先生，上面提到的马沛文先生，当然还有因在《经济日报》主持改革，成绩卓著而调任《人民日报》总编辑的范敬宜先生。我比范先生稍晚几年调入《人民日报》，那时正在国家新闻出版署岗位上为恢复报纸的四个属性，特别是商品属性而苦苦挣扎。如果再往前追溯《人民日报》的历史人物，还有范长江先生、邓拓先生。现在报社图书馆里还有一张邓拓用过的办公桌，这是他唯一的遗物了，我看可以申请国家级至少是新闻界的非物质文化遗产。以上所有这些新闻人都曾在报社日复一日默默地上夜班。他们是真正的新闻良友，时代楷模。（掌声）假如一个新闻人也不甘寂寞，自我吹嘘，那就成监守自盗了，有违新闻人的道德。范敬宜先生是因为退休后到清华大学教书，才有了现在这个以他的名字命名的基金。我也因为退休后在中国人民大学带新闻专业博士生，今天才沾了这个"新闻良友"奖的光。

　　关于新闻人的成名，我曾有一个比喻。采访对象是太阳，记者是月亮，你本身并不会发光。要发光吗？先要捧起一个太阳。40年来，我们捧起了100个太阳，国家进步，与国同欢，别无他求。在外人眼里，记者常是一个让人眼热、羡慕的职业。我大学学的专业是档案，与新闻系毗邻，很羡慕他们，上实习课脖子上就挂一个照相机。这实在是一种误解，其实新闻是一种最讲责任、最能吃苦，也最有风险的职业。邓拓有诗云："文章满纸书生累。"李庄先生就说过，他在位时写的检查比稿子还多。我调《人民日报》后的第一个夜班就写检查。平时甘为孺子牛，国有难时拍案起。这就是新闻人。

　　　　　　　　人生　　谁能　无补丁

人的工作有两大类：一类是直接为自己的衣食；一类是先服务别人或社会，如医生、教师，还有甘洒热血的革命者。记者属于第二类。马克思说："人只有为同时代人的完美、为他们的幸福而工作，自己才能达到完美。"

祝同学们不忘前贤、不负此奖，成为一个完美的人。谢谢。

《威海晚报》2022 年 12 月 8 日

2005 年作者在《人民日报》办公室看报纸大样

图书在版编目（CIP）数据

人生谁能无补丁 / 梁衡著 . -- 北京 : 中国人民大
学出版社，2023.8
ISBN 978-7-300-32001-4

Ⅰ . ①人⋯ Ⅱ . ①梁⋯ Ⅲ . ①散文集－中国－当代
Ⅳ . ① I267

中国国家版本馆 CIP 数据核字（2023）第 136417 号

人生谁能无补丁

梁 衡 著

Rensheng Shei Neng Wu Buding

出版发行	中国人民大学出版社	
社　　址	北京中关村大街 31 号	**邮政编码**　100080
电　　话	010—62511242（总编室）	010—62511770（质管部）
	010—82501766（邮购部）	010—62514148（门市部）
	010—62515195（发行公司）	010—62515275（盗版举报）
网　　址	http://www.crup.com.cn	
经　　销	新华书店	
印　　刷	涿州市星河印刷有限公司	
开　　本	720mm×1000mm　1/16	**版　　次**　2023 年 8 月第 1 版
印　　张	27　插页 1	**印　　次**　2023 年 8 月第 1 次印刷
字　　数	309 000	**定　　价**　98.00 元